JUAN GÓMEZ

SERIA ***REINA ROJA*** #2

ÎNGERUL NEGRU

Descrierea CIP a Bibliotecii Naţionale a României
GÓMEZ-JURADO, JUAN
Reina Roja / Juan Gómez-Jurado ; trad. din lb. spaniolă Mălina Panait. - Bucureşti : Bookzone, 2022
3 vol.
ISBN 978-606-9639-04-7
Vol. 2 : Îngerul Negru. - 2022. - ISBN 978-606-9639-01-6
821.134.2

Grafician copertă: **Maria Stoian**
Traducător: **Mălina Panait**
Redactor: **Elena-Anca Coman**
Tehnoredactor: **Anca Marisac**

Loba Negra

Editura Bookzone
Şoseaua Berceni, nr. 104, sector 4, Bucureşti
Comenzi şi informaţii:
Telefon: +40 774 091.579; +40 770 584.429
E-mail: office@bookzone.ro
www.bookzone.ro

JUAN GÓMEZ-JURADO

SERIA ***REINA ROJA*** #2

ÎNGERUL NEGRU

Bookzone
BUCUREŞTI, 2022

Pentru Babs,
pentru că o iubesc

Pentru Arturo, Javi și Rodrigo,
pentru orice

Un abis

Antonia Scott nu s-a confruntat niciodată cu o decizie atât de dificilă.

Pentru alţi oameni, dilema în faţa căreia se află ea ar putea fi ceva nesemnificativ.

Nu şi pentru Antonia. Să spunem că mintea ei este capabilă să lucreze la o distanţă mare în viitor, dar capul Antoniei nu este un glob de cristal. Să spunem că este capabilă să vizualizeze zeci de unităţi de informaţii în acelaşi timp, dar mintea Antoniei nu funcţionează ca în acele filme în care vezi o grămadă de litere pe faţa personajului principal în timp ce acesta gândeşte.

Mintea Antoniei Scott este mai degrabă ca o junglă, o junglă plină de maimuţe care sar cu viteză din liană în liană, ducând cu ele multe lucruri. Multe maimuţe şi multe lucruri, încrucişându-se în aer şi arătându-şi colţii.

Astăzi, maimuţele duc cu ele nişte lucruri teribile, iar Antoniei îi este frică.

Este o senzaţie cu care Antonia nu este deloc obişnuită. La urma urmei, Antonia s-a văzut în situaţii precum:

— O urmărire în mare viteză, cu bărci cu motor, noaptea, în Strâmtoarea Gibraltar.

— Un tunel plin de explozive, unde o răpitoare ţinea arma îndreptată spre capul unui ostatic extrem de preţios.

— Povestea din Valencia.

Isteţimea ei a salvat-o în ziua cu bărcile cu motor (i-a lăsat pe cei din faţă să se facă zob), iar cunoştinţele ei (despre păsări în limba engleză) au salvat-o în tunel. În ceea ce priveşte povestea din Valencia, nu se ştie cum a scăpat cu viaţă (singura) din acel carnagiu. A refuzat întotdeauna să povestească. Dar a scăpat. Şi nu i-a fost frică.

Nu, Antoniei nu îi este frică aproape de nimic, în afară de ea însăşi. De viaţă, poate. La urma urmei, hobby-ul ei este să-şi imagineze timp de trei minute pe zi cum o să se omoare.

Sunt cele trei minute ale ei.

Sunt sfinte.

Ele o ţin întreagă la minte.

De fapt, a sosit momentul. Dar, în loc să fie afundată în ritualul ei, Antonia stă în faţa unei table de şah. Piesele, albe şi roşii, în stil englezesc. Unul dintre nebunii Antoniei are la îndemână un şah mat.

Roşiile joacă şi câştigă.

O decizie simplă.

Nu şi pentru Antonia.

Fiindcă de partea cealaltă a tablei se află Jorge, care o priveşte fix, cu ochii întredeschişi. Prin aceste semiluni verzi poţi intui toată sfidarea şi toată maliţiozitatea care încap într-un metru şi zece centimetri.

— Mută odată, mamă, spune Jorge, lovind uşor cu piciorul pe sub masa din marmură. Mă plictisesc.

Minte. Poate că Antonia nu ştie ce să facă. Dar recunoaşte minciuna.

Jorge aşteaptă, nerăbdător, să afle dacă va muta nebunul şi va câştiga, ca să poată declanşa un acces de furie că a pierdut. Sau, dimpotrivă, ca Antonia să mute altă piesă, ca să declanşeze un acces de furie că l-a lăsat să câştige.

Din paralizie o smulge o întrerupere. Pe masă, telefonul arată un chip rumen. Foarte roșcat și foarte basc. Vibrația telefonului clatină piesele, furioase, în pătrățelele lor.

Jon știe că e cu Jorge. Cea de-a treia vizită a lui de când judecătorul a hotărât să-i dea o a doua șansă, în ciuda părerii bunicului băiatului. E în perioada de probă. Jon n-ar suna dacă nu ar fi important.

Antonia se scuză cu o ușoară strângere din umeri și se ridică în picioare ca să răspundă la telefon. Întorcându-se cu spatele la frustrarea fiului ei și a asistentei sociale care face încontinuu însemnări cu o față inexpresivă într-un colț al camerei.

Oricât de puțin i-ar plăcea să scape printr-un subterfugiu, Antonia s-a hotărât deja că ăsta este un joc pe care nu poate să-l câștige.

Iar asta îi place și mai puțin.

PARTEA ÎNTÂI

ANTONIA

Poţi să te împrieteneşti cu un lup.
Poţi să distrugi lupul.
Dar nimeni nu poate domestici un lup.

GEORGE R. R. MARTIN

1

Un trup

Lui Jon Gutiérrez nu-i plac cadavrele în râul Manzanares.

Nu e o chestiune de estetică. Acest cadavru este foarte dezagreabil (se pare că e de ceva timp în apă), cu pielea albăstrie plină de pete violacee, mâinile aproape desprinse de încheieturi. Dar nu e nevoie să devenim rafinați.

Noaptea este extrem de întunecată, iar felinarele care luminează lumea celor vii, la șase metri deasupra lor, nu reușesc decât să facă umbrele și mai dense. Vântul smulge freamăte ciudate din trestie, iar cei optzeci de centimetri de apă bat spre rece. La urma urmei, suntem în Manzanares, este ora unsprezece seara, iar februarie își strecoară laba cenușie pe sub ușă.

Nimic din toate astea nu-l deranjează pe Jon la cadavrele din Manzanares, fiindcă este obișnuit cu apele înghețate (e din Bilbao), cu șoaptele în întuneric (e gay) și cu trupurile fără viață (e inspector de poliție).

Chiar că sunt tâmpit, se gândește Jon. *Asta e o muncă pentru novici. Normal că ăștia trei madrileni sfrijiți nu se pot căra nici pe ei.*

Nu că Jon ar fi gras. Dar când o jumătate de viață ești cel mai mare tip din încăpere, ți se formează niște obiceiuri, fie că vrei, fie că nu. Defectul de a ajuta. Care devine necesitate când vezi trei prostănaci abia ieșiți din academie făcând pe rațele prin stufăriș, încercând să scoată cadavrul. Reușind, în schimb, aproape să se înece.

Așa că Jon se îndeasă în costumul din plastic alb, se încalță cu cizmele din cauciuc și se aruncă în apă cu un *ducețivădracului*, care dă obrajilor novicilor o culoare roșie ca după o palmă.

Inspectorul Gutiérrez se apropie cu pași mari, îndepărtând atât apa, cât și pe polițiștii începători, și ajunge până la insula de vegetație unde s-a împotmolit cadavrul. Trupul s-a încurcat în niște rădăcini și este scufundat în râu. Ies la suprafață doar chipul palid și unul din brațe. Agitată de apa râului, victima pare că încearcă să înoate ca să scape de destinul inevitabil.

Jon se închină în gând și își afundă brațele pe sub cadavru. E moale la atingere, iar grăsimea subcutanată se unduiește pe sub piele ca un balon umplut cu pastă de dinți. Inspectorul trage. Cu toată puterea lui de *harrijasotzaile*, de ridicător de pietre. Chiar și cu trei sute de kilograme se descurcă într-o zi bună. Își proptește bine picioarele.

O să vadă ei, novicii ăștia.

Brațele lui enorme se încordează și se întâmplă două lucruri în același timp.

Al doilea, trupul nu se mișcă nici măcar un centimetru.

Primul, fundul nisipos al râului înghite piciorul stâng al inspectorului, care cade în fund în mijlocul apei.

Jon nu e un tip plângăcios, dintre cei care se vaită doar de plăcere. Dar râsetele novicilor nu sunt atenuate nici de zgomotul apei, nici de freamătele trestiei, nici de propriile înjurături. Așa că Jon, cu apa până la umeri și cu mândria știrbită, își permite o clipă pentru ceva atât de omenesc cum e să-și plângă de milă și să dea vina pe alții pentru necazurile lui.

Unde naiba ești, Antonia?

2

Un cablu

— Aşa n-o să iasă, domnule inspector, spune o voce de femeie lângă urechea lui.

Jon se prinde de antebraţul doctoriţei Aguado, care îl ajută să se ridice. Mâinile legiştilor îi dau fiori, dar când eşti cu fundul înfipt în albia nisipoasă te agăţi de ce ţi se oferă.

— Cadavrele plutesc, aşa credeam. Dar ăsta pare să se încăpăţâneze să se scufunde.

Aguado zâmbeşte. Să tot aibă vreo patruzeci de ani. Gene lungi, machiaj discret, cercel în nas, o moleşeală năzdrăvană în privire. Acum, cu o scânteie de veselie. Şi-a tras iubită, spun gurile rele.

— Corpul uman este alcătuit din apă în proporţie de peste şaizeci la sută. Apa nu pluteşte, aşa că mai întâi se duce la fund. În condiţii adecvate de temperatură, bacteriile încep să descompună corpul în câteva ore. Afară sunt patru grade, iar apa are vreo şase, aşa că... mai degrabă în câteva zile. Gazele umplu stomacul şi intestinele şi *pac*. Iarăşi sus.

Aguado se lasă pe genunchi, ţine cu o mână de cadavru, o bagă pe cealaltă pe dedesubt şi palpează.

— Vreţi să vă ajut, doamnă doctor?

— Staţi liniştit. Trebuie doar să găsesc ce o ţine.

Jon aruncă o privire spre masa diformă şi umflată. Pluteşte cu gura în jos, scufundată pe jumătate, dezbrăcată.

Părul, de o culoare nedefinită, e tuns foarte scurt. Jon se întreabă cum naiba a știut că e femeie.

— Cum naiba ați știut că e femeie?

— Sunt multe motive, domnule inspector, răspunde Aguado. Unghiul clavicular, absența protuberanței occipitale și, deși dumneavoastră nu vedeți, acum am în mână, sub apă, ceea ce, cu o certitudine absolută, este sânul stâng al victimei.

Legista se ridică în picioare și îi dă lanterna ei. Mică, dar puternică. Jon o ajută să se orienteze în timp ce Aguado scoate o foarfecă cu vârf rotunjit din punga impermeabilă pe care o are atârnată de gât. Se apleacă din nou și se chinuiește să facă ceva pe sub cadavru. Dintr-odată, cu o mișcare bruscă, acesta este eliberat și se ridică complet la suprafață.

— Asasinul i-a legat un cablu de coapsă, spune Aguado, arătând spre o linie subțire și marcată pe partea din spate a piciorului. Precis cu o greutate. Ajutați-mă s-o întorc.

Acum, cadavrul nu mai e greu și să-l întoarcă nu-i costă un efort mai mare decât pentru a da pagina, ultima. Ochii au dispărut, mâncați de pești. Chipul pare o mască ce și-a dorit la carnaval și a găsit moartea.

Înainte de a veni la Madrid, pe când încă bătea la picior străzile rău-famate din *botxo*[1], Jon se credea mai dur. În Otxarkoaga, totul era zgomot de cioburi, plăcinte cu mere care ajungeau să se strice[2]. Acolo, când vedea un mort, Jon nu simțea o împunsătură de deprimare, nici un scrâșnet din dinți, nici un „ce-ai pățit? cine ți-a făcut asta?"

Acolo se simțea funcționar.

Aici se simte responsabil.

---

1 Denumire informală pe care o dau locuitorii din Bilbao orașului lor (n. tr.).

2 Aluzie la un cântec interpretat de Joaquín Sabina (n. tr.).

Afurisita de Antonia.

Târându-l ţinut de umeri, Jon îşi face loc prin stufăriş şi duce cadavrul până la terenul uscat al insuliţei.

— Deocamdată, nu ştim cauza morţii, spune Aguado, ca şi cum ar fi vorbit pentru sine. Face o pauză, pare să asculte ceva. Nivelul de adipoceară este foarte ridicat. Cel puţin o săptămână în apă, poate mai mult.

— Pe limba noastră, doamnă doctor.

Legista arată spre gâlmele şi protuberanţele de sub pielea albăstrie a cadavrului. Stomacul, amorf şi umflat, atârnă peste despicătura pubisului astfel încât nu i se mai vede părul.

— Adipoceara se produce când un cadavru stă scufundat în apă. Microorganismele transformă grăsimea subcutanată în săpun, pe înţelesul tuturor. Vă spun mai multe mâine, acum trebuie să mă apuc de treabă, înainte ca probele să fie periclitate de contactul cu aerul, domnule inspector, spune Aguado arătând spre mal.

Jon ştie când e trimis la plimbare. Face un gest, iar novicii se apropie de insuliţă, echipaţi cu o targă şi cu bucăţi mari de celofan transparent. Cadavrul este prea deteriorat ca să fie introdus într-un sac obişnuit. Inspectorul le lasă – acum da, acum se vor descurca – treaba murdară. Traversează cu paşi mari înapoi spre peretele care îndiguieşte râul. În zona asta nu există scări şi nici o metodă uzuală de a urca, dar poliţiştii au instalat o scară de frânghie, pe care Jon îşi ridică cele o sută zece kilograme înapoi la nivelul străzii.

Pustie, cu excepţia unui bărbat sprijinit de o maşină de poliţie. Brunet, cu un început pronunţat de chelie, mustaţă subţire şi ochi de păpuşă, care par mai degrabă pictaţi decât reali. Haină scurtă, bej. Scumpă.

— Pare să se răcească, spune Mentor, exhalând un rotocol de abur.

Mândria știrbită a lui Jon se cicatrizează puțin. Nimic nu tratează mai bine propria rușine decât să-l vezi pe altul pățind una și mai mare. Iar Mentor *vapează*.

— Ce-i asta? întreabă Jon arătând spre obiect.

Mentor ia muștiucul între buze – subțiri, aproape invizibile –, inspiră și expiră din nou. Vântul poartă până la Jon un nor cu aromă de mandarine.

— Ajunsesem la trei pachete pe zi. Săptămâna trecută mi-am aprins o țigară în duș. Așa că m-am gândit că n-ar strica să încerc.

— Și funcționează?

— Ce pot să vă spun? Bag în mine o cantitate dublă de nicotină decât înainte și am o poftă de fumat de trei ori mai mare. A spus ceva Aguado?

— Că victima e femeie. Asasinată. O săptămână în apă sau mai mult. Și să o las în pace.

— Destul de comunicativă față de cum ne-a obișnuit. Nu vi s-a părut mai veselă zilele astea?

— Cred că și-a tras iubită, spune Jon (el este gura lumii).

Inspectorul începe să se descotorosească de costumul din plastic, deși refuză pătura pe care i-o întinde Mentor.

— Sper că nu v-ați udat, domnule inspector. Zona aceasta a râului nu este recomandabilă pentru sănătate.

— De ce?

Mentor așteaptă ca inspectorul să-și recupereze haina și pantofii de stradă și îl conduce către mal.

— În 1979 s-a spart o conductă de la un centru experimental secret, nu departe de aici. Caudillo se încăpățâna să obțină cu orice preț bomba atomică și avea câțiva oameni de știință care făceau teste cu plutoniu. Nu s-a aflat până în 1994, dar peste o sută de litri de material radioactiv au ajuns să se verse în Manzanares prin canalul de drenare de acolo. Mentor arată spre un punct din întuneric. Câteva sute de cazuri de cancer ici și colo, nimic serios. Dar nu e un loc pe care l-aș alege ca să mă scald.

Jon nu reacționează. Simte, bineînțeles, că-l furnică pielea pe tot corpul și că părul roșcat din barbă începe să-i cadă. Dar n-are de gând să deschidă gura. Nu cumva, dacă face asta, să-i pice dinții.

Mentor, foarte serios, se uită la ceas.

— Unde e Scott?

— Am sunat-o cu mai bine de trei ore în urmă, răspunde Jon când își dă seama că, până la urmă, otrăvirea cu radiații încă nu s-a făcut simțită.

— Nici nu e neapărat necesar să vină. Doar am îndepărtat autoritățile competente și am mobilizat unitatea Regina Roșie în toiul nopții pentru ea.

— E nedrept, protestează Jon energic. Ar putea...

Vehemența este ceea ce se vede. În sinea lui, Jon simte cum îndoiala scoate capul de după perdea.

Au trecut șapte luni de când Antonia și Jon au salvat-o pe Carla Ortiz. Cazul a făcut înconjurul lumii, atât misterioasa dispariție a moștenitoarei, cât și ceea ce s-a întâmplat după aceea între ea și tatăl ei. Despre Antonia Scott și despre proiectul Regina Roșie, niciun rând în presă. Despre Jon, puțin. Când a ieșit din canal alături de Carla și-a ferit fața de blițurile fotografilor. O fotografie neclară, o floare fără miros.

Nu există premii în proiectul Regina Roșie, doar anonimat. O viață fără nume, multă speranță. Iar acela a fost un premiu bun.

Odiosul Bruno Lejarreta, care visa la o carieră în televiziune la Madrid pe seama scandalului, a întâmpinat o problemă. Nu se mai putea vorbi despre inspectorul Gutiérrez. Când nu mai apari nici la 13TV, e timpul să te întorci acasă cu coada între picioare. *Uf, ce păcat,* se gândi Jon când află. Și își mai deschise o bere.

Tomberoanele matinale au mai scurmat câteva zile în cazul Ortiz. Cadavrul unuia dintre răpitori fusese găsit, dar celălalt era în continuare, chipurile, sub dărâmăturile tunelului din stația Goya Bis. S-au întrebat care este identitatea acestuia. Și asta. Și ailaltă. Și așa și pe dincolo. *Habarniști* și *postaci* au dezbătut subiectul fără să aibă habar, înainte de a trece la dezbaterea altuia fără să aibă habar. Viața și-a continuat cursul așa cum continuă lucrurile care nu prea au sens.

Lumea a dat pagina.

Antonia nu.

Antonia Scott nu dă *niciodată* pagina.

— Ar putea fi ea... conchide Jon, arătând spre cadavrul întins pe celofan în mijlocul insuliței. Novicii au amplasat șase lămpi cu halogen puternice, cu picioarele portocalii înfipte în sol, prin vegetație. Intimitatea întunecată a morții s-a transformat într-o lecție neobișnuită de anatomie.

Mentor scutură din cap cu neplăcere.

— E doar un alt cadavru încă neidentificat. Al șaselea, dacă nu mă înșel. Încă unul care va ajunge opera unei călătorii nefericite sau a unui schingiuitor. Nu ține de competența noastră. Ne pierdem timpul.

Antonia nu a încetat să o caute. Trăgând de orice fir. Analizând fiecare frântură de informație. Insistând să se cerceteze fiecare cadavru neidentificat care apare în Madrid sau în împrejurimi. Dar, oricât timp și oricâte resurse și-a dedicat, femeia cunoscută anterior sub numele Sandra Fajardo nu este de găsit.

Antonia a refuzat să accepte alte cazuri până la apariția ei. Iar asta este o problemă gravă. Dar, oricâtă indulgență și credit neoficial le-ar fi adus cazul Ortiz, au trecut șapte luni.

Problema creditului neoficial este că e la fel de volatil precum memoria politicienilor. Cei care îl susțin pe Mentor.

— Nici n-au mai fost alte cazuri, insistă Jon.

— De unde dracului să știți dumneavoastră, domnule inspector? spune Mentor, care, din cauza lipsei susținerii, a frigului și a renunțării la fumat, este *umore txarra*. Foarte prost dispus. Nu schițează nici măcar unul dintre zâmbetele lui facile și goale. Ce știți dumneavoastră despre ordinele de sus pe care a trebuit să le opresc? Sau despre amenințările obscure la care ea ar fi putut fi de ajutor?

Jon se scarpină în cap – păr ondulat, bătând spre roșcat, am mai spus – și inspiră adânc. Să umpli acel tors enorm îți ia câteva secunde și destul de mulți litri de oxigen. De asta are nevoie ca să se calmeze și să nu-i frigă șefului său un dos de palmă care să-l trimită la plimbare pe fundul râului.

— O să vorbesc cu ea. Dar...

Jon se oprește în mijlocul frazei. Mentor se întoarce spre el, mirat, și îi urmărește direcția privirii către centrul râului Manzanares. O lumină plutește în aval. Fantasmagorică, dacă fantomele ar străluci roz fosforescent. Se vede cum lumina se îndepărtează de insuliță, lipită de malul opus. O urmează alta, plutind mai spre centru. Și încă una se întrevede în amonte.

La cincizeci de metri de ei, o a patra lumină pare să țâșnească din digul care protejează râul puțin mai sus, înainte de a lovi suprafața cu un *pleosc* înfundat.

— Scott, spune printre dinți Mentor, mai supărat decât oricând. Se întoarce spre Jon, iar privirea lui spune: „Du-te și caut-o și bagă-i mințile în cap”.

Mâna lui Jon, strânsă pumn, spune: „Ce chef am să-ţi sparg mutra". Dar, fiindcă se află în buzunarul hainei, nu transmite mesajul. Iar inspectorului Gutiérrez nu-i rămâne decât să se supună şi să pornească în căutarea Antoniei Scott.

3

Un pod

Aşa că Jon Gutiérrez urcă pe podul Arganzuela (cartierul Carabanchel, Madrid) într-o dispoziţie cam acră. De ruşinea căzăturii, din cauza orei, de foame şi fiindcă cine mama naibii s-o mai înţeleagă pe Antonia.

S-a ţinut după ea pe râu în sus, urmărind-o de la depărtare. O siluetă măruntă care, o dată la câţiva paşi, arunca în apă acele luminiţe, se oprea câteva clipe, iar apoi îşi continua drumul.

Jon a scurtat uşor-uşor distanţa, tot gândindu-se cu căpăţâna lui imensă şi roşcată cum să abordeze situaţia. Antonia Scott nu e tocmai o persoană rezonabilă. Argumentele alunecă pe deasupra ei precum alunecă apa pe penele unei raţe. Mai ales când miza e să găsească un bărbat care i-a băgat soţul în comă. Bărbatul care, potrivit bănuielilor Antoniei, o manevrează pe Sandra Fajardo. Ca să-i spunem cumva.

Misteriosul, alunecosul, mitologicul domn White.

Mentor nu dorise să afle nimic despre investigaţia Antoniei în ceea ce-l priveşte pe White. Jon a crezut la început că Mentor nu credea în existenţa lui, că se gândea că acel White e doar o legendă. Sau, şi mai rău, o obsesie a Antoniei, căreia ea îi dăduse un nume. Dar tot spaţiul de manevră pe care i-l oferise Mentor în acele şapte luni dovedea altceva.

Şi mai erau şi şoaptele. Privirile îngrozite. Şi un avertisment enigmatic pe care i-l dăduse Aguado cu câteva zile în urmă. Cu o voce joasă, grăbită, pe hol.

— Mai bine aţi lăsa-o baltă.

Aguado dispăruse înainte ca Jon să apuce s-o întrebe ceva, lăsându-l descumpănit ca un curcan de Crăciun. Şi niciuna dintre încercările lui ulterioare de a afla ce a vrut să spună nu a dat rezultat.

Totuşi, Jon şi-a înfrânat reţinerile şi a lăsat-o pe Antonia să acţioneze.

Acum, timpul a expirat.

Jon păşeşte pe podul Arganzuela, unde noaptea nu există. Structura gigantică, ultrametalică, ultramodernă şi ultrascumpă are formă de spirală. E înţesată de becuri puternice, care aruncă scântei metalizate din interior, creând o reflexie aproape perfectă pe luciul apei. Jon nu a fost niciodată mare fan al arhitecturii contemporane. Lui îi este de ajuns ca podurile să-l ţină – nu că ar fi gras. Dar apreciază cantitatea de lumină, suficientă să faci o operaţie pe cord deschis. Pe lângă zgomotul pe care îl fac paşii lui pe stinghiile din lemn, venirea îi va fi anunţată.

Poate n-o să te mai fofilezi, fetiţo.

Antonia Scott stă pe vine în mijlocul podului. Treizeci şi ceva de ani. Îmbrăcată cu o geacă şi cu pantaloni negri. Pantofi sport albi. Lângă ea, pe jos, se află o pungă din plastic verde, precum cele pe care le primeşti la magazinele chinezeşti fără să ţi se ceară cei cinci cenţi cuveniţi.

Jon se apropie, făcând ca paşii lui nervoşi să răsune pe lemn ceva mai mult decât ar trebui.

Antonia ridică un deget care spune „nu mă întrerupe, ăsta e un semn de proastă-creştere" şi îl ţintuieşte pe loc pe colegul ei la doar câţiva metri.

— Ai fi putut să-mi spui că ești aici, zice Jon. Sau măcar să fi trimis un...

În acel moment îi vibrează buzunarul. Tocmai a primit un mesaj pe WhatsApp de la Antonia. De când a descoperit emoticoanele, mai mult de jumătate dintre conversațiile lor constau într-una dintre acele imagini prescurtate. Jumătate dintre ele reprezintă cățeі caraghioși. Jon se întreabă ce fel de informație vrea să transmită emoticonul care înfățișează un Mops cu pălărie.

— Asta înseamnă că ai ajuns?

— Înțeleg, spune Antonia.

— Ce bine. Fiindcă eu nu înțeleg nimic.

Antonia nu răspunde. Scotocește prin pungă, de unde scoate un pachet de bețigașe din plastic translucid și o sticlă mică de apă. Varsă jumătate din conținutul sticlei pe stinghii, iar lichidul se scurge prin spațiul dintre ele, căzând în râul de dedesubt. Ia unul dintre obiectele cilindrice translucide și îl îndoaie cu degetele. Se aude un mic trosnet când se rupe capsula de sticlă din interior, eliberând peroxid de hidrogen. Când acesta se amestecă cu oxalatul de difenil, bețigașul emană o aromă intensă de portocale.

Femeia asta a venit să cerceteze o crimă sau a venit la o petrecere rave? se întreabă Jon.

— Vârsta aproximativă a victimei?

— Aguado nu mi-a spus. Încep...

Antonia ridică din nou degetul. Enervant.

Jon e genul care, atunci când se enervează, trece la contraatac. Preventiv. De florile mărului. De-al naibii. Dar Antonia se poartă ciudat în noaptea asta. Iar standardul de ciudățenie – *ciudardul*, cum îi spune Jon – e foarte ridicat la Antonia Scott.

Antonia introduce bețigașul luminos în sticla pe jumătate goală. Înșurubează capacul, se ridică în picioare. Ezită o clipă, adulmecând vântul. Când acesta se oprește preţ de o secundă, Antonia aruncă sticla în apă şi urmăreşte traseul reflexiei portocalii în râul de dedesubt. Clipeşte de câteva ori, ca diafragma unui aparat foto.

Jon a mai fost martor la aşa ceva. Ştie că Antonia trasează un desen în minte. Iar acum înţelege de ce a aruncat sticle în apă din locuri diferite.

— Nu exista o metodă mai ecologică?

Antonia, cu privirea fixă, îl ignoră.

Curentul pare să cotească brusc către jumătatea distanţei care îi desparte de insuliţă, ca şi cum ar vrea să ducă sticla către malul nordic. Dar minuscula bucată de plastic ajunge să se înţepenească în stufăriş.

— Se confirmă, doamnă doctor. A fost aruncată de pe pod. Curentul se schimbă la jumătatea drumului. Greutatea care i-a fost legată de picior nu a fost suficientă ca s-o ţină sub apă. Pe măsură ce s-a umflat din cauza gazelor şi a căpătat flotabilitate, a trebuit să târască greutatea pe fundul apei până s-a înţepenit în insuliţă.

Tace câteva clipe. Apoi spune:

— Vă sugerez să urcaţi aici și să aduceţi Luminol. Şi spuneţi-i lui Mentor să dea ordin să se stingă luminile de pe pod, vă rog.

Antonia își dă la o parte părul de pe ureche – negru şi drept, lungime medie – şi lasă la vedere nişte căşti fără fir. Loveşte într-una din ele de câteva ori cu buricul degetului arătător, ca să încheie conversaţia, înainte de a se întoarce către Jon.

— Deci de aceea nu m-a luat în seamă niciuna din voi, protestează inspectorul, îndurerat. Măcar ai fi putut să-mi spui că aţi vorbit la telefon. M-am dat peste cap să-ţi scot cadavrul din apă.

Antonia ridică o sprânceană, surprinsă.

— Mentor mi-a spus că prin acea conductă s-a produs o scurgere radioactivă, explică Jon, arătând în faţa lui.

— Complet fals, spune Antonia.

— Cu atât mai bine, oftează Jon.

— Conducta prin care s-a produs scurgerea radioactivă este alta, spune Antonia, arătând spre următoarea, chiar și mai aproape de locul în care a intrat Jon în apă.

Jon oftează din nou. E un oftat diferit.

— Adio fertilitate!

— Nu exagera. Cantitatea pe care ai atras-o e echivalentul a șapte sau opt radiografii. Sperma ta e în siguranță. Și credeam că nu vrei să ai copii.

— Îmi place să am de ales.

— Copiii nu aduc decât necazuri.

În acel moment se sting luminile de pe pod și, dintr-odată, ajung să fie două siluete în întuneric. Una, imensă, se agită neliniștită. Cealaltă, măruntă, scoate telefonul mobil din buzunar și aprinde lanterna.

— Văd că vizita la fiul tău a mers foarte bine, spune Jon, scoțând și el o lanternă din buzunar. Una adevărată. Ce căutăm?

— Pete de sânge. Mai ales pe marginile metalice.

Paradoxal, petele de sânge se văd uneori mai bine pe întuneric. Luminolul ajută mult, o substanță miraculoasă care, presărată la locul unei crime, face ca sângele și alte materii organice să strălucească sub o lumină cu ultraviolete. Când nu există Luminol, iar sângele s-a învechit, acesta poate căpăta niște nuanțe capricioase, de la maro până la negru, în funcție de suprafața pe care a căzut, de timpul scurs și de oxidarea la care a fost supus. În aceste cazuri, Antonia și Jon preferă să lucreze pe întuneric, concentrându-se doar asupra micului cerc de lumină din fața lor, verificând zona cu pași mărunți.

Vezi mai puțin ca să vezi mai mult.

— De ce n-ai coborât? Te-am așteptat, îi reproșează Jon, fără să se oprească din cercetarea cu lanterna a suprafețelor din apropiere.

Încearcă să înțeleagă comportamentul Antoniei. Ceea ce nu e niciodată simplu.

— Nu știu să înot.

— Apa are optzeci de centimetri. Până și tu atingi fundul.

— Suficient cât să te îneci. Chiar și tu ai căzut.

Jon își strânge buzele. Ar fi vrut ca Regina Roșie să nu-și fi văzut Scutierul căzând în fund, pe bărbatul care, chipurile, ar trebui s-o apere. Ar fi vrut și să fie acasă, în fața unei porții de tocăniță de burtă. Și ca puștiul de douăzeci de ani cu care flirta pe Grindr să se hotărască să rămână odată cu el. Și pace în lume.

Cum spune amatxo[3]*, dacă ai intrat în horă, trebuie să dansezi.*

Și asta trebuie să facă el cu Antonia. S-o scoată la dans. Deși numai ea aude muzica.

— Nu-ți stă în fire să te ții așa de departe de locul unei crime.

— Uneori văd mai bine de la distanță, răspunde Antonia.

Cu coada ochiului, inspectorul Gutiérrez sesizează simptomele colegei lui, semnele că creierul ei aparte funcționează la o viteză mai mare decât cea recomandată. Sunt deja multe luni de când a învățat să interpreteze rigiditatea specifică a umerilor și a gâtului. Respirația întretăiată. Vocea cu o octavă mai sus. Degetele care se deschid și se închid fără ca ea să-și dea seama.

Jon își duce mâna la buzunarul hainei, unde ține cutiuța cu pastile, cu forma ei pătrată, familiară. Dar nu o

3 „Mamă" în limba bască (n. tr.).

scoate. În schimb, se apleacă și continuă să exploreze lent balustrada. Centimetru cu centimetru.

Nu.

Nu înainte să-mi ceară ea.

Nu mai are timp să se gândească la asta, fiindcă a găsit ceva pe marginea balustradei. O pată maro, uscată.

— Uită-te aici.

Antonia se întoarce și se apropie de el. Acum sunt aplecați amândoi pe sub balustradă, privind în sus.

— Asta cauți? întreabă Jon.

Antonia clipește de mai multe ori. Alt semn că Jon a învățat să interpreteze. E ca atunci când auzi hard diskul unui laptop zumzăind, în timp ce procesorul caută informațiile.

— S-ar putea. Pata e la locul potrivit pentru situația în care asasinul a aruncat victima de aici.

Din capătul podului vine Aguado, cu instrumentele necesare ca să continue treaba. Se ridică amândoi, ca să-i facă loc, și sting lanternele.

— Nu vrei să riști, nu? Asta era.

Antonia încuviințează în întuneric.

— Nu vreau s-o văd. Dacă nu e ea, nu vreau.

Jon știe, fiindcă a trăit-o pe pielea lui, că privirile acuzatoare ale morților îți smulg uneori promisiuni care nu pot fi îndeplinite. Antonia i-a făcut o astfel de promisiune unui adolescent secătuit de sânge, într-o vilă pustie, cu șapte luni în urmă. O promisiune care intra în contradicție cu cea pe care i-o făcuse lui Marcos, soțul ei, că nu va mai face niciodată ceva care să-i pună în pericol. Le-a încălcat pe amândouă.

— Știu și eu cum e să-i privești în ochi, frumoaso. Dar în cazul ăsta n-ai fi avut de ce să-ți faci griji. I-au mâncat peștii.

— Nu văd cum ar putea asta să mă îngrijoreze mai puţin, spune Antonia, pe care o atinge sarcasmul precum gloanţele pe Superman. Absenţa globilor oculari reduce şansele de identificare.

Jon întârzie cu răspunsul. Fiindcă ce are să-i spună Antoniei, ce l-a însărcinat Mentor să-i spună n-o să-i convină deloc.

Lola

Centrul Comercial Paraíso, Marbella

Lola Moreno scapă cu viață dintr-un cumul de coincidențe. Prima este că landoul de bebeluși la care se uită prin vitrina magazinului Prenatal e bleumarin. Dacă ar fi fost deschis la culoare, geamul nu ar fi reflectat pistolul ridicat de bărbatul din spatele ei. Dacă n-ar fi fost soția cui este – și n-ar ști că asasinatul este o posibilitate în viața ei –, ar fi fost puțin probabil ca reacția ei să fi fost așa de adecvată.

În loc să rămână înlemnită, să se întoarcă sau să îl înfrunte pe agresor, Lola se aruncă la pământ exact înainte ca primele trei gloanțe din pistolul Makarov să facă zob geamul și să ciuruiască acoperișul cărutului.

Scapă cu viață... momentan. *În casa săracului, bucuria nu ține mult,* îi spune mereu mama ei. Lola Moreno, care poartă blugi Balmain, un pulover moale din cașmir și o geantă Prada, nu e chiar săracă.

Nu e săracă de bani.

Săracă de timp, ceea ce e altceva.

Treizeci de kilograme de sticlă de la vitrină se prăbușesc peste Lola, care își acoperă ceafa cu mâinile, având încredere că Tole se va ocupa de problemă. Că doar de-asta e plătit, și încă foarte bine.

(Lola strigă ceva în legătură cu asta, dar nu se înțelege nimic.)

Anatoli Oleg Pastușenko ia bani frumoși. Atât de frumoși, încât și-a permis să devină dependent de cafeaua de la Starbucks. Ca să-și păstreze vigilența. Problema e că cele optsprezece lingurițe de zahăr din fiecare Frappuccino Venti l-au făcut să devină lent și neglijent. *Cu reflexe grase*, spune Iuri, care uneori încurcă cuvintele, dar le potrivește.

Și să ții o băutură imensă în mâna cu care trebuie să scoți pistolul e un obstacol pentru un bodyguard, mai ales când cu cealaltă verifici în telefonul mobil ce-a făcut aseară Spartak. Oricât de repede ai arunca pe jos ambele obiecte, asasinului îi ia mai puțin să se întoarcă spre tine decât îți ia ție să scoți arma.

Pe Tole îl nimeresc patru dintre cele cinci gloanțe.

Unul în picior, când asasinul apasă prima dată pe trăgaci, aproape fără să țintească. Cel care a durut cel mai tare.

Cel de-al doilea și cel de-al treilea fac găuri în haina neagră, înainte de a ajunge în plămânul stâng și în splină, care explodează. Lui Tole îi va fi mult mai greu să respire și să lupte împotriva infecțiilor în cele șase secunde care îi mai rămân de trăit. Totuși, aceste două gloanțe nu dor deloc. Adrenalina și durerea provocată de primul glonț nu mai lasă loc.

Tole reușește să scoată arma între cea de-a treia și cea de-a patra împușcătură a adversarului său. El trage o dată, reușind doar să zgârie brațul asasinului și făcându-l să-și piardă ținta. Al patrulea glonț ricoșează într-un panou de pe perete și ajunge să se rostogolească inofensiv pe sub balustrada din sticlă, până la etajul inferior. De unde răsună țipetele și fuga oamenilor care au auzit împușcăturile. De unde un angajat plictisit care face curățenie îl va mătura mâine, fără să-și dea seama, împreună cu restul gunoaielor.

Al cincilea glonț – cel care l-a ucis – îi face lui Tole o gaură perfectă deasupra sprâncenei stângi, săpând un șanț în creierul lui, pierzând din forţă pe măsură ce este înfrânat de masa encefalică şi oprindu-se înainte de a ajunge la osul parietal.

Cade.

Lola nu mai ţipă în momentul în care vede chipul lui Tole împrăştiindu-se pe jos, într-o baltă de Frappuccino, la numai câţiva centimetri de ea. O băşică stacojie i se iţeşte dintre buzele sângerii. Privirea amabilă şi loială a şoferului şi bodyguardului ei, pe care în ultimii şase ani a văzut-o în fiecare dimineaţă în oglindă, reflectă acum spaima şi perplexitatea. Tole, mort la patruzeci şi şapte de ani, fără să fi făcut mare lucru în viaţă şi fără să-şi fi împlinit vreun vis.

Acest gând nu trece acum prin mintea Lolei, desigur. Nici după aceea, când traversează desculţă parcarea centrului comercial, cu picioarele însângerate, încercând să supravieţuiască. O va face diseară, când se va ghemui într-o baie ca să plângă – acoperită cu o haină furată, tremurând de frică –, fără să reuşească.

Băşica de pe buzele lui Tole pocneşte, stropind obrajii Lolei cu picături minuscule de sânge şi salivă. Iar asta, mai mult decât împuşcăturile, mai mult decât nevoia de a-şi proteja copilul încă nenăscut, îi declanşează reacţia acută de stres. Acea băşică, ce a plesnit odată cu ultima suflare a lui Tole.

Când invidioasele se întâlnesc cu Lola la ieşirea din restaurantele scumpe şi din magazinele de modă, îşi dau coate. Coate care înseamnă „întreţinută" atunci când sunt spanioloaice. „Soţie-trofeu", când sunt englezoaice sau rusoaice.

Adevărul e că Lola are mai mult timp decât alte femei la treizeci şi ceva de ani (potrivit Lolei, douăzeci şi mai mulţi) ca să meargă la sală. Şi asta îi salvează viaţa, atunci când:

— Se ridică făcând un *burpee*[4], sprijinindu-se cu mâinile de sol, scuturându-și cioburile de pe ea și împingându-se în sus cu o mișcare explozivă a feselor și a femurului (Zumba, miercurea de la 11.00 la 11.45).

— Reușește să sară peste trupul lui Tole cu un salt vertical, fără să-și piardă echilibrul (Body Balance, marțea de la 12.15 la 13.00).

— Îl lovește de două ori cu cotul pe asasin în obraz (Cardio Box, lunea și vinerea de la 10.00, preferata ei).

Din pură întâmplare – și fiindcă Lola se împiedică puțin –, cotul lovește de ambele dăți, deși nu cu prea multă putere. Lola e înaltă. 1,75. Dar n-a dat în viața ei un pumn adevărat, iar cursul de Cardio Box e bun ca să întărească fundul unei gospodine, nu ca să spargă pometi. Deși asasinul se dă puțin în spate, derutat.

I se mișcă puțin și eșarfa care îi acoperă gura.

Lolei îi ia o jumătate de secundă ca să-l recunoască.

O secundă întreagă ca să-și dea seama că e terminată.

Ce chestie, se gândește.

Când creierul nostru se confruntă cu o amenințare, glanda suprarenală ne revarsă imediat un val de catecolamine în fluxul sangvin, oferindu-se instantaneu energie ca să luptăm sau să fugim. Lola a luptat deja – acele două biete lovituri cu cotul au fost jalnicul rezultat. Acum, groaza îi cere să fugă.

Când s-a ridicat, a pierdut una din sandalele Miu Miu. Când se întoarce terifiată, alunecă pe cioburi și cade cu fața în jos. I-a crăpat bășica, așa se spune în Marbella. Își

4 Un exercițiu care constă într-o anumită tehnică de salt (n. tr.).

pierde cealaltă sanda când încearcă să se ridice, cioburile înfigându-i-se în picioarele goale. Ignoră durerea, fiindcă îi este prea teamă ca să cedeze în fața ei, și se ridică din nou, oferindu-i asasinului o țintă perfectă în timp ce aleargă spre ieșirea de urgență din capătul culoarului.

Asasinul, care și-a revenit deja după cele două lovituri în figură, ridică pistolul și apasă pe trăgaci. Puloverul roz e o țintă ușoară de la o distanță atât de mică, dar, pentru ca un pistol să tragă, e absolut indispensabil să aibă gloanțe în încărcător. Cel de la Makarov avea doar opt. Trei în geam, patru în trupul lui Tole, unul la etajul doi. Așa că așteptatul *poc, poc, poc* devine un inofensiv *clic, clic, clic*. Asasinul înjură – e obișnuit cu arme cu mai multe cartușe – și bagă mâna în canadiană ca să scoată un alt încărcător, pe care nu credea că va fi nevoit să-l folosească. Se luptă cu partea glisantă a pistolului și reușește să introducă încărcătorul, dar nu are timp să tragă spre din ce în ce mai îndepărtatul pulover roz, fiindcă în spatele lui răsună:

— Mâinile sus!

Iar asasinul ridică din sprâncene – precis se gândește *Serios? Mâinile sus? Pe bune?* – și se întoarce. Paznicul magazinului de bijuterii Chocrón – revolver în mână, mustață pe buza de sus, burtă de bere la mijloc – a ieșit din magazin și îl țintuiește cu arma.

Asasinul nu îi dă ocazia. Două gloanțe în piept, unul în cap. Îi mai rămân cinci gloanțe. Se întoarce spre Lola înainte ca genunchii paznicului să atingă solul. Trage, dar al patrulea glonț nimerește doar cadrul ieșirii de urgență, care s-a închis în spatele Lolei, amortizând strigătul de frustrare al asasinului.

Dar nu, Lola nu este în siguranță, nu încă.

Nici pe departe.

4

Un apel video

Antonia e foarte prost dispusă, iar bunica Scott remarcă acest lucru.

— Eşti foarte prost dispusă, fetiţo. Observ, spune ea.

E în bucătărie, unde îşi unge o felie de pâine prăjită cu unt şi marmeladă în faţa camerei video a iPad-ului. Marmelada, de fructe de pădure, de casă şi plină de zahăr, pare să iasă prin ecran. Antonia se abţine să-i aducă aminte că nu trebuie să mănânce nici zahăr, nici grăsimi. Bunica Scott doar i-ar spune ce vârstă are. 93, împlineşte 94 luna viitoare. Şi e ca un trandafir.

Nu, Antonia nu spune nimic despre pâinea prăjită. A renunţat să mai controleze nivelul de zahăr şi pe cel de colesterol ale bunicii. De fapt, pe ea o deranjează că bătrâna poate să se îndoape cât vrea, în timp ce ea trebuie să calculeze până şi ultima calorie. Deşi aromele foarte dulci sunt singurele care reuşesc să spargă zidul anosmiei ei, pentru ea s-au terminat.

Kummerspeck.

În germană, „şunculiţa tristeţii". Greutatea pe care o capeţi când eşti nefericit.

De când s-a întors la lucru, acum şapte luni, încearcă să nu cedeze. Să compenseze excesele făcute timp de trei ani, în care a mâncat mizerii procesate. O felie de pâine prăjită ca aceea i s-ar aşeza direct pe fund, chiar sub formă de felie.

Aşa că stă în bucătăria mansardei ei din Lavapiés, cu o cafea făcută la aparat cu capsule pe post de mic dejun. Moartă de invidie.

— N-am avut deloc o noapte bună, se limitează să răspundă.

Bunica mijeşte ochii, se apropie de ecran. Tocmai şi-a dat seama de ceva.

— Mă suni de acasă?

Antonia sprijină iPad-ul pe masă ca să-şi poată îngropa faţa în mâini.

— Am venit să dorm aici. Nu avea rost să mă duc la spital aşa de târziu.

Nu-i spune că e a patra noapte consecutivă în care doarme acasă. Că petrece din ce în ce mai puţin timp lângă Marcos.

Nu-i spune că a cumpărat o saltea gonflabilă, pe care o umflă în fiecare seară şi o strânge în fiecare dimineaţă. Că o bagă în dulap, pentru ca lumina soarelui să nu fie martoră la ruşinea ei.

Nu-i spune că a devenit din ce în ce mai greu să-l vadă pe soţul ei, să-l ia de mână ca să doarmă lângă el. Că trupul lui, din ce în ce mai obosit şi mai sfrijit, cu pielea tot mai aspră şi rece, i se pare o acuzaţie insuportabilă. Că acea compasiune pe care o simţea înainte pentru Marcos, vina, părerea de rău s-au transformat în resentimente.

Empatia faţă de nenorocirea altuia are o limită. După care începi să simţi că năpasta lui este un gest de răutate, a cărui victimă eşti tu.

Nu spune nici asta. Poate că Antonia Scott e cea mai inteligentă persoană de pe planetă. Dar asta nu-i dă înţelepciunea de a şti ce să facă, nici puterea de a-i ţine piept.

Antonia nu spune nimic, dar bunica nu are nevoie să audă.

Bunica ştie.

— Ieri au venit cei de la gaze să facă revizia anuală. Un băiat arătos.

Doar bunica Scott e capabilă să dea expresiei englezeşti (*nice ol' chap*) o tentă lascivă, cu dantura ei falsă.

— Pentru Dumnezeu, bunico, eşti mai bătrână decât el cu patruzeci de ani.

— Treizeci şi opt, fetiţo. Şi dacă ai fi văzut ce posterior are, spune muşcând din pâinea prăjită. Şi e văduv, bietul de el. Poate îl invit la cină într-una din seri, la un miel cu mentă.

Bunica Scott consideră că mielul ei cu mentă are proprietăţi afrodiziace irezistibile. Antonia nu se scandalizează, ştie prea bine că bunica va flirta şi cu groparul când acesta o să-i arunce pământ pe sicriu.

— Unde voiam să ajung, de fapt... continuă bunica.

— Ştiu foarte bine unde voiai să ajungi, o întrerupe Antonia. Nu am nevoie de niciun bărbat în viaţa mea.

— Prostii. Uite ce citesc! E un test foarte interesant.

Bunica ridică o revistă. Antonia citeşte nouă dintre cele douăsprezece litere ale titlului. Cu font Franklin Gothic, într-un discret roz fucsia. Restul literelor sunt acoperite de fruntea unei doamne blonde. Antonia nu înţelege cum poate zâmbi aşa, din moment ce îşi muşcă degetul mare.

— „A sosit momentul să-ţi întâlneşti amorezul? Descoperă-l în cincizeci de întrebări."

— Vrei să mă diseci cu instrumentul ăla mizerabil?

— N-o face pe interesanta, fetiţo. Uite, întrebarea 3...

Antonia o lasă să vorbească o vreme, până când bunica îşi dă seama că nu o ascultă.

— Bine. La ce te gândeşti?

Nepoata ei începe să vorbească.

Vorbeşte despre problemele ei de comunicare cu Jorge. Despre cât de insuportabil i se pare felul în care o priveşte fiul ei, fără să aibă deplină încredere în ea, încercând să fie ceva ce Antonia nu înţelege prea bine, ceva cu care niciunul din ei nu este obişnuit.

Bunica încuviinţează şi nu spune nimic.

Antonia povesteşte cum se simte în legătură cu situaţia soţului ei aflat în comă. Aici recurge la multe scuze. Are centura neagră la minţitul propriei persoane şi alb-galbenă la exprimarea sentimentelor.

Bunica încuviinţează şi nu spune nimic.

Antonia se supără.

— De zece minute vorbesc singură.

— De zece minute îţi plângi de milă. Nu te-am crescut ca să fii o neroadă văicăreaţă. La mine n-o să găseşti compasiune, fetiţo. Dacă vrei să plângi, plângi pe umărul lui Jon. El e plătit ca să-ţi ofere acel umăr enorm și musculos.

— Gata, spune Antonia când reușește să se adune după virulenţa atacului bunicii, care și-a învelit obișnuita francheţe în şmirghel şi a oferit-o cu ciocanul. Nici cu Jon lucrurile nu merg prea bine. Nu prea mă ajută cu Mentor. Aseară...

— Ce căpoasă ești, o întrerupe bunica. Ascultă... Şi ascultă-mă bine, Antonia Scott! Există o singură soluţie la problema ta, la toate problemele. Lasă-l!

Antonia clipeşte uluită. Bătrâna continuă:

— Ai făcut o greşeală cu ani în urmă. Marcos a murit din cauza ta.

— Nu e mort, bunico.

— Ştim amândouă ce scrie în rapoartele medicale. Ştim amândouă că doar te agăţi în continuare de el fiindcă nu-ţi recunoşti greşeala. Dar soţul tău nu mai există. Te-ai îmbolnăvit fiindcă nu ai vrut să recunoşti. Te-ai îmbolnăvit de trufie, iar asta l-a îndepărtat pe Jorge şi l-a obligat pe tatăl tău să ţi-l ia.

Bunica face o pauză ca să ia o înghițitură dintr-un pahar aflat pe masă. Pare suc de coacăze, dar, cunoscând-o pe bunica, precis e alt gen de suc. Unul care se învechește în stejar.

— Fiindcă nu ai stat cu el de când s-a născut, n-ai învățat nimic despre ce ar trebui să fie o mamă. Mai ales cea mai importantă lecție. N-o nimerim niciodată, fetițo. Orice-ai face, greșești. Când o să crească, o să dea vina pe tine pentru toate problemele și defectele lui. Așa e. Așa suntem.

Antonia înțelege foarte bine ultima parte. La urma urmei, ea îl învinuiește de multe pe tatăl ei.

— Atât de crud, nu?

— Cât timp nu-ți dai voie să greșești, vei continua să crezi că ești o mamă rea. Că îți dezamăgești soțul. Că ești o anchetatoare slabă fiindcă nu găsești o persoană de care nimeni nu a reușit să se apropie vreodată. O să rămâi blocată și moartă de spaimă. În regatul tău nu vei găsi decât izolare și singurătate. Lasă-l!

Antoniei îi ia câteva secunde să se prindă unde a mai auzit fraza asta, până când își amintește că asta a fost primul lucru la care Jorge i-a cerut să se uite împreună când cei de la Asistență Socială i-au permis din nou să stea cu el. Un film de neînțeles, cu păpuși din zăpadă care vorbesc și o prințesă care nu reușește să-și dea arama pe față. Două ore din viață pe care nu le va recupera niciodată.

— Tocmai ai citat-o pe Elsa, bunico?

— Cu mare mândrie, spune bunica, ridicând paharul care categoric nu conține suc de coacăze.

Antonia scoate o răsuflare de dezgust, care îi răvășește bretonul. Tunsoarea ei medie obișnuită a devenit o coamă care îi trece de umeri și care are nevoie să fie scurtată. Nici pentru asta nu și-a găsit timp.

— Nu cred că ar trebui să-ţi faci griji din cauza obsesiei mele. Am doar câteva ore la dispoziţie până când Aguado va emite un raport oficial şi îi va confirma lui Mentor ceea ce ştim deja toţi. Că acel cadavru din Manzanares nu este al Sandrei Fajardo.

— Încă nu-i ştiţi nici numele, nu?

Încă o aude pe Sandra în tunelul întunecat. Cu acea frază pe care nici acum nu o poate descifra.

Tu, care îţi aminteşti totul, nu-ţi aminteşti cui i-ai făcut rău? Ce sechele a lăsat lupta ta împotriva răului?

— Nu am nimic, bunico. Tot ce ţinea de cazul lui Ezechiel era fals. Tot ritualul religios, acel *modus operandi* atât de obscur... toate minciunile, perdele de fum. Şi tot nu înţeleg de ce. Ştiu doar că trebuie să aibă legătură cu White.

Bunica mai ia o duşcă şi schiţează un zâmbet radios, zâmbetul ei de reclamă la bomboane. Nu regretă nicio clipă că Antonia trebuie să-şi abandoneze obiectivul.

— Omul ăla e nebun, Antonia.

Ba nu, bunico, nu e. E mult mai mult decât atât. De ce nu poate nimeni să vadă? se gândeşte Antonia.

Dar nu răspunde.

Îşi doreşte să închidă convorbirea.

Îşi doreşte să se întoarcă în living şi să se aşeze cu picioarele încrucişate, ca să aibă parte de cele trei minute ale ei. Niciodată nu a avut atâta nevoie de ele.

— Ştii ce sarcină îţi va da Mentor acum?

— Nu ştiu, spune Antonia clătinând din cap. Vreo prostie.

— Înveseleşte-te, fetiţo. O să vezi că, până la urmă, o să te distrezi.

Lola

Lola aleargă pe scări în jos, repetându-și o informație esențială.

Întotdeauna sunt doi, întotdeauna sunt doi; când se duc după cineva, întotdeauna sunt doi.

O frântură care i-a ajuns la ureche în trecere, în livingul casei ei, în timp ce ea servește tarte cu anghilă și carafe cu suc și curăță masa. Conversații pe un ton din ce în ce mai ridicat pe măsură ce seara înaintează, iar volumul vocilor înăbușă zumzăitul de fond provenit de la Pervîi Kanal[5], prins cu ajutorul antenei parabolice de pe acoperișul vilei. Bărbați periculoși și cu gura mare, împăunându-se în fața ei, de parcă nici n-ar exista. Senilul de Iuri. Care abia vorbește rusă, din câte se pare. Ce mai contează ce aude.

Adevărul e că nu vorbește prea bine, deși învață de șase ani, dar înțelege aproape totul. Cel puțin, înțelege suficient ca să-l audă pe unul dintre tovarăși – sau asociați, fiindcă sunt totuna, cel puțin pentru Iuri – când descrie modul de acțiune al ucigașilor plătiți, fără să se gândească vreodată că ar putea fi ea ținta.

O motocicletă sau o mașină așteaptă afară. Un loc public, pam-pam. Apoi, cel cu pistolul aleargă către vehiculul care așteaptă afară, pe când cel cu motocicleta ține de șase și acoperă ieșirea. După care, vrum-vrum, accelerează și da svidaniya[6]. *Am uitat că te-am văzut.*

5 Canal de televiziune rusesc (n. tr.).

6 „La revedere" – în limba rusă, în original (n. tr.).

Această ultimă frază a spus-o în spaniolă, ruşilor le plac la nebunie expresiile în spaniolă.

Lola, care cunoaşte mallul ca pe propriile buzunare, ştie ce-ar fi făcut ea. Ar fi lăsat maşina cu motorul pornit în parcare şi ar fi ieşit pe la ieşirea de urgenţă.

Ceea ce înseamnă că aleargă în direcţia greşită.

Un zgomot la doi paşi mai încolo i-o confirmă. Asasinul o urmăreşte. Ca să se asigure, Lola se uită printre scări. Glonţul o ratează la mustaţă. Detunătura îi înfundă urechile, reverberează în pereţii din ciment.

Lola se înjură singură și continuă să alerge în jos. Rămâne fără trepte, fără opţiuni, fără loc. Scara se termină cu o ieşire de urgenţă care dă în spatele mallului.

Şi în parcare.

În spatele ei se aud paşii asasinului, coborând în viteză. Nu e timp de pierdut. Lola deschide uşa şi e acolo, la zece metri în faţa ei, în mijlocul drumului.

O maşină cu motorul pornit.

Lola nu se opreşte ca să vadă cine conduce, fiindcă ştie deja. Doar aleargă şi intră printre maşinile parcate. Nu sunt multe atât de devreme – fix la prânz, când străinii vin mai întâi să mănânce, iar apoi să-și încingă cardurile pe Gucci și Valentino. Aşa că Lola trebuie să se ghemuiască şi să alerge printre ele, încercând să se ascundă. Vag conştientă de faptul că picioarele ei lasă urme de sânge pe asfalt.

În spatele ei se aude cum se deschide uşa de urgenţă. Lola, ghemuită în spatele unui Prius nou-nouţ, a rămas fără alte maşini după care să se mai ascundă. Următoarea e la trei locuri de parcare mai încolo.

Începe să plouă. Cu găleata.

Lola e paralizată, tremurând de frică, neştiind ce să facă în momentul în care luneta Priusului se face ţăndări.

Lola scoate un strigăt înspăimântat și se aruncă la pământ. Nu poate să-l vadă pe asasin, nu poate alerga către altă mașină, e prea departe. Singura cale e să se târască sub Prius. Se târăște cu brațele, simțind pe mâini și pe coate – pătrunzând prin puloverul de 1200 de euro – textura unsuroasă a uleiului de motor.

Mașina are pierderi.

Lola, la fel.

Tăieturile de pe picioare au făcut-o să piardă mult sânge, iar de dimineață n-a mâncat nimic. Ideea era să bea o cafea după ce cumpăra căruciorul. Se spune că aduce ghinion să-l iei așa de devreme. Lola e însărcinată doar de trei luni. Cu haine largi, abia se vede. Dar își dorește atât de mult acest copil... Și e așa de nerăbdătoare...

Aduce ghinion.

Lola începe să-și simtă capul moale și vederea încețoșată. Nu mai are putere în brațe, asfaltul trage de ea cu forță în jos. Cu promisiunea tihnei.

Nu, la naiba, nu pot să leșin.

O parte din ea e încântată de ideea de a leșina și a-i lăsa s-o împuște fără să fie conștientă. Totul devine negru, gata. Simplu, nedureros.

Nu.

Se ridică din nou. Uleiul, amestecat cu ploaia, a lăsat pe obrazul ei o pată iridescentă și alunecoasă, care i se scurge în gura deschisă. E dulce.

Nu e un dulce bun.

Scuipă.

Continuă să se târască. Se strecoară printre mașini și se refugiază sub cea de alături, exact la timp. În fața ei sunt niște cizme. Cizme butucănoase, negre. Una din ele este mânjită de sânge.

Vârful piciorului drept e la mai puțin de o palmă de fața ei.

Dacă se mișcă puțin, mă face praf.

Dacă se apleacă, mă face praf.

Cineva plânge pentru Lola, trist și în tăcere. Ea e, sigur. Nu face niciun zgomot, aproape nici nu se mișcă, dar plânge de mama focului, din cauza acelei groaznice nedreptăți de a muri așa, prinsă sub o mașină, murdară și singură.

Atunci se aude sirena. Nu în depărtare, ca în filme, ci foarte aproape, foarte tare. Cel mult, pe strada alăturată.

Cizmele se îndepărtează.

O ușă se trântește, motorul unei mașini accelerează și dispare cât ai clipi.

Lola se lasă din nou să cadă – o pauză scurtă, fiindcă nu se poate opri, amenințarea nu a dispărut – și continuă să plângă.

Nu se oprește din plâns nici când îi vibrează telefonul mobil în buzunarul blugilor.

Nici nu-și mai amintea că îl are.

E un mesaj de la Iuri.

Vin după mine. Știi ce ai de făcut.

Idiotul. Prostul naibii, pulifrici nenorocit, se gândește Lola. Dacă l-ar avea în față pe soțul ei, i-ar smulge firele de păr recent implantate în Turcia.

Acum mă anunți? Acum?

5

Nişte urgenţe

Partea bună şi partea rea la Bilbao?

Partea rea la Bilbao e că nu există un loc ca Attack. Unde să-ţi descarci tensiunea şi durerea genitală şi să arzi gazul vreo două ore dacă eşti pe invers.

Partea bună la Bilbao e că nu există locuri precum Attack, de unde Jon iese cu sufletul harcea-parcea şi simţindu-se mult mai singur decât atunci când a intrat.

Dar mai eliberat, dacă e s-o spunem pe-aia dreaptă.

El vrea să-i răspundă tipul de pe Grindr, dar, după câteva schimburi de mesaje, parcă l-a înghiţit pământul. Şi părea mişto. Iar inspectorul Gutiérrez, care e monogam în serie, nu vrea să muşte din acelaşi măr de două ori pe săptămână, ca să plângă după aceea. El vrea o iubire civilizată, dar n-o găseşte.

La ieşire, Jon se încheie la sacou, cu părul încă picurând după saună. Nu-şi pune şi haina, fiindcă e la doar şase minute distanţă de casă. Universul te plasează în apropierea tentaţiei.

Optimist incurabil, ca de obicei, Jon deschide telefonul. La Attack, trebuie să laşi telefoanele la garderobă, alături de toate celelalte, din motive evidente. Poate are noroc şi a primit un mesaj de la băieţaş.

Îi apar cinci apeluri de la Mentor.

Şase, cu tot cu cel de acum.

— E aproape ora două noaptea, spune Jon când răspunde.

— Sper că aţi pregătit-o pe Scott, aşa cum v-am rugat.

— Are deja raportul de la Aguado, oftează Jon.

— E aşa cum ne temeam. Femeia nu este Sandra Fajardo, aşa că vă iau cazul.

— Şi asta nu putea să aştepte până mâine?

— Nu, fiindcă a apărut ceva foarte important. Vreau să veniţi la Marbella.

— Bine, mâine, la prima o...

— Acum, domnule inspector. Credeţi-mă, e cu adevărat urgent. Şi foarte, foarte important. Căutaţi-o pe Scott şi puneţi-vă în mişcare. Vă dau detaliile pe drum.

Jon deschide o gură ca de metrou. Sau cască, nu se poate observa diferenţa. Deja de două nopţi consecutive se culcă târziu. Iar noaptea precedentă a pescuit cadavre. Asta, başca treburile lui de poponar. Şi are şi el o vârstă. Aşa că ordinul îi stă în gât.

— Un drum de şase ore.

— Cu maşina aia, dacă o călcaţi, patru. Şi aveţi grijă.

— Tocmai mi-aţi cerut, în aceeaşi frază, s-o calc şi să am grijă?

— Nu sunt două chestii incompatibile.

— Pic de somn.

— Dacă aveţi nevoie de un stimulent chimic, în torpedoul maşinii găsiţi ce vă trebuie.

Asta mai lipsea. Doi drogaţi în echipă, la preţ de unu.

— Corpul meu e un templu.

— Nu se poate afirma aşa ceva cu un colesterol de 283, domnule inspector.

— Chipurile, analizele medicale erau confidenţiale.

— Erau destul de confidențiale. Să nu faceți accident, ordonă Mentor și închide.

Așa că, după o jumătate de oră, o are pe Antonia pe locul din dreapta al Audi-ului A8. Negru metalizat, geamuri fumurii, jante din aliaj, o sută și ceva de mii de euro. Jon l-a botezat *reginamobil*, o poreclă care-l amuză doar pe el.

— Dacă ești obosit, pot să conduc eu, se oferă Antonia, cu o voce inocentă.

Asta e a treia mașină pe care le-a dat-o Mentor, după ce Antonia a făcut-o praf pe prima într-o urmărire la peste 250 km/h. Pe cea de-a doua a bușit-o Jon de Rolls-Royce-ul lui Sir Peter Scott, tatăl Antoniei, la scurt timp după aceea. Dar, după părerea lui Jon, și atunci tot vina ei a fost.

Motiv pentru care Jon nu are de gând s-o mai lase la volan până în secolul douăzeci și doi.

— Tu odihnește-te, frumoaso. Tu odihnește-te.

Antonia se întinde în scaun, contrariată. Închide ochii și se preface că doarme.

Jon se uită la ceas și se gândește la *amatxo*. La ce-o mai face. La cei șaptezeci și unu de ani ai ei. Și cu sala de bingo Arizona închisă. Oare cu ce-și mai petrece timpul? Biata de ea, atât de singură...

Bineînțeles, atât de singură fiindcă așa vrea. Contrar tuturor previziunilor, n-a vrut să-și lase apartamentul din Bilbao ca să se mute cu fiul ei la Madrid. Unde să mai meargă la vârsta ei, du-te singur dacă vrei, nu-ți pasă că o să mor singură aici. Ba nu, mamă, datoria mă cheamă și așa mai departe. Și n-a venit. Lăsându-l să-și calce singur cămășile, pentru prima dată în patruzeci și trei de ani. E un fel de a spune, fiindcă acum i le calcă cei de la curățătorie. Mai ales cu salariul pe care i-l plătește Mentor în fiecare lună. Aproape cinci cifre. Dar îi simte lipsa.

Trebuie s-o sun.

Cel care sună însă – când se află pe A-4, în dreptul orașului Valdemoro – e Mentor. Pe iPad-ul Antoniei. Pe FaceTime.

Ea pune tableta pe bord și preia apelul.

— Probabil vă întrebați de ce v-am trimis la Marbella în toiul nopții.

Camera video îi accentuează lui Mentor începutul de chelie și cearcănele. Pare că a îmbătrânit brusc cu zece ani. Și *vapează* în continuare.

— Sincer, nu. Nimic nu te ajută să-ți întinzi mai bine picioarele decât șase sute de kilometri.

— Dumneavoastră nu vă desprindeți ochii de la șosea, domnule inspector.

— Iar dumneavoastră nu suflați aburi înspre cameră, că nu se mai vede nimic.

— Erau mai multe chestiuni care necesitau prezența Reginei Roșii acum, că am renunțat la căutarea lui Fajardo, spune Mentor, ignorându-l. A trebuit să refuz sau să amân participarea ei la aceste chestiuni. A intervenit ceva, o șansă cum n-am mai avut de mult.

Mentor ridică o fotografie în fața camerei video. Scoasă dintr-un pașaport, din câte se pare. Un bărbat tânăr, brunet, la vreo treizeci și cinci de ani. Nas mare, păr scurt. Buze groase.

I-aș trage-o, se gândește Jon.

— Cam așa arăta Iuri Voronin până acum câteva zile.

Mentor ridică altă fotografie.

E o fotografie cu rezoluție mare, făcută cu bliț. Prea mare rezoluția. Se văd umerii și barba lui Iuri. Ba chiar, cu un mare efort de a-l distinge de sânge și de oase, se distinge chiar și părul lui Iuri. În schimb, nu se văd nasul, ochii și nici fața lui Iuri, fiindcă au fost spulberate cu o pușcă.

Nu i-aş mai trage-o, se gândeşte Jon. Şi îşi îndepărtează privirea.

— Calibrul 12? Cu gloanţe de ceramică, aş spune eu, îndrăzneşte Antonia, apropiindu-se puţin de ecran.

— Ce bine am făcut că te-am trimis la o şcoală particulară, confirmă Mentor, arătând mai multe fotografii.

Cadavrul pare prăvălit peste un geam. Privit de la o distanţă mai mare, pare că îi lipseşte o jumătate de cap, fiindcă îi lipseşte o jumătate de cap.

— Iuri Voronin era un om de afaceri în toată puterea cuvântului, continuă Mentor. Avea o firmă de import. Produse agrochimice, regulatori de creştere pentru plante, acaricide. Le aducea de la Sankt Petersburg la Algeciras sau Málaga. De asemenea, fier, aluminiu şi alte materii prime. În ultimele luni s-a axat pe Funduk.

— Ce e Funduk?

— Înseamnă „alună" în rusă, spune Antonia.

Ştie şi rusă, se gândeşte Jon. *Cum să nu?*

— E Nutella rusească, precizează Mentor. Se pare că face furori în Costa del Sol. O exportă chiar şi în Franţa.

— Nutella îngraşă, adaugă Antonia, căreia îi chiorăie maţele numai când pronunţă aceste şapte litere.

— Iar Funduk, şi mai mult. Ruşii n-au sucombat în faţa îndemnului prostesc de a renunţa la uleiul de palmier, aşa că are gustul pe care trebuie să-l aibă. Cică de-asta are atât de mult succes.

— Lasă-mă să ghicesc, îi spune Jon. N-a fost omorât fiindcă vindea lapte, cacao, alune şi zahăr.

— Nu, mă tem că nu. Credem că Iuri Voronin era trezorierul clanului Orlov. Principalul exponent al mafiei ruse în Spania.

— De ce să-l omoare pe trezorier? A greşit o coloană în Excel?

— Asta e o întrebare importantă, domnule inspector. Dați-mi voie să vă pun eu altă întrebare. Ce știți despre crima organizată din Costa del Sol?

— Că nu e de glumă, răspunde Jon.

Deși n-a făcut parte dintre experiențele cu care a avut de-a face Jon pe vremea când era un polițist obișnuit, mulți ani a citit circularele interne. Știe despre raziile aproape săptămânale. Milioanele de euro și de kilograme confiscate. Zecile de morți, care devin din ce în ce mai muți și care nu ajung niciodată pe prima pagină a ziarelor. Fiindcă, mai presus de orice, trebuie să ne apărăm sursa de venit. Iar ceea ce ne asigură un venit în țara asta e să vindem soare și plajă.

— Nu, nu e deloc de glumă. E un haos, domnule inspector. Columbieni, suedezi, algerieni, kosovari, toți se luptă pentru o felie de tort. Deasupra lor, rușii taie tortul. E un război pe care îl pierdem.

— Ca de obicei?

— Nu sunt fonduri pentru forțele locale. Facțiuni. UDYCO[7], pe de o parte, iar GRECO[8], pe de altă parte. Garda Civilă trage turta pe spuza ei. Invidii.

— Ca de obicei.

— Aici intrați dumneavoastră în scenă, domnule inspector.

Mentor mai arată și alte fotografii. O femeie cu părul șaten-deschis și ochi albaștri. Față ovală. Chiar și în buletin se vede că e frumoasă de pică. Și asta ca să nu zicem mai mult.

— Lola Moreno Fernández. Născută la Fuengirola în 1989. A urmat un modul la școala de secretare, a cochetat cu modellingul, a turnat în pahare, a dansat la bară. Nimic

---

7 Departamentul Antidrog și Crimă Organizată din Spania (n. tr.).

8 Grupul de state împotriva corupției al Consiliului Europei (n. tr.).

strălucit. Acum şase ani s-a măritat cu Iuri, acum locuieşte într-o vilă de cinci milioane de euro.

— Prea frumoasă ca să ţină doliu, spune Jon. Ce a declarat?

— Nu mare lucru. Chiar azi-dimineaţă cineva a încercat s-o omoare într-un mall, la aceeaşi oră la care a fost ucis soţul ei. I-au făcut de petrecanie şoferului, iar ea a dispărut.

— Probabil o caută poliţia.

— Şi asasinii clanului Orlov, aşa că avem acum o cursă contracronometru. Misiunea dumneavoastră este s-o câştigaţi. De aceea vă trimit atât de repede la Marbella, înainte de a se pierde urma. Lola Moreno e singura noastră legătură cu Iuri Voronin. Dacă aflăm de ce a fost ucis soţul ei, dacă aflăm de ce au încercat s-o omoare şi pe ea, poate reuşim să facem o crăpătură în armura clanului Orlov. Întrebări?

Jon scoate un mormăit care vrea să însemne „nu".

Antonia nu spune nimic.

Ştie toată lumea că e supărată. Că ea vrea să rămână la Madrid, căutând-o pe Sandra Fajardo. Sau cum o chema-o.

— Nu pari prea entuziasmată, o interpelează Mentor, care n-o să se dea bătut.

— Mafioţii sunt plictisitori, spune ea, ridicând din umeri.

— Haide! O să fie ca la Valencia.

— Noi doi ne amintim de Valencia complet diferit.

Mentor îşi drege vocea.

— O situaţie haotică, aşa cum e asta, este exact paradigma pentru care a fost creat proiectul Regina Roşie. Dacă cineva poate să facă lumină în încurcătura asta, tu eşti aceea, Antonia. V-am lăsat toate informaţiile actualizate în server. Ţineţi-mă la curent, le cere Mentor înainte de a închide.

În maşină se lasă tăcerea. Habitaclul blindat al Audi-ului A8 este o operă de artă. Nu se aude nici măcar zgomotul roţilor pe şosea, în timp ce maşina puternică devorează kilometru după kilometru.

— Eu mă îmbrac întotdeauna în negru, spune Antonia după o vreme.

Jon o priveşte mirat.

— Ai spus că femeia aia e prea frumoasă ca să poarte doliu. Şi eu?

Tu... tu ar trebui să renunţi la doliu, se gândeşte Jon. Dar spune:

— Cum să-ţi explic... – devenind foarte serios. Poate că tu nu arăţi ca un manechin. Dar, când zâmbeşti, toate Lolele Moreno din lume nu-ţi ajung nici la degetul mic.

Şi iată.

Antonia zâmbeşte.

Zâmbetul ei de zece mii de waţi, marcă înregistrată.

Jon îşi dă seama că, de luni bune, e prima dată când o vede zâmbind, iar asta îi topeşte inima. Chiar acum simte în piept o brioşă de ciocolată.

Of, frumoaso. Ce dificilă eşti şi cât de uşor te faci îndrăgită...

6

Un afiș

Să o luăm cu începutul. Iar începutul înseamnă micul dejun.

Jon o mângâie pe Antonia pe cot ca s-o trezească. Ușor. Antonia se întoarce deranjată.

Nu suportă să fie atinsă, dar de data asta nu spune nimic.

Jon nu știe dacă e un progres. Vrea să creadă că e.

— Suntem aproape. O să oprim aici.

Antonia se întinde pe scaun, se freacă la ochi. Au parcat în fața unei cafenele. Și nu s-a făcut încă ziuă.

— Nu e adresa corectă.

— Îți spun eu că e. Mi-e o foame de lup. Ori îmi dai o cafea și un sandvici, ori te duci singură la locul crimei.

Ea întinde mâna spre torpedou. Sub manualul de instrucțiuni al mașinii, e un plic roșu. Antonia îl deschide și scoate din el o punguță cu niște pastile albe. I le arată colegului ei.

— Nu știu dacă te-a anunțat Mentor, dar...

— Uite ce e, frumoaso, nu mă scoate din sărite. Avem destule pe cap. Păstrează-le pentru tine.

— Difenilmetilsulfinilacetamidă? Dacă-mi dai una din astea, îmi crapă capul.

— Eu să-ți dau ție droguri? Am luat-o razna? spune Jon, ieșind din mașină și trântind portiera.

Antonia îl găsește înăuntru, cocoțat pe un taburet. Din spate, parcă ar fi o măslină gri înfiptă într-o scobitoare. Nu că ar fi gras.

— Până la urmă, ai dreptate. Localul ăsta e foarte scump, spune Jon cu gura plină. Zece euro pentru un minisandvici și o cafea cu lapte.

— Un mixt și un jumi-juma, îi comandă Antonia chelnerului când acesta se apropie.

Voci în bucătărie. Filtru de cafea. Zgomot de farfurii care aterizează în fața lor.

— Cinci euro, spune chelnerul.

Antonia îi dă un cot lui Jon ca să plătească.

— Ascultă... spune Jon, întinzându-i bancnota gri. Eu ți-am cerut același lucru și mi-ai luat dublu.

Chelnerul arată înspre un afiș din spatele lui. Mic. Ca să nu zicem altfel.

ANUNȚ: DACĂ NU COMANDAȚI CUM TREBUIE,
VĂ CEREM UN PREȚ DUBLU

Iar mai jos, traducerea în limba vorbită în Málaga. Așa află Jon ce înseamnă „o lungă”, „un jumi-juma” și „un norișor”. Și celelalte șase varietăți locale. Înjură în gând de toți sfinții, tace ca să nu facă zgomot, dă pagina. Încă una în neagra lui istorie cu chelnerii.

— Nu se poate să fi văzut afișul.

Antonia atacă sandviciul. N-ar trebui, dar...

— Am fost antrenată să văd totul.

— Totul? În orice loc în care intri, în orice situație?

Ea ridică din umeri.

— Asta sunt.

— Nu ești asta. Asta faci, frumoaso. Dacă te crezi altceva, o să ajungi scrântită. Nebună. Ia o înghițitură de cafea. Adică și mai nebună, vreau să spun.

— E totuna.

— Ba nu e. Altfel, n-ai avea voie să greșești.

— Păi, nu am voie.

Jon își termină cafeaua.

— Ospătar, un pahar cu apă, te rog. Pe ăsta poți să-mi iei un preț triplu.

Chelnerul îl săgetează cu privirea, dar apoi se uită la statura lui Jon și îi dă paharul cu apă. Cât de caldă se poate.

— Antonia... știu că ești supărată pe mine, pe Mentor, pe toată lumea. Dar nu se întâmplă nimic dacă greșești. Nu am găsit-o pe Sandra, nici urmă de White. Asta e. Viața merge mai departe.

Secundele trec, legănate de sunetul televizorului și de zăngănelile aparatului de jocuri de noroc. Antoniei îi ia o săptămână și jumătate ca să răspundă. Când o face, nu-l privește în ochi. Se uită la ceașca goală și la firimiturile acuzatoare din farfurie.

— Nu știi cât de greu e să fii eu.

Jon scoate un hohot. Nazal. De neîncredere.

— Normal că nu, las-o moartă. Nimeni nu știe cum e să fie celălalt. Dar tu ai ceva special. Ceva valoros, care nu se poate irosi. Singura mea superputere e că recunosc de la distanță niște Manolo Blahnik.

Antonia îl privește uimită.

— În anumite situații, să identifici exact încălțămintea unei suspecte...

— Nu te suport.

Când se ridică, jurnalul de dimineață de pe Canal Sur prezintă titlurile.

Poliția încă nu are indicii despre tentativa de jaf care a avut loc ieri la un magazin de bijuterii din centrul comercial Paraíso. Atacatorii i-au ucis pe paznic și pe unul dintre clienți, care...

Jon și Antonia se privesc. Nu vorbește niciunul.

7

Un triunghi

Afară, aerul e mai cald. Nu e de costum de baie, dar nici de haină. Şi s-a făcut ziuă, în sfârşit, iar soarele încinge capotele maşinilor.

Jon conduce către mall. Mai e o oră și jumătate până se deschide. Parcarea e goală, cu excepția unei mașini de poliție, parcată de-a curmezișul pe șapte locuri de parcare. Nimic nu-i amuză mai tare pe polițiști decât să te facă să înțelegi foarte clar că regulile de circulație nu-i afectează. Un polițist în civil, cu legitimația atârnată de gât și cu un dosar sub braț, așteaptă lângă ieșirea de urgență. Accesul în zona de investigații a fost delimitat cu câțiva metri de bandă albă cu dungi negre.

Jon se apropie și îi arată legitimația.

— Sunt inspectorul Gutiérrez.

— Cei de la Madrid, da. Poftiți, spune ridicând banda.

E tânăr, până în treizeci de ani. Înalt, brunet, bine făcut. Ochi amabili pe o față ascuțită. Față flămândă, dar frumoasă. Cam adus de spate. Întinde mâna ca să i-o strângă pe a lui Jon, după ce trec amândoi pe sub bandă.

— Subinspectorul Belgrano. Iar dumneavoastră sunteți... spune el, întorcându-se spre Antonia și întinzând din nou mâna.

Se produce o situație stânjenitoare în cinci timpi, mai exact:

Antonia privește mâna subinspectorului Belgrano, fără cea mai mică intenție de a i-o strânge.

Antonia se uită la Jon.

Jon bălmăjește ceva în încercarea de a o prezenta, înainte de a-și da seama că au uitat să-și pună la punct povestea de ochii lumii.

Subinspectorul își bagă mâna în buzunarul blugilor.

Antonia își duce mâna la poșeta în bandulieră și scoate o legitimație bleumarin.

— Scott. De la OCO.

Belgrano face o față de parcă ar trebui să-i sune cunoscut, dar nu-i pică fisa.

— Biroul de Crimă Organizată. Europol.

Europol. La fel ca Interpol, dar euro. Europol. Nici că puteai să alegi altă agenție, scumpete, se gândește Jon, dându-și ochii peste cap în sinea lui. Da, el poate.

— Măi, să fie, sunteți prima pe care o cunosc, se miră Belgrano.

— Nu suntem mulți. Antonia ridică din umeri.

Mai degrabă puțini, se gândește Jon. *Nu sunt o mie în toată Europa. Iar ofițeri de legătură cu o legitimație ca asta pe care ți-a dat-o Mentor, și mai puțini. Dacă întreabă cineva de tine, o să fie foarte ciudat că nu te cunoaște nimeni. Dar, mă rog, aici pare un mediu mai puțin ostil decât cel creat de Parra.*

— Ce noroc că putem conta și pe dumneavoastră. Avem nevoie de tot ajutorul posibil. Urcați, urcați. Dar aveți grijă la baza scărilor, e o pată de sânge, nu călcați în ea, spune Belgrano, luând-o înainte ca să le țină ușa.

Categoric, mult mai puțin ostil.

Pe scară nu sunt alte lumini în afara celor de urgență. Totuși, triunghiul galben care încercuiește probele se observă pe jos, lângă un semn roșu pe care se disting urme de călcâi și de degete. Mai sunt și alte triunghiuri câteva trepte mai sus. Printre ele sunt mai multe urme însângerate de pași, deși foarte puține sunt complete.

— Sunt mai multe urme nemarcate, spune Antonia.

— Toate îi aparțin doamnei Moreno.

— De unde știți? Ați reușit să le comparați cu cele ale dispărutei?

Belgrano pare rușinat.

— Nu, dar am dedus...

Antonia și Jon tac și îl privesc.

— Știți... Adevărul e că am rămas fără triunghiuri, recunoaște în cele din urmă. Și erau multe urme. Am preferat să le folosim sus, la scena principală.

— E intactă?

— Am fost anunțați de la Madrid să nu atingem nimic până nu ajungeți dumneavoastră. A trecut judecătorul pe aici, iar cadavrele au fost ridicate, că doar nu puteau rămâne aici. Restul arată exact la fel. Etajul e închis până mâine.

— Și legiștii?

— La vila soțului, cu celălalt cadavru. Au început de aici fiindcă e un loc public. Și suntem foarte puțini, nu putem fi în două locuri în același timp.

Cei trei încep să urce, cu Belgrano în frunte. Antonia la mijloc. Jon în spate, puțin mai în urmă (nu-i plac scările).

— S-a redus bugetul, înțeleg.

— Nici nu vă închipuiți. În Málaga avem cu optzeci de persoane mai puțin decât a prevăzut Ministerul de Interne. Dar nu ne mai trimit oameni. Toți cadeții ajung la Madrid sau la Sevilla. Și vă zic că nu ajunge nici pe-o măsea ce au prevăzut cei de la Interne.

Subinspectorul pronunță *nuajungienișipomăsia*, cu un accent închis. Nu de Málaga. Din centru. De Granada.

— Ar trebui să fim cel puțin de două ori mai mulți. Ca să ne descurcăm cât de cât. Efectiv. Ne dau câte zece gloanțe în fiecare lună ca să exersăm. Dacă vreau să trag mai mult, trebuie să scot eu bani din buzunar.

Jon, care a trecut printr-o mie și una de bătălii cu bugetul poliției, uită că acum câștigă de patru ori mai mult decât inspectorul Belgrano și începe să bălăcărească sindicatele căpătuite și pe proștii cu ghiotura de la Interne, pe care nu-i interesează decât banii, nu oamenii, iar Belgrano răspunde energic, fără să-și dea seama că, undeva dedesubt, un cap privilegiat se strecoară printre polițiști și deschide ușa către scări, cu gândul de a face ceva util.

— Alo! Unde vă duceți? Nu puteți să vă duceți acolo fără un polițist...

Jon îl apucă delicat de cot.

— Ascultă, Belgrano... Dacă vrei să vezi ceva cu adevărat bizar, rămâi aici. Las-o să lucreze. Apoi adaugă, pentru siguranță: Și dacă nu vrei, la fel.

8

Nouă împușcături

Antonia evită dialogul inutil şi părăseşte scara ca să ajungă la etajul mallului. Dar nu abordează locul faptei ca de obicei. Azi va încerca ceva diferit. Poate că aşa...

Închide ochii.

Visul, acel prag al vieţii peste care nu poţi fi stăpân, i-a întors spatele de luni bune. Nici noaptea trecută nu a fost o excepţie. O aţipeală lungă, uşoară, semilucidă, în maşină. Plină de imagini tulburătoare, care nu au oferit odihnă şi nici consolare. În ultimele luni, odihna a fost un lux pe care n-a vrut să şi-l ofere. Iar când restul corpului se dădea bătut, când o usturau ochii în zori, suprasaturaţi de date, epuizaţi de vizionat ore întregi imagini ale camerelor de supraveghere, în căutarea Sandrei, în căutarea chipului care îi populează coşmarurile, când muşchii ei ţipau după atâtea ore de nemişcare, iar Antonia ceda...

Mintea ei se încăpăţâna să o saboteze.

Îi spune că e terminată. Că n-a mai rămas nimic în ea, că a eşuat.

De-asta a refuzat cu îndârjire să accepte alte cazuri, să se întoarcă la vechiul joc fără să fi încheiat meciul precedent. Inclusiv să se apropie de cadavre precum cel din Manzanares, de acum două nopţi. Poate de îngrijorare – nu de frică, pentru că Antoniei nu îi este frică aproape de nimic – că, dacă va arunca din nou zarurile, va descoperi un adevăr pe care îl bănuiește despre ea însăși și pe care bunica l-a confirmat. Că toate acele prostii despre datorie și responsabilitate sunt doar niște fraze goale. Că ceea ce o interesează, ce o interesează cu adevărat, este puterea. Responsabilitatea este doar TVA-ul inclus în josul facturii.

Și mai e și cealaltă. Problema principală.

Deschide ochii.

Lumina dimineții pătrunde prin fereastra gigantică ce acoperă acel perete al clădirii, transformând locul într-un imens aparat foto, în care genele ei sunt obturatorul, iar creierul ei e rolfilmul.

Închide ochii.

Imaginea îi persistă în minte, la fel de limpede ca și cum ar avea ochii deschiși. Mai puțin saturată. Mai ușor de gestionat.

Respirația i se întretaie, pulsul i se accelerează, sângele îi vuiește în urechi.

Rezistă. Rezistă singură.

Încearcă să catalogheze elementele de la locul faptei.

Vitrina spartă, țăndări.

Cioburile, împrăștiate ca un pat nefăcut, pe jos.

Lângă ele, urmele trasate ale unui cadavru deja ridicat.

Ceva mai departe, urmele altui cadavru.

Geanta, *cartușelesuntmultedeceatâteaîmpușcături-astanueoexecuțieobișnuităamnevoiedepastile.*

— Nu am nevoie de ele, se minte singură.

Nu merge.

Nu întinde mâna. Nu-l caută pe Jon din priviri, deși știe că e la câțiva metri în spatele ei, fără să-și ia ochii de la ea, pregătit pentru momentul în care ea își va cere doza, doza pe care doar el este autorizat să i-o dea.

Nu cere nimic.

Își duce mâna la buzunarul pantalonilor, încercând să facă asta fără s-o vadă Jon. Cu vârfurile degetelor scoate două capsule roșii.

Te rog, să fie de ajuns. Te rog, să fie suficiente două.

Sparge gelatina primei capsule cu incisivii, eliberând mult așteptata pulbere amară și o primește sub limbă, lăsând mucoasa să absoarbă cocktailul de substanțe chimice și să-l ducă rapid în fluxul sangvin. Nu e de ajuns. Mușcă din cea de-a doua.

Numără până la zece, lăsând loc de o respirație între numere, coborând de fiecare dată câte o treaptă, până în locul în care trebuie să ajungă.

Dintr-odată, lumea devine mai lentă, mai mică.

Curentul electric care o furnică în mâini, în piept și pe față dispare.

S-a întors. Limpezimea s-a întors. Iar odată cu ea, o bucurie ciudată, amestecată cu nefericire.

Antonia caută în dicționarul ei de cuvinte imposibile, ca să înțeleagă ce simte.

Kegemteraan.

În limba malaysiană, înseamnă „bucuria de a te împiedica". Senzația simultană de plăcere și de supărare când știi că ai făcut ceva ce nu trebuia.

O să se ocupe mai târziu de supărare. Acum, Antonia se cufundă în limpezime, unde maimuțele din capul ei s-au ghemuit în tăcere, așteptându-i ordinele. Încă își arată colții și se agită, dar în tăcere.

Acum vorbește ea.

— Asasinul a tras mai întâi în geam.

— De unde știți? întreabă subinspectorul Belgrano încet, din ușă.

— Şşşş. Taci şi învaţă, spune Jon.

Antonia face trei paşi către magazinul Prenatal. Întinde braţul şi imită forma unui pistol cu arătătorul şi cu degetul mare. Mică de statură cum e, pare o fetiţă jucându-se de-a hoţii şi vardiştii.

Îşi aranjează braţele mai bine, caută unghiul. În faţa ei e căruciorul cu prelata distrusă. Mai e unul în stânga, un căruţ de plimbare, roz.

— La ce oră a avut loc atacul?

Jon îi trage un cot lui Belgrano ca să răspundă.

— La 11.21. Ştim asta din înregistrările camerelor de supraveghere de jos. Atunci au început oamenii să fugă şi să sune la poliţie.

Antonia se uită în jos, la umbra proiectată de corpul şi de braţul ei. Se uită din nou în faţă.

— Ea l-a văzut. Poate reflectat în geam. De-asta s-a aplecat. Magazinul era închis?

— Când s-a întâmplat totul, angajata era la baie. Pusese un afiş pe care scria MĂ ÎNTORC ÎN CINCI MINUTE. Slavă Domnului, fiindcă am găsit un glonţ înfipt în tejghea.

— Şi camerele de supraveghere de la etajul acesta?

— Nimic. Cineva a oprit înregistrarea, spune Belgrano.

— Ca să vezi, ce coincidenţă, bombăne Jon.

Antonia face un pas în lateral. Magazinul Prenatal este ultimul înainte de scările de serviciu. Până să ajungi la ele, în stânga e un coridor care duce către toalete. În spate, doar balustrada din metal şi sticlă, care se deschide la etaj. Înainte de Prenatal, e magazinul de bijuterii Chocrón. Şi acesta este împrejmuit, la fel ca drumul de acces către scările rulante. La etaj mai sunt şi alte magazine, dar nu se văd, fiindcă această parte a clădirii e după colţ.

Locul ideal pentru un asasinat. O cursă de șoareci, cu puțini martori și o ieșire la îndemână.

Ridică din nou brațul, cu arătătorul întins.

— A tras. A ratat.

Se întoarce spre dreapta. Picioarele ei pășesc peste triunghiurile de semnalizare a probelor.

— Primul cadavru, cel din stânga, e al șoferului doamnei Moreno, nu?

Belgrano își consultă notițele.

— Anatoli Oleg Pastușenko. Născut în Georgia, în 1971. Fost polițist la Tbilisi. Locuiește în Spania de mai mulți ani. Nu știm precis. Oficial, s-a mutat aici acum șapte ani. A fost primul angajat al domnului Voronin, soțul Lolei.

— Știm câte gloanțe a încasat?

— Patru gloanțe, potrivit raportului medico-legal. Două în spate, unu în cap, unu puțin mai jos de genunchiul stâng.

Din poziția asasinului, Antonia face trei, patru, cinci pași în față, se întoarce, se apleacă puțin. Scoate din poșetă un pix, îl introduce în capătul gol al unuia dintre cartușe, îl ridică la nivelul ochilor. Recunoaște caracterele chirilice, cele trei litere inconfundabile. M-A-K.

— Arma asasinului era un Makarov de nouă milimetri.

— Da, ni s-a confirmat, spune Belgrano. Sunt o mulțime pe aici, din păcate.

O grămadă. După ce celebrul inginer Makarov l-a proiectat în anii 1950, Uniunea Sovietică și multe dintre țările-satelit au făcut din acel mic pistol arma regulamentară a armatei și a poliției. Și s-a tot extins. Acum, din China până în Cuba, din Ucraina până în Zimbabwe, sunt în uz milioane de exemplare, practic identice și folosind o muniție compatibilă. Ieftin, dispensabil, ideal ca să treci neobservat și fără să lași urme.

Antonia se ridică din nou și trece în revistă scena.

Clipește de mai multe ori.

— A tras și șoferul, anunță.

Belgrano ripostează.

— Nu știm ca șoferul să fi fost înarm...

Jon îi face din nou semn să tacă.

— Și cred că cineva a încercat să ascundă acest lucru, anunță Antonia.

9

O dezamăgire

Antonia se întoarce pe urmele propriilor pași, îngenunchează, pune mâinile jos, își lipește nasul de gresie.

— Jon, vino aici, te rog.

Inspectorul Gutiérrez se apropie de ea.

— Spune-mi dacă simți miros de clor.

Jon nu are nevoie să se aplece și să adulmece podeaua. Miroase a clor, și încă de la o poștă. Încuviințează dând din cap la întrebarea Antoniei.

— Până și eu simt mirosul, spune Antonia. Ați folosit Luminol?

— Criminaliștii au fost aici, dar nu scria nimic în raportul lor despre o ripostă la împușcături și n-au găsit alt sânge în afară de cel al victimelor sau al femeii, spune Belgrano confuz.

— Asasinul a sângerat aici. Nu mult, doar câteva picături.

Până și Jon, care e de mult timp alături de Antonia, e mirat de această deducție.

— Cum...?

Antonia arată în jos, apoi spre vitrină.

— Numără cartușele. Trei gloanțe în prima rafală de împușcături.

— Când asasinul voia s-o împuşte pe Lola Moreno. Şi a ratat.

— Nu te limita la asta. Observă traiectoria gloanţelor. Primul a spart geamul, dar cele trei au pătruns prin prelata căruciorului, la o distanţă de şase metri. E o ţintă cu dimensiuni reduse. Ce-ţi arată asta?

— Fără distanţă între împuşcături. Cu o armă de nouă milimetri. Precizie. Mare, conchide Jon.

— Mâna suspectului nu tremură, chiar dacă nu nimereşte. Ratează ţinta principală, acum trebuie să se ocupe de şofer.

— Şofer care, cu CV-ul ăsta, pare mai degrabă bodyguard.

— Se întoarce uşor către el. Şoferul era neglijent. Ţinea telefonul mobil într-o mână şi o cafea în cealaltă, spune Antonia, arătând spre pata uscată de pe jos. Dar asasinul nu e dispus să-şi asume riscuri, aşa că prima împuşcătură e instinctivă. De aceea îl nimereşte în picior.

— De unde ştii că prima dată a tras în picior?

— Uită-te la semnele trasate unde a fost cadavrul. Observă poziţia şi petele de sânge de pe jos. Nu sunt stropi, nu sunt urme de paşi ai şoferului prin propriul sânge, nu sunt semne că s-a târât, nimic. Asta înseamnă că nu a înaintat nici un centimetru după ce a încasat primul glonţ.

— Următoarele două gloanţe l-au nimerit în bust, ceea ce arată precizie. Iar cel care l-a nimerit în cap, cu atât mai mult.

— Exact. Deci, primul glonţ în picior, când s-a întors din instinct spre şofer, şoferul cade în genunchi, încasează un glonţ în piept sau pe ambele. După aceste două împuşcături sau între ele, trage şi el. Iar apoi se prăbuşeşte.

— Ia te uită! Nu ştii clar?

— Nu pot să deduc totul, spune Antonia.

— Ce dezamăgire.

Ea se îmbufnează şi primeşte comentariul cu perplexitate, dar recunoaşte tentativa de umor. Pastilele ajută.

Îl recompensează pe Jon cu o uşoară întindere a buzelor. Aproape o jumătate de zâmbet.

— Dar tot nu mi-ai explicat de unde ştii că a tras şi şoferul.

— E simplu. Uită-te la cartuşele de pe jos. Când asasinul s-a întors spre podea, a creat o a doua zonă de împuşcături. Iar acum numără cartuşele din această a doua zonă.

— Cinci.

— Şoferul a încasat patru gloanţe. Ştim că primul l-a atins în picior. Ultimul, în cap. Două l-au nimerit în piept. Dar asasinul, care are o ţintă foarte bună, a mai tras o dată, dar nu există glonţul. Dacă ar fi tras în direcţia aia...

— Glonţul ar fi ajuns în corpul şoferului, în perete sau pe jos, concluzionează amândoi în acelaşi timp.

Jon se scarpină în cap.

— Deci şoferul trage, îl nimereşte pe asasin, îl face să-şi piardă precizia, astfel încât să rateze un glonţ, care se rătăceşte cine ştie pe unde, şi, în cele din urmă, e împuşcat în cap.

— Exact.

— N-aş fi ghicit niciodată.

— Ce dezamăgire, spune Antonia. Dar cineva a turnat clor pe jos. Cineva care nu voia să găsim mostre de ADN valide.

Hipocloritul de sodiu şterge urmele de sânge de pe o suprafaţă, dacă aceasta nu este poroasă. În prezenţa dezinfectantului, Luminolul doar străluceşte pe întreaga suprafaţă ca un pom de Crăciun. Sângele nu se mai vede nici la teste mai complexe, cum ar fi cel cu fenolftaleină sau la testul imunologic al hemoglobinei.

— A mai avut cineva acces la locul crimei? îl întreabă Jon pe Belgrano.

— Nu, bineînţeles că nu, protestează subinspectorul. După ce am fost anunţaţi, a ajuns imediat o maşină de poliţie, dar era prea târziu. Asasinul plecase deja. Apoi locul a fost păzit de poliţişti în uniformă.

— Atunci, a turnat singur clor peste sângele lui? Sau avea un complice care a reuşit să vă fenteze.

— Paznicul nu era, spune Antonia, arătând spre liniile trasate pentru a marca locul celui de-al doilea cadavru.

Belgrano îşi citeşte notiţele.

— Mateo Lorente. Din Rioja. S-a mutat în Marbella acum vreo doi ani, cu soţia şi cu fiica, şi a găsit o slujbă de paznic. Şi iată!

— Pagubă colaterală, spune Antonia cu răceală. Să continuăm.

— Şi paznicii sunt oameni, se simte imediat lezat Belgrano (precis are cont pe Twitter).

Inspectorul Gutiérrez inspiră adânc şi încearcă să îndulcească tonul, ca atunci când încerci să vorbeşti cu un Chihuahua cu probleme neurologice (a avut cont pe Twitter).

— Dacă papa Francisc ar fi făcut pipi după un ghiveci şi ar fi fost secerat în schimbul de focuri, doamna Scott l-ar fi considerat şi pe el pagubă colaterală.

Antonia se apleacă spre Jon şi îi şopteşte.

— Poate că în cazul unui demnitar interna...

— Nu mă ajuţi.

— Îmi pare rău. Şi începe să vorbească din nou cu voce tare. Ştim că victima, doamna Moreno, a fugit pe scări.

— Şi-a abandonat *andalele*, spune Belgrano, arătând spre sandalele de pe jos, ca să fie clar că are şi el spirit de observaţie. Desculţă şi cu picioarele rănite. Şi maşina la uşă. Cheile erau încă la şofer.

— Nu înţeleg, spune Jon. Cineva încearcă să te omoare, iar tu fugi pe jos, fără bani, fără poşetă, fără maşină şi fără pantofi.

Antonia se apropie din nou de grămada de cioburi, printre care a rămas poşeta Lolei Moreno, cu jumătate din conţinut împrăştiat pe jos. Cu vârful pixului, răscoleşte până găseşte, aproape ascuns, un mic portofel din plastic albastru. Înăuntru sunt două tuburi roşii. Pe unul din ele reuşeşte să citească TIMESULIN.

— Şi nu te duci la poliţie, insistă Jon. Trebuie să fie foarte speriată. Sau să ascundă ceva foarte murdar.

— Nu avem niciun semn de la ea de aseară? Întreabă Antonia.

— Nu, doamnă. Am transmis semnalmentele la toate secţiile şi am trimis echipaje de poliţie prin împrejurimi, dar nu a văzut-o nimeni.

Antonia îşi scoate iPad-ul şi caută Centrul Comercial Paraíso pe Google Maps. Activează vizualizarea tridimensională. În sudul complexului se află AP-7, iar la vest, un cartier. În celelalte două direcţii sunt munţi. Kilometri întregi de munte, care se întind până la poalele lanţului Sierra Blanca. Fără alte zone locuite între ele în afară de firma de pompe funebre San Pedro şi cimitirul Virgen del Rocío.

— Dacă nu vreţi să ajungă aici, spune Antonia, arătând cele două puncte macabre de pe hartă, ar fi mai bine s-o găsim în cel mult patruzeci şi opt de ore. Fiindcă doamna Moreno e diabetică şi însărcinată.

— Proastă combinaţie, spune Jon, plescăind din limbă.

Lola

A fost odată ca niciodată o fetiță care a crescut într-o familie tristă și fără iubire, unde mâncarea avea gust de cenușă, iar viitorul era negru. O fetiță pe care părinții au abandonat-o repede. O fetiță care, atunci când a crescut, a cunoscut un prinț venit de pe meleaguri îndepărtate, care a dus-o într-un palat din marmură albă, cu multă mobilă...

Tatăl Lolei era contabil, iar mama e coafeză. Când era mică, i-au oferit toată dragostea pe care le-o permitea programul clasei muncitoare. Din casă n-au lipsit niciodată anșoa și o farfurie de *ajoblanco*[9] și nici o îmbrățișare strânsă. Cea din urmă, zilnic. De Crăciun, *gazpachuelo*[10], carne de capră și prăjitură cu migdale, toate făcute de mama. Și îmbrățișări curate, cu miros de Farala și de Brummel. Sub brad, un Furby, un joc de construit Playmobil, un tamagotchi, în funcție de an. Dacă era de rău, doar o bancnotă de o mie de pesete. Mai întâi au murit mătușa Julia, oarbă și pe jumătate surdă, și una dintre bunici, pe jumătate oarbă și complet surdă. Apoi, tata, anul trecut, de infarct. În somn.

Și asta a fost toată drama.

Nu e ceva demn de Dickens.

A fost odată ca niciodată o fetiță care a crescut într-o familie tristă și fără iubire, unde mâncarea avea gust de cenușă, iar viitorul era negru, își repetă Lola. E

9 Supă specifică regiunii Andaluzia din Spania, pe bază de pâine și migdale, care se servește rece (n. tr.).

10 Supă tradițională pescărească din Málaga (n. tr.).

doar o versiune a poveştilor pe care Lola şi le spune singură în nopţile în care nu poate să doarmă, în cele în care e urmărită de îndoieli sau de remuşcări. Începe să-şi spună povestea asta şi o ia somnul.

Deşi în noaptea asta e urmărită de oameni care vor s-o omoare.

Dacă ştiam, se vaită Lola.

Să dăm puţin timpul înapoi.

Când sirenele ajung aproape deasupra (iar zgomotul motocicletei asasinilor se stinge), Lola iese de sub maşină, traversează parcarea şi începe să meargă pe câmp în diagonală. Fără să se uite în urmă, fără să-şi facă griji că-i sângerează picioarele până când, o jumătate de oră mai târziu, durerea se impune în faţa fricii şi a adrenalinei.

Atunci se află deja în mijlocul pustietăţii. A parcurs o cărare noroioasă şi a traversat o potecă fără să fi întâlnit pe cineva. Pământul e moale după ploaia recentă şi nu e nimeni pe o distanţă de kilometri întregi.

Câteva minute mai târziu, aude motorul. Nu se opreşte ca să se ascundă, nu stă pe gânduri. E pe marginea unui drum. Într-o parte, o pădurice de stejari şi brazi spanioli, iar în partea cealaltă, un dâmb într-o pantă abruptă de zece, doisprezece metri. Lola îşi dă drumul să alunece pe dâmb şi se ghemuieşte în spatele unor tufe, exact la ţanc. Zgomotul motorului de opreşte şi se deschide o uşă. Cineva vine până la marginea drumului, deşi Lola nu îndrăzneşte să se uite cine e. Doar îl aude sus, respirând cu putere. Pentru o clipă, îi trece prin minte să se ridice şi să ceară ajutor. Apoi, Lola simte că silueta întunecată o caută sau o *adulmecă* şi e sigură că nu vrea să fie găsită.

Aşa că rămâne pe loc.

Își permite doar să învârtă verigheta pe deget, cu buricul arătătorului, ca singură modalitate de a-și calma anxietatea.

După ce silueta întunecată se întoarce la mașină și își reia drumul, Lola mai stă puțin până să se ridice în picioare. Se teme că e posibil ca acel bărbat să nu fi fost singur, să fi lăsat în urmă vreun complice care se va năpusti asupra ei, profitând de faptul că s-a liniștit.

Când îndrăznește să se ridice, nu se întâmplă nimic.

Doar liniște, întreruptă de țârâitul câtorva cicade vrednice. Ar trebui să apară de-abia în primăvară, dar schimbările climatice le-au dat peste cap ceasul intern, cel care face larvele să aștepte exact șaptesprezece ani înainte de a ecloza. Dacă apar prea repede, ajung hrană pentru prădători.

Lola știe toate astea fiindcă a văzut odată un documentar pe Canalul 2. Și e mult mai deșteaptă decât lasă să se vadă aspectul ei, CV-ul ei, atitudinea ei supusă.

La baza dâmbului e un pârâu, aproape mereu secat, dar care în aceste zile de februarie clipocește leneș, reticent. Obligat de împrejurări. Lola coboară până la el, merge pe mal și caută un loc în care să-și revină. O piatră ceva mai mare, în amonte, îi oferă cu chiu, cu vai un spațiu de odihnă pentru o fesă și jumătate. Lola își cufundă picioarele în apă. Răceala pârâului se simte între degete ca niște lame de bărbierit. Dar Lola rezistă. N-ai cum să scapi de gloanțe și să mori de septicemie.

Lola își scoate puloverul pătat de unsoare și își dă jos bluza. Nouă sute de euro, Michael Kors. Acum o să-i dea o altă utilizare. Folosindu-se de dinți, reușește s-o transforme în niște fâșii lungi și neregulate. E din tafta, firele de densități diferite se rup prost.

De ce naiba nu m-am încălțat azi cu niște tenișí? se vaită. Nu pentru ultima dată.

Își scoate picioarele din apă și își îngrijește rănile. Într-una dintre ele au rămas așchii de sticlă. Două cioburi pătrate, care i s-au înfipt în os. Lola le smulge cu degetele alunecoase, sesizând trosnetul care se aude când le scoate, permițându-și un țipăt surd, care se lovește de dâmb și de suprafața pârâului, fără alt răspuns în afară de o oprire de scurtă durată a țârâitului cicadelor. Apoi își înfășoară foarte încet picioarele cu fâșiile de bluză. Încearcă să facă un model în spirală, deși bandajele improvizate se încurcă, îmbibate de sânge și de apa care îi șiroiește pe picioare. Îi ia aproape o oră, dar până la urmă reușește o oarecare compresie, stângace, dar puternică. Abia reușește să-și miște degetele de la picioare, dar e singurul lucru pe care și-l amintește că trebuie făcut; a învățat asta când mama ei și-a scrântit odată glezna fiindcă a alunecat pe părul tăiat de la coafor. Pentru că nu mătura mai des.

Procesul ar fi fost mai simplu dacă ar îndrăzni să-și folosească telefonul și să caute pe internet, dar l-a închis. Nu-și poate permite să fie găsită.

Când termină, își pune din nou puloverul și ațipește sprijinită de copac. Mai degrabă leșin decât intenție. Când se trezește, e deja după-amiază, stomacul îi chiorăie, sângele îi zvâcnește în tâmple. Aplecată, bea cu gura direct din pârâu, care are gust de pământ acid și de stricăciune. Râgâie, cu stomacul plin de apă, în lipsă de altceva, și își mângâie burta, unde băiețelul – trebuie să fie băiețel, normal, un mic Iuri – își cere hrana de la ea.

Poate să stea câteva ore fără să mănânce. Chiar și în starea ei, chiar și cu boala ei. Dar, fără să-și facă insulina, lucrurile se complică. Cunoaște foarte bine simptomele hiperglicemiei, doar mama ei a pus-o să le repete de nenumărate ori când era mică și a fost diagnosticată. Nu le-a simțit niciodată, fiindcă a avut mereu grijă. Dar le știe.

Încep cu durere de cap, sete, îți vine să faci pipi, se gândește, în timp ce-și masează tâmplele.

Rezolvă ultima problemă în spatele unui pom, înainte de a se pune din nou în mişcare.

Nu ştie încotro s-o apuce, dar nu poate rămâne lângă pârâu. Temperatura e plăcută acum, dar noaptea coboară până la opt grade. Iar Lola e friguroasă şi ştie că, fără un adăpost, poate să moară.

Aşa că porneşte din nou pe drum, iar de acolo, spre punctul cel mai înalt pe care îl găseşte. Terenul accidentat are suişuri şi coborâşuri pronunţate, un aperitiv geologic înainte de felul principal: Sierra Blanca, la orizont. Până acolo, o clădire joasă, cu acoperiş roşu.

Acolo se află Lola acum.

Ezită mult înainte de a se hotărî să intre, fiindcă e conştientă de aspectul ei dezastruos. Nici dacă întoarce puloverul pe dos nu poate ascunde petele de unsoare. Să le mascheze, da. Să le ascundă, nu. Aşa că Lola dă târcoale uşii, în colţul parcării, până când câteva femei cu ochii înroşiţi ies să fumeze. Lola se lasă atunci în voia sorţii şi intră hotărâtă în firma de pompe funebre, fără să se uite la femeia de la recepţie – care e ocupată să păcălească o văduvă, vânzându-i flori la preţ de tuş de imprimantă – şi fără să se uite în ochii altei persoane. Rugându-se să nu se uite nimeni la picioarele ei, bandajate şi murdare de praf şi de noroi.

Deşi, sincer acum, când te-ai uitat ultima dată la pantofii cuiva?

Firma de pompe funebre are mai multe încăperi, fiecare cu mortul înăuntru şi cu viii afară, pe nişte canapele mai incomode decât sicriul. În faţa ultimei încăperi nu e nimeni, în afară de câteva geci şi jachete lăsate pe canapea. Nicio poşetă. Lola trece repede pe lângă prima jachetă – e bleumarin, nu se asortează cu blugii, ce să-i faci? – o ia, şi-o pune pe umeri, îşi strânge umerii de parcă ar fi distrusă de moartea unei persoane dragi, se freacă la ochi, porneşte înapoi, se refugiază în toaleta pentru femei. A treia cabină. Picioarele strânse de fiecare dată când intră cineva. Uşa blocată.

A fost odată ca niciodată o fetiță care a crescut într-o familie tristă şi fără iubire, unde mâncarea avea gust de cenuşă, iar viitorul era negru, îşi repetă în timp ce aşteaptă.

Orele trec. Firmele de pompe funebre nu închid cât timp sunt rude la priveghi. Rudele morților care aşteaptă în primele două încăperi s-au baricadat înăuntru, lăsându-i cale liberă Lolei, care iese pe la unu noaptea. Clătinându-se, sleită de puteri. Capul îi bubuie.

Femeia de la recepție e cu spatele, se uită la televizor. Volumul e foarte scăzut, dar Lola are impresia că recunoaşte una dintre emisiunile muzicale în care sunt căutate talente fără succes.

Continuă să meargă până la a treia sală, unde e o încăpere goală, fără sicriu în spatele geamului. Câteva scaune. O masă. Un telefon fix.

Lola formează numărul de mobil al lui Iuri şi îşi ține respirația, aşteptând confirmarea a ceea ce ştie deja.

Închis sau în afara ariei de acoperire.

— E mort, spune încet. E mort tâmpitul.

A fost odată ca niciodată o fetiță care a rămas singură.

10

Altă scenă

În timp ce Lola este semiinconștientă lângă pârâu, Antonia Scott și Jon Gutiérrez ajung la ușa reședinței. Jon a trebuit s-o târască până acolo.

— Ar trebui s-o căutăm pe femeia aia, protestează Antonia.

— Care e probabilitatea ca cei care l-au omorât pe soțul ei să fie aceiași care au încercat s-o omoare și pe ea, scumpete?

— Mare. Sută la sută, recunoaște ea.

— Și atunci? întreabă Jon, strâmbând din nas.

Ei nu-i stă în fire să acționeze atât de ilogic.

— Vreau doar să mă întorc cât mai repede la Madrid, spune Antonia, punându-și mâinile în sân.

Locul are stofă. De fițe. Gust, mai puțin.

Cartierul rezidențial Solfiesta, la cincisprezece minute cu mașina de centrul orașului Marbella, nu e o zonă exclusivistă, bârlogul marilor directori și al milionarilor arabi, cum e Zagaleta. Solfiesta e doar un cartier scump. Clădirile par trântite în mijlocul pustietății, cu un plan urbanistic făcut de un copil care a răscolit sertarul cu jucării. Sunt împrăștiate pe deal, fără nicio noimă, ziduri din cărămidă și pereți văruiți, păzind accesul către case care concurează între ele pentru meritul de a avea cea mai urâtă și mai ostentativă marmură.

Sunt case de cântăreţi de muzică populară, de fotbalişti mediocri, de câştigători de Eurovision.

— Paradisul kitsch-ului, spune Jon când parchează în faţa porţii.

După-amiaza, lipicioasă şi gri, ameninţă cu furtuna şi face împrejurimile şi mai deprimante.

Antonia abia dacă-şi ridică ochii din documentele pe care i le-a dat subinspectorul Belgrano.

— Casele sunt case.

— Hai, recunoaşte că te şochează puţin, spune Jon, scoţând capul pe geam ca să sune la interfon. Tu, care porţi întotdeauna tricouri albe şi jachete negre. E vorba de stil.

Antonia aşteaptă până când citeşte ultima literă de pe ultima pagină din dosar – cincizeci de pagini citite în nouă minute – și închide mapa cu un aer obosit înainte de a răspunde.

— Când l-am cunoscut pe Marcos, îmi alegeam singură hainele. El m-a convins să renunţ la a mai face asta.

— De aceea te îmbraci mereu la fel? întreabă Jon, care simte o undă de duioşie când şi-o imaginează pe Antonia intrând în Primark şi cumpărând ce-i pică în mână, asortând hainele după cum o vrea Dumnezeu.

Dintr-odată, o înţelege puţin mai bine. Aşa e cu Antonia. Ca s-o cunoşti, trebuie să creezi piesele puzzle-ului din mici detalii pe care le prinzi din zbor.

Şi nu clipi, fiindcă le ratezi.

— Se pare că se uita lumea la mine pe stradă. Marcos spunea că nu poţi da greş cu negrul.

Plină de greşeli este, în schimb, vila familiei Voronin Moreno, după cum se conving Antonia şi Jon când poarta de acces pe proprietate se deschide cu un zumzet. Coboară din maşină. În grădină e statuia unui băieţel care face pipi, la intrare e un preş cu emblema echipei Spartak, iar soneria, dacă o apeşi, cântă Kalinka.

— Intraţi, spune Belgrano deschizându-le uşa.

Înăuntru, petrecerea continuă. În living sunt coloane în stil roman, un butoi cu bere lângă masa de biliard, în spate. O bară de dans. Tapiţeria canapelelor imită pielea de vacă.

Doamne, am ajuns în iad.

Antonia îl trage uşor de mânecă pe colegul ei, care se apleacă puţin spre ea.

— Cred că înţeleg ce voiai să spui, zice Antonia, arătând spre luminile roz de sub masa din mijloc. Sau spre bibeloul sub formă de pisică ce-şi mişcă braţul, gestul este ambiguu.

— Tu mai ai speranţă, scumpete.

Un mic detaliu: casa e întoarsă pe dos.

Pernele sfâşiate, conţinutul lor împrăştiat peste tot. Butoiul de bere, smuls de la locul lui şi vărsat. Dacă ar fi existat cărţi, ar fi fost scoase din rafturi. Singura concesie făcută culturii o reprezintă cele vreo sută de filme şi jocuri video înşirate pe jos, cu carcasele deschise şi călcate în picioare. Copii piratate, bineînţeles.

— Voi aţi făcut asta?

— Aşa era când am ajuns, spune Belgrano. Cineva a căutat ceva insistent. Urmaţi-mă, vă duc la locul unde e cadavrul.

Antonia şi Jon înconjoară canapeaua, călcând cu grijă peste resturile de discuri Blu-ray. Mai ales ca să nu alunece pe parchetul ca o tablă de şah.

— Nicio amprentă? întreabă Antonia, care vede resturi de pulbere revelatoare pe suprafaţa gri a discurilor.

— Amprentele proprietarilor. Oamenii aceia au folosit mănuşi.

Trec pe lângă televizorul cu diagonală de 98 de inchi. E deschis pe un canal de știri rusesc.

Jon simte o împunsătură de invidie. El, căruia îi place să adoarmă uitându-se la seriale. *Trebuie să se doarmă nemaipomenit în fața unuia ca ăsta*, se gândește.

În curtea din spate, unde se ajunge din living printr-o ușă din sticlă, oroarea continuă. Mult gazon artificial. Scaune din plastic ieftin și cu huse verzi. O fântână cu doi delfini care sar scuipă apă într-una din piscine. Cea mare.

Fiindcă sunt două. Una în formă de rinichi. Cealaltă, rotundă. Mică, încălzită și îngrădită.

— Întrebați-mă pentru ce este piscina mică. Întrebați-mă, spune Belgrano.

— Pentru câine, răspunde Antonia.

— Cum...?

Antonia arată spre un tablou de familie desenat, care atârnă pe unul dintre pereții livingului. Iuri, Lola și un câine cât un autobuz. Maro, cu părul foarte lung și o mască neagră care îi acoperă ochii și botul.

— E un Ciobănesc caucazian. Câinii ăștia se nasc la munte. Nu suportă căldura.

— Credeam că nu-ți plac câinii, spune Jon.

— Nu-mi plac deloc, recunoaște Antonia. Dar, nu se știe din ce motiv, ei mă plac foarte mult. Așa că încerc să aflu cât mai multe despre ei.

Jon deschide grilajul care îngrădește piscina și bagă un deget în apă.

— E rece.

— Asistenta mi-a spus că mențin temperatura în piscină la douăzeci și două de grade tot anul, ca să se răcorească animalul, spune Belgrano, cam supărat că dezvăluirea lui n-a creat surpriza la care se aștepta.

— Unde e câinele?

— Era închis în piscină când am ajuns. Furios nevoie mare. S-a repezit de mai multe ori la grilaj când ne-am apropiat. Cei de la Protecţia Animalelor au fost nevoiţi să-l adoarmă ca să-l poată duce la adăpost.

— Şi cadavrul?

— După colţ.

În capătul opus al curţii din spate, după un colţ, au găsit un grătar, o masă din sticlă - făcută ţăndări - şi un cadavru peste resturile de masă. Un om milostiv l-a acoperit cu o pătură izotermică. Au rămas doar picioarele desculţe. Cu tălpile murdare.

Jon se întoarce spre Antonia, aşteptând instrucţiuni. E mai rigidă decât de obicei, dar tot nu-i cere o pastilă roşie. Inspectorul se miră. Îi simte încordarea, energia transmisă de creierul ei privilegiat încărcând aerul din jur de electricitate statică. Sau poate că e aşa doar fiindcă stă să plouă şi i se pare lui. *Cel mai probabil.*

Dar nu-şi dă seama de ce nu i-a cerut nimic.

Ceva nu e în regulă, sesizează Jon.

Antonia face un gest – îşi înclină uşor capul, aproape o implorare – şi Jon trage pătura care acoperă cadavrul.

Iuri e un bărbat trecut bine de treizeci de ani, cu un trup atletic de adolescent. Muşchii abdominali, bine conturaţi. Torsul, dezvelit. Faţa, dispărută. Muştele roind pe deasupra rămăşiţelor.

Are pe el doar un costum de baie Superdry. Negru, care contrastează cu pielea lividă a bustului. În schimb, spatele este violet. Au trecut treizeci de ore de când a murit, aşa că sângele a părăsit zonele superioare ale corpului ca să se acumuleze, nemaifiind pompat de inimă, în zonele inferioare.

Sângele care nu e împrăştiat pe perete, pe jos, pe resturile mesei şi pe sacul de cărbuni, bineînţeles.

Jon tresare. Scurt. Un amestec de silă și de groază. Gata să icnească.

— Primul dumneavoastră mort? întreabă o voce de femeie în spatele lui, cu o nuanță ironică.

— Primul meu armă de foc, spune Jon, întorcându-se.

În spatele lor se află o femeie între două vârste, în uniformă. Mai degrabă bine făcută decât înaltă, cu părul negru adunat într-un coc atât de strâns, încât ți se face rău când te uiți la el. Are ochii închiși la culoare, pupilele inegale, ca o cerneală vărsată. Chipul sever. Are o anumită precizie. Când întinde mâna ca să-l salute pe Jon, o face cu un gest scurt și rapid, fără să irosească vreun efort. Ca și cum s-ar păstra pentru ceva ce o așteaptă.

— Nici nu știți cât noroc aveți. Comisar Romero. De la UDYCO Costa del Sol.

— Eu sunt inspectorul Gutiérrez. Iar ea...

Jon arată spre Antonia, dar ea nu schițează niciun gest ca să se întoarcă și s-o salute pe nou-venită, studiază în continuare scena.

— Știu cine sunteți. Mi s-a comunicat insistent de la Madrid că veți fi de ajutor. Și chiar ați putea fi. A trebuit să mă cert cu judecătorul de instrucție ca să nu se ridice cadavrul până la venirea voastră. E o încălcare gravă a regulilor.

— Vă mulțumim, doamnă comisar.

— Domnul Voronin ar trebui să fie deja la morgă, pe mâna legiștilor.

— Nu avem îndoieli în privința cauzei morții, nu?

Romero zâmbește, o jumătate de zâmbet complice.

— Nu prea. Colega dumneavoastră e mută?

— Doar introvertită. Știți, doamna Scott are propriile metode. Sunt cam ciudate, dar dau rezultate.

— Mi s-a spus şi asta. Sper să fie adevărat. Avem nevoie de rezultate.

— Am auzit că sunteţi cam singuri pe-aici.

Doamna comisar scoate un hohot. Ascuţit, fără urmă de umor.

— Domnule inspector Gutiérrez... luaţi loc puţin, ca să vă spun o poveste de groază.

11

Un imbold

Antonia abia dacă a înregistrat discuția care se desfășoară în spatele ei. E prea ocupată să încerce să încetinească lumea.

Maimuțele din capul ei se calmaseră dimineață suficient cât să proceseze datele de la mall. Dar, când a intrat în vilă, maimuțele au anunțat-o clar pe Antonia că au fost doar în pauză de masă. După ce a văzut livingul răscolit, creierul ei se încăpățânează să absoarbă, să clasifice, să pună în ordine. Se încăpățânează să găsească un sens.

Nu funcționează.

În capul ei

(maimuțele au pretenții. Maimuțele se luptă

să-i capteze complet atenția, țipând,

ținând totul la înălțime),

jungla a devenit un balamuc mizerabil.

Doar în fața cadavrului lui Iuri Voronin, Antonia Scott își cuprinde coatele, încercând să se îmbrățișeze singură ca să se calmeze, ca să potolească maimuțele. Corpul îi transmite, în schimb, doar dorința imperioasă de a consuma mai multe pastile.

Dar a luat deja două de dimineață.

O a treia capsulă n-ar fi de ajuns. Nici o a patra.

Ştie că trebuie să discute cu Jon despre ceea ce se întâmplă. Să caute ajutor. Dar nu poate.

Există un cuvânt care defineşte ceea ce simte.

Bakiginin.

În limba carelă, care se vorbeşte începând de la Golful Finlandei până la Marea Albă, înseamnă „tristeţea celui care clădeşte ziduri". Contrastul dintre nevoia de a-i îndepărta pe toţi din viaţa ta şi imposibilitatea de a face asta.

Invocarea cuvântului o ajută pe Antonia să se calmeze pe moment. Îşi îndepărtează mâna de buzunar, unde buricele degetelor deja atingeau altă pastilă roşie.

Încearcă să se concentreze asupra cadavrului.

E ceva ciudat la poziţia lui.

Căzut pe spate peste masă, care trebuie să se fi făcut zob în urma impactului. Împuşcătura de la o distanţă foarte mică, stropii de sânge

(maimuţele ridică obiectele, zbiară,

încercând să se facă ascultate.

Una dintre ele n-ar trebui să fie acolo)

şi bucăţi de creier pe perete, costumul de baie, lividitatea.

Ceva nu se potriveşte. Ceva e greşit, foarte greşit.

— Nu ştiu ce e. Nu...

Informaţia o depăşeşte. Închide ochii, rămâne blocată în capul ei. Înconjurată de

(maimuţe)

date, care acum înseamnă doar zgomot şi confuzie.

Antonia o ia la fugă.

12

Un avertisment

Doamna comisar Romero se instalează – e un fel de a spune – într-unul dintre scaunele din grădină, de partea cealaltă a piscinei. Jon o imită.

— Aveți un accent ciudat, domnule inspector.

— Și eu aș putea să spun același lucru despre dumneavoastră.

Doamna comisar îl privește lung.

— Mă întrebam doar ce caută cineva venit de atât de sus aici, jos.

— Dau o mână de ajutor. Continuăm să jucăm *Opt nume basce*[11] sau îmi spuneți acea poveste de groază?

Romero își scoate telefonul mobil din buzunar, îl oprește cu un singur gest, îl pune la loc.

— Din câte am înțeles, vi s-a cerut să ajutați la găsirea doamnei Dolores Moreno, soția victimei. Știți de ce?

Jon clatină din cap.

— Ni s-a spus doar că este important pentru anchetă.

— Vedeți dumneavoastră, domnule inspector... La UDYCO, activitatea zilnică este puțin diferită față de ceea ce fac ceilalți colegi. Noi avem o anumită... relaxare în ceea ce privește protocoalele. Nu ne interesează atât prezentul,

11 Titlul unei cunoscute comedii spaniole (n. tr.).

cât să privim pe termen lung. Dacă-mi permiteţi să vă întreb, la câte cazuri aţi lucrat?

Jon ridică din umeri.

— Trebuie doar să căutaţi în fişa mea.

— Nu e stilul meu, spune Romero. Prefer să-mi spuneţi dumneavoastră.

— La câteva.

— Importante?

— Unele dintre ele.

— Vă întreb fiindcă aici, jos, mai auzi una-alta. Zvonuri pe forumuri şi pe grupurile de WhatsApp. De exemplu, despre inspectorul fără nume care a scos-o pe Carla Ortiz dintr-un canal. Roşcovan, robust, aşa se zice. Nu că ar fi gras.

— Mă gândesc cine ar putea corespunde acestei descrieri, spune Jon, cu un camion de inocenţă în voce.

Doamna comisar deja începe să-l streseze. În afară de momentul în care şi-a oprit telefonul mobil, a rămas neclintită pe scaun. Spatele drept, mâinile pe pulpe. Ţine chipiul uniformei sub braţul stâng, în poziţia recomandată de codul de conduită. În lumina stinsă a crepusculului, pare că nu-şi mişcă alte părţi ale corpului în afară de buze şi de mandibulă.

Parcă ar fi păpuşa pe baterii a unui ventriloc.

— Să nu credeţi că vreau să vă examinez, domnule inspector. Suntem foarte recunoscători că suntem luaţi în seamă la Madrid, ca de obicei. Dar aş vrea să vă explic că lucrurile stau altfel aici. Să ne imaginăm, de amorul artei, că a dispărut o moştenitoare bogată. Dumneavoastră vi se dă misiunea de a o găsi. Urmăriţi pistele, o găsiţi în viaţă. Pe drum, mor șase colegi, dar asta face parte din misiune, bănuiesc.

Aha, se gândește Jon, care începe să înţeleagă.

— Vă asigur că...

— Nu-mi dați asigurări, îl întrerupe doamna comisar. Lucrurile sunt diferite aici. Noi nu trebuie să-i căutăm pe răufăcători. Știm cine sunt. Ne întâlnim zilnic cu ei, pe stradă, în baruri. Copiii și nepoții lor merg la aceeași școală cu copiii noștri.

— Ceea ce s-a întâmplat cu...

— Liniște, domnule inspector. N-am terminat. Dumneavoastră vi se cere să prindeți un criminal în serie, îl prindeți. Eu nu pot să sper că voi distruge mafia rusă. Aici, ideea e să adunăm dovezi împotriva lor, încetul cu încetul, treptat. Să găsim martori, pas cu pas. Să-i facem să depună mărturii. Să-i ținem în viață până atunci. Și după aceea, dacă e viabil și nu e foarte costisitor.

— E o muncă ce presupune ani buni, spune Jon.

— E un război, îl corectează Romero. Când au venit aici, cu vreo două decenii în urmă, păreau un grup de pensionari veseli, veniți să se îndoape cu rechini și să danseze ca niște rațe. S-a dovedit că mai făceau și altele. S-au apucat să înființeze firme. Să cumpere echipe de fotbal. Să construiască vile de prost gust, ca asta. Și toată lumea, foarte mulțumită. Banii rușilor sunt inepuizabili. Sigur, proveniența lor e problema.

Jon știe asta deja. Sfânta Treime a mafiotului.

— Droguri, extorsiuni și prostituție.

— Crimele comise de colegii lor în Rusia produc extrem de mulți bani. Banii murdari ajung în Belize, Insulele Cayman, Delaware. Poposesc în paradisurile fiscale și intră înapoi pe continent curați, printr-un hățiș de firme impenetrabil. Nu la fel de bun ca Google sau Apple, dar pe-aproape.

— Și ulterior sunt transformați în marmură, spune Jon, arătând spre fațadă.

— Asta e o nimica toată. Mărunțiș. Mafia a înființat aici o franciză de spălare de bani. Marbella și Málaga sunt penultimele stații înainte ca banii să se întoarcă de unde au venit. La Sankt Petersburg, la Moscova. În fieful lui Putin.

— Rusia e un stat mafiot, toată lumea știe asta, spune Jon, cu siguranța celui care a văzut un documentar pe HBO.

— Știați că Litvinenko a fost la Marbella înainte de a fi înlăturat de Kremlin?

Jon își amintește cazul. Era un spion al KGB-ului care a dezvăluit legăturile dintre mafie și guvernul rus. Cineva i-a îndulcit ceaiul cu poloniu radioactiv și i-a transformat rinichii într-o sucursală a centralei de la Cernobîl.

— Credeam că a murit la Londra.

— A trecut pe-aici cu câteva luni înainte. Chiar eu l-am interogat. Pe atunci eram inspectoare, ca dumneavoastră. Ne-a arătat multe lucruri și am învățat mult mai multe în acești cincisprezece ani. Știm că mafia rusă nu există. Că e vorba, de fapt, despre o sută de organizații din treisprezece țări. Cu o multitudine de alianțe complexe. Georgienii îi urăsc pe uzbeci, dar îi susțin împotriva Tambovskaia. Tambovskaia e în război cu Malișevskaia[12], dar numai în Rusia. Aici se tolerează.

— Ce încurcătură.

— Și aș putea s-o țin așa toată noaptea, iar la micul dejun, jumătate din informații ar fi deja perimate. Înțelegeți ce încerc să vă spun, domnule inspector?

Jon se scarpină în cap, cântărind cele auzite.

— Cred că da. Nu doriți să vă tulburăm clocitoarea.

Romero încuviințează cu o mișcare lentă a capului. Având în vedere economia pe care o face la mișcări, asta pare o mare extravaganță.

---

12 Tambovskaia și Malișevskaia sunt două grupări ale mafiei ruse (n. tr.).

— Anul trecut am avut patruzeci și șase de morți, domnule inspector. Cu patru mai mulți decât la Madrid. Într-o provincie cu un milion și jumătate de locuitori.

— Câți dintre ei aveau legătură cu departamentul dumneavoastră?

— Am avut două reglări de conturi cu bombă. Asasinate cu împușcături, comise de pe motociclete, de pe biciclete, atacuri asupra unor vile ca asta. Răpiri, mutilări faciale sinistre, atacuri cu arme Kalașnikov, în restaurante... Și la ieșirea de la un botez.

— Ca în *Nașul*?

— Ca în *Nașul*. Situația s-a complicat mult în ultimul timp aici. Ură ascunsă, scandaluri gata să izbucnească.

— Dacă nu cumva au izbucnit deja, spune Jon, arătând cu barba spre cadavru.

— Știți câți polițiști am pierdut de când sunt comisar?

Jon nu are nici cea mai vagă idee. Știe câți au murit la el acasă de când a depus jurământul. N-au fost uciși de ruși, ce-i drept. Și lor li se ținea un astfel de discurs. Începea cu vitejia și tenacitatea și cu respectarea strictă a regulilor. La final, li se cerea să nu calce pe nimeni pe bătături.

— Bănuiesc că niciunul, spune Jon.

Lungește cuvintele, ca și cum ar fi de gumă.

— Și așa vreau să și rămână, domnule inspector. Ăsta e un sat. Nu ai unde să te ascunzi. De fiecare dată când obținem informații relevante, trebuie să le ascundem de Garda Civilă, de cei de la GRECO, inclusiv de alți polițiști, ca să nu le dea de veste răufăcătorilor. Când ne ducem cu ele la judecător sau la procuror, ni se spune întotdeauna că nu sunt suficiente. Când facem o razie și confiscăm o tonă de cocaină, nu apare la televizor. Și nu ni se trimite ajutor decât atunci când cineva de la Madrid are o idee strălucită. Și vrea să se remarce puțin. Așa că spuneți-mi, domnule inspector... De ce aţi fost trimişi aici, dumneavoastră şi acea femeie despre care ştim amândoi că nu este de la Europol?

Schimbarea subiectului e atât de abruptă, încât parcă se aude acul cum zgârie vinilul.

— V-am spus. Jon îi susţine privirea, simţindu-se inconfortabil. Ni s-a spus că Lola Moreno e importantă şi că trebuie s-o găsim.

Romero trage de timp până să răspundă, atât cât îi ia să-şi pună explicaţia sub o bormaşină şi să facă o jumătate de duzină de găuri.

— E adevărat că Lola Moreno e importantă. Dar nu vă imaginaţi cât de importantă şi nici de ce.

— Iar dumneavoastră n-o să-mi spuneţi.

— Nu, până când n-o să mă conving că pot să am încredere în voi. Până atunci...

Nu apucă să termine fraza, fiindcă exact atunci trece Antonia în fugă prin faţa lor. Jon nu-i cere voie celei cu un grad mai mare decât el şi nici nu-şi cere scuze. Doar înclină capul în direcţia doamnei comisar şi porneşte în căutarea colegei lui.

11 (bis)

O frână

Antonia iese pe stradă. Se sprijină de maşină, îşi duce mâna la buzunar şi face ceva ce n-a mai făcut de bunăvoie de ani buni. De pe vremea antrenamentelor. De pe vremea când controlul capacităţilor ei era o bătălie imposibil de câştigat.

Scoate o pastilă albastră.

Muşcă din ea cu furie.

Trec şase secunde.

Şapte.

Zece.

Maimuţele dispar.

Lumea devine un loc plat, gri, uniform.

Dintr-odată, Antonia se simte golită. Nu mai există nici zgomotul asurzitor, nici viteza.

Cât timp durează efectul pastilei albastre, a cărei compoziţie chimică complexă a fost menită s-o anuleze, Antonia e doar o persoană normală. Care abia s-a trezit.

Puterea a dispărut, dar nu şi neliniştea.

Mintea ei se limitează la o singură idee odată. Iar acum nu se poate gândi decât la un singur lucru.

O pierd, se gândeşte Antonia, în timp ce se zbate să-şi recapete suflul. Simte cum icneşte, deschide larg gura, încercând să tragă aer. Lacrimile de pe obraz îi ajung în gură.

Nu numai că n-o pot controla. O pierd complet.

13

O liniște

Lui Jon Gutiérrez nu-i place Antonia Scott.

Nu e vorba de iubire. Jon ține la ea, fără îndoială. Antonia are multe calități ascunse în spatele ciudățeniilor ei. E incapabilă să facă rău, e stângace într-un fel adorabil. E de o încăpățânare enervantă – e normal pentru cineva din Bilbao. E atât de generoasă și de curajoasă, încât pare inconștientă. Și aparține unei specii pe cale de dispariție: cei care cred că dreptatea se apără, nu se așteaptă.

E complicată, are obiceiuri neplăcute. Tace când nu trebuie, vorbește când nu trebuie și, de obicei, dă cu bâta-n baltă. Puținele ocazii în care etalează ceva asemănător cu afecțiunea, nu durează nici jumătate de minut până te jignește. *Îți dă și îți ia imediat înapoi.*

Nimic din toate astea nu-l deranjează pe Jon la Antonia. Și-ar da viața pentru ea.

Ce-l calcă pe nervi pe Jon Gutiérrez la Antonia Scott e că n-o poate consola.

O vezi pe colega ta, pe prietena ta, dărâmată, plângând, singură într-o mașină, cu picioarele urcate pe scaun și ținându-și genunchii cu brațele. Te răscolește. O apăsare în piept, un curent electric în antebrațe. Un disconfort în picioarele cărora brusc nu le mai place contactul cu solul.

Dacă ar fi vorba despre oricine altcineva, te-ai duce și i-ai da o îmbrățișare. *Vino încoace.* Ai cuprinde-o în brațele tale enorme, capabile să ridice pietroaie gigantice sau să spargă nuci în încheietura brațului.

Dar ce te faci cu o persoană care nu suportă să fie atinsă, care fuge de orice contact sau de orice dovadă de afecțiune?

Ce te faci cu Antonia Scott?

Rămâi pe loc. Și simți cum te cuprinde *larritasun.* Angoasa, fir-ar să fie, angoasa.

Încerci s-o înțelegi, dar nu reușești. Fiindcă știi că e o distanță insurmontabilă. Apărată de ziduri pe care chiar ea le ridică. Și te întrebi ce s-o mai fi întâmplat de data asta. Oare ce s-o petrece în capul ăla imposibil și minunat? Oare ce vede, ce bătălii duce?

Și bați ușor în geam. Poate ai noroc și îți deschide.

Piu-piu, se aude siguranța.

Ai noroc.

Jon intră, se așază pe scaunul șoferului. Simte tristețea plutind în aer. Vâscoasă, cu textură. Maná[13] ar putea face un videoclip aici. Antonia are ochii injectați, pielea de culoarea hârtiei vechi.

Tentația de a întinde mâna și de a o atinge e copleșitoare, dar Jon știe că nu asta e soluția.

La fel e și tentația de a vorbi. De a-i spune că trebuie să reziste, că, indiferent ce o chinuiește, poate merge mai departe, că nu trebuie decât să reziste. Dar Jon știe că nu asta e soluția.

Așa că nu spune:

— Demonii noștri nu dispar niciodată, Antonia. Nu ne rămâne decât să fim și mai puternici.

---

13 Grup mexican de muzică pop (n. tr.).

Iar ea nu răspunde:

— M-am săturat, Jon. M-am săturat să văd oameni cruzi cu ceilalţi. M-am săturat de toată durerea pe care o simt. Parcă am în cap cioburi pe care nu pot să le scot.

Iar el nu răspunde:

— Oi fi eu prost şi gay. Poate că sunt şi gras. Dar, slavă Domnului, sunt aici. Sunt aici.

Nu-şi spun nimic din toate astea, fiindcă viaţa nu e un film, unde un milion de emoţii complexe sunt împachetate într-un dialog impecabil în timp ce Michael Giacchino, Thomas Newman sau Quincy Jones subliniază totul cu o emoţionantă bandă sonoră.

Nu-şi spun nimic, doar stau împreună în maşină. În tăcere.

14

Un cod

Lacrimile sunt șterse.

Jon coboară geamul. Între timp, a și plouat, s-a și oprit. Un miros puternic intră pe fereastră, alungând tristețea. Sau luându-i locul. Cu o oarecare palidă consolare: când nu ne va mai rămâne nimic din trecutul care acum ne este prezent, mirosurile încă vor dăinui, umplându-ne amintirile.

— Petricor, spune Antonia.

— Poftim?

— Mirosul aerului după ploaie. Se numește „petricor".

Jon nu înțelege prea bine de ce, dar intuiește că ceea ce s-a întâmplat adineauri – acel cuvânt pe care Antonia l-a împărtășit cu el – e important. Nu vrea să strice ceea ce nu pricepe, așa că așteaptă ca ea să vorbească din nou.

Ca să-i dea timp, duce mașina departe de cartierul rezidențial. E deja noapte. Străbate câțiva kilometri fără nicio țintă. Oprește într-o parcare goală. În fundal se vede coasta orașului Marbella, transformată într-o salbă strălucitoare și idilică. Ajută și faptul că nu se văd clădirile. Mai aproape, o reclamă la Repsol emană lumină și le permite să-și vadă fețele.

— E ceva complet greșit aici, spune Antonia în cele din urmă.

— Păi, fetițo, să recapitulăm... Un domn cu creierii împrăștiați. Și încă doi la morgă, ciuruiți de gloanțe. Toți trei în aceeași dimineață.

— Nu e numai asta. Mafia e violentă, dar niciodată nu e atât de ostentativă. Ce s-a întâmplat azi-dimineață, apoi asta. Mai e ceva la mijloc.

— Am cunoscut o doamnă foarte ciudată. Doamna comisar Romero.

— Ostilă? întreabă Antonia.

Așa se întâmplă de fiecare dată când ajung undeva. Mereu există o persoană din tagma lor care nu e încântată de prezența lor.

— E în expectativă. N-o să ne deranjeze dacă nu-i tulburăm clocitoarea. Din câte am înțeles, aici poate izbucni un război în orice moment.

— Și de ce e ciudată?

— Mi-a pus o întrebare bizară. Nu veșnicele tâmpenii. Voia să știe de ce ne aflăm aici.

— Nimeni nu pune întrebarea asta.

— Nu. Întreabă cine ești. Întreabă de unde venim. Întreabă cum vom ajuta. Întreabă mai ales când plecăm.

Dar niciodată *de ce*. Motivul e, de obicei, al naibii de evident.

Antonia clipește. De obicei, gestul e rapid, închide și deschide ochii de cinci ori. Cu viteza unei aripi de colibri. De data asta o face cu încetinitorul. Asta și lentoarea cu care vorbește declanșează în mintea lui Jon alarma de polițist trecut prin multe.

— Sună-l pe Mentor.

Dacă n-aș fi stat câteva nopți prin parcarea de la Fever, confiscând pungi de cocaină de la găști, aș spune că fata asta a tras ceva pe nas, se gândește inspectorul Gutiérrez.

— Te simţi bine, scumpete?

— Sigur că da, răspunde ea joia următoare.

Jon nu spune nimic. Comută telefonul pe sistemul *bluetooth* din maşină şi se supune.

Mentor răspunde la al şaselea ţârâit. Vocea lui răsună în cele opt boxe ale Audi-ului de parcă s-ar afla înăuntru.

— Nu e un moment bun.

— Aici au murit oameni, protestează Jon.

— Sunt la Bruxelles, domnule inspector. O reuniune a şefilor de echipă. Au apărut... probleme.

Jon şi Antonia se privesc nedumeriţi.

— Ce fel de probleme?

— Probleme cu colegii din alte ţări. Nu pot să spun la telefon. Vă explic când vă întoarceţi. Acum vă rog să mă scuzaţi...

— De ce suntem aici? întreabă Antonia.

Pauză. De la capătul celălalt al liniei se aud ecouri îndepărtate ale unor voci îngrijorate.

— Ce s-a întâmplat cu vocea ta, Scott?

A observat şi el, se gândeşte Jon. Cu o împunsătură de invidie. Mentor are nevoie doar de patru cuvinte la telefon, de la o distanţă de două mii de kilometri. Ce relaţie! Cu paleta lui de poveşti nefericite, care mai mult ascund decât dezvăluie.

— Scott... insistă el.

Antonia îi face semn lui Jon să răspundă.

— Nu vrem să vă reţinem de la şedinţă. Dar ne-aţi spus să vă ţinem la curent. Iar Antonia e...

— Am întrebat-o pe ea, domnule inspector, răspunde Mentor sec.

Pauză. În maşină se aude respiraţia grea a lui Jon. Probabil o forţează fiindcă detestă tăcerea.

— Sunt doar obosită, răspunde Antonia.

Pauză. Mai lungă. De partea cealaltă, vocile dispar, ca şi cum Mentor s-ar fi îndepărtat pe un coridor mochetat.

— Bine. Cu ce pot să vă ajut?

Nu crede. Nici eu.

— Să ne spuneţi de ce sunteţi atât de interesat de Lola Moreno, zice Jon.

— N-aţi dat de ea?

— Nu. Dar am văzut cât de înverşunaţi sunt unii să le facă de petrecanie ei şi soţului ei. Pe scurt: destul de înverşunaţi.

Mentor scoate un oftat de fumător înrăit, în care încap mai multe reclame la Marlboro, dintre cele care nu sunt difuzate fiindcă e urât să omori oameni.

— Părea un caz simplu, Scott, spune Mentor, mai degrabă ca pentru sine decât pentru ei. Să găsiţi o femeie casnică şi să vă întoarceţi. Ceva simplu, ca să uiţi de obsesia fantomei tale.

Antonia nu răspunde.

— Vrem doar să ştim în ce ne băgăm, intervine Jon. De ce aţi ales acest caz.

— N-o să-ţi spună, zice Antonia.

— Ştii că nu pot, Scott. Cu atât mai puţin la telefon.

Antonia se uită la Jon, apoi priveşte ecranul telefonului mobil.

— Îmi asum răspunderea.

— Nu poţi să iei decizia asta, Scott.

— Atunci, spune-mi doar codul alfanumeric. Îi explic eu restul.

Pauză. Eternă. De partea cealaltă a liniei, Mentor pare că se întoarce din nou de unde a plecat, vocile îngrijorate sunt din ce în ce mai aproape.

— Dacă vă spun să vă întoarceţi, n-o să mă ascultaţi, nu?

Lui Jon îi apar în minte imagini cu un boxer într-o bucătărie, cu un os de jambon în gură. Un boxer care nu va lăsa prada decât dacă este executat.

— Ştii răspunsul.

De partea cealaltă, vocile îngrijorate s-au transformat în ţipete îngrijorate. Poate asta îl face pe Mentor să se dea bătut.

— La dracu'! Cu o condiţie. Găsiţi-o repede şi întoarceţi-vă cât mai curând la Madrid. O să-mi lipsiţi. De acord?

— Ne dorim să ne întoarcem.

Mentor face o ultimă pauză, ca şi cum ar evalua dacă aceste cinci cuvinte sunt o promisiune valabilă. La rândul lui, rosteşte trei cuvinte.

— Unu. Cinci. Foxtrot.

Şi închide.

15

Un auz foarte fin

Jon se uită din nou la colega lui. Sprâncenele arcuite, mâinile strânse pe volan. Faţa stupefiată. A rămas mască. Într-o parte e lumea, iar în cealaltă parte, capacitatea lui de înţelegere, în sens opus. Drum cu sens unic. La volan, desigur, Antonia Scott.

— Ai vrea să explici, scumpete?

Antonia îşi trage nasul, îşi pune mâinile în poală.

— S-ar putea să nu-ţi fi povestit totul.

— S-ar putea să mă fi prins, spune Jon suav.

O suavitate rafinată. Precum cele care învăluie urgiile.

— Nu mă simt prea bine, spune Antonia, masându-şi vârful nasului.

— S-ar putea să-mi fi dat seama şi de asta.

— Dar nu vreau să vorbim despre asta.

— Putem să sărim peste partea asta?

— Care parte?

— Partea în care faci o pauză ca să te gândeşti ce alegi să-mi spui. Pleci într-un loc necunoscut din acei ochişori verzi ai tăi şi te întorci după o jumătate de minut, cu jumătăţi de adevăr. Omisiuni, eufemisme.

— Eu nu fac aşa ceva.

— Ba da.

Antoniei îi ia treizeci de secunde să se gândească la un mod de a-l contrazice în privința acelei jumătăți de minut.

— Există un software, spune ea în cele din urmă.

— Poftim?

— Un software. Un program informatic. Când a început proiectul Regina Roșie, la Bruxelles a fost lansat un proiect paralel. Mult mai secret.

— Mai secret?

Antonia îi face semn cu mâna să n-o întrerupă. S-a transformat într-un tăvălug fără frână pe o pantă ușoară. Încetișor, dar de neoprit.

— Responsabilii proiectului au înțeles că nu e de ajuns să existe niște echipe. Era ca și cum ai fi avut o armă fără să ai o țintă. Așa că au creat un software special. Se numește Heimdall.

— Ca negrul ăla bine făcut din filme?

Antonia, care n-a mai pus piciorul într-un cinematograf în ultimul secol, îl ignoră.

— Cică lui Odin i s-a pus pata pe nouă femei uriașe în timp ce se plimba pe malul mării. S-a culcat cu ele, iar ele au făcut o alianță ca să-i dăruiască un singur fiu.

— Au făcut o alianță. Ca în Power Rangers?

— Nici eu nu înțeleg ce spui tu, dar te las în pace, continuă Antonia. Cele nouă femei l-au adus pe lume pe Heimdall și l-au hrănit cu tot ce aveau mai bun. Când a crescut, Heimdall a descoperit că putea să vadă până la capătul lumii și avea un auz atât de fin, încât auzea cum crește iarba. Așa că Odin l-a pus paznic la Bifrost, podul de curcubeu care duce la Asgard, unde trăiesc zeii. Iar Heimdall trebuie să anunțe dacă se apropie uriașii.

Jon ascultă, acum foarte serios, fiindcă începe să priceapă ce poate face un program care poartă numele unui zeu nordic cu un auz foarte fin.

— Și software-ul a avut nouă mame. Nouă state ale Uniunii, printre care și Spania. S-au investit două sute de milioane de euro în dezvoltare și încă cinci sute pentru crearea celui mai mare supercomputer din Europa. L-au instalat la Barcelona, îngropat la cincizeci de metri sub Mare Nostrum V.

Jon a mai auzit de Mare Nostrum, supercomputerul științific. Iar îngroparea unui supercomputer sub un altul avea logică.

— Așa, puteau să justifice consumul de energie electrică, angajările de personal, totul. Ce deștepți!

— Bănuiesc că-ți imaginezi ce face.

Jon își imaginează.

Și e un coșmar.

Dar vrea să-i spună ea.

Antonia îi explică. Cu lux de amănunte. Că, de fiecare dată când intrăm pe internet, Heimdall e pe fază. Știe ce facem, ce căutăm, ce cumpărăm. Fiecare e-mail pe care îl trimitem, fiecare fotografie pe care o trimitem pe grupul de WhatsApp. Fiecare mesaj scris, fiecare postare pe Facebook. Totul e analizat, păstrat, măsurat și cântărit. Fiecare gest de iubire, fiecare frază plină de ură, fiecare privit în oglindă, fiecare clipit în fața ecranului. Fiecare filmuleț cu pisici, fiecare comandă pentru Siri, fiecare cântec, fiecare mesaj redistribuit, fiecare *like*.

Totul.

— Știam că Statele Unite fac asta cu cetățenii lor. Dar nu m-aș fi gândit că se face și aici la fel, spune Jon, cu vocea la fel de obosită precum sufletul.

— Doar nu era ca Europa să rămână de căruță, Jon.

— Nu pot să cred că spui așa ceva.

— Ăsta e adevărul. E un sistem imperfect. Au adus din Statele Unite un expert în recunoașterea imaginilor și mulți matematicieni ca să-i ajute cu codurile, dar încă suntem departe de americani. Nu se poate analiza totul. Dar măcar putem avea acces la informații esențiale atunci când avem nevoie de ele.

Jon dă din cap. Încă nu-i vine să creadă ce aude. Parcă s-ar uita la un episod din *Black Mirror*.

Dintr-odată, o piesă cade la locul ei. *Poc*, se așază.

— Spune-mi ceva... Când ai intrat în contul de e-mail al Carlei Ortiz, ca să-i localizezi telefonul, mi-ai spus că avea parola scrisă pe un bilețel lipit pe fundul sertarului de la birou. Așa cum face toată lumea, ai spus atunci. Nu exista niciun bilețel, nu? Ai apelat la Heimdall.

Antonia nu răspunde. Nici după cele treizeci de secunde nelipsite, nici după cincizeci, nici după un minut și jumătate.

Jon coboară din mașină. Lasă portiera deschisă, se învârte în jurul mașinii cu pași mari.

Are nevoie să respire.

— La dracu'! La dracu, la dracu' și la dracu' și grijania și anafura mă-sii! strigă Jon, fără să se adreseze cuiva anume. Nopții. Reclamei la Repsol. Desenelor de pe zidul benzinăriei.

Îl deranjează cravata. Îl deranjează haina. Și le scoate pe amândouă, le aruncă pe jos. Întinde brațele. Cusăturile bumbacului egiptean al cămășii albe trosnesc când Jon lasă mâinile jos, umflându-și bicepșii cât o minge de fotbal. Se așază pe capota Audi-ului. Suspensiile protestează.

Antonia iese din mașină și se așază lângă el. Suspensiile nici nu crâcnesc.

— Aș fi preferat să nu-mi spui, zice Jon și așa și e.

Într-un fel, tăcerea incomodă și reconfortantă de mai devreme, tăcerea cuiva care doar așteaptă ca lucrurile să se rezolve de la sine, era de preferat acestei greutăți pe care Antonia tocmai i-o pusese pe umeri.

— Trebuie să procesez toate informațiile.

— Gândește-te la tot binele pe care îl putem face.

Jon nu se gândește numai la asta.

— Știi ce le poate face Heimdall ăstora ca mine?

— Bascilor?

— Poponarilor, scumpo.

— Suntem în secolul douăzeci și unu. Nu mai e ca pe vremuri.

Jon scoate un hohot sarcastic.

— Mie îmi este clar că întotdeauna există cineva care vrea ca lucrurile să redevină ca înainte. Întotdeauna.

Se apleacă și ridică haina și cravata. Le scutură și le netezește pe amândouă în fața farurilor cu xenon. O multitudine de firicele de praf dansează furioase în fasciculul de lumină.

— Mai e ceva, spune Antonia.

Cum să nu?

— Să auzim, oftează Jon.

— Heimdall nu monitorizează doar comunicațiile. Funcția lui principală în proiectul Regina Roșie e să ne coordoneze. Să combine toate bazele de date ale celor o sută unsprezece corpuri de poliție din Europa într-una singură.

— Într-una singură la care aveți acces foarte puțini. De-asta ai mereu cu tine iPad-ul.

— Pentru asta și pentru Angry Birds.

Jon dedică cinci secunde de liniște tentativei stângace de umor.

— Bine. Există o bază de date. Asta e tot?

— Heimdall analizează posibilele cazuri unde am putea fi de ajutor. Rapoarte ale poliţiei, denunţuri, apeluri la serviciile de urgenţă. Nu numai în funcţie de informaţiile primite, ci şi în funcţie de ceea ce s-ar putea întâmpla.

— Stai puţin. Vrei să spui că inteligenţa artificială decide unde trebuie să te duci?

— Nu decide. Propune. Peste tot există câte un Mentor care decide. Niciun computer nu-i poate înlocui pe oameni.

— Şi ce-a propus de data asta?

— Mentor nu-mi spune niciodată de ce ne aflăm într-un anumit loc. La început îmi spune cât mai puţin posibil, ca să nu mă condiţioneze.

— De-asta l-ai întrebat care e codul. 15F. Ce înseamnă?

— „Posibil informator sub acoperire de cel mai înalt nivel".

— Măi, să fie! spune Jon cu un fluierat.

Dintr-odată, totul capătă sens. Un sens cu muchii periculoase.

— Heimdall îl remarcase pe Iuri Voronin. Moartea lui a declanşat o alarmă în software. Voronin era trezorierul clanului Orlov. Clanul Orlov era delegaţia grupării Tambovskaia în Spania. Niciodată nu am avut un informator atât de valoros.

— Dacă Voronin era spion, se explică brutalitatea cu care a fost executat. Şi faptul că cineva încearcă să o omoare pe soţia lui, rezumă Jon.

— Şi faptul că doamna comisar Romero îşi doreşte atât de mult să ştie de ce am venit.

— Nu cred că-şi doreşte să ne spună. Dacă i-a fost ucis informatorul, abia aşteaptă să afle cine a ciripit.

— Atunci, trebuie s-o găsim cât mai repede pe Lola Moreno. Doar ea poate face lumină în harababura asta.

Jon urcă în maşină şi porneşte motorul.

— Harababură? Nu, scumpete, nu. Asta nu e harababură. E un teren minat.

LOLA

Îi vine să plângă, într-o cameră de priveghi goală, absența bărbatului de care e îndrăgostită nebunește. Îi vine să plângă pentru ea, fiindcă nu știe ce să facă. Pentru copilul care urmează să se nască. De frică și de oboseală.

Îi vine să plângă, dar nu reușește.

A fost odată ca niciodată o fată care a pierdut tot ce iubea mai mult, un prinț încântător, curajos și generos.

Lolei îi place să se laude cu soțul ei. Nu cu ceea ce-i cumpără, asta ar fi vulgar. Se laudă că nu se poate întâmpla nimic ce el să nu poată rezolva. Cu faptul că e amuzant. Cu performanțele lui în pat.

— Soțul meu mă linge de parcă aș avea creveți pe grătar acolo, jos.

— Scunzii sunt specialiști la sexul oral. Bănuiesc că se străduiesc mai mult să compenseze, decreta coafeza.

O altă coafeză, nu mama ei. Pe maică-sa n-o lasă nici să se apropie de părul ei. Nu că nu s-ar înțelege bine, dar între apropiați intervine sila. Dar țin una la cealaltă, atenție. Lola o sună în fiecare zi. Aproape întotdeauna ca să-l ridice în slăvi pe Iuri.

— E foarte tandru și afectuos.

Sau:

— Zilele trecute mi-a adus flori.

Sau:

— Înainte de a pleca la muncă, mi-a lăsat un bilețel pe frigider, în care îmi spunea că mă iubește.

Asta la telefon, cu cafeaua în mână.

Iar maică-sa:

— Sigur? Eu știu că rușii sunt cam iuți la mânie.

Iar maică-sa:

— Eu știu că rușii sunt cam reci.

Iar maică-sa:

— Eu știu că rușii...

Lola crede că nu există rasiști mai mari decât andaluzii. Sau, cel puțin, decât maică-sa, care se fălește toată ziua cu naționalitatea ei. Își dorea pentru fiica ei un bărbat cumsecade din Málaga, medic sau dentist, care să-i cumpere un apartament în Torroles, unde să-și petreacă verile.

Și Lola își dorea la fel, nu-i vorbă. Dar l-a întâlnit pe Iuri.

A fost odată ca niciodată o fată care dansa într-o discotecă, iar niște tipi au încercat să o violeze la plecare, se gândește Lola. O înghesuiseră deja într-un perete, cu chiloții în vine, oricât a încercat ea să se apere. Dar Iuri trecea pe acolo. Ceilalți erau șapte. Din Málaga, precis. Dentiști, poate. Nu aveau halat.

Iuri a intrat în ei ca o vijelie, fără să pună întrebări. A încasat una și a fost înjunghiat. Lola a încasat și ea una. Ceilalți șapte au încasat mai multe. Au fugit care încotro.

La Urgențe, în timp ce așteaptă să fie tratați, Iuri îi spune cum îl cheamă. Îi spune că are venin în piele, care e făcută dintr-un plastic fin. Încearcă să-i fure un sărut.

O clipă mai târziu, cu fața arzând din cauza unei palme și cu un șold îndurerat din cauza unei lovituri de genunchi pe care a evitat-o la timp, înțelege că Lola și-a trasat limitele recunoștinței.

O lună mai târziu, se căsătoresc.

Lola e cea mai fericită femeie din lume.

A fost odată ca niciodată o fată care l-a ajutat pe prințul ei să ridice un castel, își spune Lola, încercând în zadar să găsească o poziție mai puțin incomodă. Are fundul făcut arșice, șoldurile amorțite. Pardoseala din mozaic nu e cu mult mai bună decât primul pat pe care l-a împărțit cu soțul ei. Iuri nu avea nici după ce să bea apă. Locuia într-un apartament în apropiere de plajă, cu trei georgieni amărâți, care nu știau nicio boabă de spaniolă.

Pe Lola, îndrăgostită până peste urechi, aranjamentul n-o deranjează în prima lună. A doua oară când îi vine ciclul și trebuie să suporte bătăi în ușa băii în timp ce-și schimbă tamponul, Lola se satură și îl cheamă pe Iuri la ordine.

— Avem nevoie de un apartament doar pentru noi.

— Șeful meu îmi dă puțini bani.

— Să te plătească mai bine!

— Nu e așa de simplu.

— Dar tu cu ce te ocupi?

Iuri îi spune. Cu accentul lui slav, plin de „r”-uri rostogolite, de suișuri și de coborâșuri. Dar într-o spaniolă pe care și-ar dori-o mulți. Curată, curată.

— Cu bătaia.

— Cum adică?

— Cu bătaia. Când cineva nu-i plătește șefului meu, șeful meu mă trimite pe mine. Pac-pac. Îl cotonogesc, *da*?

Lola îl măsoară pe Iuri de sus până jos. Nu are nici măcar un metru șaptezeci, măsura S îi e mare la tricouri. Lola îl crede. N-are față de așa ceva, nu. Dar e turbat rău. Când se enervează, vede roșu în fața ochilor și poate să aibă în față la fel de bine șapte sau douăzeci și șapte. Și uneori se întoarce acasă și primul lucru pe care-l face e să umple bolul de salată cu gheață și să-și bage mâna înăuntru.

— O să te laşi de asta. Îi spui şefului tău să-ţi caute altceva.

— Dar, Lola...

— Am zis că te laşi. Nu trăim din asta.

Asta a fost acum şase ani. Şase ani şi patru luni. Îşi aminteşte bine data. A fost cu puţin înainte de ziua ei, iar Iuri i-a făcut promisiunea asta drept cadou.

A fost odată ca niciodată o fată care, acum şase ani, nu avea nimic.

Lola crede că, în sfârşit, va reuşi să izbucnească în plâns. Simte lacrimile adunându-i-se în spatele ochilor. Hohotul blocat în gât, ca o tenie sufocantă şi avară.

Zgomotele o întrerup.

Lola aude nişte voci care intră, punând întrebări. Voci cu un ton inconfundabil, arogant.

Au venit după mine.

Cum e posibil?

Lola pierde câteva secunde preţioase încercând să priceapă cum au găsit-o. A fost foarte atentă, nu a deschis mobilul. Ba chiar l-a sunat pe Iuri de la...

Telefonul fix.

Telefonul fix de la firma de pompe funebre.

Ce tâmpită sunt!

Vocile se apropie, se amestecă cu cele din încăperea alăturată. Nu e timp de pierdut. Trebuie să fugă. Întrebarea e încotro.

Încăperea nu are ferestre şi nici vreun loc în care să te ascunzi.

Singura uşă e cea care dă spre vestibul. Să iasă pe acolo ar însemna să se arunce în braţele urmăritorilor.

Cu inima bubuindu-i în piept, Lola aude vocile care ajung la ea amortizate de peretele alăturat, ajungând acum la ușă. Se aud mai tare, nu numai din cauza apropierii. Se pare că vocile se ceartă.

Atunci își dă seama Lola că mai e o ușă. Cea care dă spre sala cu pereți din sticlă în care sunt așezate sicriele. Traversează încăperea, apasă mânerul, rugându-se să nu fie închisă. Nu este.

Lola se strecoară în sală și închide ușa exact când se deschide cealaltă, de la exterior. Un pătrat de lumină se conturează pe podea, peste masa sub formă de targă, și luminează scurt chipul Lolei în spatele geamului. Lola întrezărește niște mâini puternice, un pistol, o siluetă întunecată, poate aceeași care a coborât mai devreme din mașină pe drumul forestier. Știe că, dacă o vor găsi, s-a zis cu ea.

Nu le dă ocazia.

Ghemuită, se vâră în spatele draperiilor – bordo cenușiu, devastate de timp și de praf – care ascund ieșirea către tunelul de serviciu. Aici nu e nicio ușă, doar o deschizătură prin care angajații firmei de pompe funebre introduc sicriele, printr-un coridor ascuns. Cel prin care se strecoară Lola, înspre ieșire. Înfometată, epuizată, deshidratată. Fără țintă, dar nu pierdută. Fără speranță, dar nu disperată.

A fost odată ca niciodată o fată care nu avea de gând să se lase prinsă.

16

O promisiune

Hotelul era bun, odihna a fost proastă.

Jon n-a dormit cine ştie ce. Aşternuturi mototolite între două duşuri. Multă transpiraţie, multe gânduri. Multe gânduri întoarse pe toate părţile.

Cuvintele pe care i le-a spus Mentor în ziua în care l-a recrutat îi ricoşează din craniu ca o minge dintr-un zid. Doar că, acum, acele cuvinte au o nuanţă mult mai întunecată.

Proiectul Regina Roşie a fost creat pentru anihilarea unor ţinte speciale. Asasini în serie. Criminali violenţi extrem de alunecoşi. Pedofili. Terorişti. Fără obligaţii, fără ierarhii, spusese Mentor.

Fără responsabilităţi publice, adaugă Jon.

De aceea avea nevoie de cineva ca mine. Cel puţin, de mine cel care a pus droguri în portbagajul proxenetului. De cineva căruia să-i pese mai mult de dreptate decât de lege.

Problema e cine decide ce e corect.

Problema e că nu sunt sigur că mai sunt acea persoană.

Ce i-a povestit Antonia e înspăimântător. Şi totuşi, real. Într-o lume în care limita binelui e din ce în ce mai estompată, în care ne-am predat intimitatea şi intelectul unei reţele de socializare şi unui motor de căutare, existenţa lui Heimdall era inevitabilă.

Firmele fac deja asta. Dacă vorbeşti cu partenerul tău despre brânză în apropierea unui receptor de voce, la scurt timp după aceea dai peste o reclamă la Idiazábal în timp ce navighezi pe internet.

Dar menirea lui Heimdall nu e să vândă brânză. Menirea lui e să-i identifice pe cetăţenii periculoşi.

Iar istoria ne-a învăţat că asta niciodată, absolut niciodată n-a ieşit prost, se gândeşte Jon.

Îşi ia îngrijorarea cu el la micul dejun, apoi în maşină, unde o aşteaptă pe Antonia vreo două ore. Au stabilit să se întâlnească la ora zece, dar el este deja jos la opt fără ceva. Punând unul după altul albumele lui Sabina[14], învăţând că unele păcăleli sunt leacuri pentru decepţiile din dragoste.

Nu ştie ce să facă. Pentru câteva clipe, e tentat să pornească maşina şi să plece.

Să bea.

În zece ore, în casa lui *amatxo*. O să suporte o predică, normal. Să mănânce tocană de peşte, să înece totul în vin roşu.

Dar Jon nu e genul ăsta.

Ştia ce ştia ticălosul de Mentor când m-a ales pe mine. Că amatxo *n-a crescut un pămpălău. Un laş, o găină, un căpitan al sardinelor[15]. M-a prins.*

Aşa e, i se pare că ia parte la o monstruozitate. Dar – iar Jon este dureros de conştient de incoerenţa şi de

14 Joaquín Sabina este un cântăreţ spaniol contemporan, cu o discografie impresionantă (n. tr.).

15 Aluzie la un roman poliţist al cărui personaj principal este un criminal în serie orb (n. tr.).

cinismul ideii de îndată ce aceasta îi răsare în minte – dacă Heimdall chiar trebuie să existe, e mai bine să-l avem *noi.*

Of, ce greu e totul, fir-ar...

Jon e obişnuit să gestioneze contradicţiile. Să fii poliţist şi homosexual e un compromis, deşi nu ar trebui. Eşti judecat de două ori. Înainte, când a avut loc conflictul, de trei ori. Poţi să te alegi şi cu glonţul, şi cu scuipatul. Colţurile vieţii tale sunt mai ascuţite decât ale altora. Şi te împaci cu ideea, fiindcă nu ai încotro. Fiindcă tu ai ales asta şi fiindcă ştii că, dacă o să cazi, o să cazi în luptă şi înjurând.

Chiar dacă nu poţi opri râul cu mâna, n-o să încetezi să cauţi peşte. Şi, mai ales, nu-ţi laşi colegii să se înece.

În acel moment soseşte Antonia. Cu zece minute mai devreme de ora stabilită. Pentru cineva care întârzie mereu, e lăudabil.

Nu se salută. Nu că s-ar saluta mereu, dar azi se observă că nu o fac.

— Eşti sigură că vrei să mergi la înmormântarea lui Voronin? Nu preferi s-o căutăm pe Lola Moreno?

— Poliţia o caută deja în locurile obişnuite. Acasă la mama ei, la prieteni. Nu, lasă-i pe ei să cutreiere străzile. Prefer să-l cunosc pe tipul de care fuge. La ce oră începe ceremonia?

— La unsprezece. Avem destul timp. Putem să-i urmărim pe cei care vin.

Au spus că pleacă, dar nu pornesc.

Pe bancheta din spate încă e un elefant care îşi sprijină picioarele de spătar.

Jon nu ştie de unde s-o apuce.

O face ea. În cel mai adorabil de prostesc mod posibil.

— Eşti supărat?

Jon zâmbeşte. Sunt multe moduri de a fi supărat. Poţi să fii furios. Poţi să porţi ranchiună. Poţi să fii dezolat. Sau poţi fi sigur că o persoană la care ţii te ia drept tâmpit de mult timp. Acum trebuie s-o facă pe Antonia Scott să înţeleagă. Pentru ea e o dilemă ceea ce pentru el e de la sine înţeles.

— Încă procesez. Ceea ce mi-ai povestit aseară e foarte grav. Trebuie să mă gândesc la asta şi să iau nişte hotărâri. Dar vreau să-mi promiţi ceva. Gândeşte-te bine, fiindcă de răspunsul tău depinde dacă rămânem aici sau plecăm la Madrid.

Antonia încuviinţează încet. Nu e în apele ei.

Nici Jon. Dar e dispus să-i dea şansa asta.

— Sunt mare, scumpete, spune el. Am voie să port pistol. Eu îţi păzesc fundul ăsta slăbănog.

— Ştiu.

— Fac asta fiindcă aşa vreau, nu mă mai obligă nimeni.

— Ştiu şi asta.

— Dacă vrei s-o fac în continuare, să nu mă mai minţi. De acum înainte, s-a terminat cu secretele. Ajută-mă şi te ajut şi eu pe tine. Ne-am înţeles?

Normal, ea ce era să răspundă?

Aslan

Aslan e un bărbat amabil, înainte de toate.

E de ajuns să-l vezi. La terasa Kristin, unde stă în fiecare dimineață. Privind marea, mâncând pâine neagră prăjită, cârnați Bratwurst, ouă prăjite. Azi nu e soare, așa că bodyguarzii au strâns umbrela. Puținii turiști care se plimbă pe faleză îl văd aplecat deasupra farfuriei, absorbit de ceea ce mănâncă. Dacă-și ridică privirea, iar ochii lui gri întâlnesc ochii altcuiva, schițează un zâmbet manierat, o înclinare a capului.

E o înclinare ușoară, elegantă. Aristocratică. Aslan e bronzat, un bronz dens, de pensionar motivat. Face un contrast spectaculos cu părul alb, pieptănat pe spate. Tuns cu grijă până la umeri. Nu și-a pierdut vreun fir de păr în toată viața lui. Părul și numele – *Aslan*, leul – i-au asigurat porecla de *vor v. zarkone*[16], hoț în lege.

Aslan Orlov, Fiara.

Mâncarea i se aduce pe un platou și o mănâncă dintr-o farfurie, tăind-o cu precizie. Degete lungi și unsuroase. Reîncepe farfuria cu fiecare îmbucătură. Nicio firimitură pe margini, furculița și cuțitul se întorc pe fața de masă, în poziție de drepți. Un colț al șervetului curăță colțul buzelor înainte de a se întoarce în poală.

Întotdeauna mulțumește pentru fiecare gest, pentru fiecare serviciu, întotdeauna lasă bacșiș. Gentil, aproape afectuos.

— Mai doriți ceva, domnule Orlov?

16 Puternică organizație criminală a mafiei ruse (n. tr.).

— Nu, mulțumesc, Karina.

Chelnerița îi ia platoul și atinge ușor paharul cu apă, aproape plin. Cade, vărsând lichidul pe fața de masă și stropind pantalonii lui Aslan.

Chelnerița se trage în spate și își retrage și mâna cu îngrijorare, ca și cum s-ar teme că o va pierde. Aproape ca și cum ar ști cine e bărbatul pe care îl servește în fiecare dimineață. Știe.

Aslan îi adresează un zâmbet îmbătrânit.

— Nu-ți face griji. E doar apă, vezi? Se usucă.

E foarte atent la aparențe. Întotdeauna a fost așa, din tinerețe. Conducea un bordel în Sankt Petersburg în anii 1980. Când sosea o nouă sclavă, răpită de la fermele din Pskov sau Chudovo, întotdeauna se purta amabil cu ea. Înainte de a o viola prima dată – regulă indispensabilă ca să nu se răscoale – își clătea întotdeauna gura cu mentă. Dacă nu avea, făcea gargară cu votcă.

— Trebuie să faci asta, dar nu e nevoie să sufere mai mult decât e cazul.

Unul dintre subalternii lui i-a confundat amabilitatea cu slăbiciunea și a făcut un comentariu nelalocul lui în timpul cinei. Aslan a zâmbit delicat, după care i-a înfipt furculița în gât. O dată, de două, de trei ori. Ultima dată a întors furculița, sfârtecând pielea și făcând o gaură prin care tupeistul a mai putut respira de câteva ori, printre horcăieli însângerate, înainte de a se prăbuși. Aslan doar a curățat furculița cu șervetul și a continuat să mănânce.

Nimeni n-a mai interpretat greșit amabilitatea lui Aslan Orlov.

Alte vremuri, altă țară. Nu mai bune. Altele.

Mai serioase, mai sărace, mai libere.

Aslan a fost puternic ca un stejar, dar nimic nu durează veșnic. Când își ridică trupul deșirat, trebuie să le ceară voie genunchilor. Costumul e nou. Negru, la comandă, un gest de deferență față de locul și evenimentul spre care se îndreaptă. Îl cam strânge la burtă. Ar fi preferat niște haine sport, unul dintre treningurile din nailon pe care și le cumpără de obicei de la Carrefour cu doar cincisprezece euro. Haine comode, binevoitoare cu articulațiile lui de șaptezeci de ani. Dar azi trebuie să păstreze aparențele.

E important.

Nu alege nici Lexusul, nici Ferrari-ul. Nu sunt potrivite. Mai bine Maserati-ul Quattroporte. Gri, elegant. Două sute de mii de euro pe roți, dar cu ștaif. Va conduce Kiril, bineînțeles. Și va avea alți șase *bojevik* în mașinile din față și din spate. Șase soldați. Le-a cerut să se îmbrace discret. Să se observe prezența lor, dar fără să deranjeze.

Cu fiecare an care trece, lui Aslan îi pasă tot mai mult de imaginea lui. Nu-i place să fie redus la un stereotip. Când coboară din mașină în fața bisericii ortodoxe, pe partea cealaltă a străzii, simte privirea oamenilor, a participanților la înmormântare, a polițiștilor. Pe mulți îi cunoaște. Unii sunt noi. Un bărbat masiv și o femeie măruntică sunt într-un Audi. Ăștia sunt noi. De la Serviciul de Informații, poate. Și-i imaginează căutând printre însemnări, în fișele poliției, verificând fotografiile.

Femeia arată înspre el. E doar la opt metri distanță, dar nu poate să vadă dacă i se mișcă buzele. Vederea lui nu mai e ce-a fost. Totuși, își imaginează că așa e. Probabil îi citește celuilalt biografia lui. Probabil spune cam așa ceva:

> Aslan Orlov, născut la Leningrad, în 1951. A urmat cursurile Academiei Maritime Lenin. Între 1967 și 1980 a avut numeroase locuri de muncă, a fost cadet la Școala Navală, marinar în rezervă. În 1985 a ajuns la închisoare, unde a stat șase ani. Asta i-a conferit statutul de *vor*, oficial în mafia rusă. Șase ani la închisoare. Între 1991

și 1998 a avut o ascensiune fulminantă în Tambovskaia, eliminând mulți rivali în acei ani agitați, când Sankt Petersburg a devenit un oraș fără lege. Îi sunt atribuite douăzeci și trei de asasinate, niciunul dovedit.

În anul 2000 este trimis în Spania cu o viză elenă, să conducă departamentul care se ocupă de spălare de bani al grupării Tambovskaia.

Nu avem nicio probă împotriva lui.

Din toate aceste fraze, singura care îi face plăcere este ultima. Restul este *vakuum*. Nimic. O simplă colecție de date și locuri, de verbe și substantive. Nu înseamnă nimic, nu pot ajunge la nimic. Nici la individ, nici la esența celor întâmplate.

Îl irită.

Cum ar putea o mână de litere să descrie cum e să crești în Leningrad, înfometat printre șobolani? Cum ar putea câteva caractere să surprindă brutalitatea Uniunii Sovietice și a comunismului? Soljenițîn a avut nevoie de trei mii de pagini și n-au fost de ajuns. Cum poate cineva aflat la adăpost să înțeleagă un om căruia îi este frig? Ce trebuie să facă pentru a supraviețui?

Oamenii îl arată cu degetul. Vor să-l judece, când adevărul e că nu reușesc nici să-l cunoască, darămite să-l înțeleagă.

Aslan Orlov simte dispreț și furie pentru urmăritorii lui, care se țin după el de ani buni. Fețele se schimbă, eșecul rămâne. Dar face un gest de salut cu mâna înspre mașina în care se află femeia măruntă și bărbatul masiv. Trebuie să păstrezi aparențele.

E important.

Strada e împânzită de mașini de lux, costume ieftine și prost gust. Bărbați între două vârste, burți proeminente. Femei tinere în plan secund, machiate abundent şi tăcute, îi urmează nesigure pe dalele de pavaj, acele dale de Marbella cu desen neregulat, inamicele tocurilor.

Au venit toţi. O convenţie a mafioţilor, cel mai rău din fiecare grupare. Trotuarul aglomerat, unde fumează, spun bancuri şi conspiră cu voce joasă, e ca un mapamond.

Aslan trece printre ei, salutând, în ordinea importanţei sau a volumului afacerilor.

Mai întâi, pe acei *vor* din alte *bratva*, din alte frăţii. Rivali. Orgolioşi.

Apoi, columbienii. Închiriază asasini, pun la cale răpiri, importă cocaină. Clienţi. Drăguţi.

Algerienii, cei cărora le dă bani ca să importe haşiş. Subordonaţi. Mincinoşi.

Suedezii, care plătesc sume triple ca să importe un kilogram de cocaină până acolo, sus. Cerşind mereu o reducere. Dispensabili. Zgârciţi.

Kosovarii şi românii. Hoţi, falsificatori, importatori de arme. Carne de tun. Schimbători.

După ce se asigură că nicio persoană importantă nu a rămas nerecunoscută, se opreşte în faţa uşii bisericii, îşi întinde haina şi pune piciorul pe treapta de la intrare. E un semn nescris şi care nu a fost stabilit, dar pe care toţi îl înţeleg şi îl urmează. Aslan devine căpetenia mareei criminale care intră în biserică.

Înăuntru sunt mieluşeii. Plebea. Puţinii prieteni ai lui Iuri care au îndrăznit să vină. Sunt angajaţii clanului Orlov, care nu au îndrăznit să rămână acasă. Sunt curierii, angajaţii restaurantelor, cei care conduc camioanele, cei care dansează în discotecile clanului, cei care fac curat în vile şi cei care repară maşinile.

Cei care mănâncă firimiturile care cad din gura Fiarei.

Instrucțiunile au fost clare, transmise în viteză pe grupurile de pe Telegram, în rusă și în spaniolă. Prezența obligatorie.

Biserica e plină ochi.

Aslan a dat ordin să fie construită, a plătit-o din buzunarul lui, l-a adus pe preot din Patria Mamă. Icoanele, unele din secolele al XVI-lea și al XVII-lea, le-au cumpărat sau le-au furat din parohii și muzee din Ucraina și Belarus. Într-o parte se află piatra de la Poceaev, o relicvă extrem de valoroasă. Legenda spune că adâncitura din mijloc a fost făcută de piciorul Fecioarei Maria în 1675, când a coborât din Ceruri ca să-i ajute pe credincioșii săi în războiul împotriva turcilor. Trei secole de pupături din partea credincioșilor au făcut adâncitura și mai adâncă, iar pe deținătorii ei cucernici i-au făcut și mai bogați.

Nu mă mir că nu voiau să se despartă de ea. A fost nevoie de cincisprezece oameni înarmați cu mitraliere ca să punem mâna pe ea, își amintește Aslan în timp ce se apleacă s-o sărute cu evlavie.

Se îndreaptă spre un loc din primul rând.

E o înmormântare ciudată. Doar o fotografie a răposatului, într-o ramă.

Fără sicriu, fără flori, fără soția răposatului.

N-a fost făcută pentru ei.

Ceremonia a fost făcută pentru Aslan. Ca să transmită mesajul cuvenit.

Când preotul invită un voluntar să spună câteva cuvinte despre defunct, nu se mișcă nimeni. În biserică, aerul este greu, dens. Și nu sunt de vină lumânările, lumina slabă, tavanul jos, tămâia, psalmii impregnați în coloanele din piatră, refuzând să dispară.

Cine să se ridice?

Ce să spună?

„Iuri Voronin m-a ajutat să transport şase sute de kilograme de cocaină în camioane modificate."

„Iuri Voronin a creat organizaţia prin care spăl banii pe care îi obţin din prostituţie."

„Iuri Voronin m-a ajutat să mint, să mituiesc, să păcălesc."

„Iuri Voronin m-a pus să comit o crimă."

Nimeni nu-l va lăuda pe Iuri Voronin.

Nici Aslan, care se ridică şi se îndreaptă spre pupitru. O acvilă din bronz pe un stativ din marmură roşie. Pe ea se odihneşte o Biblie Peshitta. O traducere direct din siriacă. Mai curată, mai aproape de cuvântul Domnului.

Pe cartea deschisă îşi pune Aslan Orlov degetele lungi, care par unsuroase. Începe să vorbească în rusă.

— Iuri era prietenul meu. Un prieten foarte drag, mi-a fost ca un fiu. Când a plecat din Patria Mamă, Iuri nu avea nimic. N-a venit fiindcă fugea de duşmani care voiau să-l omoare pentru o datorie de câteva ruble. A venit fiindcă fugea de sărăcie. A muncit din greu, mi-a dat tot ce avea.

Face o pauză ca să respire. Îşi aţinteşte privirea asupra chipurilor celor mai apropiate – vederea lui nu mai e ce-a fost – şi nu-i place tot ce vede. Când l-a salutat pe fiecare dintre invitaţii speciali a perceput respect şi teamă, dar e imposibil – şi prea puţin convenabil – să nu simţi şi altceva când Aslan Orlov îţi strânge mâna.

Acum, la adăpostul mulţimii, privirile dezvăluie exact ce ascund inimile.

Aslan vede îndoială. Criză. Oportunitate.

Orlov e bătrân, se gândesc ei.

Fiara şi-a pierdut dinţii, se gândesc.

Orlov avea drept locotenent un trădător, un turnător, un şobolan.

Aslan îşi drege vocea.

Lecţiile trebuie predate cu o voce limpede.

— Iuri mi-a câştigat încrederea, mie şi tuturor. Îşi făcea bine treaba. A prosperat. Odată i-a ieşit excelent o afacere. Când m-am dus la el acasă ca să-l felicit personal, am văzut că-şi cumpărase o maşină nouă. Un superb Maserati Quattroporte. Gri, foarte frumos.

Se aude un murmur slab. Toţi l-au văzut pe *vor* venind cu o asemenea maşină. Cei care nu l-au văzut află şoptit.

— I-am spus: „Iuri, asta e o maşină foarte frumoasă". Iar el mi-a vorbit o vreme despre viteză, despre putere. Despre tapiţeria din piele. L-am lăsat să vorbească. Când a terminat, i-am spus: „Maşina ta costă mai mult decât a mea, Iuri".

Aslan se opreşte, lăsând pericolul să plutească în aer.

— Ştiţi ce a făcut Iuri atunci?

Şoaptele au încetat. Singurul zgomot care se aude în biserică este fâşâitul stofei de pe scaune când unii se foiesc, simţindu-se inconfortabil.

— S-a ridicat. S-a clătinat un pic, era puţin băut, nu mult. A luat cheia maşinii şi mi-a dat-o. Poftim, *vor*. E a ta. E maşina ta.

Iar acum, lecţia. În spaniolă, ca să înţeleagă toţi.

— Iuri era un băiat bun. Ştia ce înseamnă onoarea. Până a uitat. Astăzi ne aflăm aici ca să nu mai uite nimeni.

Aslan pleacă de la pupitru.

În trecere, mângâie uşor fotografia lui Iuri.

Păşeşte pe culoarul din centrul bisericii, care taie în două liniştea mormântală, răsuflarea pe care toţi şi-o ţin în timp ce paşii lui Aslan răsună implacabil. Nimeni nu se mişcă. Nu ştiu dacă să-l urmeze sau să rămână pe loc.

Aslan trece pe lângă polițiștii care stau în picioare lângă ușă. Doamna comisar, subordonații săi. Și cei noi, femeia măruntă și bărbatul masiv.

Știu ce s-a întâmplat, dar nu pot face nimic.

Se dau la o parte ca să treacă el.

Preotul începe să cânte din nou când Aslan iese singur afară. Psalmii amuțesc când ușa bisericii se închide în spatele lui.

Kiril îl așteaptă lângă mașină.

Bătrânul *vor* nu se urcă în spate, ci pe locul din dreapta. Momentul spectacolului a luat sfârșit.

— Unde e?

— Nu reușim să o găsim, spune Kiril.

— Dacă nu apare, suntem terminați. Afurisitul de Iuri. Afurisita aia de târfă alunecoasă.

— Toți oamenii mei o caută.

Aslan se gândește. Se gândește la poliție, la toată atenția pe care a suscitat-o moartea lui Iuri. La privirile oamenilor, pline de îndoieli. Îndoieli inacceptabile.

Pedeapsa pentru cei care trădează Bratvá e neîndurătoare. Moartea lor și a întregii familii.

Cum ar putea Orlov să-și păstreze imperiul, dacă nu e în stare să aplice legea frăției?

Cum ar putea Orlov să-și păstreze imperiul, dacă nu e în stare să prindă o gospodină prăpădită?

Poate că a sosit momentul să-l înlocuim, spun acele priviri.

— Retrage-ți oamenii, Kiril. Avem nevoie de altcineva. Cineva care să nu dea greș.

— Cine?

Aslan spune două cuvinte.

Cernaia Volcița.

Kiril se întoarce spre el.

Sunt împreună de peste treizeci de ani. Aslan l-a văzut tăind gâturi, scoţând măruntaie, împuşcând şi tranşând vreo cincizeci de oameni. Făcând rău fără să renunţe la zâmbet, fără să se simtă vreo schimbare în spatele ochilor albaştri. L-a văzut înfruntând cu mâinile goale oameni înarmaţi, râzând în hohote.

Niciodată n-a mai văzut privirea aceea.

În privirea locotenentului său, un psihopat înnăscut, se citeşte teama. Şi de asta are nevoie Aslan.

— Eşti sigur, *vor*?

Va trebui să-i cer voie lui Pakhan[17]*. Şi va fi foarte scump. Şi periculos.*

Să se teamă de mine! Să ştie ce se întâmplă când mă sfidează!

— Sunt sigur. Sun-o pe Lupoaica Neagră.

17 Liderul absolut al mafiei ruse (n. tr.).

PARTEA A DOUA

LUPOAICA

Dacă vorbești în favoarea lupului,
vorbește și împotriva lui.

ALEKSANDR SOLJENIȚÎN

Nu ştie nici cine e, nici unde se află.

Nu există decât durerea.

Nu ştie dacă a visat, nu-şi aminteşte nimic. Nimic din moliciunea aşternuturilor, din mângâierea uşoară a pernei. Respiraţia întretăiată a unui partener, a unui iubit. Nu e mahmureală după noaptea trecută şi nici ţârâitul enervant al alarmei telefonului mobil.

Nu există decât durerea.

O durere maximă, inacceptabilă. Un curent electric care nu lasă loc pentru sine. Acaparează fiecare os, fiecare muşchi, fiecare centimetru de piele. Până la ultima terminaţie nervoasă a corpului. N-a mai rămas nicio fărâmă din ea. Doar nedreptatea de a nu şti ce păcat a comis ca să merite asta.

Suferinţa extremă durează doar câteva secunde. Se atenuează suficient încât să-şi amintească cine e. Ce a făcut. Vieţile pe care le-a curmat. Din gâtul uscat izbucneşte un lătrat hârşâit, ceva între râs şi văicăreală. Dacă durerea asta pe care o simte în fiecare dimineaţă când se trezeşte e o pedeapsă, e mulţumită că e atât de mică în comparaţie cu tot răul pe care ea l-a făcut altora.

Senzaţiile din corp încep să-i dezvăluie unde se află. Pe podea, tare. Parchet. Dezbrăcată, doar cu nişte chiloţi tanga. Cu faţa în sus. Transpiraţia îi alunecă pe sâni, se rostogoleşte pe ridicăturile muşchilor abdominali bine conturaţi, formează un lac sărat în buric. Simte curentul de aer care se strecoară pe sub uşă, vibraţiile paşilor pe podea. O chelneriţă bate la uşa camerei alăturate. Recunoaşte limba. Spaniolă.

Madrid. Sunt la Madrid.

Nu are timp de amintiri. Cel mai presant e să reuşească să se mişte. Corpul nu răspunde, e paralizată.

Ca în fiecare dimineaţă.

Îi ia o veşnicie să reuşească să mişte braţul drept. Începe cu degetele, mai întâi o falangă, apoi alta. După aceea îşi îndoaie încheietura, cotul. Când reuşeşte s-o asculte şi umărul, e o victorie. Acum e în stare să-şi ducă mâinile la picioare. Sub pielea fină, muşchii sunt tensionaţi ca nişte cabluri din oţel. Îşi masează insistent cvadricepsul drept.

Extremitatea nu răspunde. Mai încearcă. Efortul e epuizant. Plictisitor. În camera întunecată nu se vede decât ceasul televizorului. Arată ora şapte şi unsprezece minute. Se concentrează asupra schimbării minutelor. Trec nouăsprezece până când reuşeşte să-şi deblocheze piciorul.

Îşi sprijină o mână de pat, dur, compact. Moale la atingere. Nefolosit. Doar pe jos reuşeşte să adoarmă. Doar făcând o pârghie reuşeşte să se întoarcă. Târându-se pe coate şi pe genunchiul drept, reuşeşte să ajungă la baie.

Duşul e într-o parte a încăperii. Se cazează doar la hoteluri de cinci stele, renovate. Un duş de sine stătător e indispensabil.

Se sprijină într-un cot ca să se ridice. După mai multe încercări, reuşeşte să deschidă robinetul cu vârfurile degetelor. Apa ţâşneşte cu presiune, aproape de temperatura maximă. Intră în duş cu chiu, cu vai, încercând să facă jetul s-o lovească pe spate, exact în punctul din care durerea îi radiază în tot corpul.

Trece timpul. Ajunge chiar să doarmă câteva clipe, după efortul epuizant. Se mişcă, reuşeşte să se îndrepte destul cât să se aşeze. Apa fierbinte îi lasă pielea înroşită, îndurerată. După ce obţine de la apă toată alinarea de care e în stare, se târăşte până la pat. Să urce în el îi provoacă o nouă suferinţă. O negociere între corp, durere şi gravitaţie. Toate îşi cer partea.

Când se trânteşte pe saltea, simte o imensă uşurare. Presiunea cedează. Dar tortura nu s-a terminat, a luat doar o pauză.

E aproape ora nouă când se deschide uşa camerei. Bărbatul e punctual, calitate rară la un spaniol. Sigur că el e pe jumătate sclav, fiul unei ucrainence. Aşa că nu prea se pune.

Ea îl priveşte din pat. E întinsă pe o parte, dar se asigură că e el. Îl admiră în timp ce îşi scoate pardesiul.

— Întoarce-te.

Bărbatul se întoarce, cu mâinile ridicate. E tânăr, nu are nici treizeci de ani, dar părul începe să i se rărească pe frunte şi în creştet. O mustaţă subţire i se întinde pe buza de sus.

— Ştii ce ai de făcut.

Bărbatul îşi scoate pardesiul, haina. Îşi ridică tricoul, lăsând la vedere o bucată de carne care i se revarsă în talie. Incipientă, dar implacabilă.

După ce se convinge că nu e înarmat, îi dă voie să se apropie. Îl cunoaşte deja. E a treia oară când se întâlnesc. Dar în situaţia în care se află ea, lipsită de apărare, nicio măsură de precauţie nu e prea mult.

— Vino!

Bărbatul îşi ia servieta şi se apropie de pat. Ochii lui învăluie trupul femeii cu dorinţă, deşi nu schiţează niciun gest. Nici nu rosteşte vreo vorbă, deşi între picioare i se formează o umflătură vizibilă.

Ea scoate mâna dreaptă de sub pernă. Apucă pistolul cu putere. Prea multă putere. Dar n-o să tragă. Vrea doar să-i amintească bărbatului de ce a venit.

El începe să scoată diverse obiecte din servietă și să le pună pe noptieră. Aprinde veioza. Trage draperiile. Pentru ceea ce urmează să facă are nevoie de lumină.

— Când a început să se înrăutățească?

— Alaltăieri, răspunde ea. Până atunci m-am simțit destul de bine. Cel puțin, ziua.

Vina o poartă L4 și L5. Două discuri ale coloanei, care nu și-au revenit niciodată complet după o săritură nereușită de la etajul doi pe un camion în mișcare. Orice om ar avea nevoie de una sau mai multe operații și de recuperare ani întregi.

Ea nu e dispusă să treacă prin așa ceva.

Timpul ei e foarte prețios, la fel cum sunt și aptitudinile ei. Știe că trupul îi strigă să renunțe la ceea ce face, dar ea nu e deschisă la dialog.

Asta necesită măsuri extraordinare.

— Când te-au înțepat ultima dată?

Ea se întoarce cu spatele la el. Stăpânindu-și un țipăt.

— Amsterdam. Acum patru luni.

Minte. S-a întâmplat la Belgrad, acum trei săptămâni. Dar n-a funcționat ca de obicei. Nici asta n-o să-i spună, fiindcă se teme că nu-i va da ce-i trebuie.

Nici nu contează prea mult, fiindcă urmele acelor sunt încă pe piele, albe.

— E foarte periculos, spune bărbatul. E prea repede. Ai putea să-ți distrugi complet măduva spinării. Și atunci...

Ea știe că e periculos. Știe că poate rămâne paralizată. Nu are nevoie să-i spună asta un medic proaspăt absolvent, care face afaceri pe sub mână.

— Fă-o!

— Dar...

— Banii sunt pe masă.

Bărbatul se întoarce și privește spre masă. Cele patru bancnote roșiatice se ițesc din plicul deschis.

— E corpul tău, spune bărbatul.

Vata înmuiată în alcool e rece la atingere. Bărbatul freacă bine zona lombară. Când termină cu vata, observă cicatricele de pe spate. Albumul de amintiri ale stilului ei de viață.

— Asta e nouă, spune el, trasându-i conturul cu arătătorul.

O linie roșie sub omoplat.

Un cuțit. Ea încă îi simte lama. Chipul celui care i-a făcut-o încă o bântuie noaptea. Nu s-a pierdut în mulțimea de chipuri care o hărțuiesc în întuneric.

— Anunță-mă înainte să înțepi. N-aș vrea să te împușc din greșeală.

Bărbatul râde nervos. Apoi o pipăie cu degetele, căutând punctul exact. Anunță înainte de a introduce acul. Ea strânge din dinți, ia degetul de pe trăgaci. Simte metalul înfigându-se în ea.

Bărbatul își ține respirația. Trebuie să introducă acul în sacul dural, fără să atingă coloana vertebrală. Un milimetru mai departe, iar injecția nu și-ar face efectul. Un milimetru mai aproape, iar ea nu ar mai putea merge.

Se mișcă foarte încet până găsește punctul exact. Amplificând durerea.

Ea nu-și dă voie să plângă.

Când începe să apese pistonul seringii, cocktailul de cortizon, analgezice și alți steroizi îi pătrunde în corp promițând alinare. Putere. Timp recuperat.

Nu-şi ia rămas-bun de la el când îşi ia banii şi pleacă. După câteva minute se ridică în picioare şi se duce la geam. Razele soarelui îi luminează pielea dezgolită, în timp ce ea contemplă acoperişurile din faţa apartamentului. O pasăre Phoenix o priveşte de pe clădirea de vizavi. Aripile întinse se profilează pe cerul imposibil de albastru şi amăgitor al iernii madrilene. Este invidioasă pe forţa neclintită a bronzului.

Atunci sună telefonul de pe noptieră. A primit un e-mail.

Îl deschide. Are ataşat un document codat. Programul este instalat pe aparatul ei, singurul care îl poate citi.

Ochii ei verzi parcurg textul scris cu litere chirilice. Instrucţiuni. Fotografii.

Zâmbeşte.

Lupoaica Neagră este chemată.

1

O mamă

Înmormântarea n-a fost de prea mare ajutor. Doar să completeze albumul cu portrete de mafioţi. Au pierdut după-amiaza plimbându-se de colo până colo. Antonia, pe locul din dreapta. Încercând să-şi stăpânească un tremurat imperceptibil al mâinii.

Fără să scoată o vorbă.

A doua zi dimineaţă se întâlnesc în holul hotelului.

Antonia îşi scoate iPad-ul şi îi arată fotografia cadavrului lui Iuri. Mâna îi este aproape, aproape neclintită.

— M-am gândit toată noaptea la asta.

— Mă bucur că ai dormit bine.

— Ceva nu se potriveşte. De ce să-l omoare şi apoi să cotrobăie prin casă?

Jon se scarpină în cap cu prudenţă.

— Ar fi fost puţin mai simplu să-l convingă să vorbească mai întâi.

— Orlov caută ceva. Destul de înverşunat.

— Poate că asta nu e doar execuţia unui turnător, spune Jon.

Antonia încuviinţează.

— Am putea s-o întrebăm pe doamna comisar Romero.

— N-o să-ți spună nimic despre informatorul ei. Ne-a dat foarte clar de înțeles că, din punctul ei de vedere, suntem aici ca să vedem dacă nu cumva Lola Moreno ni se urcă singură în mașină.

— Va trebui să mergem la mama ei.

— Poliția a vorbit deja cu ea, scumpete.

— N-am altă idee.

— Nu poți să recurgi la magia fascistă a iPad-ului tău?

— Pentru ce?

— Nu știu, să redirecționezi sateliți, poate o găsesc pe Lola Moreno. Sateliți fasciști magici.

Antoniei îi ia câteva minute să-i explice lui Jon modul concret de operare al lui Heimdall, cum poate ajuta la investigațiile Reginei Roșii, ce poate și ce nu poate să facă. Să intre în baze de date, să forțeze barierele de securitate ale conturilor de e-mail, să utilizeze algoritmi de recunoaștere facială la înregistrările camerelor de supraveghere și alte câteva trucuri. Toate în fază beta. Supuse greșelii.

— Pe scurt, fascistul magic nu e util.

Jon ascultă cu atenție, serios. Circumspect basc. Apoi apasă pe butonul lateral al telefonului și vorbește la microfon.

— Siri, există fasciști magici?

— *Am găsit Fast and Furios 7. Vrei să-l pornesc?* răspunde Siri.

— Vezi? Funcționează la fel de prost ca al tău, spune Jon.

Antonia zâmbește. E un zâmbet din cele bune. Cele care îi formează o gropiță de o parte și de cealaltă a gurii, desenând un triunghi perfect împreună cu cea care i se deschide în bărbie. Care s-au văzut foarte rar în ultima vreme.

În dimineața asta e mult mai bine. Nu se mai simte greutatea apăsătoare care o învăluia ieri ca o crisalidă.

Jon știe că e ceva în neregulă cu ea. Dar dimineața a făcut ceea ce fac toate diminețile când apar, ne promit câteva ore altfel, noi-noutțe, fără treburi și griji. Așa cum știu toate orfelinele pistruiate, mâine va ieși soarele. Ziua îți reamintește apoi că tot nu ai părinți, dar, hei, mâine va ieși soarele.

Așa că Jon își bagă îngrijorarea sub preș.

Și se duc s-o viziteze pe mamă.

Toate fațadele de pe strada Salvador Rueda sunt vopsite cu alb. Mai puțin salonul de coafură Tere's. Salonul de coafură Tere's are toată fațada vopsită într-un mov obscen. Și în interior e la fel, în caz că nu era de ajuns.

Tere, coafeza, nu e vopsită în mov. Cu excepția unghiilor. Și a unei șuvițe de păr. *Când ai cincizeci și ceva de ani, movul nu te face mai cu moț*, se gândește Jon. N-o spune cu voce tare, fiindcă persoanele care colaborează într-o anchetă nu trebuie insultate. Dar ia o carte de vizită a salonului de coafură, ca să trimită un e-mail anonim, în apărarea bunului-gust.

— Când ați văzut-o ultima dată pe fiica dumneavoastră? întreabă Antonia.

— Câtă insistență! Le-am spus polițiștilor. Acum șase zile. Nu vreau decât să fiu lăsată în pace. Eu nu știu nimic, spune doamna, foarte înțepată, în timp ce își îndepărtează părul cu mâna. Îmi speriați clienții.

Antonia și Jon se întorc și se uită prin localul pustiu și spre strada goală într-un februarie de Marbella. Aproape că se vede un rotocol de praf purtat de vânt.

— E o dimineață liniștită, spune Antonia.

— Se animă imediat, după ce plecați dumneavoastră. Doriți o ceașcă de cafea? Am un aparat Nespresso.

— Ați putea să-mi dați una scurtă, doamnă? îi cere Jon.

— Dacă mă rugați așa de frumos...

Tere e o femeie frumoasă. Nu doar ținând cont de vârstă. E o femeie frumoasă, punct. Frumusețea îi strălucește pe sub șuvițele vulgare. Nu arată trăsnet, ca fiica ei, nici chiar așa. Dar se vede de unde i se trage fetei.

E genul ăla de frumoasă. Care vrea să fie băgată în seamă, se gândește Jon, care a luat parte la prea multe interogatorii ca să se lase păcălit. *Odată ce sunt îndeplinite formalitățile și o lăsăm în pace, e încântată de atenția primită.*

Coafeza fredonează în timp ce aparatul zumzăie la o presiune de nouăsprezece bari.

— Colegii dumneavoastră au fost de mai multe ori aici. Și ei mi-au spus să-i anunț dacă încearcă să ia cumva legătura cu mine.

Dacă vine pe-aici, nici nu e nevoie să anunțe. Doi polițiști în civil stau într-o mașină parcată la câțiva metri mai încolo. În clădirea de vizavi, doi domni cu aspect slav au închiriat un apartament cu vedere la fațada de un mov obscen a lui Tere. Așezați pe niște scaune din plastic pe terasă, în maiouri și cu brațele tatuate. Fumează și beau fără să-și ia ochii de la salonul de coafură.

Dacă apare Lola pe-aici, dumneavoastră veți fi a cincea care află, se gândește Jon, uitându-se pe fereastră.

— Spuneți-mi ce fel de relație aveți cu fiica dumneavoastră, o roagă Antonia.

— Bună. E o relație bună. Știți și dumneavoastră cum sunt copiii. Dacă aveți copii, știți.

— Am un copil. Și nu știu.

— O să aflați. Le oferi toată iubirea de care ești în stare, iar ei, când cresc, își iau tălpășița și fac ce-i taie capul. Dar suntem în relații bune.

— Deci nu sunteți prea apropiate?

— Ba da, mă sună în fiecare zi. Dar fata face ce vrea ea. I-am spus de multe ori că băiatul ăla nu e bun pentru ea.

— Nu erați de acord cu relația ei cu Iuri.

— Păi, e rus.

Antonia își lasă capul într-o parte.

— Nu înțeleg.

— Dar e foarte clar. Doar nu era să iasă ceva bun din asta.

— În Marbella trăiesc douăzeci de mii de ruși. Bănuiesc că nu-i cunoașteți pe toți.

Tere scutură din mână, respingând opțiunile care nu-i sunt pe plac.

— La câți băieți cumsecade sunt aici... Spanioli, cum se cuvine. Iar fiica mea e o dulceață. Ar putea fi cu cine vrea ea, o fluieră lumea pe stradă. Și ea s-a încurcat cu un străin... Iar acum, poftim! Gravidă și văduvă. Acum n-o s-o mai ia nimeni.

— Mergea prost căsnicia? Nu se iubeau?

— Nici vorbă. Îndrăgostită lulea. Iuri în sus, Iuri în jos. Toată ziua vorbea numai despre el. Obositor. El era bărbatul pe care a vrut ea să-l schimbe. Așa ne distrăm noi. Toate vrem să facem pe cineva să se schimbe. Iar apoi: viața. Nimic.

— Aș vrea să vă întreb despre ziua...

Lui Jon îi sună în cap o alarmă. Ridică o mână și o întrerupe pe Antonia.

— Scuze. La ce vă referiți când spuneți că el era bărbatul pe care ea a vrut să-l schimbe, doamnă?

— Băiatul ăla era un prăpădit. Când l-a luat fiica mea, a făcut bărbat din el.

— În ce sens?

— Cum în ce sens? Nici nu avea după ce bea apă. Iar acum vedeţi unde-au ajuns, cu ditamai căsoaia într-un cartier de fiţe, ca bogătaşii. Întotdeauna am spus asta. Într-o căsnicie, bărbatul e capul. Femeia e gâtul. Unde priveşte capul? Unde îi dictează gâtul.

— Deci era la curent cu afacerile soţului ei.

Aici, Tere se opreşte. Brusc. O frână ca atunci când ai trecut de semafor şi trebuie să dai cu spatele pe zebră.

— Asta nu ştiu.

— Cu ce se ocupa Iuri? Ştiţi?

— Aducea lucruri din Rusia. Nutella aceea ciudată e foarte bună. Am puţină aici, spune scoţând un borcan de lângă aparatul de cafea. Îi întinde o lingură curată. Haideţi! Luaţi! Ştiu că vreţi.

Jon asistă la lupta dintre două forţe invizibile. Atracţia gravitaţională a borcanului împotriva voinţei Antoniei, care îşi mişcă bărbia dinspre un umăr spre celălalt, cu ochii aţintiţi la pasta maro.

— Eu o să gust, dacă-mi daţi voie, spune Jon.

Ură atroce. Invidie bolnăvicioasă. Cea mai aprigă ranchiună. Antonia îi transmite toate astea colegului ei într-o singură privire. Ceea ce face ca Funduk să aibă un gust şi mai bun.

— Măiculiţă, ce bună e! spune Jon, cu limba căutând urmele de pe buze.

— Nu-i aşa? I-am spus că asta trebuie să facă şi că o să se umple de bani. Asta e mult mai bună decât a noastră, care nu mai are niciun gust.

Antonia ridică mâna, vrând să ia şi ea lingura, dar Tere i-o ia înainte şi o aruncă într-o chiuvetă mare, lângă ceaşca din care a băut Jon cafea. Zgomotul metalului când se loveşte de ceramică seamănă cu zgomotul inimii frânte a Antoniei.

— Nu sunteţi îngrijorată pentru fiica dumneavoastră?

— Of, ba da. Foarte îngrijorată, spune femeia. Dar ştiu că va fi bine. Ea s-a descurcat întotdeauna.

2

Un mesaj

— I-ai văzut pe domnii de pe terasa de vizavi? întreabă Jon după ce ies.

— I-am observat. Vor lua o supradoză de mov dacă se mai uită mult la fațadă.

— Sunt ruși. Precis au venit gata imunizați din țara lor.

Au lăsat mașina pe faleză, fiindcă Jon voia să-și întindă picioarele. Trebuie să meargă pe jos. Aerul miroase a sare și a umezeală. E plăcut. Ba chiar o face pe Antonia ceva mai permeabilă la sarcasmul colegului ei.

— Am văzut că te-au stresat.

— Spania în direct, spune Jon.

— Mie mi se pare mai îngrijorătoare starea ei de spirit.

— Se sufoca de îngrijorare, da.

— Când nu știi unde e copilul tău, nu reacționezi așa.

Privirea Antoniei e pierdută într-un loc foarte întunecat.

Jon nu are copii. Și nici n-a pierdut vreodată ceva, în afară de un papagal, când era mic. Colivia goală într-o dimineață, ce nenorocire. S-o fi dus să-și trăiască viața în libertate, stai liniștit. *Amatxo* a recunoscut după mulți ani că îl mâncase pisica, dar nu i-a spus nimic ca să nu-l traumatizeze. *Și te mai întrebi de ce am ajuns poponar, mamă,* se plângea el.

Antonia l-a pierdut pe fiul ei, Jorge, acum câteva luni, timp de câteva ore, cele mai stresante din viața ei. Ceea ce s-a întâmplat în tunelul Goya Bis a schimbat-o. Jon știe asta foarte clar. Rămâne de văzut cum.

— Ai vorbit cu băiatul?

Ea clatină din cap.

— Următoarea vizită e peste unsprezece zile. Cât sunt în perioada de probă, mi s-a spus că sunt restricționate contactele zilnice.

— O să vezi că o să fie bine.

— Nu știu. Ultima vizită a fost... complicată. Se purta foarte ciudat. Nu voia decât să mă provoace. Voia să fac o greșeală.

— Poate voia doar să obțină o reacție de la tine.

— Poate nu sunt făcută să fiu mamă.

— Dragă, niciuna dintre voi nu e făcută să fie mamă. Intră chestia aia în voi și, *pac,* iese o gânganie care vă dă viața peste cap, iar voi credeți că hormonii vor apărea cântând ca Mocedades[18], ca să vă facă supermame. Spoiler: nu.

— Dar nu-l înțeleg. Și mă tem să nu greșesc.

— Nici nu trebuie să-l înțelegi. Nu trebuie să controlezi totul, Antonia. Trebuie doar să-l iubești. Asta ar fi mai mult decât ceea ce au mulți.

Din locul în care se află se vede marea. Gri, amenințătoare. Un pericol abia ținut în frâu de zei obosiți, gata să cedeze. La orizont, o furtună se târăște spre ei. Grăbesc pasul ca să ajungă la mașină înainte să se dezlănțuie.

---

18 Formație muzicală care a reprezentat Spania la Eurovision în 1973 (n. tr.).

— Crezi că ține legătura cu fiica ei? întreabă Antonia, întorcându-se la coafeză.

— În locul meu de baștină, pe vremea când unii se ascundeau de poliție, rudele își făceau griji, spune Jon, cu respirația întretăiată din cauză că au mărit viteza. Iar fugarii nu sunau și nici nu trimiteau scrisori sau e-mailuri. Făceau ce se face la țară. Transmiteau mesajul prin cineva. Spune-le părinților că sunt bine, pupici, pa. Iar acest mesager apela la alt mesager. La vânzătorul de fructe, la fiica vecinei. Cineva cu care poți să te întâlnești și poate să-ți șoptească o frază la ureche în timp ce te pupă de două ori.

— Asta ar explica atitudinea mamei, spune Antonia după ce se gândește puțin. Deci Lola Moreno se ascunde în continuare. Fără poșetă, fără carduri de credit.

— Fără alte rude cunoscute în afară de mama ei, care, din câte știm, nu o ajută.

— E însărcinată și diabetică. Trebuie să-și injecteze zilnic insulină.

— Și dacă n-o face?

— Convulsii, pierderea cunoștinței, moarte. În ordinea asta, evident, îl lămurește Antonia.

— Dacă nu ne-apucăm să supraveghem farmaciile...

— M-am gândit la asta. Sunt treizeci de farmacii în Marbella. Nu se poate.

— Asta în cazul în care își cumpără singură.

— Poate ar trebui să supraveghem casele de amanet. Trebuie să ia bani de undeva.

— La fel. E aceeași situație. Deși...

— Banii pe care ar trebui să-i supraveghem sunt cei ai mamei.

— De ce?

— Scumpo, n-am văzut în viața mea un salon de coafură cu podeaua așa de curată.

Un fulger luminează fața Antoniei, parbrizul mașinii și vitrina magazinului de suvenire pustiu în fața căruia au parcat. Tunetul care urmează e însoțit de un jet de apă, picături grase care lovesc capota Audi-ului. Jon deschide portiera de pe partea lui, dar Antonia rămâne nemișcată.

Maimuțele vor atenție.

Jon urcă, își scoate haina, o aruncă pe bancheta din spate. Își pune centura, pornește ștergătoarele. Urmărește lamelele cum se fugăresc pe parbriz, *zvâc, zvâc*. Apasă un buton de pe cotieră. Geamul de pe partea pasagerului coboară lent, arătând-o pe Antonia nemișcată în ploaie.

— Urci? Sau îți face cu ochiul o pneumonie?

Ea pare că se trezește și își dă seama că se udă până la piele.

— Ești un geniu, spune intrând în mașină.

— Știam. Dar spune-mi de ce.

— Afișul de la intrarea în salonul de coafură. Orarul.

Antonia se apucă de păr și-l stoarce. Apa cade pe tapițerie și pe mocheta de pe jos.

— Ce bine că ai memorie fotografică! Ce scria?

— Luni, marți și joi, 11-13.

— Muncitoare femeie.

— Niciun salon de coafură din lume nu e închis vinerea, Jon. Locul ăla e un paravan pentru spălarea banilor.

Are logică, se gândește Jon. *Voronin deschide salonul. Femeia trece pe-acolo două ore pe zi, trei zile pe săptămână. Nu contează dacă nu vine nimeni, ea declară că facturează mii de euro, fiindcă nimeni nu cere factură sau chitanță când se tunde. Ginerele îi dă un salariu simbolic, iar „veniturile" ajung curate la o societate a clanului Orlov.*

— Trebuie să aflăm cine e proprietarul salonului de coafură.

— S-o întrebăm pe Siri, spune Antonia scoţând iPad-ul şi intrând în sistemul Heimdall.

Jon o priveşte cu coada ochiului.

S-o ia naiba pe Scott. Încet, dar învaţă, ticăloasa, se gândeşte, râzând în sinea lui.

Lola

A fost odată ca niciodată o fetiță care a crescut într-o familie tristă și fără iubire, unde mâncarea avea gust de cenușă, iar viitorul era negru, își repetă Lola și chiar a ajuns să creadă că e adevărat. Nu e una dintre minciunile acelea molâi, pe care le spui insistent, ca să vezi dacă se confirmă. Nu, asta e o minciună tare ca piatra, pusă peste Viagra și acoperită cu cocaină. A repetat-o de atâtea ori, cu atâtea straturi de detalii complicate, încât realitatea a început să se estompeze. La ea acasă făceau foamea seara? Mama ei era la un pas de a fi evacuată când i-a deschis Iuri salonul de coafură? Pădurarul a salvat-o pe Scufița Roșie? A găsit Goku bilele de dragon? Toate întrebările sunt una și aceeași.

Dacă Lola a învățat ceva despre lumea noastră modernă e faptul că adevărul nu contează. Contează doar acea versiune a realității care coincide cu dorințele și cu aspirațiile tale.

Mai puțin atunci când nu ai bani și dormi pe canapeaua unei prietene pe care n-ai mai văzut-o de șapte ani, atunci când ai hotărât că ești prea bună pentru ea.

E șapte dimineața când Yaiza intră pe ușă. E prost dispusă, epuizată, obosită. Trântește pe jos geanta sport în care-și ține hainele în care dansează în discoteci. Încă are sclipici pe față.

— M-au dat afară, spune de la intrare.

— Nu se poate. Ești cea mai bună, zice Lola când Yaiza se trântește în locul în care acum câteva minute stătuse capul ei.

— Am treizeci și trei de ani. Sunt bătrână. Și grasă.

Yaiza a pus pe ea. E normal când dormi ziua, mănânci conserve și bei ca să uiți ziua în care ți-a dat prin cap să renunți la liceu fiindcă doar proștii învață, când poți să faci bani dând din fund pe ritmul melodiei *Dragostea din tei*.

— Cine te-a dat afară? Samir?

Managerul de la Copacabana era un tâmpit încă de pe vremea când dansau amândouă acolo.

— Cretinul ăla vrea doar carne proaspătă. Fetișcane care pot să se tăvălească prin cabine, explică Yaiza.

Are ochii injectați și pupilele dilatate. În fiecare noapte trebuie să ia mai multe pastile ca să reziste, dansând melodie după melodie, ore întregi, cu doar două pauze de câte cincisprezece minute.

— Ce-o să faci?

— Mă întorc la Estepona, la părinții mei.

— Dar nici nu vorbești cu ei.

— Nu pot să rămân aici. N-am plătit chiria de două luni. Am dat garanție pentru trei luni, așa că proprietarul trebuie să-mi dea înapoi banii pe o lună dacă îi dau cheile mâine.

Lola simte cum îi ia foc pieptul.

— La dracu'! Nu mai puteai să rezisți puțin?

Yaiza se uită la ea cu gura căscată.

— Iartă-mă dacă drama mea te-a prins pe picior greșit.

— Mă lași baltă pentru cât? Pentru cinci sute de euro nenorociți?

Lola e nedreaptă și știe asta. Toată relația pe care au avut-o de când Lola a renunțat la dansul la bară au fost câteva *like*-uri pe Facebook. A avut noroc că Yaiza a primit-o când s-a prezentat acum două seri la ușa ei, înghețată bocnă și desculță. Cu picioarele distruse. Timpul cât a așteptat în fața porții să se întoarcă Yaiza de la muncă i s-a părut o veșnicie. Niciodată nu s-a bucurat atât de mult că prietena ei a avut ghinion în viață. Un ghinion atât de mare, încât a rămas captivă în acel apartament din Albarizas. Un singur dormitor, bucătărie americană și o canapea de două locuri, atât de aproape de televizor încât poți să schimbi canalul cu genele.

— Poate că cinci sute de euro nu înseamnă nimic pentru tine, frumoaso, dar eu numai asta am.

— Nu am unde să mă duc!

— Nici eu. Nu am slujbă, nu știu să fac nimic, iar părinții mei sunt șomeri. Trebuie să fac curat prin case sau să-mi scot fundul la bătaie în giratoriul de la Guadalobón. Așa că mai scutește-mă!

— Am dat de belea și nu știu cum să ies din asta.

— Tu duci de mult o viață de prințesă. Cu fotografiile tale de pe Insta, ba cu o mașină nouă, ba la *spa*, ba că ești gravidă. Te-am ajutat destul. Rezolvă-ți porcăriile și lasă-mă în pace.

Nu am cum să repar ce am distrus, se gândește Lola.

— Îmi pare rău, spune. Dar e prea târziu. Yaiza se ridică și pleacă de lângă ea, îndreptându-se spre dormitor. Mai poți să stai până mâine-dimineață.

— Ascultă-mă, eu...

Yaiza își arată refuzul printr-o ușă trântită, care face să tremure oglinda de deasupra canapelei.

Lola se îmbracă. Hainele, împrumutate de la Yaiza. Hanorac cu glugă, pantaloni cu multe buzunare. Niște pantofi sport prăpădiți de la Decathlon, care îi sunt cam mici. Acum o săptămână s-ar fi uitat la hainele astea oripilată. Și acum e la fel. Dar le îmbracă. Și sunt destul de lălâi ca să-i încapă burta, care crește pe zi ce trece.

I-a mai rămas o doză de insulină. Se întreabă dacă să și-o injecteze sau să mai aștepte. Până la urmă, se hotărăște s-o facă, fiindcă simte amețelile și deshidratarea. Nu are aparatul de măsurat hemoglobina, dar nu are nevoie de el ca să știe că nivelul glucozei e prea mare.

Își coboară puțin pantalonii și se înțeapă în fund. Doare mai rău decât în braț, dar a citit odată undeva că efectul durează mai mult.

Să sperăm!

Nu mai poate cumpăra alta. Fără rețetă, e foarte scumpă. A reușit să facă rost de o cantitate mică, fiindcă Yaiza i-a lăsat patruzeci de euro, dar acum nu mai are varianta asta. Nici nu are cum să fure, fiindcă insulina e ținută întotdeauna într-un frigider din spate.

N-ar ști cum să procedeze. Lola n-a mai furat nimic dintr-un magazin de cincisprezece ani. S-au dus vremurile în care mergea cu prietenele la El Corte Inglés ca să-și îndese rujuri în buzunar. Pe atunci știa deja că cel mai important e să fie bună. Iar ea era foarte bună. Era deșteaptă, dar altceva conta. Trebuia doar să profite de ocazie.

A fost odată ca niciodată o fată care își aștepta prințul...

Lola scutură din cap. Nu e momentul să viseze cu ochii deschiși.

Nu are bani, nu are timp.

Opțiuni? Puține.

Una.

Dar e foarte periculoasă.

3

O lumânare

— Iar acum, versiunea pentru proşti, scumpete.

Antonia oftează şi începe, a patra oară. Încercând să simplifice la maximum. Acum, că a trecut furtuna, s-au aşezat să mănânce ceva la Bodega del Mar. Jon a comandat o saramură de peşte-spadă, care i se pare dumnezeiască. Antonia, o salată de pui de care abia dacă s-a atins, fiindcă e prea adâncită în încurcăturile lui Iuri.

— Voronin înfiinţează o firmă în Insulele Cayman, care se numeşte Balalaica Ltd. Nici nu e nevoie să ia un avion până în Caraibe, totul se face pe internet. Îl costă mai puţin de două sute de euro ca s-o înfiinţeze.

— Balalaica. Am priceput.

— Balalaica e firma-mamă a unei firme din Luxemburg, care, la rândul ei, este firma-mamă a unei firme din Irlanda, care, la rândul ei, este firma-mamă a unui local din Marbella.

— Salonul de coafură Tere's.

— Toate aceste firme încep să facă schimb de facturi între ele şi să opereze transferuri bancare pentru servicii inexistente. Salonul de coafură e ultimul din acest lanţ. În ultima declaraţie fiscală, Tere's a declarat venituri de două milioane trei sute de mii nouă sute patruzeci şi şapte de euro.

Jon scoate o fluierătură, ascuţită şi muzicală.

— Asta înseamnă multe „permanente".

— Fiscul își încasează cei douăzeci și cinci la sută și nu pune întrebări. Precis mama Lolei își rezervă puțin timp în fiecare dimineață ca să ducă la bancă presupusele venituri ale salonului de coafură. În saci de gunoi.

— Precis sunt niște saci mov.

— Acum ai înțeles?

Jon încuviințează.

— Înțelesesem de a doua oară.

— Și de ce m-ai pus să repet a patra oară? protestează Antonia, cu un oftat de frustrare.

— Trebuie să-ți îmbunătățești aptitudinile de comunicare.

Ea se lasă pe spate în scaun și se trântește ca un copil mic care își pune mâinile în sân și amenință că n-o să mai respire. Poate să găsească unsprezece motive pentru care Jon se înșală, dar nu e în stare să comunice niciunul.

Jon își termină liniștit saramura și îi face un semn ospătarului, pe care mai înainte l-a luat deoparte și căruia i-a dat instrucțiuni. Bărbatul aduce o brioșă de ciocolată cu o lumânare aprinsă. Tot restaurantul – doi pensionari nemți, o femeie cu un cățel, ospătarul și Jon – distruge, dă cu ele de pereți, violează și asasinează versurile din *Mulți ani trăiască*.

— Cine ți-a spus? întreabă Antonia, cu mâinile încă în sân.

— Aguado, mai demult. Mi-am notat în calendar.

— N-am de gând să mănânc chestia asta. Trebuie să slăbesc.

— Aromele dulci foarte puternice sunt singurele pe care le simți, nu? Hai, e doar o zi.

— Nici nu mă ating de ea.

— Măcar suflă în lumânare și pune-ți o dorință. După aceea o mănânc eu.

Antonia își sprijină coatele de masă, fără să-și desfacă brațele. Suflă în lumânare. Nu se stinge. Încă o dată. Nici acum. Ultima dată. Acum s-a stins.

Jon ia o linguriță. Și ea, la fel. Fără nicio justificare.

— Nu are gust de carton, spune când duce lingurița la gură, foarte surprinsă.

— Umplutura e făcută cu Funduk, doamnă, explică ospătarul în timp ce strânge farfuriile. Vă aduc imediat cafelele.

În câteva zecimi de secundă, Jon se trezește că se luptă pe viață și pe moarte, cu o linguriță, pe un câmp de bătălie cu un diametru de optsprezece centimetri. Antonia mănâncă dulciuri mai repede decât gândește.

O brioșă poate rezolva orice problemă.

— Putem s-o trimitem pe femeie în judecată pentru spălare de bani? întreabă Jon când socotește că i-au trecut năbădăile.

— Nu, răspunde Antonia, cu o urmă de ranchiună. Mama e salariată. Patru mii de euro pe lună.

— Nu e rău, ca să freci menta la coafor șase ore pe săptămână.

— În plus, procurorii n-ar aprecia anumite aspecte ale anchetei.

— Te referi la acel mic detaliu că ai obținut toate informațiile ilegal, spune Jon, arătând spre iPad-ul Antoniei.

— Și nu a fost ușor. Singura legătură dintre firma irlandeză și salonul de coafură este salariul femeii. Dacă nu te-ai fi prins că e gol, n-aș fi știut de unde să încep.

— Ăsta e un compliment?

— Uneori ești și tu bun la ceva, spune Antonia răcâind farfuria cu lingurița.

Îți dă ceva și apoi ia imediat înapoi.

— Cât ia cineva ca să spele bani?

— Nu există un standard.

— Dar, din experiența ta, cât e de obicei?

— Puțin. Cam unu la sută.

— Comisionul lui Iuri pentru salonul de coafură nu justifică nivelul de trai pe care-l aveau, scumpo. Așa că tot nu avem nimic.

Antonia se gândește. Încetează chiar să sfideze fizica încercând să extragă resturi de brioșă din interiorul ceramicii.

— Există doar două variante. Prima e să vorbim cu Aslan Orlov.

Jon se uită la ea de parcă i-ar fi propus să organizeze petrecerea burlacilor pentru Hitler. Cu un buget limitat.

— Să dăm piept cu principalul suspect al asasinatului. Care mai e și un cap al mafiei. Care este în permanență înconjurat de asasini plătiți. Care nu ne va spune nimic. Să ignorăm interdicția doamnei comisar Romero, care deocamdată ne lasă în pace.

— E o posibilitate.

— E o posibilitate și să câștig eu concursul Miss Univers.

Antonia analizează posibilitățile și spune cu seriozitate:

— Așa ceva nu se va întâmpla.

— Nici ceea ce spui tu nu se va întâmpla. Ai altă variantă?

— Să luăm urma banilor. Să vedem unde ajungem.

— Sesizez în vocea ta că mai urmează ceva.

— Am avut noroc cu salonul de coafură. Au loc transferuri bancare regulate, care duc la firma irlandeză. De obicei, nu e aşa de simplu. De ce crezi că UDYCO, Sepblac[19] şi procuratura nu-i pot opri pe oamenii ăştia? Folosesc şi cele mai mici artificii, subterfugii, lacune juridice şi portiţe pe care le găsesc. Au sume enorme de bani ca să-i plătească pe cei mai buni avocaţi. Să răscolim hăţişul pe care l-au creat ar dura luni întregi. Am nevoie de un fir de care să trag.

— Ai putea să începi cu Funduk, spune Jon.

Antonia îl priveşte, clipind des.

Uneori sunt şi eu bun la ceva, se gândeşte Jon, sorbind din cafea.

---

19 Autoritatea spaniolă de combatere a spălării banilor (n. tr.).

Înregistrarea 01

CU UNSPREZECE LUNI ÎN URMĂ

COMISARUL ROMERO: Voronin, ai picat în plasă cu toată echipa.

IURI VORONIN: Doamnă comisar, mă tem că spaniola mea nu prea bun. Tu spui ce?

SUBINSPECTORUL BELGRANO: N-o face pe prostul, Voronin. Vorbești mai bine decât mine, te-am auzit cum te umflai în pene la bar, la Astral.

IURI VORONIN: Poate de la stres.

COMISARUL ROMERO: Uite ce e, Voronin... Putem s-o facem în două feluri.

IURI VORONIN: Nu înțeleg prea bine limba.

SUBINSPECTORUL BELGRANO: Am zis să n-o mai faci pe prostul!

COMISARUL ROMERO: Belgrano, stai jos. Ești foarte priceput, domnule Voronin, recunosc. Experții noștri sunt uimiți. Ceea ce ai reușit dumneata nu e la îndemâna oricui. Dar am văzut dovezile. Putem face legătura între dumneata și expedierea de săptămâna trecută.

IURI VORONIN: Sunt doar un antreprenor cinstit. Un om de afaceri.

COMISARUL ROMERO: Da, așa spuneți întotdeauna. „Sunt om de afaceri. Muncesc doar ca să-mi câștig existența".

IURI VORONIN: Așa este.

COMISARUL ROMERO: Atunci, cum ne explici asta?

(Foșnet de hârtii pe masă. Pauză de treizeci și trei de secunde.)

IURI VORONIN: Nu am ce să explic. Nu am nicio legătură cu firma asta și nici cu expedierea asta.

SUBINSPECTORUL BELGRANO: Acum se pare că înțelegi limba spaniolă.

IURI VORONIN: Nu vorbesc cu dumneavoastră.

COMISARUL ROMERO: Avem dovezi care asociază firma dumitale cu firma care a expediat containerul din Sankt Petersburg.

IURI VORONIN: Singurul lucru care dovedește asta este faptul că am făcut afaceri cu o firmă care, din spusele dumneavoastră, a făcut o greșeală.

COMISARUL ROMERO: Există o suspiciune. Suficient pentru ca procuratura și Sepblac să acționeze.

SUBINSPECTORUL BELGRANO: O să-ți bage un microscop în cur, Voronin. Atât de adânc, încât o să-ți vadă plombele.

IURI VORONIN: V-am spus că nu vorbesc cu dumneavoastră. Spuneți-i să nu mi se adreseze.

COMISARUL ROMERO: Atunci, vorbește cu mine. Ce crezi că se va întâmpla când va fi anchetată afacerea dumitale, Voronin?

IURI VORONIN: Nimic. Eu știu cum funcționează justiția spaniolă. Oligarh, șase ani. Marmură roșie, opt ani.

COMISARUL ROMERO: Tribunalele se mișcă încet. Foarte încet. Așa e. Acum te avem în vizor, Voronin.

Poate că o să ne ia ani întregi, dar asta nu e o veste bună pentru dumneata.

IURI VORONIN: Nu înţeleg.

COMISARUL ROMERO: Ştim cu ce te ocupi. Ştim că dumneata gestionezi *obşhak*. Cutia comună. Dumneata ai cheia către bani. Şi faci câteva manevre pe cont propriu, nu? Comisioane. Cum îi spun fiţoşii, Belgrano?

SUBINSPECTORUL BELGRANO: Ăăăă... Nu ştiu la ce vă referiţi, doamnă comisar.

COMISARUL ROMERO: Îţi spun eu. *Outsourcing*. Externalizare. Oferi servicii columbienilor, suedezilor. Financiare. Logistice. De consultanţă. Ai deschis o franciză de trafic.

SUBINSPECTORUL BELGRANO: Un nenorocit de McDonald's.

IURI VORONIN: Nu aveţi nicio dovadă.

COMISARUL ROMERO: Belgrano?

SUBINSPECTORUL BELGRANO: Ascultă ce-am înregistrat zilele trecute.

(Un dialog în altă limbă. Neinteligibil.)

IURI VORONIN: Sunt nişte oameni care vorbesc. Toată lumea vorbeşte despre toată lumea.

COMISARUL ROMERO: Aşa e. Toată lumea vorbeşte. Şi ce crezi că vor spune clienţii dumitale când îi vom pune sub supraveghere permanentă? Procedura e foarte clară. Se îngheaţă conturile, se analizează permisul de şedere.

SUBINSPECTORUL BELGRANO: Pac, pac. O cruciuliţă. Însemnat.

COMISARUL ROMERO: Câţi dintre clienţii dumitale actuali ar vrea să lucreze cu un tip însemnat?

IURI VORONIN: Eu...

COMISARUL ROMERO: Clienţii dumitale nu vor vrea să aibă de-a face cu dumneata. Iar şeful dumitale... Pentru Orlov vei fi un pericol. Aşa că te va trimite înapoi în Rusia. La ce oră pleacă următorul avion spre Moscova, domnule subinspector?

SUBINSPECTORUL BELGRANO: E un Aeroflot mâine, la ora zece dimineaţa. La prânz, poţi să comanzi un borş în Piaţa Roşie.

(Pauză de cincizeci şi două de secunde.)

IURI VORONIN: Nu pot să mă întorc în ţara mea.

SUBINSPECTORUL BELGRANO: Fiindcă o încurci.

IURI VORONIN: Nu înţelegeţi. Dacă mă întorc, o să fiu omorât.

COMISARUL ROMERO: Atunci, trebuie să ne ajuţi, Voronin. Trebuie să ne dai ceva.

IURI VORONIN: Ce?

COMISARUL ROMERO: Informaţii.

IURI VORONIN: *(Neinteligibil, în rusă.)*

SUBINSPECTORUL BELGRANO: Eu nu-ţi înţeleg prea bine limba.

IURI VORONIN: Am spus că nu sunt *şpik*. Nu sunt turnător. Dacă ciripesc, mă omoară pe loc. N-o să mai fie nevoie să iau Aeroflotul.

(Pauză de douăzeci şi şapte de secunde.)

LOLA MORENO: Mă scuzaţi, doamnă comisar. Am o sugestie.

4

Un ambalaj

Două sute de mii.

Ăsta este numărul de containere care trec anual prin portul Málaga.

Trei milioane.

Ăsta este numărul tonelor pe care le conţin.

Unsprezece.

Ăsta este numărul vameşilor din port.

Jon îi arată legitimaţia paznicului de la terminal, iar acesta ridică bariera.

— Îl caut pe manager, spune prin geam.

— Mergeţi drept. Biroul e chiar lângă pâlnie.

— Ce-i aia?

— Un dispozitiv gigantic pentru mărfurile vărsate, îl lămureşte Antonia.

— Clădirea metalică de lângă macara.

— Mulţumesc, spune Jon. Mai întâi, la stânga. Apoi, la dreapta.

Între Marbella şi Málaga e o distanţă de şaizeci de kilometri. Jon a parcurs-o în patruzeci de minute. Din cele patruzeci, Antonia a avut nevoie de douăzeci şi trei ca să identifice firma importatoare a lui Voronin.

— Nici nu era pe numele lui, explică Antonia. E un holding cu sediul în Barbados. Am găsit-o printr-o filială din Macao, care deține casa lui Iuri.

Mai devreme sau mai târziu, criminalii trebuie să lase urme. Cineva trebuie să dețină casele în care locuiesc, mașinile pe care le conduc. Cardurile de credit pe care le încing în magazinele de bijuterii și în restaurante. Dar legile sunt făcute de oameni, iar oamenii sunt supuși greșelii. Nu e ilegal ca Iuri să locuiască într-o casă de cinci milioane de euro care e pe numele unei firme străine înregistrate într-un paradis fiscal. Cât timp firma nu protestează, toată lumea e mulțumită.

Dar felul în care e decorată casa ar putea fi ilegal. De-ar fi așa... Dar proprietatea, nu.

Așa că tot ce pot face e să urmărească firimiturile de pâine ca să se orienteze în pădure.

Pădurea aceea e din oțel.

E un spațiu imens. Doisprezece kilometri pătrați de beton armat basc, împânziți de cutii din oțel, de șase metri lungime. Puse câte cinci una peste alta. Vopsite în culori primare.

Cu câțiva ani în urmă, o firmă privată, Noatum Maritime, a preluat concesiunea terminalului de containere. De atunci, traficul în Málaga s-a multiplicat. Un du-te-vino neîncetat de mărfuri, care a acaparat treptat cota de piață a porturilor din apropiere.

Directorul terminalului e în picioare în fața biroului. Are un laptop într-o mână și o stație de emisie–recepție în cealaltă. Îmbrăcat cu o vestă portocalie și cu o cască de protecție albă pe cap. Rotofei, cu o piele atât de albă și cu părul atât de deschis la culoare, încât te aștepți să ți se adreseze într-o limbă străină. Până când îl auzi vorbind cu un angajat.

— Atenţie la zona H4-Sud, bine? Când ajunge mâine *Karaboudjan*, avem nevoie de spaţiu. Umpleţi mai întâi H5.

Directorul se întoarce spre ei.

— Sunteţi de la poliţie, nu? Cu ce pot să vă ajut? Vama s-a închis azi. De fapt, tocmai plecam.

— Nu vă reţinem decât câteva minute, spune Jon. Anchetăm activitatea unei firme importatoare. Lemondrop Málaga Limited. Dacă aţi putea să ne ajutaţi...

— Mă tem că nu, îl întrerupe blondul. Ca să vedeţi evidenţele importurilor, trebuie să vorbiţi cu un funcţionar vamal. Trebuie să vă întoarceţi mâine.

Bărbatul se întoarce şi se îndepărtează cu paşi repezi spre uşa care duce la birouri.

— Soţia dumneavoastră ştie că aveţi o aventură cu una dintre angajate? întreabă Antonia.

Omul se opreşte, cu un pas în prag. Spatele i se arcuieşte.

Se întoarce.

— Asta e o minciună mizerabilă, doamnă, spune el coborând vocea, uitându-se într-o parte.

— Pupilele dilatate, pulsul accelerat. Eu aş zice că nu, îi spune Antonia lui Jon.

— Şi eu aş zice la fel, răspunde Jon, băgându-şi mâinile în buzunare şi ridicând din umeri.

Bărbatul se apropie de ei.

— Nu puteţi să spuneţi asta nimănui. Nu vreau să le pierd pe fete.

— Pe noi nu ne interesează. Pe noi ne interesează doar activitatea firmei Lemondrop Málaga Limited, spune Antonia.

— Nu ne interesează relațiile dumneavoastră sexuale. Dumneavoastră ne ajutați, noi ne ținem gura, îi propune Jon.

Bărbatul își trece mâinile peste fața și mai roșie. Ți se face și milă de el, ca de un cățeluș care se tot învârte în jurul mesei. Mai lipsește să dea din coadă.

Decizia e simplă.

— Bine, băga-mi-aș, bine, se dă el bătut, deschizând laptopul. Cum spuneați că se numește firma?

Jon îi repetă.

— Da, sunt clienții terminalului, spune directorul, după ce caută în sistem. De fapt, chiar acum au o TEU în zona *hot*.

— TEU?

— *Twenty-feet Equivalent Unit*. Așa numim containerele standard. TEU sau „douăzeci de picioare". Fiindcă măsoară douăzeci de picioare, șase metri lungime. Fiind toate de aceeași dimensiune, pot fi transferate ușor de pe navă într-un TIR sau într-un tren. Apropo, pe astea ar fi trebuit să le ia deja de câteva zile. E ciudat.

Antonia și Jon fac schimb de priviri.

— Aproape am ajuns, spune directorul, luminând inscripțiile de pe jos, care indică zona. Veniți pe aici.

După-amiaza întunecată și înnorată s-a transformat într-o înserare timpurie. Jon și Antonia îl urmează pe director la o oarecare distanță. Suficientă încât Jon să-și satisfacă curiozitatea.

— Cum ai făcut? întreabă încet.

— Ce anume? o face Antonia pe proasta.

— Știi tu ce.

Ea ridică din umeri.

— De fiecare dată când îmi pui asemenea întrebări, mă simt ca o maimuţă dresată.

— Haide! Ştiu că vrei şi tu.

Antonia oftează. Şi începe să recite obosită.

— Nu poartă verighetă, dar semnul de pe inelar e foarte vizibil şi recent. Şi-a încheiat al doilea nasture de la cămaşă în a treia butonieră. Ai auzit discuţia pe care a avut-o cu angajatul. E un tip atent la detalii, şi-ar fi dat seama pe parcursul zilei la serviciu, aşa că înseamnă că şi-a descheiat cămaşa recent. În plus, când s-a întors cu spatele, i-am văzut talpa pantofilor.

— Şi?

— Are ambalajul unui prezervativ lipit de talpa stângă. Poate o să-i cadă înainte să ajungă acasă. Sau poate că nu.

Jon se abţine să râdă. Nu are de gând să-l anunţe. Şi ştie că nici Antonia. În astfel de momente, inspectorul Gutiérrez e fericit. Nu ar face schimb de locuri cu nimeni. Ce păcat că sunt atât de rare...

— Aici e, spune adulterul, luminând în faţă cu lanterna.

Containerul e la nivelul solului şi mai are două deasupra. Când ajung în dreptul lui, bărbatul citeşte din fişa din laptop.

— GD772569. Sosit de la Sankt Petersburg acum trei zile. Trebuia preluat chiar în ziua sosirii, de aceea se află aici, în zona pentru ieşiri rapide, dar n-a venit nimeni după el. Firma importatoare va trebui să plătească o taxă.

— Şi n-a fost controlat în vamă?

— Nu sunt controlate toate containerele. Vin multe, iar funcţionarii sunt foarte puţini. Şi nici nu vă imaginaţi cum e la Algeciras. Noi avem două sute de mii de TEU pe an, iar ei au cinci milioane. Au un deficit mare de personal.

Jon loveşte cu palma în metalul albastru-închis.

— V-au venit întăriri. Deschideți-l.

Directorul clatină din cap.

— Nu pot să fac asta fără un funcționar al văm...

— La dracu', spune Jon, apucând de zăvoare, trăgând și împingând. Cum naiba se deschide chestia asta?

— N-ați înțeles. Chiar dacă găsiți ceva, legea spune clar...

Scrâșnetul barei din oțel învârtindu-se în jurul propriului ax înăbușă protestele birocratului, care se întoarce frustrat și ridică mâinile spre cer.

— Eu mă spăl pe mâini, repetă. Eu mă spăl pe mâini.

Jon scoate bara din lăcașul ei. Trage cu putere. Un nou scrâșnet, strident. Ușa containerului azvârle bucăți de catran când începe să se miște în balamale.

Duhoarea îi lovește în față.

Înțepătoare. Otrăvitoare.

Jon n-a mai simțit așa ceva până acum. Fecale. Urină. Putreziciunea dulceagă a cărnii în descompunere. Toate astea amestecate, doar că de miliarde de ori mai rău.

Directorul își duce mâinile la față ca să încerce să-și oprească greața, dar nu reușește, iar voma i se prelinge printre degete și îi cade pe pantofi.

Jon are mai mult noroc. El reușește să se întoarcă și să se sprijine de un perete al containerului înainte de a-și vărsa complet conținutul stomacului. Spasmele sunt atât de brutale, încât abia dacă mai are control asupra propriului corp.

— Nu intra acolo, îi spune colegei lui. Să se ocupe criminaliștii.

Antonia îl ocolește, îndreptându-se spre dreptunghiul întunecat.

5

Un container

Antonia, impasibilă, îi privește cum se luptă cu duhoarea.

Ea nu simte mare lucru. Anosmia ei nu înseamnă că nu are deloc miros. Aproape toți receptorii ei olfactivi sunt morți. Câțiva au rămas, în agonie. Abia reușesc să capteze miasma care se revarsă pe ușa deschisă a containerului. Amintirea unui parfum dulce și ieftin.

— Nu intra acolo, încearcă Jon să o rețină. Să se ocupe criminaliștii.

Antonia îl ignoră. Se apleacă, ia lanterna de pe jos, acolo unde directorul terminalului a lăsat-o să cadă, și intră în container.

Picioarele i se lipesc de podea. E din lemn, dar e umedă, lipicioasă. Pereții interiori sunt din oțel, dar nu sunt acoperiți cu vopsea anticorozivă, ca exteriorul. Așa că Antonia vede petele de sânge de pe pereți. Mâini care s-au sprijinit și s-au târât, lăsând în urmă cinci semne neregulate pe metalul striat.

Într-o parte, un dispozitiv pentru pompat aer.

Nu asta trebuie să fi mers prost. Altfel, n-ar fi durat atât, se gândește Antonia.

Maimuțele încep să țipe, adunând elemente de la locul faptei și încercând să spună povestea.

Găleata plină ochi într-o parte.

Recipientul de apă, aruncat într-un colţ, spart şi acoperit de sânge.

Cuţitul pe jos

Gata!

Antonia nu-şi permite aşa ceva. Trebuie să-şi stăpânească sila – raţională, nu instinctivă –, să-şi ducă mâinile la buzunare. Să deschidă gura în acest mediu infestat de particule în descompunere, multe dintre ele contagioase.

Ai uitat? Ai uitat râul?

Vocea lui Mentor îi răsună în cap.

Nu poţi îmblânzi un râu. Trebuie să cedezi.

Ba nu, răspunde Antonia.

Nu voi ceda controlul.

Pot.

De data asta îşi bagă în gură trei capsule roşii. Trebuie să-şi folosească molarii ca să le spargă şi să elibereze substanţa preţioasă şi amară din interior. Antrenamentul a pregătit-o să numere descrescător, lăsând câte o respiraţie între numere, coborând treaptă cu treaptă, până în locul unde vrea să ajungă. Dar cantitatea de drog schimbă totul.

Nu numără până la zece.

Nu coboară treptele.

Cade grămadă pe ele, în întuneric.

Unde o aşteaptă tăcerea.

Antonia îşi simte trupul zgâlţâit ca de o pală de vânt. Apoi vine claritatea, într-un mod pe care nu l-a mai experimentat înainte.

E minunat.

E înspăimântător.

E *Chādanāca*.

În bengaleză, plăcerea înfricoşată de a dansa pe marginea unui acoperiş.

E acelaşi calm pe care îl simte când pastila albastră îi reduce capacităţile, dar conservându-le. Pentru prima dată de când a început antrenamentul pentru a deveni o Regină Roşie, Antonia *vede* ce s-a întâmplat la locul faptei. Nu doar intuieşte.

Le vede pe cele opt femei moarte de pe jos, plecând din Sankt Petersburg. Tinere. Poate frumoase, acum e imposibil de ştiut. Legate cu bride – cadavrele încă au urmele la încheieturi. Cea de-a noua nu este legată, e diferită de celelalte. Au apă şi mâncare, dar ceva iese prost în timpul călătoriei. Se ceartă. Se luptă pentru mâncare şi resurse. Una dintre ele ajunge rănită într-un colţ. Celelalte o ignoră. Ea moare prima.

Apoi, alta, pe care celelalte o aşază lângă prima.

Şapte supravieţuiesc călătoriei. Dar nu vine nimeni să ia containerul. Aparatul care pompează aer rămâne fără combustibil şi nu mai funcţionează. Femeile bat în pereţi, încercând cu disperare să iasă din container.

Când îşi dau seama că se vor asfixia, câteva se năpustesc asupra celorlalte. Sub fasciculul lanternei care ţopăie dintr-o parte într-alta a containerului, Antonia nu vede urmele de sânge de sub unghii, părul smuls, hainele sfâşiate. Le vede pe femei luptându-se, vede răul pe care şi-l fac, cum una o loveşte pe alta de perete, înainte de a fi strangulată de alta, consumând şi mai repede rămăşiţele de oxigen pentru care se luptă. Până se omoară între ele.

În afară de una.

Pe ultima dintre ele, cea mai măruntică, Antonia o vede mergând spre aparatul de aer, trăgând de tub cu unghiile.

Poate.

Poate.

Antonia se precipită spre femeia căzută pe spate peste motorul răsturnat al aparatului. E plină de sânge, are pe faţă o ulceraţie oribilă, care i-a desfigurat fruntea şi probabil i-a afectat un ochi. Rochia pe care o poartă, care poate că a fost verde odată, e acum o cârpă zdrenţuită care se mai ţine doar într-o fâşie pe umăr. Piciorul stâng e îndoit într-un unghi imposibil. Rupt din cauza căzăturii de la înălţimea motorului, când a rămas fără oxigen.

De fapt, nimic nu contează.

Nu contează decât pulsul, slab, pe care Antonia i-l simte la gât când i-l pipăie cu degetele.

Trăieşte. Cu chiu, cu vai.

O apucă de umeri, încearcă să o târască, alunecă pe sânge.

Îl strigă pe Jon cu o voce ciudată, metalică. Pe care n-a mai auzit-o niciodată la ea însăşi. De care nu se credea în stare.

Apoi leşină.

6

Două măsluieli

— Când a căzut, colega dumneavoastră s-a lovit la cap? întreabă asistentul, arătând undeva în spatele ei.

Antonia e în ambulanța parcată pe chei. Cu hainele, fața și mâinile murdare. O pătură pe umerii căzuți, spatele arcuit. Privirea inertă, perplexă, fără țintă. O privire de o mie de metri.

— Nu știu. Eu cred că nu, răspunde Jon. Încerca s-o tragă pe femeia pe care au luat-o colegii dumneavoastră. Cred că s-a prăbușit doar din cauza lipsei de oxigen.

— Putem exclude comoția cerebrală. Avea programare la oftalmolog azi?

— Cu siguranță nu.

— N-am văzut în viața mea pupile mai dilatate. Deci, dacă nu e din cauza picăturilor de ochi și nici din cauza unei comoții... Va trebui să fac un raport.

Jon se temea de asta. Ultimul lucru de care au nevoie acum e ca asistentul să povestească despre droguri la poliție.

Așa că îi pune o mână pe antebraț.

— Vă rog. Nu.

Luminile portocalii ale ambulanței, care îi luminează, par să clipească mai încet în timp ce asistentul îl măsoară de sus până jos. Jon îl scanează și el. Frumușel.

Ras în cap. Bărbuța tunsă cu grijă. Un cercel cu steagul multicolor clarifică lucrurile. Și următoarea lui frază:

— Sunt căsătorit, domnule inspector.

Jon își îndepărtează ușor brațul. Nu flirta. Deși nu l-ar fi deranjat. Tipul are ochi de om bun, iar asta e, de obicei, calea pe care inspectorul Gutiérrez o urmează până în pânzele albe. Apoi se dovedește că zicala e o gogomănie. Chipul nu e oglinda sufletului. Faptele contează mai mult decât vorbele. Iar Jon își închide la loc inima frântă. Până la următorii ochi care emană bunătate.

— Omite raportul, îl roagă. Trece printr-o perioadă grea, cu custodia copilului și așa mai departe.

Asistentul studiază cu extrem de mare atenție vârful propriilor ghete, apoi, pe Antonia, iar după aceea, din nou pe Jon.

— Spuneți-i colegei dumneavoastră să aibă grijă la următoarele teste antidrog, zice punându-și haina și îndepărtându-se în direcția agenților în uniformă care așteaptă la intrarea în terminal.

Camerele de televiziune îl filmează, jurnaliștii îndreaptă microfoanele spre el, de partea cealaltă a benzilor întinse de poliție. Asistentul le face semn cu degetul că nu. Încă unul care nu dă declarații.

Până la urmă, e băiat bun, se gândește Jon, aruncându-i o privire de rămas-bun. *Normal. Toți ăștia buni sunt luați.*

Se întoarce spre ambulanță, pregătindu-se să aibă o discuție cu Antonia. Dar cineva i-o ia înainte.

— Doamnă, spune Belgrano. Toc-toc. Degetele ciocănesc în podeaua vehiculului. Alo!

Antonia nu reacționează.

— Domnule subinspector, îl strigă Jon.

Belgrano se întoarce. Nu pare la fel de amabil ca acum câteva zile.

— Ah, Gutiérrez. Ce e cu dezastrul ăsta?

— După cum vedeți. Se pare că printre hobby-urile domnului Voronin se numără și traficul de carne vie.

Subinspectorul oftează, își coboară fermoarul gecii, își trece mâna prin păr.

— Câte?

— Opt moarte. Una în viață. Sau aproape. A fost dusă la spital în stare critică.

— Băga-mi-aș, ce moment prost, protestează Belgrano. Și vouă cum de v-a dat prin cap să veniți aici?

— Urmăream o pistă.

— Care v-a dus până la un container. Spuneți-mi că a fost de față un vameș, care avea o suspiciune.

Inspectorul Gutiérrez își scarpină ceafa și așteaptă, în liniște, ca timpul să le așeze pe toate la locul lor.

— Buf! Doamna comisar n-o să fie deloc încântată, domnule inspector. Nu putem folosi asta împotriva lui Orlov. Și ar fi fost nemaipomenit să-i punem în cârcă opt femei moarte, zău.

— Ce-aș putea să vă spun?

— Măcar ați salvat-o pe femeia aia. Putem să măsluim raportul, să spunem că ați auzit niște strigăte și că ați fost nevoiți să interveniți.

Jon se uită la el surprins.

— Doamna procuror n-o să fie nici pe departe convinsă, îl lămurește Belgrano, dar măcar scăpați fără raport.

— Mulțumesc, spune Jon întinzându-i mâna.

Măcar o dată e bine să jucăm toți în aceeași echipă.

Belgrano i-o strânge cu putere. Și îl previne.

— Dar de perdaful doamnei comisar n-o să scăpaţi.

Îmi imaginez că nu, se gândeşte Jon uitându-se la Antonia. Care are în privire un văl de smoală.

— Colega dumneavoastră se simte bine?

— Se simte bine, minte Jon cu aplomb. E afectată de ceea ce-am văzut.

— Pot să chem o colegă pentru asistenţă psihologică, dacă e nevoie.

Inspectorul Gutiérrez clatină din cap pentru a refuza oferta. În orice alt moment, ar fi plătit ca să vadă o asemenea scenă. Azi se simte generos.

Săraca psihologă. S-o scutim de traumă.

7

Altă promisiune

Până la urmă, totul e o chestiune de gestionare a aşteptărilor.

De exemplu, dacă intenţionezi să ai o discuţie foarte serioasă cu colega ta, dar colega ta nu e prezentă, trebuie să-ţi gestionezi frustrarea.

Iar Antonia a plecat.

Unii pleacă în vacanţă şi uită câinele. Pe bunicul într-o benzinărie. Pe mezin, care trebuie să ţină singur piept hoţilor, cu nişte capcane ingenioase.

Antonia şi-a uitat corpul.

Aşa că Jon o ajută să coboare din ambulanţă, o urcă în maşină, o duce la hotel. O conduce în cameră, iar ea tot nu reacţionează. Rămâne în picioare, lângă uşă. În acel loc în care toate hotelurile din lume ascund la vedere întrerupătorul care aprinde luminile din cameră. Unde pipăi pe întuneric în timp ce ţii valiza cu cealaltă mână, iar uşa, cu fundul.

Antonia s-a pierdut chiar în acel loc.

— Fir-ar a dracului, spune Jon.

Intră în camera Antoniei şi o duce la baie. Hainele ei sunt praf, pielea are mai mulţi centimetri murdari decât curaţi.

Nu pot s-o las aşa. O să facă o minune de Ebola, se gândeşte Jon în timp ce deschide robinetul de apă caldă.

Odată, cu mulți ani în urmă, el și gașca lui de la catehism au ieșit la cules de ciuperci. Să fi fost prin 1990 sau 1991. Cincisprezece ani avea el. Era cu o jumătate de cap mai mare față de toți ceilalți și dublu ca lățime. Nu că ar fi fost gras.

Mergeau pe munte, mai preocupați să vorbească prostii decât de ciuperci. La un moment dat, unul dintre băieți, Gorka, o figură, arată un mușuroi sub un stejar. Un viespar. Și spune „pe pariu că nu-l atingi, Jon". Iar Jon, „ba da". Se apropie cu bastonul pentru căutat ciuperci și atinge viesparul cu vârful metalic. Iar Gorka spune „cu mâna". Iar Jon, „ești nebun". Iar Gorka îi zice lui Jon că e poponar.

Pentru Jon nu exista o acuzație mai gravă. Era ascuns atât de bine în fundul dulapului, încât umerașele nu-l lăsau să vadă ușa. Așa că a aruncat bastonul cât colo și a făcut trei pași în față, cu brațul ridicat. Foarte încet.

Cea mai rea nu a fost durerea duzinii de înțepături – una dintre ele, sub sprânceana stângă, i-a făcut ochiul să stea închis o săptămână – și nici râsetele găștii. Ghiuleaua pe care o simți în stomac pe distanța dintre ceea ce te impulsionează și ceea ce te înspăimântă.

Neliniștea pe care a simțit-o înainte de a atinge viesparul e o nimica toată în comparație cu ceea ce simte când ridică mâna ca să-i scoată tricoul Antoniei Scott. Îl apucă de tiv, îl ridică. Mai întâi un braț, apoi celălalt, iar la final gâtul.

Nicio reacție.

Cu o infinită delicatețe, Jon îi scoate pantalonii, șosetele, sutienul și chiloții. Pare mult mai tânără dezbrăcată, cu pubisul epilat cu laser, iar sânii de mărimea unor lămâi. Și da, are celulită pe fund. Dar nu atât de multă încât să renunțe la brioșe.

Îi e teamă că o să se împiedice când intră în cadă, așa că se mulțumește să o țină de spate și de coapse. Antonia e ca un fulg în mâinile lui, atât de ușoară ca și cum oasele i-ar fi pline de aer. O așază cu grijă în apa caldă. Apa îi udă mânecile cămășii până la coate, făcând petele de sânge să devină roz.

Frige puțin la început.

Așa trebuie să fie.

În timp ce se umple cada, Jon îndeasă hainele Antoniei în punga de la spălătorie. Are de gând să le arunce mâine-dimineață, la fel ca tot ce poartă pe el. Costumul lui cenușiu din lână, făcut pe comandă, preferatul lui. Trei mii de euro și ceva. Dar nu are rost să-l spele. Poate că spălătoria va scoate mizeria, dar nu ai cum să scoți mirosul de moarte, Jon știe asta prea bine. Ca să iasă dintr-o casă poate dura ani întregi. Dintr-o mașină, niciodată. Dacă moare cineva într-o mașină și rămâne acolo mai mult de unsprezece ore, compania de asigurări nici nu mai catadicsește să trimită un agent. Trimite mașina direct la dezmembrări, nu contează prețul sau dacă este nouă.

Jon face un nod triplu la pungă. O bagă apoi în sacul de gunoi din baie. După aceea se ocupă de Antonia.

Începe cu corpul. Acoperă buretele cu săpun – e verde, cu aromă de citrice. Freacă cu grijă, insistând sub unghii și pe gât. Lasă robinetul deschis și ridică dopul puțin câte puțin, astfel încât apa din jurul Antoniei să nu fie o mocirlă. Sub jeg, buretele scoate la vedere un semn pe spate, de mărimea unei monede de cincizeci de cenți. Primul glonț tras de White a intrat pe acolo. Celălalt s-a înfipt în capul soțului ei.

Jon își reprimă impulsul de a-și trece degetele peste cicatrice.

Nu e simplu.

Opt grame pot părea o greutate derizorie.

Cele opt grame de plumb ale unui glonţ de nouă milimetri, capabil să traverseze într-o secundă patru stadioane de fotbal, asta e deja altă poveste.

Dacă eşti poliţist, te gândeşti des la acele opt grame. La fel ca cele pe care le duci în teaca pistolului pe care o porţi pe umăr. Aproape întotdeauna stresat. Dar uneori, când ai dat-o rău de tot în bară, stresul se transformă în năzuinţă.

Jon se întreabă dacă Antonia se gândeşte vreodată la sinucidere.

Pe umărul stâng al colegei lui e altă cicatrice. E mai mare. O stea neregulată în cinci colţuri, răsucite acolo unde pielea hotărâse cum să se vindece.

Un medic ar numi asta „orificiu de ieşire". Inspectorul Gutiérrez nu. Poate că cele opt grame de plumb i-au traversat corpul, dar glonţul e tot înăuntru.

Călătorind spre inima Antoniei.

Jon îi spală părul de mai multe ori, o scoate din cadă, o piaptănă. Îi pune halatul şi papucii. Podeaua e rece. O duce în pat, o aşază pe margine.

Când se apleacă să o descalţe, îi cade pe frunte o picătură. Jon îşi ridică privirea şi vede că Antonia plânge. Jon se îndreaptă puţin, se aşază în genunchi, astfel încât capetele lor ajung la acelaşi nivel. Antonia îşi aţinteşte asupra lui ochii de culoarea măslinelor. Pupilele i-au revenit la normal. Lacrimile continuă să curgă.

— Unde-ai fost?

— Departe.

— Departe, unde?

— Nu ştiu, răspunde ea. N-am mai fost niciodată până acum.

Jon se gândeşte la tot ce e rău, la tot ce ar trebui să spună, la toate tăcerile cu care se vede obligat să convieţuiască. Hotărăşte că nimic din toate astea nu contează în această seară.

— Şi femeia? întreabă Antonia.

— În stare critică.

Antonia îşi trage nasul, dă din cap, se întinde pe pat fără să-şi scoată halatul. Deja ei ştiu regulile. Universul le ia un preţ enorm, dar nu trimite întotdeauna marfa. Nu are rost să protesteze şi nici să se înece într-o mare de amărăciune. Doar să accepte.

— Încearcă să te odihneşti, spune Jon.

Se ridică şi se duce spre uşă.

— Te rog. Nu pleca, îl roagă ea, fără să se întoarcă.

Jon se opreşte la jumătatea drumului. Îşi simte pielea lipicioasă, hainele lui sunt praf. Are acelaşi miros pe care s-a străduit atât de îndelung să-l scoată din pielea colegei lui. Acel miros de moarte, pe care ea nu-l simte, dar pe care el nu poate să-l ignore. E obosit, trist, confuz şi frustrat. Vrea doar să se spele, mai întâi pe dinafară, iar apoi pe dinăuntru.

Dar n-o va lăsa singură. Fiindcă simte cumva că el este electromagnetul care împiedică glonţul găzduit de corpul Antoniei să-şi urmeze liber drumul şi să-i ajungă la inimă.

Aşa că stinge lumina, se întinde lângă ea pe pat şi o cuprinde pe la spate cu braţele lui enorme. E ca şi cum ar ţine în braţe o păpuşică.

— Femeile alea, spune Antonia.

Aceste două cuvinte sunt de ajuns ca să evoce oroarea pe care au văzut-o în seara asta. Poate că săpunul a înlocuit mirosul de moarte cu o aromă de citrice – *prospeţimea, soarele şi aerul Mediteranei*, aşa scrie pe etichetă.

Dar nimic nu va şterge pata de negură a lumii. Nimic nu va reuşi să le şteargă atrocitatea din minte şi din inimă.

Antonia se foieşte neliniştită.

— Cine a făcut asta va plăti, promite ea.

O şoaptă suavă emisă de o femeie micuţă şi pe jumătate frântă. O particulă minusculă într-un univers indiferent.

Abia dacă perturbă întunericul.

Întunericul nu ştie nimic. Jon ştie. De aceea, un cub de gheaţă îi alunecă pe şira spinării. N-ar fi vrut să fie el destinatarul acestei promisiuni.

Dumnezeu să-l aibă în pază pe cel vinovat de furia Antoniei Scott.

Înregistrarea 04

Cu unsprezece luni în urmă

SUBINSPECTORUL BELGRANO: Asta e o porcărie, Voronin. Nu e nimic în hârtiile astea.

IURI VORONIN: Nu pot să vă dau altceva concret despre Orlov. V-am spus. M-ar omorî.

COMISARUL ROMERO: Nu te-ar atinge dacă noi n-am vrea asta.

IURI VORONIN: De Orlov nu mă puteți apăra.

SUBINSPECTORUL BELGRANO: Noi suntem poliția, Voronin.

COMISARUL ROMERO: Câți soldați are Orlov?

IURI VORONIN: Opt *bojevik*, doi *brigadir*.

COMISARUL ROMERO: Opt soldați, doi șefi. Nu e mare lucru.

IURI VORONIN: Nu înțelegeți.

SUBINSPECTORUL BELGRANO: E simplu. Noi suntem cincizeci. El are zece.

IURI VORONIN: Nu sunt numere. Aici nu e Rusia. În Rusia, ar fi o sută, două sute. Câți ar fi nevoie. Fiindcă acolo e *Far West*, înțelegeți? În Tambov nu intră polițiștii. Rămân afară, de pază. Fumează sprijiniți de mașină și se uită afară, niciodată înăuntru, fiindcă, dacă te uiți înăuntru, s-ar putea să vezi ce nu trebuie. Dar aici nu are nevoie de o armată *bojevik*. Pentru ce? Aici e pace. Şi are alte metode.

COMISARUL ROMERO: Atunci, nu te temi de oamenii lui.

IURI VORONIN: Bineînţeles că nu. Mă tem de o femeie.

Barul de pe șosea e singura opțiune.

E trecut de miezul nopții și e flămândă. Așa că o apucă pe ieșirea 244 a autostrăzii Madrid–Cádiz, la mijlocul canionului Despeñaperros, și parchează cât mai departe de ușă. Un foișor din care se poate admira priveliștea și care probabil e folosit doar vara tronează deasupra defileului. Vântul îl zgâlțâie puternic, dar nu reușește să acopere zgomotul râului care curge cu viteză spre sud, la cincizeci de metri mai jos.

Își rotește încheietura mâinii, iar motorul se oprește cu un tremurat. Lovește ușor cu palma în rezervor, în semn de apreciere față de structură. Nu-i plac motocicletele japoneze, a preferat întotdeauna furiosul temperament italian pe care îl au cele de la Ducati sau Aprilia. Concesionarul nu avea niciuna disponibilă, așa că s-a mulțumit cu o Kawasaki Ninja H2R. Complet neagră, în afară de logoul mărcii. A făcut-o să renunțe la prejudecăți.

— Șaizeci de mii de euro.

— Tu dai mie și vopsea, spune ea, arătând spre un spray de vopsea metalizată.

Angajatul concesionarului îi întinde spray-ul, iar ea pune cardul de credit pe tejghea. Din titan, fără limită de cheltuieli. Fondurile nu sunt o problemă.

Angajatul nu-și poate stăpâni un zâmbet de satisfacție când vede celebrul chip al centurionului roman. Dar îl apasă conștiința.

— Acest model nu poate fi înmatriculat, e doar pentru concursuri. Dacă te prinde Garda Civilă, te oprește și te imobilizează.

Ei îi ia puțin timp până decodifică ce încearcă să-i spună vânzătorul. Spaniola ei e rudimentară, deși înțelege aproape tot ce aude. Când asimilează și procesează, decide:

— Nu contează.

Îndeplinită fiind datoria civică, angajatul se întoarce ca să bage cardul în POS. Ea, între timp, își bagă plăcuța de înmatriculare provizorie între geacă și tricou.

Câteva ore și două sute cincizeci de kilometri mai târziu, profită de oprirea în parcarea pustie ca să pună plăcuța de înmatriculare. ES 0000 ABC, puțin credibilă la o examinare atentă, dar probabil că o să fie bună până când una dintre persoanele ei de contact îi va trimite una definitivă. Oricum, dacă cei de la Garda Civilă îi vor face semn pe șosea, va fi o plăcere să-i vadă cum încearcă să o urmărească. Un Renault Kadjar contra acestei bestii de 310 cai putere.

Ultimul pas e să dea cu spray-ul metalizat pe logoul mărcii. Trebuie să dea de mai multe ori până îl acoperă complet, cu câteva minute de așteptare obositoare între manevre, iar rezultatul este o ștersătură inestetică, de o textură diferită față de cea a șasiului. Merită osteneala. Niciun martor, cu excepția unui profesionist, nu poate identifica o motocicletă. Orice idiot e în stare să citească și să-și amintească opt litere.

Aruncă spray-ul în tufișuri, bagă pistolul în cască și îl acoperă cu mănușile înainte de a se îndrepta spre ușa barului. Nu are alt bagaj în afara hainelor de pe ea. Geacă și pantaloni strâmți din piele. Cu întărituri la antebrațe, dar discrete, care pot părea haine de stradă, fără să atragă atenția. În picioare, niște Dr. Martens cu vârf metalic. Totul, la fel de întunecat ca motocicleta. Singura concesie făcută culorii sunt șireturile roșii ale ghetelor. N-a rezistat.

Merge puțin gârbovită.

Nu din cauza frigului, deși în partea de sus a canionului Despeñaperros temperatura coboară sub zero grade. Nu, ea a trăit în Rusia veri care ar provoca o pneumonie iernilor spaniole. Dar spatele ei protestează după timpul pe care l-a petrecut aplecată pe motocicletă. Vrea să creadă că ăsta e motivul. Vrea să creadă că, de data asta, injecția cu cortizon va dura ceva mai mult decât câteva zile, înainte ca vertebrele să o facă din nou infirmă, transformată într-un morman de durere.

Interiorul barului nu-i atrage atenția. A mai fost în locuri ca ăsta. Supraviețuiesc în mijlocul pustietății un supermarket, un magazin de suvenire, o toaletă publică. Pereții din cărămidă sunt acoperiți de trofee de vânătoare, fotografii vechi, steaguri roșii și galbene. Unul dintre ele, cel mai mare, are în centru o acvilă cu aripile întinse. Îi amintește de stema Rusiei, doar că pasărea asta are doar un cap.

La bar e doar o mână de bărbați, care stau în cerc, se uită la televizor și beau bere. Când ea intră, se întorc, dar nu spun nimic.

Ea se așază la o masă aproape de ușă, dar cu spatele la perete. Chelnerul îi aduce un meniu. E în două limbi, spaniolă și ceva ce s-ar dori a fi engleză. Nu îndrăznește să comande caracatiță, fiindcă merge la o petrecere, și nici mâncare de năut, așa că se mulțumește să arate spre fotografiile din meniu. Chelnerul ridică din umeri și îi aduce un sandvici cu carne de vită.

Ea dă pâinea deoparte și devorează proteina pe îndelete, cu înghițituri mici, în timp ce urmărește un curs de spaniolă pe telefonul mobil. Aplicația îi arată mai mult fotografii cu obiecte. „Alege scaunul". Alege fotografia corectă, iar telefonul emite un sunet voios drept recompensă.

La televizor, la știri apare o imagine care îi atrage atenția. Nu pricepe aproape nimic – volumul e foarte încet –, dar înțelege titlul de pe ecran. TRAFIC DE CARNE VIE. Astea sunt niște cuvinte pe care le cunoaște în multe limbi.

Absoarbe imaginile cu o mină serioasă. Polițiștii nu le dau voie jurnaliștilor să depășească linia, dar camera poate capta fragmente de la locul faptei. Blițurile aparatelor îi luminează pe infirmieri când scot cadavre în saci albaștri. Cu zoomul la maximum, un cadru agitat surprinde o femeie scundă, înfășurată într-o pătură, așteptând în fața unei ambulanțe.

Caută știrea pe telefonul mobil, cu ajutorul aplicației de traducere automată, la fel de proastă precum cea pe care au folosit-o pentru meniul restaurantului. Dar prinde esențialul.

Înjură încet.

Nu sunt vești bune. Va trebui să-și schimbe planurile. Ar fi trebuit să fie o operațiune de douăzeci și patru de ore. Să ajungă, să execute, să conducă până la Lisabona și să se întoarcă la Moscova cu avionul, prin Rabat și Ankara. Să iasă din oraș în trei minute, din țară în patru ore, iar din Uniunea Europeană în nouă. Planul ar fi făcut imposibilă prinderea ei.

Acum va trebui să schimbe totul din mers. Să își asume riscuri. Să improvizeze.

Și nimic nu urăște mai mult decât să improvizeze.

Frustrată, se ridică și o pornește spre baie. Nu-i scapă coatele și privirile pe care și le aruncă bețivii din grupul de la bar. La dus și la întors.

Evaluează amenințarea.

Cinci. În jur de treizeci de ani, cu burți de la bere. Unul dintre ei e masiv. Cel din dreapta știe să se bată, poate e paznic sau o fi fost în armată.

Nivelul amenințării: minim.

Îi întinde chelnerului o bancnotă de douăzeci de euro. El o ia, îi spune încet ceva ce ea nu înțelege. Dar privirea înspre capătul barului, unde se află grupul de bețivi, e semnificativă.

Ea încuviințează, își ia casca și iese agale. Nu a făcut niciun gest în direcția celor cinci bărbați, dar știe că vor ieși după ea. Toate șlehtele de lighioane sunt la fel, nu contează în care parte a lumii te afli. Câini. Luați separat, nu reprezintă nimic. Când se înhăitează, se cred în stare de orice. Îndreptățiți la orice.

Pietrișul scrâșnește sub ghetele ei în ritm măsurat în timp ce se întoarce la motocicletă. Nu are timp de joacă, dar nici nu are de gând să le dea satisfacția de a o fi împins să grăbească pasul.

Ușa barului se deschide cu un pocnet și un clinchet. Sunt voci care o strigă. La început sunt libidinoase. Apoi, direct amenințătoare. Unul dintre bărbați o ia înainte, altul îl imită, apoi sunt cinci care acoperă distanța ce îi desparte de ea. Tot mai repede.

Ea lasă casca pe șaua Kawasaki-ului. Nu se sinchisește să scoată pistolul din ea, nu e nevoie. Trebuie doar să urce pe motocicletă, să o pornească și să plece. Așa ar fi cel mai practic.

În timp ce își pune mănușile, lent și meticulos, bețivii o înconjoară, latră în jurul ei. Nu înțelege cuvintele, dar tonul e inconfundabil. E o chestiune de timp până când primul va întinde mâna ca să o atingă.

Ea evită contactul vizual, nu vrea să-i provoace. Nu complet străină de ideea că, nedându-le nicio atenție, îi face să fie şi mai agresivi. În loc să urce pe motocicletă, face câţiva paşi spre marginea foişorului. Doar o balustradă firavă, înaltă de optzeci de centimetri, protejează împotriva căderii de la cincizeci de metri. Şleahta se apropie şi mai mult, crezând-o încolţită, cu balele curgându-le în avans.

În timp ce mânca, a căutat semnificaţia denumirii defileului. Despeñaperros[20]*.*

Ce nume ciudat.

Se uită la ceas. Mai are câteva ore de mers. Dar motocicleta e puternică. O să-i fie uşor să recupereze timpul.

Zâmbeşte.

Poate să se antreneze câteva secunde.

---

20 În traducere literală, „loc de aruncat câini". Se pare că denumirea a fost dată în timpul Bătăliei de la Las Navas de Tolosa, din 1212, când soldaţii prinşi de inamici, numiţi „câini infideli", erau aruncaţi în canion (n. tr.).

8

Un răsărit

Lui Jon Gutiérrez nu-i place să se trezească.

Nu programul e problema, fiindcă profesia l-a obligat la ture dintre cele mai ciudate, perioade fără mâncare, ospeţe pe cinste, perioade de câte cincizeci de ore fără somn, dormit unsprezece ore.

Jon acceptă să se trezească doar dacă i se permite să-şi urmeze rutina preferată de hibernare. Să programeze alarma telefonului mobil cu o oră mai devreme, să o amâne când sună, să se clatine până la baie, să urineze un secol – uite, mamă, cu ochii închişi! –, să se clatine înapoi până la pat, să se trântească, să apese butonul de amânare a alarmei încă de patru ori printre sforăituri şi, în cele din urmă, să se dea bătut în faţa exigenţelor verticalităţii.

Ce-l deranjează pe Jon la trezitul devreme e că se produce abrupt. O pocnitură electrică bruscă la mijlocul distanţei dintre cele două urechi. Lumina soarelui, care îţi răneşte ochii. O oboseală patologică. Ameninţarea unei zile grele. Certitudinea absolută că nu există nici cea mai mică şansă să te întorci la somn, oricât ţi-ai acoperi capul cu perna.

Antonia e trează, deja îmbrăcată, aşezată la birou, cu iPad-ul în mână. Televizorul, fără sonor, e pe canalul de ştiri. Se transmit imagini din portul Málaga.

Prea multe cadavre ca să poată fi prezentat drept un jaf armat.

— Cât e ceasul? întreabă Jon, cu gâtul foarte uscat.

— Aproape opt. Du-te să faci un duş. Miroşi îngrozitor.

— De unde ştii tu, handicapato?

— *Ştiu* că miroşi urât. Şi, ce e mai rău, ştiu că sunt molecule impregnate în hainele şi în părul tău. Du-te să faci duş.

Copleşit de mulţumirea Antoniei pentru grija lui din seara precedentă, Jon se ridică. În ritmul lui, care e ritmul plăcilor tectonice, al dinozaurilor, al restituirilor de bani de către Fisc. Când reuşeşte să-şi îndrepte spatele – după o mulţime de pocnete şi trosnete –, începe s-o studieze pe colega lui.

Pare normală. Cel puţin pe cât de normală poate părea cea mai inteligentă persoană de pe planetă care e în acelaşi timp agentă a unei organizaţii europene secrete cu o activitate la limita ilegalităţii.

Aşa, fără virgule, e mai impresionant.

— Vreau gogoşi, spune Antonia. Du-te să faci duş.

Jon nu are de gând să plece din cameră fără să deschidă subiectul despre cele petrecute aseară.

— Antonia...

— Ce?

— Nu am de gând să plec din cameră fără să deschid subiectul despre cele petrecute aseară.

— Aseară, când?

— În container.

— Am leşinat. Du-te să faci duş.

— Ştiu asta. Te-am scos de acolo. De ce ai căzut lată?

— Din cauza unei diminuări a fluxului sangvin în creier, provocată de șocul emoțional, lipsa de oxigen din container și efortul brusc pe care l-am făcut când m-am aplecat ca să încerc să o târăsc pe femeie. Du-te să faci duș.

— Atât?

— Ți se pare puțin?

Explicația e complexă, dar nu suficientă. Pentru că tot nu explică de ce avea pupilele atât de dilatate, dacă nu luase nicio pastilă roșie. Dar Jon nu mai are energie, așa că face pentru a doua oară greșeala de a lăsa subiectul pe mai târziu.

Soarele va străluci mâine.

— Ce faci?

— Societatea care a importat containerul e o fundătură. E doar un intermediar. Dar de preluare se ocupa altă societate. E pe numele unui intermediar. Un armean pe care îl cheamă Ruben Ustyan. Are biroul aici, în Marbella. Du-te să faci duș.

— Precis e doar o altă verigă a lanțului.

— Care ne va duce la următoarea. Du-te să faci duș.

E puțin. Dar, după cele întâmplate aseară, Antonia e hotărâtă să-l oprească pe Orlov cu orice preț.

Jon își înnoadă cravata. Poate că ultimul drum al acestor haine distruse va fi cel parcurs pe hol până în camera lui, dar Jon se va asigura că e o călătorie demnă.

Lola

A fost odată ca niciodată o fetiță care își dorea o mantie care s-o facă invizibilă. Sau o poțiune care să-i permită să-și schimbe înfățișarea cu a altcuiva. Sau o hartă care s-o anunțe unde se află dușmanii ei.

Niciunul dintre aceste artefacte magice nu e la îndemâna Lolei Moreno, așa că-și trage gluga peste față și merge încovoiată, ca și cum i-ar fi frig. Îi este. Furtuna a scăzut și mai mult temperatura, lăsând în aer o umezeală insalubră și lipicioasă, a îmbolnăvit iarna de toamnă.

Azi, Lola nu mai are unde să doarmă.

Termenul pe care i l-a dat Yaiza a expirat. A plecat din apartament acum câteva minute. A fost tentată să bată la ușă și s-o roage pe prietena ei s-o ierte și să-i permită să meargă cu ea la Estepona. Deja ridicase mâna și era pe punctul de a bate la ușă, când degetele i s-au oprit chiar înainte de a atinge lemnul. Nu exista niciun viitor dacă o apuca pe calea ușoară. Nici pentru ea, nici pentru băiat. Trebuia să fie băiat, bineînțeles, un Iuri în miniatură, un ticălos mic și chipeș ca tatăl lui, care nu era bun de nimic. *Sau aproape de nimic*, se gândește Lola, cu o împunsătură de dorință.

Energia și hotărârea cu care a părăsit apartamentul Yaizei s-au mai atenuat puțin în timp ce mergea către Lomas Blancas. Se teme. Dintr-odată, s-o ia de la capăt nu i se mai pare o variantă așa de proastă. Chiar și la negru. Să spele pe jos de la nouă la opt. Să servească la mese de la zece la șase. Ce amintiri are de pe vremea în care era barmaniță la Dreamers și la Mirage! Când clienții din zori, chercheliți și rătăciți, urinau la bar ca să nu se ducă până la toaletă. Sau clienta care a defecat între două boxe din spatele ringului de dans. Sau toate turistele străine pe care trebuia să le scoată din toaletă, bete criță, pe jumătate despuiate, îmbibate în propria vomă.

Trebuie să încep o nouă viață, dar nu va fi așa, îi promite Lola micuțului Iuri, mângâindu-și burta prin buzunarele bluzei de trening. Fără să știe dacă-și va putea respecta promisiunea. Dar cine face promisiuni fără să se poată răzgândi?

Pe drum spre Lomas Blancas, în dreptul Parcului Îndrăgostiților, inima îi zvâcnește, gura i se usucă.

Chipul ei, de șase ori mai mare, o privește în față.

Camionul pentru anunțuri al Poliției Naționale era frecvent subiect de glume printre prietenii lui Iuri. Un vehicul pe șase roți, care duce un ecran de o sută cincizeci de inchi. Pe LCD sunt afișate fețele celor mai căutați infractori. Trei dintre ei fac aparte din clanul Orlov. Dedesubt, un număr de telefon și o adresă de e-mail la care poți să anunți dacă-i vezi.

— Fotografiile pe care le folosesc sunt oribile. Sunt atât de proaste, încât aș putea să mă opresc în fața camionului ca să-mi fac un *selfie* și nu m-ar recunoaște nimeni, se lăuda unul dintre cei care obișnuiau să vină la Iuri acasă pentru comisioane. Un oarecare Fomin, Kolia sau Vania.

Lola se uită la fotografia ei, de doi metri înălțime, la numele ei, la data ei de naștere și nu-i vine să râdă. Fotografia e foarte proastă, dar e ea. Se recunoaște și arată chiar bine. Și asta în condițiile în care nimeni nu iese bine în poza din buletin. Iar polițistul care stă în fața camionului are o mitralieră sau cum s-o chema. Neagră, cu o țeavă imensă. Foarte amenințătoare.

De parcă ar exista armă de foc care să nu fie amenințătoare, dacă nu o ții tu...

Camionul e parcat pe partea cealaltă a străzii, iar poliţistul se uită spre ea. Oricum, nu se ştie prea bine dacă se uită spre ea, fiindcă nu degeaba poartă toţi chipiul ăla tras pe ochi. Lola nu poate nici să se întoarcă, nici să schimbe direcţia. Aşa că aşteaptă la semafor să se schimbe culoarea, cu stomacul ghem. Dacă ar avea telefonul mobil, ar putea să-l scoată şi să mimeze că se uită pe Instagram, dar l-a aruncat la gunoi după tot ce s-a întâmplat la firma de pompe funebre. Nu are nicio îndoială că e urmărit, şi nu numai numărul ei şi cel al lui Iuri, ci şi al mamei ei şi ale apropiaţilor lor. E prea simplu ca să nu faci asta în zilele noastre.

Prin faţa ei trece ultima maşină – un Audi A8 imens, cu geamuri fumurii –, următoarea frânează, culoarea semaforului se schimbă, iar Lolei nu-i rămâne decât să se îndrepte spre poliţistul care păzeşte camionul.

Nu te opri. Nu te abate din drum. Poartă-te normal.

Cu inima bătându-i cu putere şi respiraţia întretăiată, Lola e foarte departe de a se simţi „normal".

A ajuns aproape în dreptul poliţistului. Trebuie să-şi adune jumătate din voinţă ca să nu se uite la el. Cealaltă jumătate o foloseşte ca să-şi stăpânească impulsul de a scoate mâinile din buzunare şi de a-şi îndesa şi mai mult gluga bluzei de trening pe cap.

— E rece, nu? întreabă poliţistul, când trece pe lângă el.

Lolei îi ia ceva timp ca să priceapă că vocea care i se adresează face doar o remarcă amabilă. Poate fiindcă pulsul îi bubuie în urechi ca un concert susţinut de Mayumaná.

— Foarte, spune ea fără să se oprească.

Trece de poliţist. Şi acum se străduieşte din răsputeri să-şi controleze picioarele, care îi poruncesc să alerge ca să se îndepărteze cât mai repede.

Încet. Încet.

O jumătate de oră mai târziu, ajunge la destinație. Lomas Blancas e un cartier rezidențial pentru clasa de mijloc, unde alternează casele individuale cu duplexurile. Lola e epuizată, amețită și însetată. Absența insulinei o pune să plătească o factură costisitoare. Are gura atât de uscată, încât limba ei scoate zgomot când o atinge de cerul gurii.

Nu mai rezistă mult.

Nu reușește să recunoască deloc casa. A adus-o odată aici pe Zenya, pentru că ea avea mașina în service, dar asta s-a întâmplat cu mai mult de doi ani în urmă, iar Lola e extenuată și confuză. *E un duplex*, își amintește. *Aproape de capătul străzii.* Dar, când ajunge în locul la care se gândea, dincolo de al doilea limitator de viteză, totul i se pare străin.

Picioarele n-o mai pot susține mult timp.

Se lasă să cadă pe trotuar, între un container din sticlă și un Peugeot, și izbucnește în plâns.

La dracu', Iuri! Cum ai putut să fii atât de idiot?

— Domnișoara Lola?

Lola ridică privirea, printre sughițuri, și iat-o pe Zenya. O femeie între două vârste. Durdulie, brunetă și cu un zâmbet trist. E în blugi și geacă, încărcată cu pungi de cumpărături.

Lola încearcă să se ridice, dar își simte din nou capul ușor, foarte ușor. Trebuie să se sprijine de bara de protecție a Peugeot-ului, pătată de noroi uscat și de insecte strivite.

— Veniți înăuntru.

Zenya e o femeie cumsecade. A lucrat patru ani la ei. S-a îngrijit întotdeauna bine de curățenie, de călcat și de treburile casei. Nu-i făcuseră contract, normal, fiindcă așa era Iuri. Dar o plăteau bine. Casa în care se află acum e singura în care mai lucra, în afară de cea a Lolei. Vinerea, ca azi.

— Mai doriți puțină cafea? întreabă, apropiind cafetiera de ceașcă.

Lola o lasă să i-o umple, nu fără o oarecare reținere. Se simte umilită că a trebuit să-i ceară ajutorul asistentei ei, să se strecoare într-o casă care nu-i aparține și să accepte ospitalitatea involuntară a altora. Aici locuiesc un bucătar și soția lui, amândoi la vreo cincizeci de ani. Sunt amândoi la muncă, explică Zenya. Lola se uită la o fotografie cu ei doi, lipită de frigider cu un magnet. O vacanță la Roma. Privesc amândoi spre aparat cu un zâmbet larg. Poartă brățări identice.

Aș fi putut avea și eu asta cu Iuri. Era tot ce-mi doream.

S-au așezat la blatul din bucătăria care formează un singur spațiu împreună cu livingul. Totul la locul lui, modest, dar domestic. Lola zâmbește când vede unul dintre acele televizoare minuscule, de treizeci și doi de inchi. Nu-i plac televizoarele mari. O deranjează să le vadă prezentatorilor porii de pe nas, dinții puși și fluorescenți. Iuri a cumpărat unul gigantic, care o face pe Lola să se simtă oglinda din baie a unei mulțimi de necunoscuți. Una care mărește. Oglinzile alea rareori îți oferă bucurie.

Pe Lola a deranjat-o că a cheltuit peste zece mii de euro pe acel televizor. Ar fi preferat să o surprindă cu un ceas sau cu o bijuterie extravagantă. Dar Iuri nu era regele galanteriei sau al subtilității. Când se apropia ziua ei de naștere, bătea apropouri despre cât de mult îi plăcea un anumit lucru. Nici nu apuca să termine fraza, că Iuri îi și întindea un teanc de bancnote de două sute de euro, cu un zâmbet larg.

Toate astea s-au dus.

Certitudinea lichidă, otrăvitoare îi aleargă prin vene. Şi mai dăunătoare în acel loc, în mijlocul vieţii perfecte a altora, pe care ştii că tu nu o vei avea niciodată.

— De ce nu m-aţi sunat, domnişoară?

Lola ezită să-i spună adevărul. Ar putea să se sperie.

Dar nu. Femeia asta e dură. A fugit din Ucraina de represiunea guvernului. Nu are rost s-o păcălească.

— Nu puteam să risc, Zenya, spune ea. Precis poliţia îţi ascultă telefonul.

Zenya îi povesteşte că i-au pus multe întrebări, deşi ea nu ştia mare lucru, fiindcă nu era acasă când s-a petrecut crima. Ea a descoperit cadavrul şi a anunţat.

— Unde e Kot?

— L-au dus la adăpostul municipal. Eu nu puteam să am grijă de el, spune cu părere de rău.

Lola înţelege. E un câine de nouăzeci de kilograme, care consumă anual mâncare de cinci mii de euro. Oricât de bine s-ar fi înţeles cu Zenya – ceea ce e ciudat, fiindcă nimeni nu îi este pe plac lui Kot –, biata femeie nu putea să-l ia în apartamentul ei.

— Vreau să-ţi propun ceva, spune Lola.

Îi explică Zenyei planul ei, cel puţin partea pe care trebuie să o ştie. Şi în care ea este indispensabilă.

Zenya ascultă în tăcere. Mereu ascultă în tăcere, cu faţa înclinată, cu bărbia îndreptată puţin spre partea dreaptă a celui care vorbeşte. Ca şi cum n-ar fi cu totul prezentă. Face la fel dacă o rogi să pună vasele la spălat sau dacă o pui să-şi abandoneze casa, viaţa, slujba.

Un apartament închiriat, în care locuieşte singură, şi un singur client, cu care nu va putea să-l întreţină. Decizia e simplă, se gândeşte Lola. Şi are dreptate.

Zenya spune da.

Dar pune o condiţie.

— Am nevoie de cinci mii de euro ca să-i trimit în ţara mea.

— Săptămâna viitoare o să-ţi dau de zece ori suma asta.

— Nu. Am nevoie de ei acum.

— Nu am banii ăştia.

— Am nevoie de ei. Sora mea are nevoie de o proteză ca să poată să meargă şi e foarte scumpă. Dacă păţesc ceva, n-o să pot s-o ajut. Dacă-mi daţi banii ca să-i trimit, pentru orice eventualitate, vă ajut.

Lola e disperată. Încearcă s-o convingă, să-i explice că trebuie să aibă răbdare. Dar Zenya nu are urechi pentru alte explicaţii în afară de ale ei.

— Bine, spune Lola. O să-ţi fac rost de bani. Hai să ne întâlnim mâine-seară la adăpostul pentru câini.

— Domnişoară Lola, locul ăla e păzit. Nu e o idee bună.

— E o idee groaznică. Dar n-am de gând să plec fără câinele meu.

9

Un intermediar

Nimeni nu l-ar considera pe Ruben Ustyan vizionar.

Nici măcar Ruben însuşi.

În anul 2001, Ruben (cu accent pe „u”, după cum îi lămureşte întotdeauna pe toţi cei cu care se întâlneşte) a emigrat în Italia. În Armenia nu avea viitor şi nici de lucru. Asta în condiţiile în care Ruben nu dădea înapoi de la nimic. Pe punctul de a împlini patruzeci de ani, făcuse câte puţin din toate. Fusese puţin hoţ de buzunare, puţin traficant de droguri, puţin proxenet. A ajuns la Roma printr-un văr de-ai lui, dar a rămas acolo pentru că erau mulţi turişti pe care putea să-i jecmănească în Piazza Navona. Nu prea bun prieten cu forţele de ordine, a fost primul care s-a înfuriat când, la 20 iulie, un carabinier l-a doborât cu focuri de armă pe Carlo Giuliani, un manifestant antiglobalizare.

— Povestea asta cu globalizarea e teribilă. Teribilă. Trebuie să-i punem capăt cât mai repede.

Trecând cu vederea faptul că el exercita în acel moment o activitate antreprenorială pe pământ străin, cu clienţi de diverse naţionalităţi – fura portofele deopotrivă de la spanioli, japonezi, americani sau de la cine se lăsa prădat –, ostilitatea lui Ruben Ustyan faţă de globalizare avea să se alăture altor predicţii istorice.

La fel ca în cazul lui Alex Lewyt, inventatorul unui aspirator, care a spus în 1955 că, în zece ani, toate aparatele acelea vor funcţiona cu energie nucleară.

La fel ca în cazul lui Thomas Watson, președintele IBM, care a spus în 1943 că în lume vor exista cel mult cinci computere.

Nu, nimeni nu l-ar considera pe Ruben Ustyan vizionar. Însă capacitatea lui nulă de anticipare s-a dovedit un avantaj pe calea evoluției. În timpul unei vacanțe petrecute în Spania câțiva ani mai târziu, l-a cunoscut pe Aslan Orlov. Cum? Povestea e foarte lungă, implică o roată care a făcut pană, o capră și o sticlă de votcă. Să spunem că a fost o coincidență.

Fiara l-a privit cu atenție pe Ruben Ustyan. Mărunțel, palid. Față de șobolan, un pachet de oase. Dinții, mai mari decât gura, îl obligau să afișeze un zâmbet permanent. A văzut în el un om fără imaginație și l-a pus să administreze un bordel în Puerto Banús.

— Putem avea încredere în armean, a spus Orlov. E prea grosolan ca s-o dea în bară.

Orlov a spus literal „grosolan de parcă ar fi caca de urs", dar sunt expresii în rusă care nu sună bine traduse.

Și așa s-a scurs viața lui Ruben, fără necazuri sau glorie. Făcând socoteli. Menținând rotația femeilor, vânzându-le altor localuri mai puțin luxoase când dădeau semne de oboseală. Așezând cutii de răcoritoare pe rafturi. Un administrator de succes în anii bulei imobiliare.

Când s-a prăbușit piața imobiliară, Ruben a aflat ultimul. Jocurile de noroc și prostituția sunt ultimele două vicii la care renunță cei faliți. A durat atât de mult până a aflat, încât, atunci când a auzit că a plesnit bula, deja începuse să se formeze următoarea.

— Bine măcar că am ieșit din criză, i-a spus Iuri.

— Care criză?

— Hai, mai dă-mi o bere.

Iuri venea des la bordel, pentru diverse comisioane, să aducă pachete cu cocaină pentru câte un client, chestii de genul ăsta. Fiind ucigaşul angajat al lui Orlov, avea dreptul la femei gratis. Băuturile trebuia să le plătească. Chiar şi cu reducerea pentru angajaţi, Ruben socotea că optzeci la sută din salariul lui Iuri ajungea în casa lui de marcat.

Brusc, Iuri a încetat să mai vină.

Ruben, atins la bilanţul contabil, i-a reproşat într-o zi în care s-a întâlnit cu el la raionul de parfumuri de la El Corte Inglés. Avea câte o pungă în fiecare mână.

— Iuri, ce-i cu tine? Nu te-am mai văzut de luni întregi. Te-ai supărat pe mine?

— Nu fac eu aşa ceva. Sunt îndrăgostit, a spus Iuri cu o imbecilitate radioasă.

Ruben a râs. Iuri era clientul lui numărul unu. Dacă, pe lângă bere, ar mai fi plătit şi pentru femei, Ruben ar fi avut un iaht. Cine ar fi putut să-l facă să renunţe la viciu? A continuat să râdă până când şi-a îndreptat privirea în direcţia degetului lui Iuri. Arăta spre o femeie înaltă şi slabă, care stătea în picioare în faţa vitrinei Louis Vuitton. Fotografia din reclama luminoasă o înfăţişa pe actriţa Léa Seydoux ţinând o floare în mână. Femeia care se plimba printre parfumuri, lovind capacele aurii cu o unghie roz, arăta la fel ca ea. Dar mai frumoasă şi mai puţin franţuzoaică.

Ruben a reuşit cu greu să-şi închidă gura când a văzut-o apropiindu-se.

— Ea este Lola, soţia mea.

Atunci a apărut propunerea.

Au trecut ani buni de-atunci. Şase? Şapte? Ruben nu-şi mai aminteşte. Ar putea fi o sută. Pentru el, toate zilele sunt la fel de atunci. Şi mai liniştite. Dar mai plictisitoare.

Iuri i-a vorbit în ziua aceea despre o afacere nouă pe care voia s-o pună pe roate. Ruben a râs din nou, gândindu-se la acel ucigaş cu încheieturile degetelor însângerate deschizându-şi o tarabă cu permisiunea lui Orlov.

Două săptămâni mai târziu, n-a mai râs, când Fiara i-a comunicat să plece de la bordel şi să facă tot ce-i spune Iuri.

Iar Iuri îi spune să închirieze un birou în San Pedro Norte. Clădirea Palomas. Un spaţiu închis, fără ferestre, doar cu două încăperi. Un birou, un scaun, pereţi fără nimic pe ei.

Iuri îl aşază pe Ruben pe scaun şi îl propteşte în faţa unui laptop, ca să se distreze.

— Ce să fac?

— Nu ştiu. Nimic.

— Şi dacă sună cineva? întreabă arătând telefonul.

— Răspunzi.

— Şi ce spun?

— Că e greşeală.

Ruben se freacă pe gât, îşi aprinde o ţigară.

— Şi cu cât o să mă plăteşti pentru asta?

Iuri îi spune.

E de cinci ori mai mult decât câştiga la bordel.

Aşa că Ruben e acum angajatul lui Iuri.

Cea mai mare parte a programului de lucru şi-o petrece pe scaunul din biroul lui. Se joacă Tetris, se uită la videoclipuri interesante pe YouTube. E fascinat de un jongler coreean care face trucuri dezbrăcat – de exemplu, ia faţa de masă de pe o masă apucând pânza cu fesele.

— Aş putea să stau acasă.

— Trebuie să fii aici, în caz că am nevoie de tine, răspunde Iuri.

Şi e adevărat că Iuri apare aproape în fiecare zi cu câte o servietă, hârtii sub braţ sau cu un notar. Îl pune să semneze aici, aici și aici. Ruben semnează. Toată săptămâna semnează. Documente cu ștampile albastre, în dosare albastre. Cecuri, împrumuturi, cereri. Autorizații, registre, transferuri. Contracte. Ordine. Împuterniciri. Declarații.

Și acte. Multe, foarte multe acte. În unele zile, chiar și treizeci.

Ruben a deprins arta de a semna fără să se uite. La propriu. Continuă să joace Tetris cu mâna stângă, în timp ce urcă și coboară mâna dreaptă. Iuri îi pune în față hârtia respectivă și zice „așa". Ruben semnează, notarul autentifică, Ruben ridică mâna și o ia de la capăt. Toate astea, fără să-și ia ochii de la ecran.

Piesă galbenă, act, piesă albastră, cec.

Ruben visează să doboare recordul mondial de 4 988 de linii. Deocamdată e la jumătate.

— Ar fi mai ușor dacă nu m-ai pune să semnez atât, protestează el.

— Nu te plânge. Precis ești omul care administrează cele mai multe firme din lume. Sau poate din Europa, nu știu.

— Câte? întreabă Ruben, vag interesat.

Iuri face un calcul rapid.

— Ceva mai mult de șapte mii.

— Sunt un magnat, spune Ruben, umflându-se în pene. Ca Ramón Ortiz sau Donald Trump.

— Sigur, Ruben.

Iuri îi dă două palme pe umăr și se duce să pună bine hârtiile. În capătul biroului e o încăpere cu pereți din sticlă. Înăuntru, fișete enorme și un computer. Doar Iuri intră acolo, doar el are cheia.

Acum, Iuri e mort.

Ruben a fost la înmormântare, ca toată lumea. A recepţionat foarte clar mesajul lui Aslan Orlov. Circulă zvonuri ciudate în legătură cu moartea lui Iuri şi despre asasina pe care ar fi chemat-o ca să se ocupe de femeie. Deşi pe el nu-l privesc toate astea. El este loial faţă de *Bratvá*, aşa că nimeni nu se poate atinge de el.

De aceea continuă să vină în fiecare zi.

Fiindcă e slujba lui.

Nu ştie prea bine ce slujbă are acum, când nu mai vine nimeni zi de zi să-i aducă hârtii la semnat, dar puterea obişnuinţei e mare. Acasă s-ar plictisi, nu are cu cine să vorbească.

În plus, are Tetrisul.

Aşa că vine, mişcă mouse-ul computerului ca să-l pornească şi continuă jocul pe care l-a lăsat în aşteptare în ziua precedentă. Are o mie două sute de linii şi nu a făcut decât o mică greşeală într-un colţ – afurisitele de piese roşii, niciodată nu ai cum să le aşezi –, deci e încrezător că poate recupera.

Cineva bate la uşă.

Ruben nu-i dă atenţie. Aici nu vine nimeni niciodată.

Bătăile continuă cu insistenţă.

10

Un avizier

Palomas Building e departe de centru. Este una dintre relicvele minunaţilor ani 1990. O epocă în care mafioţii nu veneau din stepele Rusiei, ci din cele din Soria. O epocă în care nu se ascundeau, ci făceau campanie pentru primărie pe prima pagină a publicaţiilor *As* şi *Marca*. O epocă în care câştigau şi construiau fără niciun control. Peste treizeci de mii de locuinţe ilegale, zeci de clădiri construite fără alt scop în afară de jaf. Aproape toate supravieţuiesc, în pofida nenumăratelor sentinţe judecătoreşti care dictează demolarea lor. Unele dintre ele, aşa cum e Palomas Building, abandonate în plata Domnului de un om de afaceri fără scrupule.

Nu are portar. Trei sferturi din birouri sunt neocupate. Cel puţin, conform avizierului de la intrare, într-o indescifrabilă imitaţie de bronz.

— Asta e firma lui Ustyan. *Servicii pentru antreprenori S.R.L.* Etajul opt, poarta B, arată Antonia când găseşte indicatorul pe care îl caută.

— Or fi ei mafioţi, dar au simţul umorului, răspunde Jon.

— Creează firme de la zero şi le ajută să se pună pe picioare. Descrierea e corectă din punct de vedere tehnic, spune Antonia apăsând butonul liftului.

Jon oftează. Teatral.

— Crezi că o să poți vreodată să râzi fără să fie nevoie să-ți explic o glumă? Măcar o dată.

— Posibil. Tu primul, spune ea, lăsându-l să intre în lift.

11

O gleznă

Ruben înjură, se ridică, se duce la ușa biroului. O deschide enervat.

— Alo, ați...

Un zid alb, o strălucire, puțină amețeală. Ruben nu știe cum s-o denumească, doar că acum se află pe jos, ținându-se de nas.

Pumnul i l-a spart, făcând să țâșnească un șuvoi de sânge, care i se scurge printre degete și se varsă pe jos. Lipicios, dens. Ruben își privește neîncrezător mâinile acoperite de roșu.

E un bărbat mărunțel, sperios. Calități care aduc beneficii unui hoț de buzunare. Care nu împiedică cine știe ce activitatea unui administrator de bordel, dacă acesta are la îndemână niște tipi vânjoși. Dar care îngreunează mult apărarea unui intermediar care stă de șase ani pe un scaun, când acei tipi vânjoși i se înființează la ușă.

Ruben îi cunoaște. Frații Fomin. Doi georgieni împuțiți. Ambii sunt masivi, duri. Copaci cu haine. Rași în cap și cu brațele tatuate. O amintire a perioadei petrecute în armată.

Nu doar atât au adus cu ei. S-au mai ales și cu cunoștințe valoroase. De exemplu, cum să apeși pe un os până îl rupi. Asta fac acum, aplecându-se peste Ruben.

Unul îl percheziţionează, celălalt îl calcă insistent pe gleznă.

Intermediarul e atât de derutat, încât durează ceva până își amintește să ţipe.

Primul strigăt urmează după trosnetul perineului spărgându-se. Surd, dezagreabil. Ca zgomotul pe care îl scoate bățul unei înghețate Magnum când îl rupi în două înainte de a-l băga scârbit în ambalajul de aluminiu.

Ruben ţipă. Durerea e ascuţită, pătrunzătoare, dar o simte departe de propriul trup, de parcă i s-ar întâmpla altcuiva. Ruben ţipă de uimire. Cu doar câteva secunde în urmă, el stătea liniștit, jucându-se pe monitorul computerului și cu mai mulți bani în bancă decât ar putea cheltui într-o viață.

— Ce faceți? Ce faceți? întreabă, de parcă n-ar fi fost clar.

Iar apoi adaugă, fiindcă nu se poate abţine, fiindcă orice om care a fost vreodată în situația lui a simţit nevoia să spună asta:

— Dar voi știți cine sunt eu?

— Normal, zice unul din cei doi Fomin. Cel mai tânăr.

Ruben crede că îl cheamă Vadim. Sau Kolia.

— Trebuie să vorbesc cu Orlov. Trebuie să vorbesc cu Orlov, spune Ruben, încercând să se ridice, să se întoarcă la biroul lui.

Alunecă pe glezna ruptă, cade, alege să se târască.

Unul din atacatori i-o ia înainte, se duce la birou, ia telefonul mobil al lui Ruben și îl bagă în buzunar. Sigur că intermediarul nu vede, pentru că încă e cu fața în jos.

— Trebuie să vorbesc cu Orlov, insistă Ruben, adresându-se picioarelor care trec prin fața lui.

Unul din acele picioare i se adresează, la rândul lui, obrazului său drept, de care se izbeşte cu viteză. Trosnetul şi durerea nu-l lasă să audă cum celălalt Fomin – Vadim sau poate Kolia – smulge uşa fişetului lui Iuri.

Ruben îşi pierde cunoştinţa pentru câteva clipe. Dar, când îşi revine, pune aceeaşi placă. Singura de care e în stare să se agaţe în acest moment. Am mai spus că Ruben Ustyan e un om fără imaginaţie.

— Vă rog. Lăsaţi-mă să vorbesc cu Orlov.

Perseverenţa lui Ruben îşi obţine premiul când unul din cei doi Fomin încetează să se mai fâţâie, formează un număr de telefon şi pune casca aproape de gura lui Ruben.

— Aţi terminat? întreabă Orlov repezit.

— Aslan. Aslan, eu sunt.

Vocea Fiarei se schimbă când aude cine e la celălalt capăt al firului. Redevine liniştită. Resemnată.

— Ah, salut, Ruben.

Ruben scoate o gâfâială bucuroasă şi uşurată când îl aude de partea cealaltă pe *vor*. În sfârşit, poate lămuri neînţelegerea asta.

— Aslan, fraţii Fomin sunt aici.

— Eu i-am trimis.

Intermediarul simte o umezeală pe ceafă, pe antebraţe, pe spate. Simte un miros pătrunzător, chiar şi cu nasul spart, din care continuă să curgă picături mari, acum mai dense şi intermitente. Reuşeşte să se întoarcă suficient cât să îl vadă pe Kolia – e aproape sigur că e el – cum îl stropeşte cu conţinutul unei cutii metalice.

— Spune-le să nu-mi facă rău. Eu nu am făcut nimic.

— Ştiu. Dar ai văzut aseară ştirile despre container.

— Ce ştiri? întreabă Ruben stupefiat.

Orlov hohoteşte.

— Pe bune, Ruben, îmi pare rău să te pierd. E greu să găsești prostovani la fel de utili ca tine. Dar nu trebuie să rămână indicii la voia întâmplării, spune înainte de a închide.

Kolia ia telefonul mobil, se așază pe spinarea lui Ruben, îl ia de gât și începe să-i izbească scăfârlia de podea. Calm. E o metodă excelentă dacă nu te grăbești, ca și cum ai lovi un ou de marginea unei tigăi. Mai devreme sau mai târziu, coaja tot se sparge.

Intermediarul își pierde cunoștința între a treia și a patra lovitură.

Când și-o recapătă, e doar întuneric. Crede că a orbit, dar atunci apar flăcările.

Iar apoi, urletele.

12

Puțin fum

— Am dovezi pentru ceea ce spun. Nu te-ai prins nici la bancul cu motanul, insistă Jon, apăsând butonul pentru etajul opt.

— S-a urcat în copac. E un cod pe care el și prietenul lui l-au convenit ca să atenueze șocul emoțional produs de o veste proastă. Normal că m-am prins.

Inspectorul Gutiérrez își dă ochii peste cap. E inutil.

Complet rezistentă la umor.

Apasă din nou butonul pentru etajul opt, poate face liftul să meargă mai repede. La difuzor se aude o versiune a melodiei *Despacito*. Jon e convins că iadul trebuie să fie un loc mai primitor decât ăsta.

— Ar trebui să avem și noi codul nostru, spune Antonia.

— Pentru ce?

— Ca să ne anunțăm când e un pericol, ceva de genul ăsta. Un cuvânt-cheie. „Camee papale”, de exemplu. Dacă unul din noi spune...

Jon ridică mâna ca să o întrerupă, își duce degetul la buze.

— Ai auzit?

Antonia clatină din cap. Dar Jon știe ce a auzit. Un strigăt. Și un zgomot surd, ca un sac de optzeci și cinci de kilograme umplut cu carne şi oase, căzând de la aproximativ şaptezeci de centimetri. Ca să dăm un exemplu. Şi mai e ceva.

Chiar înainte de a se deschide uşile, a simţit miros de ars. De hârtie, de plastic, de carne friptă. De grătar de trezorier al unui partid politic.

Ding.

Holul e complet în întuneric şi doar lumina slabă care pătrunde din lift luminează vălătucii de fum care plutesc la înălţime medie şi invadează cabina liftului.

Jon scoate lanterna din buzunar.

La dreapta lui e o uşă, de la biroul A. Închisă. La capătul holului, uşa de la biroul B. Deschisă.

Ghiceşte de unde provine fumul.

— Anunţă-i pe doamna comisar şi pe Belgrano, spune Jon încet, scoţând pistolul.

Nu era nevoie, degetele Antoniei deja zboară pe tastatură. Mesajul pleacă înainte ca Jon să termine de vorbit.

— Ce facem?

Jon arată spre tavan. Lustra e smulsă, cablurile atârnă, becul e spart, pe jos.

Cine a vrut întuneric l-a obţinut.

— Camee papale, spune Jon, mergând spre uşă.

Cu lanterna în mâna stângă, ţinută ca un pumnal. Cu mâna dreaptă sprijinită de antebraţul opus, îndreptată în faţă.

— Nu merge aşa, spune Antonia.

— Ştiu. Stai în spatele meu.

Inspectorul Gutiérrez îşi aminteşte foarte clar ce s-a întâmplat ultima dată când i-a spus asta Antoniei Scott. Un Porsche Cayenne a apărut din neant, a fost la un pas să-i facă terci și a început o urmărire brutală, din care au scăpat vii ca prin minune.

Jon simte o furnicătură ciudată pe cap. O mulțime de insecte plimbându-i-se între craniu și păr. Care se vânzolesc doar când ceva urmează să nu iasă bine.

Respiră ușor, pe gură. Fumul nu e gros, începe să se împrăștie. Indiferent ce l-ar fi provocat, e pe punctul de a se stinge.

Jon Gutiérrez nu crede în coincidențe. Nu crede că e posibil să izbucnească accidental un incendiu în firma pe care urmau să o viziteze, chiar cu câteva clipe înainte să apară ei. Nu crede nici că intrarea într-un spațiu întunecat, potențial ostil, fluturând singura lumină existentă, este cea mai eficientă metodă de a-l prinde pe dușman. Mai degrabă e ca și cum ți-ai tatua o țintă pe tâmplă. E conștient și de faptul că, spre deosebire de infractorii obișnuiți, mafia rusă are acces la arme scurte. Inclusiv la puști de asalt. Care, dacă te iau în vizor, te rezolvă instantaneu.

Așa că Jon pășește pe ușa firmei *Servicii pentru antreprenori S.R.L.* cu ceea ce în argou polițienesc poartă denumirea tehnică „ouă în gât".

— Rămâi afară, îi ordonă Antoniei.

Fasciculul de lumină al lanternei se plimbă prin încăpere exact așa cum l-au învățat la academie. Colțul stâng, colțul drept, alt colț, în spatele ușii. Nimeni.

Un birou gol, un scaun. În partea cealaltă a biroului, ceea ce pare a fi un al doilea birou. O ușă. În deschizătură, un corp. Negricios, fumegând.

— Fir-ar al dracului!

Înjurătura funcționează ca o vrajă de invocare. Una ce s-ar putea materializa în cuvintele magice care fac să apară lucruri din neant. *Abracadabra, Dracarys, fir-ar al dracului.* Antonia apare din spatele protecției oferite de bustul lui Jon, vede corpul de pe jos şi se năpusteşte asupra lui.

— Potoleşte-te, femeie. E la fel toată ziua, o previne Jon.

Mai trebuie să verifice încăperea din spate.

Trece peste trup. Umărul înainte, pistolul îndreptat în jos, cercetează iar cele patru colţuri.

Colţul stâng, colţul drept, alt colţ, în spatele uşii. Nimeni.

Doar rămăşiţele pe ducă ale unui foc de tabără făcut în mijlocul încăperii. Resturi de polimeri topiţi, miros de kerosen şi de plastic ars, care face aerul irespirabil.

Alte două trupuri pe jos. Jon verifică pulsul unuia din ele. Sau mai degrabă absenţa pulsului. La al doilea nu e nevoie, cuţitul împlântat în ochi face ca verificarea să fie inutilă.

— Trăieşte? întreabă Jon, îndreptând lanterna spre Antonia.

13

Două secunde

Antonia, în genunchi lângă trupul fumegând, își dă seama că încă respiră. Se întoarce spre Jon ca să-l anunțe, dar nu mai apucă. Aude un zgomot metalic, un *clanc* stins. Ca atunci când împingi la loc un sertar laminat. Un chip pare să răsară de niciunde, plutind alături de fața lui Jon. Un braț îl ține de gât.

Lanterna cade pe jos, se rostogolește, se stinge cu un pocnet.

Acum, întunericul e deplin.

Antonia, de-a bușilea, începe să pipăie podeaua în căutarea lanternei, în timp ce bezna din fața ei pare să prindă viață, să se populeze cu năluci amenințătoare.

O grohăitură sălbatică.

O frecare de trupuri, de țesătură pe piele.

O lovitură. Metalică.

Vacarm.

O clipă de incertitudine, liniște.

Deplasarea aerului încărcat din birou când un trup cade pe jos.

O gâfâială.

Un pas.

Încă un pas.

În sfârşit, degetele Antoniei apucă lanterna, din capătul cu bec.

Nu sunt singurele. Lumina se aprinde, luminând palma Antoniei cu o strălucire roşiatică şi fantasmagorică.

— Dă drumul, spune o voce de femeie.

Antonia desface degetele, dând drumul lanternei.

În clipa în care lumina i se reflectă pe tricoul alb, vede chipul femeii, cu ochi duri şi ascuţiţi, care taie întunericul în două.

Apoi, aceasta se dă înapoi, îndreptând lanterna spre ochii Antoniei, care se îndreaptă până ajunge să stea în genunchi.

Un pistol apare în zona luminată. Ţeava e la mai puţin de şase centimetri de fruntea Antoniei.

Ea mijeşte ochii.

Un Makarov de nouă milimetri.

— Cine? întreabă femeia.

Rosteşte întrebarea pe un ton care nu lasă loc de îndoieli. Răspunzi sau te omor. Dar nu e prima dată când Antonia priveşte de aproape ţeava unei arme. Nu e nici prima, nici a zecea. Nici ea nu are îndoieli. Nu trebuie să arăţi niciodată că te temi, nu trebuie niciodată să cedezi.

— Tu cine eşti? răspunde la rândul ei.

Ţeava pistolului se apropie până îi atinge faţa, deşi Antonia nu se mişcă, în afară de o clipire frenetică, în timp ce încearcă să hotărască ce să facă.

— Cine? repetă femeia.

Degetul se arcuieşte pe trăgaci. Mai are puţin şi apasă. Are la dispoziţie doar două secunde.

Pentru unii oameni, două secunde pot fi o perioadă infimă.

Nu şi pentru Antonia Scott.

În două secunde, evaluează trei posibile reacţii fizice, mai precis:

— Să se rostogolească.

— Să se ridice de pe jos.

— Să încerce să ia pistolul.

Le respinge. Orice încercare de a o ataca neînarmată e sortită eşecului. Suspecta tocmai a omorât doi bărbaţi masivi şi l-a lăsat lat – Antonia îi aude respiraţia – pe altul şi mai masiv. Nu că ar fi gras.

Încearcă să calculeze în gând timpul de reacţie al Poliţiei Naţionale în această zonă îndepărtată. Revede cu memoria ei fotografică pagina din dosar pentru misiunea pe care a pregătit-o Mentor. Pot fi cel mult cinci minute. Câte au trecut de când a sunat? Trei minute şi jumătate, cu o marjă de eroare de zece secunde.

Singura ei soluţie e să tragă de timp. Să rămână în viaţă până când ajung ei. Ceea ce Mentor numeşte „tactica DDI". Derutează. Distrage atenţia. Iscodeşte.

— Eu nu aş trage, spune Antonia. Ar fi o mare greşeală.

Femeia stinge lanterna, readucând întunericul, greu şi dens.

E deşteaptă. Nu vrea să mă uit la ea.

— Eu nu vorbeşte foarte bine spaniolă, spune femeia.

— Nici rusa mea nu e perfectă, răspunde Antonia în rusă, cu un impecabil accent de Moscova.

Vocea se îndulceşte, devine chiar caldă când încep amândouă să vorbească în rusă.

— Eşti poliţistă?

— Cam aşa ceva. Colegii mei trebuie să sosească.

Ca şi cum Universul ar fi aşteptat semnalul ei, chiar în acel moment încep să se audă în depărtare sirenele poliţiei.

— N-am înţeles niciodată când se întâmplă asta în filme. Vocea din întuneric răsună acum mai spre partea dreaptă a Antoniei. Îl are pe protagonist la cheremul său. Se aud sirenele şi omul rău pleacă. Tot atât durează şi să apeşi pe trăgaci, şi să nu apeşi.

Antonia zâmbeşte în faţa logicii incontestabile.

— Asta o să faci? O să ne omori?

Se aude un zgomot de pantofi pe podea, se simte un val de aer. Brusc, vocea femeii se aude lângă urechea ei stângă. Vocea pronunţă silabele în rusă cu o suavitate dezarmantă.

Chiar în spatele ei.

— Ai noroc, poliţisto. Azi nu sunteţi în meniu.

Antonia tresare surprinsă.

Până să-şi revină, în spatele ei nu mai e decât întunericul.

A plecat.

Se ridică în picioare, scoate telefonul din geacă şi aprinde lanterna. Jon e în capătul celălalt al încăperii, trântit pe jos, cu faţa în sus, leşinat. Antonia îngenunchează lângă el, cu o mână îl ciupeşte de porţiunea de piele dintre degetul mare şi arătător şi cu cealaltă mână îl apasă cu putere sub nas.

Jon îşi recapătă cunoştinţa cu un urlet de durere. Are buza de jos spartă şi un firicel de sânge i se prelinge pe barbă.

— Ce faci?

— Recuperare prin stimulare senzorială.

— Doare rău.

— Asta e și ideea, spune Antonia, care deja se ridică și se întoarce lângă trupul căzut pe jos. Ajută-mă să-l întorc.

— Ești sigură că e o idee bună?

Ruben Ustyan e pe moarte.

Antonia știe asta.

Fiindcă i-a studiat rănile cu atenție, mai știe și că, dacă îl întoarce pe spate, îi va provoca o durere imensă.

De fapt, pe asta se bazează.

Jon nu știe asta și nici nu trebuie să știe. Unele decizii trebuie să le ia singură.

— Ajută-mă, insistă ea.

Îl întorc pe Ruben.

Armeanul țipă răgușit. Benzenul căruia i-au dat foc pe trupul lui i-a ars peste patruzeci la sută din piele, distrugând epiderma și ajungând la stratul de grăsime. Terminațiile nervoase au fost nimicite de foc pe o mare parte din spate, dar porțiunile externe, unde hainele din poliester s-au topit laolaltă cu pielea, încă au intacte receptorii de durere. E același principiu la care a recurs mai devreme Antonia cu Jon, doar că mult mai atroce. Nervii se activează în același timp, trimițând zeci de milioane de semnale de alertă către creier, mărindu-i pulsul, dilatându-i căile respiratorii afectate și accentuând ravagiile traumatismului cranian. Din păcate, reducându-i totodată și speranța de viață: de la șapte minute la câteva secunde.

Încearcă să se ridice. Antonia îl prinde de mână, deși atingerea pielii arse

(care pârâie, fierbinte și aspră la exterior, crăpată ca o baltă secată, alunecoasă la atingere la interior)

îi provoacă o silă imensă.

— Stați liniștit, domnule Ustyan, spune ea.

— N-am făcut nimic. N-am făcut nimic. Spune-i lui Orlov că n-am făcut nimic.

— Ambulanța e pe drum. Nu vă faceți griji, zice Jon.

Afară se aud țipetele polițiștilor. Inspectorul Gutiérrez se ridică în picioare, ridică mâinile și anunță ce funcție și ce rol are, fiindcă nu vrea să încaseze un glonț.

— El a făcut asta? Orlov? El a trimis-o pe femeie? Știți cum o cheamă?

Ruben tușește, gâfâie. Se zbate pentru fiecare gură de aer. Are vocea ca șmirghelul. O privește pe Antonia cu ochii larg deschiși.

— *Cernaia Volcița.*

14

O replică

Doamna comisar Romero nu e deloc încântată.

E o femeie inexpresivă, rezervată, puțin dispusă să-și arate sentimentele. Dar Jon îi simte dezaprobarea, fiindcă țipă la doi centimetri de fața lui. Cu stropi de salivă și tot tacâmul.

— V-am rugat să aveți grijă. Să nu răscoliți viesparul. Și de ce am parte?

Jon, care s-a așezat la biroul lui Ustyan pentru ca doamna comisar să poată țipa mai lejer la el, se lasă în voia sorții. Pe de o parte, pentru că în cei douăzeci și patru de ani petrecuți la Poliția Națională, Jon a încasat o grămadă de predici. Și știe că cel mai bine e să-i lași să-și scuipe cât mai repede veninul.

Exact așa, se gândește Jon, desfăcându-și brațul exact la timp ca să-și șteargă o picătură de salivă de pe obraz.

Și, pe de altă parte, pentru că se simte cu musca pe căciulă.

Zilele astea s-a documentat în privința doamnei comisar. Șefă de promoție, prima femeie comisar din Andaluzia, un întreg istoric de razii, arestări și confiscări impresionante. *Diario Sur* o consideră următoarea șefă a poliției regionale. Apoi, inevitabil, la Madrid.

La fel ca toate femeile din profesia asta de rahat, e privită dublu sau triplu. Așa că trebuie să se străduiască cvadruplu. Fără copii. Fără un partener stabil. Tare ca piatra.

Probabil era ziua ei liberă, fiindcă e îmbrăcată în blugi și o bluză. Are și cocul la locul lui – la fel de strâns, încât Jon se întreabă dacă n-o fi cumva o cască. Și împrăștiind un nor de iritare, care reușește să pună pe fugă mirosul de foc.

— Doi morți la mall, recită, rostogolind fiecare număr și aruncându-i-l lui Jon în față. Opt femei moarte și încă una în spital, aseară, în container. Alți doi morți aici, azi-dimineață.

Belgrano îi șoptește ceva la ureche.

— Trei morți. Ustyan a murit pe drum spre spital. Asta înseamnă treisprezece în total.

— Paisprezece. Să nu-l uităm pe Iuri Voronin, intervine Antonia.

Jon se freacă pe gât cu mâna. Îl doare și e iritat în locul în care femeia misterioasă de mai devreme i-a făcut o manevră de strangulare de l-a lăsat năuc. Nu știe cum să-i spună Antoniei că acum e momentul să meargă pe burtă. Poate nu e cea mai bună idee, dat fiind că, ultima dată când ea l-a rugat același lucru, el a ajuns să-i spargă mutra unui superior. Zgomotul pe care l-a scos mâna lui când a lovit fața căpitanului Parra încă îi ține lui Jon de cald noaptea.

— N-am uitat de el, spune Romero, fără să-și ia ochii de la Jon.

— Dar ați uitat să ne spuneți că era informatorul dumneavoastră, doamnă comisar. Și nu numai atât. Un informator care făcea trafic de femei.

Nu te băga în asta, se gândește Jon.

— Dumneavoastră sunteți consultanta, se întoarce spre Antonia, ca și cum ar observa-o pentru prima dată.

— Antonia Scott, spune.

Și ea e cu brațele încrucișate și stă la birou, doar că ei îi atârnă picioarele.

— Mi-a povestit Belgrano despre dumneavoastră. Spune că vă descurcați extraordinar în locurile în care se petrec crime. Umblă vorba. Dumneavoastră ați fost la Valencia?

Antonia nu răspunde.

Jon se uită la mâinile ei. Încep să-i tremure din nou.

— Ați dori să ne faceți o demonstrație? insistă Romero, arătând spre ușa biroului din spatele ei, iluminat intermitent de blițurile colegilor de la Criminalistică. Așa, aflăm și noi ce s-a petrecut aici.

— Nu sunt o maimuță dresată.

Severitatea chipului lui Romero se accentuează.

— Scott, dați-mi voie să vă amintesc ce este în joc. De patru ani încercăm să adunăm probe împotriva lui Orlov. Patru ani, în timp ce trebuie să ne descurcăm cu cincizeci de kilometri de coastă și treisprezece mafii organizate. În fiecare zi în care nu reușim să-i prindem, mor oameni. Așa că, dacă puteți contribui cu ceva, vă rog. Dacă nu...

Antonia rămâne baricadată într-o tăcere pe care a dotat-o cu mitraliere și sârmă ghimpată.

Va trebui să-i salvez fundul.

— Dacă-mi dați voie, doamnă comisar, intervine Jon. Vă explic eu. Am ajuns la firma asta urmărind o pistă care făcea legătura între containerul în care au fost închise femeile și o societate al cărei intermediar era domnul Ustyan. Am venit să-l întrebăm unde se află doamna Moreno, dar, din păcate, cineva s-a hotărât să curețe locul înainte de a ajunge noi. Știm că aveau anumite documente, computere. Totul a ars.

— Iar ăia doi erau morți. Și o tânără misterioasă cu accent rusesc v-a atacat în întuneric. O tânără pe care nu ați văzut-o și pe care nici nu o puteți descrie, întrerupe Belgrano. Știm toate astea.

— Ce nu știm e cum i-a omorât ea singură pe frații Fomin, spune doamna comisar încruntându-se. Au listă de antecedente mai lungă decât brațul meu. Două matahale cu experiență militară. Fără să folosească o armă de foc.

— Foarte repede, spune Antonia.

— Poftim?

— I-a omorât foarte repede.

Romero se întoarce spre Belgrano.

— Până spun criminaliștii ceva, vom porni de la ipoteza că frații Fomin s-au omorât între ei.

— Bineînțeles, doamnă comisar.

Jon încearcă să nu reacționeze. Să imite lipsa de expresie a doamnei comisar, dar bănuiește că pe fața lui probabil se vede că nu i-a picat prea bine ofensa.

Așa sunt cei din Bilbao. Craniu brahicefalic, RH negativ, ochii aruncă săgeți când colega ta e insultată. Dar tace. Ca să fie pace.

Ca să nu-i creez probleme.

Deși o să și le creeze singură.

— Nu trebuie să fie așa de greu de găsit o gospodină, domnule inspector Gutiérrez, îi concediază Romero, îndreptându-se spre birou, ca să discute cu criminaliștii. Anunțați-mă dacă dumneavoastră sau *externa* aflați ceva.

Romero transformă a doua literă din cuvântul „externa" în două: un *k* și un *s*.

Delicios, insultător de separate. O operă de artă a corporatismului, condensată într-o silabă.

— Dacă vreți să spuneți că nu sunt angajată, vă înșelați, doamnă comisar, intervine Antonia.

Romero se întoarce.

Aerul dintre ele îngheață.

— A, da? Pot să știu și eu ce fel de angajată?

— Această informație vă depășește atribuțiile.

Culoarea dispare din obrajii doamnei comisar Romero. Nările i se umflă ușor și asta e tot ce lasă să se vadă. E o femeie cu un autocontrol aproape supranatural.

Și Jon, între timp?

Nu-i vine să creadă.

În comparație cu ceea ce-a făcut acum Antonia?

Palma pe care i-a dat-o Jon lui Parra e o pupătură în fund.

— Găsiți-o pe Lola Moreno, fiindcă asta e sarcina voastră, spune cu o voce de gheață. Și plecați cât mai repede.

15

Un sfat

Deja în mașină.

— Îmi spui și mie ce te-a apucat? întreabă Jon, evaluând daunele în oglinda retrovizoare.

Buza e spartă și umflată, dar nu e ceva ce nu se poate repara aplicând pe zona respectivă o sticlă foarte rece, de două sute sau de trei sute treizeci de mililitri[21].

— Ai fi putut explica ce s-a întâmplat la locul crimei.

Antonia își pune centura. Îi e greu cu mâinile tremurânde, pe care colegul ei se preface din nou că nu le observă.

Inspectorul Gutiérrez stabilește direcția către nicăieri. Ca să ajungă acolo, trebuie să evite mașinile de poliție și o ambulanță care nu folosește la nimic. Un polițist în uniformă le deschide drumul la capătul străzii, unde a fost restricționat accesul pietonilor. Când spun „pietoni", se referă la presă. E doar o cameră a unei televiziuni locale, care deja se pregătește de plecare. La știri se va vorbi azi despre o prăbușire, o explozie de gaz, un incendiu cu trei victime. Nu au existat daune materiale.

— Nu mi s-a părut înclinată să ne creadă, răspunde Antonia.

---

21 Aluzie la sticlele de bere (n. tr.).

— Eu te cred, spune Jon, mângâindu-şi gâtul încă îndurerat. Deşi nu ştiu de unde naiba a apărut. Am cercetat cu lanterna înainte de a controla cadavrele.

— Colţul stâng, colţul drept, alt colţ, în spatele uşii?

— Asta e procedura uzuală.

— Ştiu. Şi se pare că şi ea ştie. Era cocoţată pe fişet.

Fişetul. Metalic, cu cinci sertare. Un metru şi jumătate înălţime. Jon rememorează ce a făcut când a intrat. S-a uitat în fiecare colţ, dar în partea care se uneşte cu podeaua. Aşa cum te învaţă la academie, fiindcă nu se gândesc că o să dai piept cu Batman.

— Cine naiba era femeia aia?

— O profesionistă. Foarte periculoasă.

Dacă nu-mi spui mai multe.

— Şi n-ar trebui să ne asigurăm că Romero o caută?

— Criminaliştii îi vor spune că femeia i-a omorât pe fraţii Fomin. Dar acel loc al crimei e irelevant. Nu trebuie s-o găsim pe cea care te-a atacat. Trebuie s-o găsim pe Lola Moreno. Comisarul a vorbit foarte clar.

— Nici tu n-ai rămas mai prejos.

Antonia îşi sprijină capul de geam, epuizată.

— Nu suport ideea că a încercat să ne scoată pe noi responsabili. Mai ales când informatorul ei e direct vinovat de moartea acelor femei.

— Stai puţin, scumpete. Îţi dau un sfat. Oricât de supărată ai fi, nu poţi, repet, nu poţi să-i spui unui şef „eu sunt mai tare decât tine". Chiar dacă e adevărat.

Ea îşi freacă vârful nasului între degetul mare şi arătător, cu ochii strâns închişi.

— Eram... nu ştiu cum să mă exprim.

— Ce să exprimi?

— Sentimentul ăla. Când cineva te hărţuieşte ca să te enerveze, dar sub o formă mascată. Voalat, aşteptând o reacţie negativă din partea ta. Trebuie să existe un cuvânt în vreo limbă care să exprime exact chestia asta.

Se opresc la un semafor. Jon profită de ocazie ca s-o privească, intrigat.

— Încearcă să explici în limba *asta*, scumpo.

Antonia face una dintre pauzele ei de evaluare de treizeci de secunde. Iar apoi, alta, şi încă una. Semaforul le dă voie să treacă, dar ei nu-şi continuă drumul. În locul ăsta izolat, strada e pustie. Jon se mulţumeşte să oprească motorul şi să se uite cum se schimbă culoarea.

Verde.

Roşu.

Din nou verde.

Viaţa e ceea ce se petrece în timp ce se hotărăşte femeia asta să vorbească, se gândeşte Jon.

— Uneori... uneori caut cuvinte în alte limbi. Cuvinte care nu pot fi traduse. E o chestie pe care o aveam... Pe care o am cu Marcos. Capturam sentimente. Când găseam unul deosebit, ni-l făceam cadou. Eu găseam mai multe decât el, normal. Iar el trebuia să le scrie, le nota, le notează pe toate pe o hârtie.

Jon aşteaptă. Răbdător. Fără să comenteze slalomul printre timpurile verbale. Atât de semnificativ la o persoană cu precizia bolnăvicioasă a Antoniei Scott. Fără să comenteze, dar sesizându-l. Vorbeşte din ce în ce mai mult despre soţul ei folosind imperfectul. De multe ori, Jon se întreabă (pe ascuns, cu luminile stinse) când va fi momentul să discute cu ea despre asta.

Nu e uşor.

Pe lista de tabuuri conversaţionale cu Antonia, coma lui Marcos se află în centrul unui templu rătăcit în junglele din Peru, apărat de tarantule, lănci şi o stâncă gigantică.

— Dă-mi un exemplu, o încurajează el să continue, când devine evident că a amuţit în introspecţie, în detrimentul discursului.

— De cuvinte speciale? Nu ştiu pe care să-l aleg.

— Pe primul care îţi vine în minte.

E clar că nu-l ascultă, fiindcă se gândeşte. Poate că le elimină pe unele prea personale. Poate caută mostra perfectă.

— *Boketto*, spune în cele din urmă.

Şi tace.

— Sigur. *Boketto*. Mi se întâmplă des.

— Ba nu, ţie nu ţi se întâmplă.

— De unde ştii?

Antonia pare să-şi dea seama dintr-odată de felul în care se poartă o conversaţie. Că trebuie să foloseşti termeni inteligibili.

— E în japoneză. Înseamnă „acel sentiment pe care îl ai când rămâi cu privirea aţintită în depărtare şi te pierzi în propriile gânduri fără un motiv aparent".

— Asta ţi se întâmplă ţie, des, spune Jon, încercând să nu zâmbească.

Şi Antonia încearcă să nu zâmbească.

— Stai puţin. Cred că ăsta o să-ţi placă. Să vedem dacă ştii la ce mă gândesc. *Backpfeifengesicht*. E în germană.

— Şi ce înseamnă?

— O mutră care cere urgent o palmă.

Jon rămâne nemişcat, cu gura întredeschisă, înainte de a o privi pe Antonia în ochi şi de a pronunţa în acelaşi timp cu ea:

— Mentor.

Râd amândoi.

— Cred că înţeleg de ce îţi place jocul ăsta.

— Nu e doar un joc. E... mai mult. Nu ştiu cum să explic.

Şi asta e problema, se gândeşte Jon.

O persoană ca Antonia, care trăieşte în închisoarea propriului creier, percepe mult mai clar decât ceilalţi oameni un adevăr incontestabil. Că limitele propriului limbaj sunt limitele propriei lumi. Chiar şi fără a se exprima în aceşti termeni, orice pasionat de lectură înţelege asta intuitiv şi de aceea nu poate citi niciodată suficient.

Antonia a împins-o la extrem, învăţând zece limbi şi căutând în cele pe care nu le cunoaşte cuvintele imposibil de găsit în cele pe care le cunoaşte.

Jon nu se omoară nici cu cititul cărţilor, nici cu învăţatul limbilor străine. Lui îi place să se uite la seriale şi să ridice bolovani. Aşa că toate ideile anterioare le exprimă printr-o maximă socratică:

Fata asta trebuie să se cunoască puţin.

— În chestia asta a ta, care e mai mult decât un joc, se pune dacă sunt mai multe cuvinte?

— Un idiomatism.

— Un ce?

— O frază. Se pune dacă are noimă doar în limba respectivă.

— Atunci am un cuvânt pentru ceea ce ţi-a făcut Romero.

— Care? întreabă Antonia, aplecându-se puţin spre el şi făcând ochii mari în aşteptare.

— Mă fuţi la icre.

Antonia rămâne mască în faţa bădărăniei. Aproape violentă.

— Ce e, nu-ţi place?

— Nu-mi plac înjurăturile, spune ea strângând din buze cu dezgust. Te degradează.

Jon își dă ochii peste cap. Halal prejudecată! Ce bine i-ar prinde femeii ăsteia să stea o vreme în Bilbao. Să bată barurile din Pozas și García Rivero. Tocăniță picantă de somon în El Mugi, sendvișuri la Alameda. Trei păhărele de alcool în timp ce ascultă fauna locală și n-o să-i mai ardă de prostii.

— Scumpo, înjurăturile înseamnă cultură. Pot exprima emoții așa cum multe alte cuvinte nu reușesc. Gândește-te la doamna comisar Romero, de exemplu.

Se uită la Antonia, până când ea înțelege că într-adevăr îi spune să se gândească la doamna comisar.

— Imaginează-ți că e în fața ta. Iar acum spune-i: „Mă fuți...".

Ea scutură din cap. S-a și înroșit.

— N-am de gând să spun așa ceva. Mi-e rușine.

Jon se apleacă peste colega lui. Apucă de mânerul de pe partea ei. Deschide portiera.

— Ori spui, ori cobori.

Ea se uită la el, întrebându-se dacă șantajul e pe bune. Pricepe că este. Privește spre cerul de culoarea uraniului sărăcit. Norii amenință din nou cu furtuna. Se hotărăște să accepte, ca să nu riște.

— Bine. Bine.

Iar după aceea:

— Mă fuți la icre, spune încet.

Inacceptabil, se gândește Jon, clătinând din cap.

— Mai tare. Trebuie să te inunde complet. Nu doar că spui cum te simți. Îți marchezi teritoriul, ridici zidul Berlinului. Spui „pe aici nu se trece, scârbă". Din nou.

Antonia trage aer ca și cum s-ar pregăti să accepte un Oscar.

Și, în cele din urmă:

— Mă fuți la icre, proclamă ea cu toată gura.

Cuvântul ricoşează, energic, în parbriz.

Jon aplaudă. Sobru, cum e el. Dar încântat în sinea lui. Simte că a reuşit să facă ceva. Deşi nu ştie prea bine ce.

— Aşa se face. Cum te simţi?

— Ca şi cum aş fi capturat un sentiment.

Nici nu mai e nevoie s-o spună. Străluceşte de parcă ar fi înghiţit un tub fluorescent.

Dar este nevoie s-o spună.

— Bravo, răspunde Jon, pornind din nou maşina. Brusc, îşi aminteşte că nu ştie încotro s-o apuce. Ce facem acum?

Chipul Antoniei revine la obişnuita mină întunecată, pe măsură ce lumea reală estompează momentul *My Fair Lady*.

— Urma banilor era singura noastră pistă. Şi cineva le-a dat foc.

— Totul se întâmplă ca să fie găsită Lola Moreno. Încep să cred că a intrat în pământ. Sau că a băgat-o cineva acolo.

— M-am gândit şi la asta. Nu, ruşii n-ar mai pune paznici la salonul de coafură al mamei ei. Şi încep să cred că nu o caută doar ca să se răzbune pentru trădarea lui Iuri. Cred că e mult mai mult decât pare la prima vedere.

Jon îşi freacă viguros ceafa. Se întreabă dacă o exista vreun cuvânt pentru momentul în care te freci ca să stimulezi fluxul de idei. Nu-i spune nimic Antoniei, nu cumva să existe.

— Nu ştiu. Uneori, lucrurile sunt exact aşa cum par.

— Da, spune ea tărăgănat. Uneori.

Vrei să spui că în lumea ta nu e aşa, frumoaso. Dar, fiindcă trăieşti în lumea mea, va trebui să-ţi dau ceva de mâncare, se gândeşte Jon, alertat de alarma din stomacul lui. Care nu are buton de amânare.

— Pauză de prânz. Iar apoi te gândeşti cât pofteşti.

— Nu mi-e foame, minte Antonia.

— Unele lucruri sunt inevitabile.

— Ai dreptate. Unele lucruri sunt inevitabile, spune Antonia după câteva secunde.

Jon se întoarce spre ea. A auzit expresia de pe faţa ei înainte de a o vedea.

— Nu. Cu faţa asta, nu.

— Ce faţă?

— Faţa care spune „ceea ce ai zis mi-a dat o idee, deşi habar n-ai despre ce e vorba, iar procesele mele mintale rulează la viteză maximă şi n-o să mă sinchisesc să-ţi explic”. Nu poate fi mai enervantă de atât.

Antonia adaugă expresiei o jumătate de zâmbet, dovedind că Jon se înşală. Ba da, faţa ar putea fi şi mai enervantă.

Apoi scoate telefonul, o sună pe doctoriţa Aguado şi îi recită o listă cu lucrurile de care are nevoie. Jon nu înţelege ce răspunde doctoriţa, deşi, din tonul precipitat, se pare că apelul nu a sosit în cel mai bun moment.

— Încă ceva, adaugă Antonia înainte de a închide. Aş vrea să căutaţi în baza de date un nume de cod: *Cernaia Volciţa*. Lupoaica Neagră. Interpol, Europol. FSB.

O pauză. Din nou un ton precipitat.

— Ştiu. Faceţi ce trebuie să faceţi. O să ne facem griji după aceea şi pentru consecinţe.

Ce i-au făcut atunci

În cabina de observație a proiectului Regina Roșie, Mentor discută cu un octogenar mărunțel, care tremură, e chel și pe jumătate orb, îmbrăcat într-o haină din stofă ecosez. Bătrânul nu arată prea bine. E, mai degrabă, cu un picior în groapă și cu celălalt pe o coajă de banană.

Să nu-i nesocotim nici vârsta. Poate că e cel mai mare geniu în neurochimie din generația lui. Numele lui s-ar regăsi printre candidații la Nobel, dacă nu ar fi puțin dezechilibrat.

— Nu e pregătită să înceapă, domnule doctor Nuno.

De partea cealaltă a geamului, o tânără, Antonia Scott, neștiind că în viitor își va pierde soțul și îi va fi luat copilul, se străduiește cu zel să ordoneze o serie de numere în secvențe logice. Are niște electrozi pe cap, e îmbrăcată doar într-un halat de spital.

— De cât timp se antrenează?

— De mai mult timp decât oricare alt candidat. Dar nu reușesc s-o scot din zona de confort. E foarte frustrant.

— Cum a reacționat la amestec?

Doctorul Nuno întinde o mână împânzită de vene varicoase, care pare o furtună de fulgere purpurii, și ia hârtia pe care i-o dă Mentor.

— Datele arată foarte bine. Mai mult decât bine, de fapt. Niciun alt candidat nu a obținut scoruri atât de ridicate.

— Şi totuşi, nu văd rezultate. Se mişcă ori prea repede, ori prea încet. Pastila roşie o face să se concentreze, dar doar pentru scurt timp.

Nuno şi drege glasul, inspiră adânc, iar atunci Mentor intuieşte că urmează un discurs. Simte o tentaţie puternică de a-i pune pe cei de la pază să-l anihileze, să-l ducă pe o străduţă întunecată şi să-l facă discret să dispară. Ar putea s-o facă. Şi nu ar protesta nimeni.

— Ştii ce ne deosebeşte de animale, Mentor?

— Pariurile? spune, fiindcă orice răspuns care nu e cel corect nu contează.

— Capacitatea de raţionare logică. Să te uiţi la cioburile de vază de pe jos şi să ştii că, înainte, alcătuiau o vază care se afla pe raft şi că mingea copilului, de lângă cioburi, are legătură cu toată povestea. Înlocuieşte cioburile de vază cu un cadavru, dacă preferi aşa.

— Rămân la vază. Continuaţi.

— Noi, cercetătorii, am încercat să găsim urme de raţionare logică la animale. Am început cu cimpanzeii şi cu bonobo[22]. Am continuat cu delfinii. Nimic. Până la urmă, cuiva i-a venit strălucita idee să încerce cu un corb. I-au pus o bucată de carne într-un tub din sticlă şi l-au observat. Corbul a fost în stare să priceapă că trebuie să folosească o unealtă ca să ajungă la carne şi că, pentru asta, trebuie să evite un tub care e în mijloc, ca să nu cadă bucata de carne.

— Nu aşa se procedează cu caracatiţele?

— Nu. Caracatiţele sunt capabile să scoată mâncarea dintr-un borcan. Aici e mult mai complex. Avem tubul, gaura, unealta. Iar cercetătorii au descoperit că pasărea era în stare să scoată bucata de carne chiar şi când se schimba poziţia găurii.

Sfârşitul preambulului, îşi zice Mentor în sinea lui.

22 Specie de cimpanzeu pe cale de dispariţie (n. tr.).

— Noi, oamenii, nu suntem prea buni la raționamente logice. Ca specie, vreau să spun. Am dezvoltat o mașinărie cerebrală extrem de complexă, care caută artificii ca să funcționeze. Așa că ne spunem povești ca să simplificăm raționamentul logic. Sau ca să ne scutim de el. Pământul e plat, Paul McCartney a fost înlocuit cu o dublură...

— Guvernul creează o agenție cu agenți secreți superinteligenți... adaugă Mentor.

— Inclusiv parodia asta grosolană pe care ați realizat-o acum dumneavoastră este un exemplu bun. Ceea ce facem aici depășește orice s-a realizat vreodată în domeniul neuroștiinței.

— Nu e nevoie să-mi amintiți care este adevăratul nostru scop, spune Mentor. Am nevoie să mă ajutați s-o deblochez pe Scott.

— Dacă mă ascultați până la capăt...

— Sper că veți ajunge undeva, spune Mentor, sprijinindu-se de geam.

Nuno își drege din nou glasul.

— Ca să vă demonstrez importanța poveștilor în raționamentul logic, o să vă spun una.

În Germania nazistă era un negustor evreu, care a ajuns într-o dimineață la băcănie și a găsit vitrina acoperită de svastici și de insulte rasiste. A curățat cu greu vopseaua și a deschis magazinul. A doua zi s-a întâmplat același lucru. Așa că, a treia zi, negustorul a stat toată noaptea treaz. Când a văzut „cămășile brune"[23] cu gălețile de vopsea, s-a apropiat și le-a spus:

— Vă dau zece mărci dacă vopsiți vitrina asta.

---

23 Denumire dată partizanilor naziști, care purtau cămăși maro (n. tr.).

„Cămăşile brune" au acceptat cu bucurie banii, dat fiind că oricum făceau treaba şi gratis.

Când au plecat, negustorul a curăţat vitrina. Noaptea următoare i-a aşteptat din nou.

— Vă dau nouă mărci dacă vopsiţi vitrina asta.

Şi a continuat aşa, în fiecare noapte, până când în ultima noapte le-a oferit doar o singură marcă amărâtă ca să mâzgălească vitrina. „Cămăşile brune" au refuzat. Nu erau dispuşi să facă treaba pentru atât de puţini bani.

Au plecat şi nu s-au mai întors niciodată.

— Ce ne spune povestea asta despre raţionamentul logic?

— Că negustorul ar fi putut să ia un bilet de tren cu acele cincizeci şi patru de mărci şi să fugă înainte să se sature naziştii de pictat şi să-l ducă într-un lagăr de concentrare, zice Mentor.

Nuno clipeşte surprins.

— Aceasta este, într-adevăr, o analiză a raţionamentului şubred al negustorului. Dar mă refer la faptul că noi, oamenii, ne abatem foarte uşor de la logica corectă. „Cămăşile brune" nu-şi mai aminteau care era adevăratul motiv al strădaniei lor, fiindcă înlocuiseră cauza cu o analiză conştientă. Cu aritmetica.

— Şi ce legătură are asta cu Antonia Scott?

— Ce face Cristiano Ronaldo când vrea să şuteze la poartă? Se gândeşte cum să ducă piciorul în spate, să ridice o mână ca să se echilibreze, să-şi încordeze muşchii abdominali ca să-şi ţină coloana dreaptă?

— Doar loveşte mingea, spune Mentor, înţelegând în cele din urmă unde vrea să ajungă doctorul Nuno.

— Femeia asta e cea mai uimitoare fiinţă umană care a existat vreodată, spune medicul, lovind hârtia pe care i-o dăduse Mentor cu o unghie lungă, tare și gălbuie. Dacă nu reușiți s-o ghidați către potențialul ei deplin, înseamnă că o învățați să raționeze cu o gândire dirijată.

— Atunci, spuneți-mi ce să fac.

— Trebuie s-o ajutați să-și găsească povestea, răspunde doctorul. Dacă își găsește povestea, n-o să se mai gândească la modul în care să șuteze, doar o va face.

Nuno rupe hârtia în mai multe bucățele neregulate și le aruncă în aer.

— Iar atunci, *bum*!

16

O listă

Asta îi cere Antonia Scott doctoriței Aguado:

- — O listă cu persoanele pe care Lola Moreno le urmărește pe Facebook și Instagram, împreună cu numele și adresele lor.
- — Un fișier cu mesajele directe trimise în ultimele cincisprezece zile, inclusiv cele care au fost șterse de utilizatori (dar pe care platforma le păstrează pentru totdeauna).
- — Acces la e-mailurile Lolei, având în vedere în special orice activitate recentă.

Există doar două variante. Prima: pe Lola o ajută cineva, caz în care informația s-ar regăsi pe rețelele ei de socializare.

Deși Antonia se va zbate cu toată puterea în încercarea de a găsi ceva în acele informații, va fi o muncă fără răsplată. Dar recompensa va veni din ultimul lucru pe care îl cere.

Ceea ce ne duce la a doua variantă.

Ori o protejează vreo cunoștință apropiată pe care n-am reperat-o, ori supraviețuiește pe stradă, cum poate, se gândește Antonia. *În acest caz...*

— Vreau să interceptați toate apelurile la 112 din provincia Málaga.

— Pot să trimit fișierul audio cu apelurile în care persoana care sună întrerupe apelul. Acum sunt digitalizate. Dar vor fi multe.

Antonia nu răspunde. Mâna dreaptă îi tremură din ce în ce mai rău. O strecoară între picior și scaunul mașinii, ca să n-o vadă Jon.

— Scott?

Nevoia de o capsulă roșie e din nou prezentă. Vine și pleacă în valuri, cu atât mai puternice cu cât stimulii cărora trebuie să le facă față sunt mai intenși sau mai conectați cu antrenamentul ei. Maimuțele din capul ei înnebunesc și mai rău când ajunge la locul unei crime sau când trebuie să se gândească la teorii noi legate de caz.

Chiar acum, gândurile Antoniei sunt atât de rapide, încât corpul ei trece printr-un stres maxim. Are obrajii afundați, cearcăne adânci sub ochi. Azi-dimineață, când s-a uitat în oglindă, era cât pe-aci să nu se recunoască.

Are nevoie de o capsulă roșie. Dar refuză să o ia.

— Le puteți filtra după cuvinte-cheie? întreabă Antonia, revenind cu greu la discuție.

— Da, se poate. Pe care doriți să le introduc?

— Tânără, însărcinată, furt, farmacie, casă de amanet, spital, supermarket, alimentație. Să apară toate cele care conțin două rezultate. Încă ceva, adaugă Antonia înainte de a închide. Vreau să căutați în baza de date un nume de cod: *Cernaia Volcița*. Lupoaica Neagră. Interpol, Europol. FSB.

Jon ridică o sprânceană când aude ultima parte. Serviciul Federal de Securitate nu e o entitate care să se încumete să împărtășească informații cu Uniunea Europeană.

— Nu e un moment bun să intrăm în bazele de date ale Rusiei fără autorizație, spune Aguado. Ar afla că am fost noi. Și va trebui să răspund pentru asta.

— Știu. Faceți ce trebuie să faceți. O să ne facem griji după aceea și pentru consecințe.

Lola

A fost odată ca niciodată o fetiță care avea totul.

I-a spus lui Iuri.

În dimineața în care a murit, nu. Acele momente semnificative și transcendentale chiar înainte de a pierde o persoană dragă nu se petrec niciodată în realitate. În ficțiune, un tată poate să-i transmită fiului său un adevăr incontestabil, iar după câteva clipe să facă infarct. Sau să fie luat de o tornadă.

În viața reală, ultimul lucru pe care Lola i l-a spus lui Iuri a fost:

— Mă duc la cumpărături.

Iuri a răspuns ceva indescifrabil prin ușa de la baia pentru musafiri, pe care o folosea pentru ceea ce Lola nu-l lăsa să facă în baia principală (Iuri mânca foarte picant).

Și asta a fost tot. Niciun sărut amărât, niciun *te iubesc.*

Privind retrospectiv, asasinatul lui Iuri se putea anticipa și putea fi evitat. E foarte simplu să prevezi trecutul, așa cum știu toți economiștii, editorialiștii și cumnații lor, care trebuie doar să adauge un „era clar" la titlul de ieri.

Dar Lola încerca de mult să-l prevină pe Iuri.

— Avem de toate. Ce mai vrei?

Iar Iuri nu răspundea.

Ce își dorește cineva care are totul?

Mai mult, la fel ca toată lumea.

Înțelepciunea Lolei nu era constantă, mai degrabă își făcea apariția vag și intermitent. La fel ca obiectivul de a învăța engleză, de a începe o dietă sau de a te duce la sală. Nouăzeci și cinci la sută dintre aceste dorințe sănătoase se materializează „mâine". E adevărat că Lola nu insista prea mult la Iuri.

Naiva Lola, care credea că e îndrăgostită de el. Sau care chiar era. În iubire, nu e totuna să fii îndrăgostit și să crezi că ești cu adevărat?

Lola credea că e îndrăgostită. Și credea că trebuie să-și schimbe viața. Poate de aceea a aruncat pilula la gunoi și înțepa cu un ac foarte fin fiecare prezervativ care ajungea în casă. Fiindcă, inconștient, voia să rămână însărcinată.

Și a rămas.

Crezând că asta îl va face pe Iuri să-și miște fundul.

Și l-a mișcat, normal. Doar că nătărăul, gogomanul a făcut-o fără să o ia și pe ea în calcul. Gândind de capul lui, de parcă asta ar fi fost o idee bună.

Și uite-o pe Lola, în ditamai beleaua.

Avariția asta, să-ți dorești tot mai mult, a adus-o pe Lola în situația de a fi urmărită și amenințată. Dar poate fi și cheia salvării ei. Ideea nu e să cauți ironia vieții, ar fi prea simplu. Ironic vorbind.

Se lasă seara, e trecut de ora șapte, iar soarele s-a băgat deja în pătuțul mării ca să tragă la aghioase. Lola coboară pe strada Enrique del Castillo și iese pe bulevardul Ramón y Cajal. O ia la stânga. După trei cabine telefonice se află localul lui Edik Gusev.

Afară, a pus un afiș pe care scrie Instant Cash, dar toată lumea știe ce se petrece înăuntru.

Gusev e bișnițar și un nemernic. A atins excelența în ambele profesii.

E şi unul dintre cunoscuţii lui Iuri. Prieten ar fi mult spus, Iuri s-a purtat întotdeauna amabil cu el, dar distant. Dacă până şi Iuri – care aduna de pe stradă orice excrement social îi ieşea în cale, dacă vorbea în limba lui Tolstoi – putea să vadă că Gusev era otravă, tare proastă stofă trebuie să fi avut.

Uşa prăvăliei se deschide cu un *ding-dong* metalic, care pare să nu alerteze pe nimeni. Lola cercetează cu privirea prăjitoarele de pâine *aproape noi!*, cafetierele *de ocazie!*, inclusiv un optimist *oportunitate!* lângă un copiator de CD-uri.

Atunci apare Gusev.

Îi ia ceva să o recunoască. Lola e nemachiată de câteva zile, părul îi e slinos şi murdar. Are nişte cearcăne de mărimea şi forma unor hamacuri din Caraibe.— Mă bucur să vă văd, doamnă Voronin, spune după câteva secunde de incertitudine. Sunteţi mai frumoasă decât oricând.

Gusev e un tip scund, gras, cu o faţă care pare să fi fost angajată înainte ca ţintă într-o sală de tir, la câte pustule are.

— Bună, Gusev.

Se privesc amândoi cu o oarecare reţinere. Lola ştie că l-a pus în dificultate venind la prăvălie neanunţată.

— V-am simţit lipsa la înmormântarea soţului dumneavoastră.

— Mi-a fost imposibil să ajung.

— A venit foarte multă lume. N-a lipsit nimeni.

Lola nu are nevoie să audă mai mult. Gusev are obligaţia să-l anunţe pe Orlov că a văzut-o. Poate chiar să primească o recompensă, dacă Fiara a pus un preţ pe capul ei prostănac. Dar Gusev nu e idiot. Ştie că Lola ştie. Şi, prin urmare, ştie că n-ar fi riscat dacă n-ar fi fost important.

— Ce vă aduce aici, atât de... neaşteptat?

Gusev stăpânește limba spaniolă mai bine decât mulți spanioli, chiar dacă mai greșește uneori. Și vorbește încet, ceea ce lasă loc unor posibilități neplăcute.

— Vreau să vând urgent o piesă.

Nu e nevoie să spună de ce.

— Atunci, s-o vedem.

— Nu aici, spune Lola privind cu coada ochiului spre stradă.

Gusev încuviințează, se duce la ușă și o încuie. Întoarce pancarta pe care scrie DESCHIS.

— Veniți cu mine.

În spatele magazinului e un loc înghesuit, plin de cutii și de monitoare de securitate. Ar avea patru metri pătrați dacă nu ar fi ticsit de vechituri. Sunt bucăți de păpuși, piese de ceasuri, mine de pix. Jocuri video pe care nu și le mai dorește nimeni.

Lola nu se lasă păcălită. Magazinul lui Gusev e în altă parte, departe de privirile indiscrete. Afacerile adevărate le face noaptea și constau în a cumpăra și a vinde totul. Totul.

— Odată a vândut ficatul unui copil, îi povestise Iuri în timp ce luau o gustare într-un bar.

— Bați câmpii.

Iuri a ridicat din umeri și a mai mâncat o bucată de bacon.

Lola nu-l crezuse. Acum îl crede. Când stai atât de aproape de Gusev, în acel loc închis, ajungi să crezi lucruri foarte dubioase.

— Să vedem ce aveți pentru mine, spune Gusev nerăbdător.

Lola se lasă pe vine, ca și cum ar vrea să se încheie la pantof. De fapt, își desface brățara. Și-a agățat-o la gleznă, fiindcă doar atât mai are.

Brățara i-o făcuse cadou Iuri, când s-a plâns că cea pe care o avea, din aur roz, nu se asorta aproape cu nimic.

Iuri a zâmbit cu înfumurare și i-a cumpărat brățara. O brățară de care nu avea nevoie, o risipă absurdă, un moft de copil răsfățat.

Acum, e colacul ei de salvare.

E și singurul lucru care i-a mai rămas de la Iuri.

Nu voia să se despartă de ea sub nicio formă. În primul rând, fiindcă nimeni n-ar vrea să i-o cumpere fără un certificat de garanție. În al doilea rând, fiindcă e foarte atașată de ea. Deși e o nebunie că se află aici, are nevoie de bani. Iar Zenya a refuzat să o accepte ca plată. Nu are de ales.

I-o întinde lui Gusev.

Bișnițarul o pune în lumină, cu un ochi de expert. Celălalt, întredeschis și sașiu, e ațintit asupra Lolei, care recită calitățile mărfii.

— E de la De Beers. Aur alb de optsprezece carate. Are treizeci de diamante incrustate. Trebuie să coste o...

— Douăzeci și cinci de mii de euro, doamnă Voronin. E cadou de la soțul dumneavoastră, înțeleg. E un obiect prea frumos ca să ți-l cumperi singur.

O întoarce din nou între degete.

— Poate ceva mai mult, e foarte bine păstrată. Iar prețul diamantelor a crescut mult anul acesta.

Lola nu-și poate stăpâni un oftat de ușurare văzând că Gusev nu încearcă să scadă valoarea bijuteriei.

— Am nevoie de cinci mii de euro. Atât. Dacă-mi dați banii ăștia, o puteți păstra. Ați obține un profit serios.

Gusev zâmbește și își trece mâna peste cămașa care a fost cândva albă, decorată pe piept cu o pată de ou.

— Mă tem că nu vă pot da acești bani, doamnă Voronin.

Lolei i se șterge zâmbetul de pe față.

— Cât...? Cât îmi puteți da?

— *Nichego*. Nimic, răspunde Gusev, fluturându-și degetele în aer.

— Bine, spune Lola întinzând mâna ca să i-o înapoieze. O să caut în altă parte.

Zâmbetul lui Gusev se lățește și mai mult. Are dinții albi. Bine îngrijiți. Efectul e ciudat la un tip groaznic, care se scaldă în josnicie.

— N-ați înțeles. Se întoarce și scotocește într-un sertar. Păstrez brățara și nu vă dau nimic.

Din sertar a scos un pistol. Îl îndreaptă spre capul Lolei, care se dă în spate îngrozită. Se lovește cu spatele de rafturile pline de cutii.

— Nu-mi puteți face asta. E o... impolitețe. Ne cunoaștem. Iuri v-a ajutat când ați avut nevoie.

— Vă înșelați din nou. O voi face fiindcă pot. Și nu pomeniți de soțul dumneavoastră, acel *idiot*. A trădat *Bratvá*. Pot să fac cu dumneavoastră ce vreau. De fapt...

Brațele ca niște scobitori ale lui Gusev o obligă pe Lola să se întoarcă. O mână îi apasă pistolul de ceafă, cealaltă îi scormonește în închizătoarea pantalonilor.

Lola își stăpânește un vaiet. Nu vrea să plângă. Nu vrea să implore. Nu are de ales.

Degetele găsesc calea de a-i descheia pantalonii, se încurcă în elasticul chiloților. Unghiile o zgârie când reușește să-i dea jos. Lola simte o arsură infecțioasă pe piele, care o face să tresare.

Gusev se luptă cu propriii pantaloni. Amândoi sunt în picioare, iar Lola e mai înaltă cu un cap decât el, așa că penetrarea e imposibilă. Mai ales că penisul lui e moale și bleg.

— Dacă aș fi știut că vii, aș fi luat ceva ca să te primesc așa cum meriți, spune Gusev în timp ce își freacă membrul flasc de coapsele ei. Tu și soțul tău v-ați crezut întotdeauna mai presus de ceilalți, nu? Acum nu mai reprezentați nimic.

O apucă pe Lola de păr și o târăște spre ușă.

— Fugi, târfă. Șterge-o. Până la urmă, poate nu-l sun pe Orlov. Așa cum spui tu... ar fi o impolitețe.

Înregistrarea 06

Cu zece luni în urmă

SUBINSPECTORUL BELGRANO: Am avut prea multă răbdare cu tine. Iar răbdarea noastră s-a epuizat.

IURI VORONIN: Stați puțin.

COMISARUL ROMERO: E prea târziu, Voronin. Am venit să te anunțăm că mâine vom prezenta dovezile procuraturii. Cazul dumitale este pregătit și avem suficiente dovezi.

LOLA MORENO: V-am spus că aș putea fi eu de ajutor.

SUBINSPECTORUL BELGRANO: Doamnă, ați spus că ne veți aduce ceva substanțial. Și n-am primit decât mizerii.

COMISARUL ROMERO: Las-o să vorbească, Belgrano.

LOLA MORENO: Nu vă putem ajuta cu ceea ce vă doriți. Dar între timp vă putem da ceva.

(Foșnet de hârtii.)

(Pauză de patruzeci și una de secunde.)

COMISARUL ROMERO: Avem aici totul, în afară de dată și de numele ambarcațiunii.

LOLA MORENO: O să vi le spun. Vreau să nu ne amestecați în asta.

SUBINSPECTORUL BELGRANO: Dacă vă imaginați că o să scăpați cu o turnătorie de rahat, vă înșelați amarnic, doamnă.

IURI VORONIN: Sunt patru sute de kilograme.

SUBINSPECTORUL BELGRANO: E haşiş. Nimănui nu i se scoală de la haşiş.

COMISARUL ROMERO: Belgrano, te rog. Acest vocabular...

LOLA MORENO: Cu tot respectul, doamnă comisar. Sunt patru sute de kilograme. E un transport enorm. Iar marocanii care îl aduc sunt nişte nemernici.

COMISARUL ROMERO: Doamnă Moreno, ambarcaţiunea asta este un punct de plecare. O să-l accept ca semn de bunăvoinţă. Vom face razia. Dar e puţin.

IURI VORONIN: Sunt patru sute de kilograme.

COMISARUL ROMERO: Tot repetaţi asta, de parcă ar însemna ceva. Cantităţile nu sunt importante. E importantă varietatea.

LOLA MORENO: Importantă pentru ce?

COMISARUL ROMERO: Dacă mâine capturăm şase tone de haşiş marocan, ni se vor aloca cel mult şase secunde în telejurnalul naţional.

SUBINSPECTORUL BELGRANO: Şi jumătate dintre cei care ar vedea ştirea ar ridica din umeri şi ar spune „ar trebui să-l legalizeze". Ca şi cum mizeria aia ar face vreun bine.

LOLA MORENO: Şi atunci?

COMISARUL ROMERO: Daţi-mi heroină. Daţi-mi cocaină.

SUBINSPECTORUL BELGRANO: Şi fără arabi. Arabii sunt o nimica toată.

IURI VORONIN: Vă asigur că...

COMISARUL ROMERO: Cunoaştem foarte bine brutalitatea şi pedepsele infractorilor marocani, Voronin. Dar asta nu cumpără ştiri de prima pagină.

SUBINSPECTORUL BELGRANO: Ruşi. Ei sunt sexy.

COMISARUL ROMERO: Ori ni-l daţi pe Orlov direct, ori va trebui să ni-l daţi pe bucăţi.

LOLA MORENO: Vreţi să lucrăm pentru voi.

COMISARUL ROMERO: Eu vreau să curăţ plaja asta de gunoaie. Dar problema, doamnă Moreno, nu e ce vreau eu. Ci ceea ce pot să fac dacă nu mi-l daţi.

LOLA

A fost odată ca niciodată o fată care a scăpat cu chiu, cu vai de un căpcăun jegos și urât mirositor.

Lola iese pe stradă cu hainele vraiște și cu lacrimile îmbibându-i gulerul hanoracului. Luminile felinarelor i se par ireale, iar aerul curat, slab, volatil, ca și cum atmosfera ar fi pe punctul de a disparea. Se împleticește în susul străzii în timp ce se încheie la pantaloni – chiloții i-au rămas agățați la jumătatea feselor, dar nu e în stare să sesizeze asta. Picioarele ei abia ating pavajul, imponderabile. O doamnă i se adresează îngrijorată, dar undele sunetului se pierd înainte de a ajunge la urechile ei.

Nimic din toate astea nu e real.

Nu se întâmplă nimic din toate astea.

Lola simte că o mai leagă de sol doar un fir subțire și fragil ca vata de zahăr. La o pală mai zdravănă de vânt, s-ar desprinde complet. S-ar ridica și s-ar îndepărta dintr-o suflare, ca puful păpădiei.

Nimic din toate astea nu e real.

Nu mi s-a răpit singura șansă de a scăpa din asta. Nu se poate.

Lola, care întotdeauna știe ce să facă. Lola, care e pe interior de o răceală aridă, amară ca pământul din cimitir. Lola, care de când era mică face planuri pentru momentul în care i se epuizează planurile, a rămas pentru prima dată în pom.

Poate de aceea nu se recunoaște în ceea ce face, se disociază de propriul trup în timp ce acesta se clatină până la restaurantul din colț, care pe vremea asta de februarie e util doar pentru câțiva pensionari amețiți. Se apropie de prima masă cu tacâmurile puse și ia un cuțit.

— Alo. Alo, doamnă!

Lola nu-l aude pe chelner mai mult decât a auzit-o pe femeia care a abordat-o pe stradă.

— Doamnă!

Chelnerul nu a ieșit după ea pe stradă din prima clipă fiindcă are o comandă în mână (salată, inele pane de calamari congelați). Când o ia pe urmele intrusei, Lola deja deschide ușa la Instant Cash. Chelnerul pune frână când o vede intrând, face un silogism la repezeală – este, bineînțeles, licențiat în filosofie – și hotărăște că cel mai bine e să sune la poliție.

Totul se reduce la o simplă alegere: să te încăpățânezi să trăiești sau să te încăpățânezi să mori, se gândește Lola în timp ce se năpustește în spatele magazinului, asupra unui Gusev luat pe nepregătite.

Îl prinde ocupat, frecându-se între picioare în timp ce se uită la ceva pe monitor. Lola nu vede la ce se uită, pentru că, la rândul ei, e ocupată să-l înjunghie în braț și în spate. Cuțitul e genul pe care chelnerii ți-l dau ca să te lupți cu friptura până când îi ceri unul care chiar taie, așa că primul atac nu reușește decât să scrijelească pielea lui Gusev și să-i rupă cămașa albă cu pată de ou.

Al doilea îl atinge în omoplat, care îndoaie vârful și deviază traiectoria lamei, care intră între os și mușchi, alunecă printre ele pe o lungime de șase centimetri, sfâșiind carnea și smulgând un urlet de durere din gâtlejul lui Gusev când Lola smulge cuțitul, iar vârful îndoit distruge în calea sa un număr considerabil de fibre musculare.

Al treilea nimerește în spătarul scaunului.

Pe al patrulea îl încasează ea, în propriul braț, când Gusev cade peste ea. În timp ce se rostogolesc pe jos, Lola își dă seama că bișnițarul a urinat pe el, iar cruzimea, brutalitatea celor întâmplate i se pare pentru prima dată evidentă.

Încă are în ea furie pentru o ultimă lovitură, care se afundă în pântecele gras și tare al lui Gusev, ratând buricul cu câțiva centimetri. Cuțitul rămâne acolo, implântat până la plăsele, în timp ce Gusev îl privește fără să înțeleagă. Lola recunoaște privirea asta care pare ireală, fiindcă asta se citea în ochii ei cu mai puțin de două minute în urmă.

Ce surprize îți rezervă viața!

— L-am sunat pe Orlov, *suka*. Târfă împuțită. Ești moartă, ești o târfă moartă.

Lola se ridică în picioare, ținându-se de brațul rănit. Își ridică mâneca hanoracului și vede că e doar o zgârietură, care abia a perforat pielea. Doare, dar nu cine știe ce. Nu poate să-și facă griji pentru asta acum.

Gusev, din contră, nu are altă grijă decât cuțitul care îi răsare din burta-i rotundă ca steagul lui Neil Armstrong pe Lună. Îl prinde cu ambele mâini și încearcă să-l scoată puțin, dar durerea pe care i-o provoacă lama zimțată, triunghiulară e insuportabilă. Urlă din nou, în timp ce două șuvoaie de sânge țâșnesc din rană și se îndreaptă spre sud, pătând în drumul lor cămașa albă a lui Gusev.

— Eu n-aș face asta. Nu te-ai uitat niciodată la televizor? Poate să ți se scurgă tot sângele din tine dacă scoți cuțitul, spune Lola.

Brățara ei e pe masă. Pistolul îl găsește în sertar, după ce pășește peste corpul gemând al bișnițarului și scotocește puțin. Bagă primul obiect în buzunarul pantalonilor. Pe celălalt îl îndreaptă spre fața lui Gusev.

— Seiful.

Un bişniţar trebuie să aibă mulţi bani gheaţă. Asta e unealta lui de lucru. Dar Gusev nu pare dispus să colaboreze din prima.

— Nu i-ai scos piedica, târfă.

Lola întoarce arma, o studiază câteva secunde şi, în cele din urmă, decide că mica manetă de pe mâner trebuie să fie ceea ce caută. O împinge cu grijă, aude un satisfăcător *clic* şi ţinteşte spre faţa lui Gusev, care emite un şi mai satisfăcător *ah*.

— Mulţumesc. Seiful.

— Nu-ţi dau nimic.

Lola ridică piciorul drept exact cât să atingă puţin mânerul cuţitului cu vârful pantofului, provocând un nou ţipăt.

— Pot să fac asta toată ziua.

În realitate, nu poate, fiindcă observă că ameţeşte din nou şi are gura atât de uscată, încât îi este greu să-şi mişte limba. Trebuie s-o şteargă cât mai repede. Porcul naibii l-a sunat pe Orlov. Poate şi chelnerul a sunat la poliţie. Trebuie să plece.

Dar nu are insulină, nu are bani ca să cumpere, nu are bani pentru Zenya, iar nemernicul ăla i s-a frecat cu penisul de coapse. Aşa că nu va pleca de aici fără să-i ia tot ce poate. Chiar dacă nu va ajunge mai departe decât într-o maşină de poliţie.

Sau într-o maşină funerară, se gândeşte Lola, ridicând din nou piciorul.

— Bine. Bine. În spate, spune Gusev, arătând un loc de pe rafturi.

Lola îndepărtează dintr-o mişcare o mulţime de filme vechi şi descoperă seiful. Are cifru. Să obţină combinaţia o costă doar trei picioare date în coastele lui

Gusev. O costă mult mai mult în secunde, căci mai pierde încă un minut prețios.

Seiful se deschide cu un scârțâit. Pe Lola o izbește în față un miros amar, de pământ. De vină e o pungă cu cocaină, cât o minge de tenis, deschisă peste o grămadă de documente de pe raftul de sus.

Pe cel de jos sunt mai multe teancuri de bancnote de cincizeci de euro, prinse cu benzi elastice. Niște hârtii cu pătrățele între elastic și bancnote, cu însemnări scrise de mână, indică suma din fiecare teanc. Lola bagă mai multe în buzunarele pantalonilor militărești, bucurându-se de gemetele pe care le scoate Gusev în timpul operațiunii. Se pare că jaful îl doare mai tare decât rana de cuțit din stomac.

— Ești moartă, ești o târfă moartă, repetă, ceva mai slab.

Pleoapele i se închid, iar degetele din jurul cuțitului nu mai strâng cu aceeași forță.

Rămâne fără sânge.

O mare pierdere, se gândește Lola, îndreptându-se spre ușă.

Face un pas către zona publică a magazinului, ajunge să scoată piciorul drept din magazie.

În acel moment își face apariția în ușă polițistul. Înalt, cu barbă, obosit. Pune o mână pe sonerie. Expresia lui trece imediat de la plictiseală la alertă, când o vede prin geam pe Lola cu pistolul în mână.

În același moment, Gusev, care e tot pe jos, se hotărăște să întindă mâna și s-o prindă pe Lola de călcâiul piciorului stâng. Nu mai are aproape deloc forță în mâini, e o strânsoare slabă. Degetele alunecă pe pielea pantofilor Lolei, lăsând trei linii roșii pe pielea albă. Dar piciorul începuse deja să se ridice, așa că Lola se clatină puțin, diafragma i se strânge din cauza reflexului de frică, iar asta îi face şi arătătorul mâinii drepte să i se contracte la rândul său.

Poc.

Glonţul abandonează ţeava, pornind în direcţia poliţistului. Îi ratează capul la milimetru, uşa din sticlă se dezintegrează. Poliţistul se îndepărtează de uşă cu un ţipăt aproape deloc masculin, dar de înţeles în situaţia dată.

Toate astea s-au întâmplat în mai puţin de trei secunde.

Lola se sprijină de perete ca să nu cadă, îndreaptă arma spre Gusev – care pare să fi leşinat – , se uită din nou la armă fără să înţeleagă. În ochii ei peste măsură de deschişi se reflectă luminile albastre ale maşinii de poliţie. Afară se aud strigăte.

LA NAIBA!

17

Un bulevard

— Se pare că până la urmă a apărut, spune Jon coborând din mașină.

— Tu ai spus-o, zice Antonia, alăturându-i-se înspre cordonul de poliție. Unele lucruri sunt inevitabile.

Jon și Antonia se prezintă în mijlocul tevaturii cu o jumătate de oră întârziere. Desigur, pe ei nu i-a sunat doamna comisar Romero ca să-i informeze despre progresele înregistrate în localizarea Lolei Moreno. Poate fiindcă era ocupată să o încolțească trimițând două mașini de poliție și o furgonetă, care au blocat bulevardul Ramón y Cajal, și punând șase bărbați înarmați să-și țină pistoalele ațintite către o vitrină lată de trei metri.

Antonia era afundată în datele pe care i le trimisese Aguado pe iPad, când a intrat fișierul cu apelul la 112. Intuiția ei s-a adeverit. Cu puțin noroc. Același noroc care a salvat capul polițistului de glonțul venit din spatele vitrinei. Căci noroc înseamnă moarte cu o literă schimbată[24].

Pe ei nu i-a anunțat nimeni, iar asta îi provoacă lui Jon o enervare de campionat. Se observă în pasul apăsat, de parcă ar vrea să spargă asfaltul, și pe fața înroșită. Dar

24 Joc de cuvinte intraductibil. În limba spaniolă, diferă doar prima literă la cuvintele „suerte" (noroc) și „muerte" (moarte) (n. tr.).

o situaţie care implică ostatici nu e momentul pentru ţipete. Cu atât mai puţin când o duzină de pensionari înregistrează toată treaba cu telefoanele mobile de pe terasele clădirilor din apropiere. Iar asta în condiţiile în care difuzoarele furgonetei îi roagă pe curioşi să se îndepărteze de la ferestre şi să intre în casele lor, pârâituri, acesta este un mesaj urgent al Poliţiei Naţionale, pârâituri, există un suspect înarmat şi aţi putea fi împuşcaţi, pârâituri.

Oamenii sunt tâmpiţi, se gândeşte Jon şi are mare dreptate.

Faţa lui Belgrano şi cea a doamnei comisar Romero când îşi fac apariţia Antonia şi Jon sunt primitoare. Ca un gulag.

— Cine v-a anunţat? întreabă subinspectorul.

— Am citit pe Twitter, spune Jon.

— Nu mai e nevoie de participarea dumneavoastră, zice doamna comisar Romero. Am localizat-o pe suspectă.

— Lola Moreno, gospodina. S-a înscris în Al Qaeda? întreabă Jon arătând spre pistoalele pregătite, spre poliţiştii adăpostiţi în spatele maşinilor.

— Are o armă de foc şi a tras spre un agent care a răspuns la un apel la 112. S-a baricadat în magazin şi ameninţă că-l omoară pe proprietar, un oarecare – Belgrano îşi consultă documentaţia – Edik Gusev, cetăţean rus cu permis de şedere permanentă în Spania.

— Vă mulţumim pentru colaborare, dar de aici ne ocupăm noi, spune doamna comisar Romero, glacială.

Îşi pune vesta antiglonţ peste uniformă.

— Am vrea să rămânem ca observatori până la arestarea ei, doamnă comisar, spune Antonia cu o voce de mieluşel. Dacă nu vă deranjează.

Romero se uită mirată la Antonia. Se aştepta la o luptă de putere, nu la o rugăminte umilă. Are prea multe lucruri la care să se gândească şi priveşte prea multă lume, ca să refuze.

— Încercaţi să nu vă amestecaţi.

Jon o duce pe Antonia câţiva paşi mai încolo.

— Văd că ai primit foarte bine lecţiile mele de civism.

— Nu era momentul acum să-i spun că-mi face ceva la icre. Trebuie să rămânem ca să ajutăm cu ce putem. Sunt mulţi viteji înarmaţi aici, spune Antonia privind cu nelinişte în jur.

Poliţiştii sunt nervoşi, cu armele încărcate şi dispuşi să le folosească. Şi sunt mulţi. Nu contează cine trage primul. Responsabilitatea se disipează în grup. Iar femeia care e înăuntru a încercat să le omoare un coleg. Care a fost dus la spital cu un atac de anxietate. Se întâmplă atât de des asta în asemenea situaţii, dar niciodată nu se vede în filme. O anxietate care nu pleacă odată cu agentul din ambulanţă, ci rămâne şi se multiplică la cei şase care rămân în urma lui. Încolăcindu-li-se pe şira spinării, întinzându-şi tentaculele otrăvitoare către plămâni, care respiră mai greu, atingând inima şi făcând-o să bată mai tare, urmându-şi calea către degetul arătător îndoit pe trăgaci.

— Trebuie să o scoatem de acolo cu orice preţ, spune Jon.

— A tras deja, zice Antonia. Într-un poliţist. Dacă nu se dă bătută complet, şi asta foarte curând, o să iasă într-un singur mod.

Lola

A fost odată ca niciodată o fată care era prinsă în cursă din cauza răutății altor oameni.

Lola stă jos, cu spatele la rafturile din dosul prăvăliei. Gusev a leșinat, respiră foarte încet. Miroase a urină și a sânge. Miroase a înfrângere.

— Ieși cu mâinile ridicate, behăie o voce.

— Lăsați-mă în pace. Plecați!

Durerea de cap continuă să se accentueze. S-a instalat în spatele ochiului stâng, extinzându-se până la tâmple. Parcă se răsucește un clește în ea.

Și setea.

Saliva ei e groasă ca un lipici. Gâtul parcă ar fi o piele veche, uscată la soare. Dorința de a bea devine presantă, disperată.

În biroul lui Gusev e doar o sticlă mică de apă, în care a mai rămas un strop. Oricât de silă i-ar fi să bea din balele bișnițarului, Lola cedează instinctului primar și apleacă sticla la orizontală, lăsând picăturile prețioase să-i cadă pe limbă. E o ușurare de scurtă durată și ineficientă. Și respingătoare.

Lola duce sticla la ochi, privește fundul prin deschizătură, ca și cum ar putea s-o umple printr-o minune. Nu obține decât o imagine sextuplă a unui Gusev în agonie sau mort.

Lola îi aruncă sticla fără chef. Aterizează pe pieptul bișnițarului, coboară pe colacii de grăsime și rămâne pentru o clipă acolo, înainte de a aluneca pe jos, pe partea cealaltă.

O să mor aici.

O să mor singură și închisă împreună cu un porc dezgustător.

Simptomele hiperglicemiei s-au intensificat pe măsură ce glucoza i s-a acumulat în sânge. E slăbită, dezorientată. Privirea încețoșată. Burta umflată, nu numai din cauza sarcinii.

Și setea.

Are în buzunarele hanoracului toți banii de care are nevoie, dar nu are cum să-i cheltuiască. Se gândește la magazinele din jur, înțesate de apă și de sucuri. Se gândește la țevile din pereți, de neatins.

O să mor aici.

Poate e mai bine să mă dau bătută, să accept.

Încă are în mână pistolul, cauza acestei încurcături. Pentru o clipă, îi trece prin minte să-l folosească asupra ei înseși, dar apoi râde. Un hohot aspru, ca al soacrei unui adulter, ca pila unui pușcăriaș. Există un umor sălbatic în acest râs care ricoșează în rafturile încărcate de blendere, chiloți vechi, dezumidificatoare stricate.

Toate aceste reziduuri ale societății de consum, care au vrut să însemne ceva, au dat-o în bară și refuză să moară.

N-o să sfârșesc ca un borcan de iaurt.

Să rămână în viață. Ceea ce în fiecare zi considera de la sine înțeles. Niciodată nu a fost atât de greu.

Dacă aș ști cum...

Atunci sună telefonul.

Țârâitul metalic, prost-crescut, năvălește ca un intrus în neliniștea dintre acei patru pereți, cu miros de praf, cocaină, sânge și urină.

Lola contemplă aparatul cu aversiune și șocată, ca cineva care găsește un scorpion într-un ou Kinder. Îl lasă să sune, până când apelul se oprește brusc.

Sună din nou.

Întinde mâna. Ridică receptorul cu teamă, îl duce la ureche ca și cum din el ar țâșni un polițist înarmat sau unul dintre acei *bojevik* ai lui Orlov.

— Ascultă, spune o voce de femeie. *Russki?* Rusă?

— *Nemnogo*. Puțin.

— Face spun eu. *Ia pistolet. Panimaiș?*

Panimaiu. Lola înțelege. Dar nu pricepe nimic.

— Cine ești?

— Nu timp. Tu trăiești? Tu vrei trăiești?

Lola inspiră adânc.

Of, da. Eu vreau mult să trăiesc, se gândește ea.

— Face spun eu.

18

O ieșire

Romero le dă instrucţiuni oamenilor ei. Maşinile stau de-a curmezişul pe asfaltul de pe bulevard. E lat, iar în porţiunea de stradă din faţa prăvăliei lui Gusev sunt o jumătate de duzină de pomi. Sunt singurii ocupanţi ai unui trotuar pustiu. Restaurantul din colţ e gol şi întunecat, centrele de telefonie, închise puţin mai devreme. Doar vitrina prăvăliei Instant Cash e în continuare luminată.

— Unde e negociatorul?

— Au găsit o tipă în Cádiz. A negociat într-un caz de violenţă de gen, informează Belgrano. O să fie aici în trei ore, aşa ne-au transmis cei de la inspectoratul provinciei.

— Trei ore, repetă Romero plictisită. Trei ore ca să găseşti un expert care o să ajungă aici praf. Şi aşa merg toate.

Jon şi-a pus vesta antiglonţ şi a reuşit s-o facă şi pe Antonia să şi-o pună, după multe insistenţe. În afară de Belgrano şi de doamna comisar, sunt singurii care poartă aşa ceva. Alt semn al lipsei alarmante de buget. Jon a citit că, acum câteva luni, colegii au descins pe o navă pe care columbienii produceau droguri şi au avut o confruntare armată. Paradoxul e că traficanţii aveau veste şi puşti de asalt AR15, în timp ce poliţiştii erau în bătaia vântului şi cu pistoalele reglementare.

Nu a murit nimeni, fiindcă traficanții s-au speriat. Într-o țară în care pușcăriile sunt hoteluri de trei stele, te gândești de două ori înainte de a trage în poliție. Armele sunt destinate concurenței.

Nimeni nu a murit atunci.

Dar problema persistă.

— Ce facem? întreabă Belgrano.

— N-o să așteptăm trei ore. O vom face pe suspectă să iasă.

— Nu e nevoie, spune Antonia. Deja iese.

— Se vede mișcare, doamnă comisar, spune unul dintre polițiștii adăpostiți în spatele mașinii de poliție.

În ușă apare o siluetă.

— Nu trageți. Repet, nu trageți, spune doamna comisar. Nu vreau scandal. Ne-am înțeles?

— Ieși cu mâinile ridicate, zice Belgrano prin portavoce.

Aparatul îi distorsionează accentul de Granada, făcându-l chiar mai puțin amenințător decât era de așteptat. Dar nu e nimic distractiv în țevile pistoalelor ațintite spre chenarul luminat.

— O să ies! răspunde o voce. Frumoasă, puțin răgușită. Palidă de frică, dar nu lipsită de frumusețe. Vă rog, nu trageți.

Lola Moreno e un adevărat dezastru. Părul pleoștit și murdar, cearcănele pronunțate, buzele crăpate și uscate. Pielea deshidratată strălucește sub farurile aprinse ale mașinilor, care îi proiectează umbra pe peretele magazinului.

Și încă e frumoasă, se gândește Jon.

E singurul dintre cei prezenți care nu s-a atins de armă. Chiar și doamna comisar și-a scos pistolul. Iar subinspectorul Belgrano ține portavocea cu stânga, în timp ce mâna dreaptă se sprijină pe tocul de la brâu.

— Nu e o amenințare, anunță Antonia. Să nu tragă nimeni.

Lola are arma în mână, dar o ține de țeavă, între degetul arătător și cel mare. Are brațele ridicate, spatele încovoiat. Merge foarte încet, îndepărtându-se de ușa magazinului.

— Doamnă Moreno, behăie portavocea. Trebuie să aruncați arma.

— Mai devreme a fost un accident!

— Trebuie să aruncați arma, doamnă. E ultimul avertisment.

Lola se uită la ei cu ochii larg deschiși de spaimă. Dar mai e ceva în ei. Îi mișcă de colo până colo. Așteptând.

— Se întâmplă ceva, spune Antonia.

Până acum a stat în picioare. Se apleacă foarte ușor. Nu că ar fi o țintă prea mare. O mână micuță apucă de marginea vestei antiglonț a lui Jon și îl trage și pe el în jos.

— Doamnă, n-o să repet. Aruncați arma, spune Belgrano, contrazicându-și promisiunea.

— A fost un accident. Jur că a fost un accident. Trebuie să mă lăsați să plec, zice Lola printre hohote.

Mai face un pas spre dreapta, îndepărtându-se mai mult de intrarea în magazin.

— Stați pe loc, doamnă. Aruncați arma!

Doamna comisar Romero ia microfonul stației de emisie–recepție și apasă pe butonul de emisie.

— Bravo Unu, permisiune pentru foc de anihilare.

— Nu! spune Antonia, încercând să se ridice.

Jon o ține de mijloc.

— Bravo Unu, ești pe recepție?

Pârâituri.

Linişte.

— Soler, unde naiba eşti? insistă Romero, apăsând încă de două ori pe butonul de recepţie.

— Omul dumneavoastră afară, răspunde o voce de femeie.

Se aude în casca lui Romero, a lui Belgrano, a fiecăruia dintre cei şase poliţişti.

— Aceasta este o frecvenţă rezervată poliţiei, spune Romero pufnind. Ieşiţi de pe canal sau...

— Omul dumneavoastră afară. Eu îi folosesc staţia.

Poliţiştii fac schimb de priviri fără să înţeleagă. Romero şi Belgrano se privesc cumva diferit.

— Cine sunteţi? Agentul Soler e teafăr?

Romero îi face semn din cap lui Belgrano. Subinspectorul lasă portavocea pe jos şi îi face semn unuia dintre agenţii care se adăpostesc în spatele maşinii.

— Om bine. Tu nu mişcă.

— Ascultaţi, nu ştiu cine sunteţi, dar...

— Roata dreaptă, spune vocea în cască.

La peste opt sute de metri pe secundă, glonţul spulberă cauciucul Citroënului C4, înainte ca sunetul împuşcăturii să ajungă la poliţiştii adunaţi în faţa prăvăliei Instant Cash. Iar atunci se contopeşte cu zgomotul exploziei roţii, făcând detunătura asurzitoare. Maşina de poliţie se înclină pe o parte, în timp ce agenţii se aruncă la pământ, căutând locul de unde provine împuşcătura şi protejându-se fiecare cum poate.

Şi Jon s-a trântit la pământ. Doar că el a făcut asta acoperind-o cu trupul lui pe Antonia. Care încearcă să se zbată şi să-şi scoată capul.

— Acolo sus, spune Antonia arătând spre acoperișul din spatele lor.

Romero știe unde e persoana care a tras. În locul în care ea l-a postat pe agentul Soler, cu o pușcă cu lunetă PSG1. O bijuterie de precizie. Agentul Soler are doar douăzeci și patru de ani, dar e în stare să facă minuni cu arma. Poate nimeri un pepene de la o distanță de șase sute de metri. Sau mai degrabă să-l dezintegreze, fiindcă PSG1 folosește muniție de 7,62, capabilă să penetreze un bloc din ciment de cinci centimetri.

Obținerea acestei arme pentru UDYCO Costa del Sol a fost un triumf. Romero a trebuit să insiste ca să li se trimită de la Madrid una dintre acele puști de precizie, care ajung de obicei la unități precum GEOS[25] sau la departamente din orașe ca Bilbao sau Barcelona. *În mâinile cuiva care știe să o folosească, e o armă de neoprit*, spusese Romero când pachetul ajunsese la comisariat. A fost petrecere.

Acum nu mai e așa.

— Trebuie să urcați la locul lui Soler. Cu orice preț, ordonă Romero, trântită la pământ, cap în cap cu Belgrano.

Subinspectorul se târăște pe asfalt în direcția furgonetei, dar nu ajunge prea departe. Prin stațiile de emisie–recepție se aude din nou vocea.

— Mașină mare roată stânga. Mașină mică roată spate.

Bubuiturile, una după alta, răsună din nou pe tot bulevardul Ramón y Cajal, împrăștiindu-i pe curioși și pe jurnaliști din preajma cordonului poliției. Și pe sâcâitorii pensionari de pe terase. Roata mașinii mici explodează curat, iar cea a furgonetei, mai încărcat, împroșcând bucăți de cauciuc negru în toate părțile.

25 Unitatea de elită a poliției spaniole (n. tr.).

— Doamnă comisar, suspecta pleacă, anunță unul dintre agenți, care pe sub mașina poliției vede picioarele Lolei cum se îndepărtează de ei.

— Opriți-o! ordonă Romero.

Agentul se ridică puțin, înalță arma.

De data asta nu mai e niciun avertisment.

Glonțul nimerește în coapsa stângă, intrând prin spate. Forța impactului e brutală, spărgându-i femurul în trei părți și împrăștiind mici fragmente de os la ieșire. Rămân acolo, de un alb imaculat, pe sânge și asfalt, ca la o aruncătură de zaruri la care câștigă banca.

Când sunetul celei de-a patra detunături se estompează, se așterne o clipă de liniște. O clipă congelată de acalmie, dar nu de pace. O clipă reținută de fețe consternate, de ochi cât cepele. O clipă de frică uluită, de îngâmfare pălmuită, așa cum simte vânătorul când devine vânat.

Am sfeclit-o, rezumă Jon.

Tăcerea e sfâșiată de țipetele agentului rănit, care se ține cu ambele mâini de piciorul rănit. Alt agent se apropie de el, își scoate cureaua, face un garou la picior.

— Tu nu mișcă, repetă vocea în stațiile de emisie-recepție.

Între timp, Lola Moreno a ajuns deja la colțul străzii. Acolo, dă peste un cameraman de televiziune adăpostit în colțul care se intersectează cu strada Enrique del Castillo. Cameramanul și reporterița se privesc fix. Lola ridică pistolul spre cer și trage de două ori. Cameramanul și reporterița fug.

Lola, la fel. Intră în parcul Alameda și o ia la fugă fără să se uite în spate.

Între timp, fața doamnei comisar Romero e doar furie. Obrazul pe asfalt, dinții scrâșnind, pumnii strânși. Tot autocontrolul ei și toată solemnitatea sunt menite acum să-i țină corpul lipit de pământ. În loc să apuce arma și să înceapă să înapoieze împușcăturile.

— Câte gloanțe? îi șoptește Antonia, cel puțin partea din ea care reușește să iasă de sub pătura ei de o sută zece kilograme.

— Cum?

— Câte gloanțe are încărcătorul? repetă Antonia.

Romero se forțează să gândească. Dar nu reușește să-și amintească. Țipetele omului ei aflat pe jos n-o lasă să se gândească la altceva. Îl cheamă Vázquez. Are o soție și două fetițe. Au venit odată la comisariat. Ca să vadă unde lucrează tata, care îi arestează pe răufăcători.

— Modelul. Spuneți-mi modelul, insistă Antonia.

— PSG1, zice Romero mecanic.

Treisprezece formulare completate pentru solicitarea armei nu-i dau voie să uite.

— Sunt cinci. A tras patru, spune Antonia.

Îl lovește în fluierul piciorului pe Jon, care slăbește pentru o clipă strânsoarea brațelor, suficient pentru ca Antonia să se ridice în picioare și să se întoarcă spre stânga.

Glonțul traversează aerul pe care îl ocupa ea până acum o secundă, afundându-se în portiera mașinii de poliție și făcând o gaură perfect rotundă pe banda galbenă.

— Și cinci, spune Antonia gâfâind.

Romero reacționează, în sfârșit.

— Trebuie să reîncarce! Mișcați-vă!

Trebuie să fugă.

N-a mai tras niciodată cu un PSG1, dar i-a studiat modul de funcţionare. E o armă puternică, concepută pentru germani după masacrul de la München, pentru ca poliţia să-i poată elimina de la distanţă pe inamicii înarmaţi.

Din nefericire, durează câteva secunde s-o reîncarci. Femeia minionă a luat-o prin surprindere. Nu se aştepta să se ridice brusc, iar corpul şi antrenamentul ei s-au ocupat de restul. Degetul a apăsat pe trăgaci instinctiv, încărcătorul a rămas gol.

Nu se sinchiseşte să schimbe încărcătorul armei. Se retrage, îndepărtându-se de marginea terasei, ghemuită. Trece peste trupul inconştient al agentului.

Ştie bine regulile. Poliţiştii nu trebuie omorâţi. Să se apropie de el a fost simplu, să-l scoată din circulaţie fără să provoace daune majore a fost ceva mai greu.

Să fugă nu va fi simplu deloc.

Cu atât mai puţin după ce l-a rănit pe unul dintre ai lor.

Îi aude în staţie, coordonându-şi mişcările, dar nu înţelege o bună parte din cuvinte, aşa că-şi scoate cablul din ureche şi aruncă aparatul pe jos. Calculează că are la dispoziţie cel puţin patruzeci de secunde până să ajungă ei pe acoperiş. A blocat liftul, aşa că măcar atât timp le va lua ca să urce cele şapte etaje pe jos. Alte şapte secunde ca să dărâme uşa terasei, pe care a blocat-o cu frânghii.

Va fi presată de timp.

Aleargă până la zidul vestic al clădirii. Acolo a lăsat coarda de escaladă și cârligele. Mai puțin de patruzeci de euro în total, la magazinul cu articole sportive care se află la două străzi mai încolo. Dacă ei verifică înregistrările camerelor de supraveghere, vor avea idee de aspectul ei de acum. Nu a fost soluția ideală. Dar a trebuit să improvizeze. Mesajul de pe telefonul mobil, trimis de oamenii lui Orlov, conținea doar o adresă.

Era la șase minute distanță cu motocicleta.

A ajuns în trei.

Prea târziu.

Orice s-ar întâmpla, Lola Moreno nu poate ajunge pe mâna poliției. Nu înainte de a fi terminat cu ea. După aceea, poliția poate aduna ce mai rămâne.

Își pune casca și mănușile. Verifică de două ori cârligul din oțel. Nu e timp pentru carabine, ham sau piedici, așa că o să coboare fără nicio protecție. Își trece coarda printre picioare, prin spatele unei coapse, peste piept și prin spatele umărului și începe să coboare. Există un motiv pentru care această tehnică nu se mai folosește de un secol, și anume acela că produce o fricțiune accentuată. Se descurcă cu asta. Pantalonii și geaca sunt din piele groasă. Dar presiunea pe spate, asta e altă poveste. Cu fiecare salt nou, durerea se amplifică. Picioarele o împing în afară, în timp ce mâinile dau drumul corzii. Dar în arcul descendent, când picioarele i se apropie din nou de clădire, strânge din dinți. Îndoaie genunchii când tălpile ghetelor ating fațada, dar nu e suficient. Impactul îi provoacă o sfichiuire prin toată coloana, o descărcare electrică ce o face să țipe. La trei metri de sol, e cât pe-aci să vomite în cască. E o minune că nu o face. Aude sus strigătele polițiștilor și e vag conştientă de faptul că cineva i-a făcut o fotografie sau a filmat-o de la una dintre ferestre.

Braţele o trădează la penultimul salt. Durerea o face să rateze prinderea şi se roteşte în jurul propriului ax, prinsă în coardă, ca un titirez ciudat în mâinile unui copil neîndemânatic. Reuşeşte să se agaţe în ultimul moment, suficient cât să se prăbuşească pe burtă, nu pe spate. E o căzătură de la un metru şi jumătate şi nu are cum să o amortizeze. Casca o păţeşte cel mai rău. Viziera, neagră, se sparge, lăsând la vedere un ochi care priveşte în sus, spre acoperiş. Poliţiştii se uită peste parapet, cu armele în mâini.

Impulsionată de adrenalină, reuşeşte să biruiască durerea de spate, se întoarce pe loc şi se lipeşte de faţadă, unde oferă o vizibilitate foarte redusă pentru poliţiştii de pe acoperiş. Motocicleta e aproape, parcată în spatele unui container.

Doar încă puţin. Doar câţiva metri în plus.

Învăluită într-un nor de durere, ajunge la Kawasaki. Cei 330 de cai putere ai motorului răcnesc dezlănţuiţi când porneşte.

Se aud împuşcături care nu găsesc nimic în cale.

Câteva secunde mai târziu, nu mai e.

Aslan

Aslan e un bărbat descumpănit, înainte de toate.

E de ajuns să-l vezi. Așezat la terasa lui obișnuită de pe faleză, în fața micului său dejun preferat. Ouăle au devenit lipicioase, pâinea prăjită s-a întărit. Cârnații, reci, își dezvăluie adevăratul caracter: optzeci la sută grăsime, douăzeci la sută resturi de carne.

Aslan nici nu s-a atins de tacâmuri. E așezat de mai bine de o oră, încercând să înțeleagă ce s-a întâmplat. De ce Lola Moreno nu e moartă, așa cum a dat el ordin să se întâmple. De ce Lupoaica Neagră a ajutat-o să scape de poliție, în loc să se limiteze la a-i trage un glonț în cap.

I s-a povestit cu lux de amănunte ce s-a întâmplat. Până la cel mai mic detaliu. Iar Fiara știe că a provocat neliniște în comunitate. Mesajul pe care l-a transmis la înmormântarea lui Voronin era foarte clar. Nimeni nu-l trădează pe Aslan Orlov și mai apucă ziua de mâine. Kiril Rebo, mâna lui dreaptă, a împrăștiat zvonul că ea venise ca să înfăptuiască răzbunarea.

Acum s-a făcut de râs.

Aslan se întoarce în scaun. După o oră, până și cel mai comod scaun din răchită devine o tortură pentru fundul osos al unui pensionar. Nu-i rămâne decât să sune la Sankt Petersburg și să explice ce s-a întâmplat. Vor trebui să-i ceară explicații Lupoaicei.

Telefonul sună de mai multe ori, până răspunde o voce bătrână, răgușită.

— Aslan. Ce plăcere extraordinară să te aud!

— *Pakhan*, îl salută Orlov cu respect, cu titlul care i se dă liderului organizației, Nașului.

Și-l poate imagina, de partea cealaltă, cu veșnicul baston din argint, cu ochii orbi și goi. O carte în alfabetul Braille, deschisă pe masa din apropiere.

— Cu ce te pot ajuta?

Orlov îi explică, îi povestește eșecul de noaptea trecută. E și un polițist rănit, ceva ce încalcă toate regulile. *Pakhan* ascultă cu amabilitate, fără să-l întrerupă.

— Totul se petrece exact cum era prevăzut, spune bătrânul când Orlov încheie.

Mafiotul, confuz, își înclină capul, se uită în jur cu neîncredere. Nu înțelege. Și mulți ani petrecuți în *Bratvá* l-au învățat că neînțelegerea a ceea ce se petrece e anticamera unei morți sigure.

— *Pakhan*...

— Nu suferi, Aslan. Îți înțeleg indispoziția.

— Nu pricep ce se întâmplă. De ce nu e moartă femeia?

— De ce te-am trimis acolo, *vor*?

— Ca să institui o...

— Te-am trimis acolo ca să ne speli banii. O muncă pe care ai realizat-o cu o oarecare ușurință.

— Doar îmi fac treaba.

— Ah, dar asta e problema. Că nu o făceai tu. O făcea Voronin. Un simplu *bojevik*, care în doar câțiva ani a devenit un magician al finanțelor. Era prea bun ca să fie adevărat. Și era.

O siluetă apare în spatele lui Orlov. Mafiotul se întoarce tresărind, convins că au venit să-l omoare. Așa a fost întotdeauna când te simți *temnote*, în beznă. Cineva apare din ea și îți înfige un pumnal în gât.

Doar că, de data asta, pumnalul are dimensiunea şi forma unui teanc de hârtii.

— Uită-te la documentele pe care tocmai le-ai primit, *vor*. Pentru că vei înţelege că trădarea lui Voronin e mult mai gravă şi mai nocivă decât faptul că a vorbit cu poliţia.

Orlov răsfoieşte hârtiile în alfabet chirilic pe care i le-a întins Kiril Rebo ridicând din umeri. Şi nu-i vine să creadă ce citeşte.

— Asta înseamnă...

— Asta înseamnă că te-a jefuit. A golit *obshchak* sub nasul tău, Aslan. Dacă se află...

Orlov a simţit un fior coborându-i pe şira spinării. Să ai un turnător în organizaţie era un pericol. Un hoţ era un dezastru de neimaginat. Dacă s-ar duce vorba în *Bratvá* că Tambovskaia se lasă jefuită, ar fi totuna cu a-ţi desena o ţintă în frunte. Într-o lume de lighioane, cel mai vag semn de slăbiciune este o condamnare.

— Eu am trimis-o pe Lupoaica Neagră cu o săptămână înainte de a o solicita tu, Aslan. Nu tu. Nu urmează instrucţiunile tale, ci pe ale mele.

— Dacă aş fi ştiut...

— Poate nu ţi-ai fi trimis oamenii să dea foc arhivelor lui Voronin. Acea decizie a fost incorectă. Acum va fi mult mai greu să găsim banii. Dar ăsta este singurul motiv pentru care mai eşti în viaţă.

— Nevasta lui Voronin ştie unde sunt banii, spune Orlov.

— Lupoaica o va găsi. Şi atunci, poate vei rămâne *vor*. Sau poate nu.

Convorbirea se întrerupe, deşi lui Orlov îi ia un timp să-şi desprindă telefonul mobil de ureche şi să-l pună pe masă.

Nu a evitat condamnarea la moarte pentru greşelile lui. Doar a amânat-o.

Până când apar banii, asta dacă apar.

Studiază din nou hârtiile. Calculele nu lasă loc de îndoieli. Deşi Voronin a fost viclean, urma pe care a lăsat-o a devenit până la urmă vizibilă, chiar dacă duce într-o fundătură.

O sută de carduri de credit anonime, cu care s-au plătit sume mari de bani timp de luni întregi.

Orlov blestemă, nu pentru ultima dată, pentru cât de prost a fost să aibă încredere în Voronin. El, care a făcut totul ca să-l ajute pe mitocanul ăla.

Cum a putut să mă înşele aşa?

Şi pe ce naiba a cheltuit şase sute cincizeci şi trei de milioane de euro?

PARTEA A TREIA

LOLA

Îl condamnăm pe lup nu din cauza caracterului său, ci din cauza percepției noastre.

FARLEY MOWAT

1

Un CV

Pe Jon Gutiérrez încă îl doare.

Nu fluierul piciorului. Antonia Scott ar avea nevoie de o jumătate de oră și un ciocan ca să-i poată face o vânătaie. Dar sufletul, vai, sufletul! Sufletul lui Jon e fragil și se frânge ușor, iar faptul că Antonia reușește să-l păcălească și să scape de el atât de ușor încă îl afectează. E într-o dispoziție turbulentă. Iar agenda de azi nu-l va ajuta deloc să se simtă mai bine.

Există un singur punct pe ordinea de zi.

Să-l sune pe Mentor.

I-a convocat pe amândoi la o videoconferință la unu fix. Și le-a spus să nu iasă până atunci din hotel.

Jon a profitat de ocazie ca să rezolve două treburi restante.

Prima.

Să verifice dacă tipul de pe Grindr tot nu a dat niciun semn de viață. Să înjure deznădăjduit.

Cealaltă.

Să o sune pe *amatxo*, care s-a dezlănțuit cu plângerile la adresa vecinei de la 2B, timp de o jumătate de oră. Jon, mereu dispus s-o bârfească pe vecina – a naibii viperă, limbă bifurcată, ea a făcut circul cu mușcatele –, ascultă doar cu o jumătate de ureche. Și nu-l mai distrează ca înainte să o facă albie de porci pe respectiva. Apa stinge focul, iar anii, patima. Această duşmănie între vecine, care durează deja de-o jumătate de viață, i se pare azi o pierdere de timp meschină şi mizeră. Şi regretă de îndată ce-i vine acest gând, pentru că nu e bine să-i ignorăm pe cei care ne jignesc.

Nu fără permisiunea lui amatxo. *Asta ar fi culmea.*

Când închide, Jon se simte mai rău decât la început. În ultima vreme, apelurile către mama lui au devenit o obligație, cu ritmul lor mecanic, oxidant şi strident. Şi nu ar trebui să fie aşa. La cei patruzeci şi puţini de ghiocei ai lui, Jon a devenit, în sfârşit, independent. Şi nu-i plac taxările emoționale care vin două câte două.

Ea doar pe Jon îl are.

Dar eu? Eu ce am?

Ca în orice relaţie asimetrică – şi puţine nu sunt aşa –, una din persoane are mai mult nevoie de cealaltă. Iar balanța tinde să se încline, să arunce mai multe boabe de orez în mâncarea care atârnă mai greu, până când se rupe lanţul, iar orezul se împrăştie.

Dintr-odată, Jon nu mai e aşa de sigur că reflecţiile astea se referă doar la mama lui.

Antonia îi deschide uşa camerei ei la 12.57. La 13.11, Mentor n-a sunat încă.

Iată-i pe amândoi, fiecare pe câte un fotoliu, fără să-şi vorbească. El uitându-se la ştiri pe telefonul mobil. Ea, citind o carte. În propriul şi deconcertantul ei ritm.

— Ce citeşti?

Nu e prima dată când o vede cufundată într-o carte tipărită. Aproape întotdeauna, manuale stufoase de criminologie. Analize inteligente despre serologie sau psihopatologie în alte limbi. Cu titluri imposibil de lungi şi de plictisitoare. Jon le redenumeşte în cea mai bună tradiţie spaniolă. *Vecinul meu saluta întotdeauna. E uşor să cureţi petele de sânge dacă ştii cum. Visând, visând, am triumfat asasinând.*

Dar asta pe care o ţine acum în mâinile ei pare diferită.

— Îţi spun dacă promiţi să nu râzi, zice Antonia.

Jon jură pe ce are mai sfânt. Pe *amatxo*, pe cotletul cu cartofi, pe costumele din stofă dungată.

Antonia îi arată coperta. E o fotografie cu un pantof aruncat pe jos. Şi un titlu care pune la încercare bărbăţia şi cunoştinţele inspectorului Gutiérrez.

Copii: manual de instrucţiuni.

Cu o expresie împietrită, Jon se ridică în picioare şi se uită pe fereastră, care oferă o minunată privelişte a unei curţi interioare din Marbella, cu dârele de umezeală de pe ziduri, cu petele de roşu-închis pe pavimentul roşu-deschis.

— Ar fi mai bine să-ţi stăpâneşti rânjetul, până nu ţi se crapă faţa în două, spune Antonia.

— Sunt cu spatele la tine.

— Iar geamul este o suprafaţă reflectantă.

Jon se dă bătut. Se întoarce, cu arma încă fumegând lăţită pe faţă.

— Bine, şi? Vreun sfat util?

— Sincer, nu. O grămadă de variaţiuni pe tema „ascultă şi fă ce poţi".

— Asta puteam să-ţi spun şi eu, pentru mai puţin de douăzeci de euro.

— Da, dar tu nu ai fotografii cu bebeluşi la fiecare nouă pagini.

— Cu atât mai mult.

Când Mentor îşi face apariţia pe ecranul iPad-ului, cu o întârziere de aproape o oră, arată oribil. Îşi dă seama până și Antonia, căreia nu-i stă în fire să facă observații despre cum arată alții.

— Ce s-a întâmplat?

Mentor își drege glasul și își îndoaie mâinile.

— Ceva foarte grav, Scott. Au murit două Regine.

Jon și Antonia se privesc alarmați.

— Cine?

— Anglia și Olanda.

— De-asta ești la Bruxelles?

— Nu mai suntem la Bruxelles. Nu pot să-ți spun unde suntem.

În spatele lui nu se vede decât un perete alb, gol. Lumina dicroică îi accentuează trăsăturile obosite. Nu s-a mai ras de câteva zile.

— Dar da, de aceea ne-am adunat toți șefii de echipe. Situația e foarte complexă.

— Cum s-a întâmplat?

— Nu pot să intru mai mult în detalii.

— Vreți să venim? întreabă Jon.

— Nu, sare Mentor. Nu, nu vreau să veniți. Nu, până când situația se mai lămurește puțin, vreau să rămâneți unde sunteți, departe de Madrid.

— A fost un joc murdar, spune Antonia.

— N-am de gând să-ți zic nimic, Scott. Nu încerca să mă manipulezi, știi că eu te-am învățat toate trucurile pe care le știi.

Antonia se afundă în scaun, contrariată.

— Situația nu e roz nici aici.

— Știu. Am informațiile pe care i le-ai cerut lui Aguado, spune Mentor arătând niște hârtii la cameră. O să discutăm despre modul în care le-ai obținut, Scott. A fost o iresponsabilitate din partea ta. Dar am probleme mai mari acum. Şi voi, la fel.

— Aţi găsit ceva despre femeie?

— O, da. O să-ţi placă.

Şi Mentor începe să citească.

— Olena Jovonovici, alias *Cernaia Volciţa*. Fiica unui campion la sambo, artele marţiale ruseşti, şi a unei mari maestre de şah. S-a născut în 1990, la Kstovo, pe malul Volgăi. La naştere, a fost smulsă din braţele părinţilor, cărora li s-a spus că fetiţa a murit.

— Minunat.

— Şi în Spania a existat obiceiul ăsta până de curând, nu ştiu de ce vă miraţi, spune Antonia.

— Fata a fost inclusă într-un program secret al KGB-ului, care pe atunci îşi dădea ultima suflare. Era o perioadă de paranoia, înainte să descopere că pot controla lumea prin calculatoare. Voiau să creeze arma umană supremă. Un experiment pe care îl mai încercaseră înainte şi naziştii sau nord-americanii, deşi cu mai puţin succes. Ruşii porneau de la eşecurile rivalilor lor. Erau hotărâţi să reuşească, de aceea au răpit sute de copii. Unii au fost eliminaţi. Alţii au supravieţuit. Copii ca ea, cu o inteligenţă şi calităţi fizice excepţionale.

Jon are impresia că detectează o undă de nostalgie şi de gelozie în vocea lui Mentor.

Mai bine să-i iei de proaspeţi. Aşa, n-o să te alegi cu agenţi care decid de capul lor, se gândeşte privind-o pe Antonia.

— Când a căzut zidul, programul *Osobyye Deti* (Copii Speciali) a rămas în seama SVR, Serviciul de Informaţii Externe. Când copiii s-au făcut mari, şefii SVR descoperiseră deja că, dacă voiau să-şi păstreze casele de vacanţă, Mercedesul în garaj şi măririle de sâni ale ibovnicelor, trebuia să înceapă să vândă active.

— De aceea s-au umplut Asia şi Africa de arme automate şi de rachete sol-aer, spune Antonia. Traficanţii şi-au scos pârleala cu banii dictatorilor şi ai teroriştilor.

— Când li s-au terminat bombele, i-au vândut pe copii.

— De asta mă tem. Doar că nu erau copii, domnule inspector. Erau arme. Nu ştim numărul exact de *deti* pe care SRV i-a vândut către *Bratvá*. Rapoartele diferă. O jumătate de duzină, o duzină. Aproape toţi figurează morţi în bazele de date ale FSB-ului.

— Aproape toţi, spune Antonia.

— Aproape toţi. Ea nu.

— Antecedente?

Mentor îşi aprinde o ţigară şi caută printre hârtii.

— Sunt multe speculaţii, puţine date confirmate. Doi morţi la Amsterdam, patru la Belgrad. Un judecător asasinat la Moscova, altul în Daghestan. Toţi, inamici pentru Tambovskaia.

— Martori?

— Foarte puţini. Toţi spun că o femeie necunoscută a apărut din neant.

— Îmi pare cunoscut, zice Jon.

— Bineînţeles, nu există nicio fotografie, spune Antonia.

Mentor scutură din cap.

— Ai o a doua fantomă la colecţia ta, Scott.

— Altceva?

— Restul informaţiilor pe care le am sunt atât de confuze şi de greu de deosebit de legende, încât nu merită să ţi le dau. Execuţii imposibile, duşmani doborâţi pe capete. Aproape toate false, precis. Dar au ajutat Tambovskaia să alimenteze teroarea în rândul rivalilor.

— Are propriul Bau-Bau.

— Nu e Bau-Bau, spune Mentor. Pe Lupoaica Neagră o trimite să-l omoare pe Bau-Bau.

Jon își trece mâna peste față, își încrucișează brațele. El e doar un băiat din Santutxu.

— La dracu'! Eram puțini și a născut verișoara lui Keanu Reeves. Nu spuneai că mafioții sunt plictisitori?

2

Un anunț

— Încă ceva, spune Mentor înainte să închidă. M-am hotărât să pun capăt participării voastre la cazul Lolei Moreno.

Antonia, care era rătăcită undeva în propria minte, își ridică mirată capul. Jon, la fel, dar perplex. Știu toți trei ce va urma. Singura necunoscută ține de cuvintele pe care le va alege Antonia ca să-l trimită la păscut.

— Nu se va întâmpla una ca asta.

Mentor tace. Imaginea pare că a înghețat, dar nu, doar a ales să tacă. Jon, la fel. N-a uitat povestea pe care i-a spus-o Mentor cu câteva luni în urmă, povestea cu câinele pe care a trebuit să-l sacrifice pentru că nu putuse să se controleze. Așa că se miră că o persoană care o cunoaște atât de bine pe Scott a ales forma asta atât de puțin adecvată ca să-i comunice o decizie prostească.

Trec câteva secunde incomode. Secunde de genul celor care au o etichetă pe care scrie „Dacă vorbești, pierzi".

— Domnule inspector Gutiérrez... spune Mentor.

— Nu vă uitați la mine. Știți cum e.

— E o situație imposibilă. Cu prea multe variabile periculoase. Sunteți singuri acolo, fără sprijin criminalistic. Echipa de la Madrid e ocupată să ajute la stabilirea circumstanțelor din Anglia și Olanda. Nu vă cer să vă întoarceți de teamă că veți păți ceva.

— Trebuie să rămânem aici. Am înţeles. Dacă tot suntem aici, vom profita.

— Scott. V-aţi întâlnit deja de două ori cu femeia aia. E o minune că nu s-a întâmplat ceva mai rău. Nu sunteţi o unitate de intervenţie. Capacităţile voastre au o utilitate foarte concretă.

— Ca să vezi. O să fie ca la Valencia, spune Antonia.

— Noi doi ne amintim de Valencia în moduri destul de diferite, oftează Mentor.

— Posibil. Dar o vom găsi pe Lola Moreno şi vom descoperi ce s-a petrecut aici.

— Eşti prea valoroasă ca să te pierd pentru asta, Scott.

— Cât?

Mentor o priveşte nedumerit.

— Nu înţeleg.

— Cât de valoroasă? Spune-mi o cifră.

— Nu cred că...

— Mi-ar plăcea să ştiu. Cât valorez? Cât două femei? Trei femei? Opt femei moarte, precum cele din container?

Jon îşi aminteşte mirosul. Putreziciunea. Sângele pe care a trebuit să-l cureţe de pe corpul Antoniei şi de pe al lui. Promisiunea pe care a făcut-o ea. O şoaptă uşoară a unei femei micuţe şi pe jumătate frânte. O particulă minusculă într-un univers indiferent. Abia a perturbat întunericul.

Şi totuşi...

— Nu eu aleg unde să merg. Ce să fac cu asta, spune atingându-şi fruntea cu degetul arătător. Uşor şi lent.

— Nu e corect.

— Tu alegi în ce ne băgăm. Ei bine, eu aleg când ieşim. Şi dacă nu-ţi convine...

Face o pauză.

— Dacă nu-ţi convine, poţi să te duci învârtindu-te.

Faţa crispată a lui Mentor, cu ochii cât nişte mingi de golf, e ultimul lucru care se vede pe ecran, îngheţată pentru o clipă, când Antonia întrerupe apelul.

— Cum m-am descurcat? întreabă întorcându-se spre colegul ei.

Inspectorul îşi mângâie barba, prefăcându-se că se gândeşte.

— Îţi dau 10 pentru execuţie, 5 pentru alegerea insultei şi 4 pentru oportunitate.

— O medie de 6,3? întreabă Antonia strâmbându-se.

— Ţi se adaugă puncte pentru faţa pe care a făcut-o. Hai să zicem 7.

— Nu e rău. E mai bine decât notele mele de la facultate.

Jon se ridică în picioare. Se întoarce la fereastră, îşi bagă mâinile în buzunar. Emite cu tot corpul semnale care spun „întreabă-mă ce am”, încât până şi o antenă stricată, precum cea a Antoniei, le detectează.

— Ce e?

— A fost amuzant să te văd cum îl pui la punct. Dar cred că are dreptate.

Jon nu are nevoie de nicio suprafaţă reflectantă ca să vadă dezamăgirea de pe faţa Antoniei. Nici ochi la ceafă, ca părintele Carlos la catehism. El chiar că avea superputeri.

— Nu începe şi tu.

— Nu-ţi spun să renunţăm, zice Jon întorcându-se spre ea şi ridicând mâinile într-un mod împăciuitor. Lola Moreno rămâne cheia cu care putem să-l prindem pe

Orlov. Dar acum a apărut Xena, Prinţesa Războinică. Şi caută ce căutăm şi noi.

— Ne-am întâlnit cu ea o dată. Nu suntem o ţintă.

Jon se mângâie pe gâtul care încă păstrează o amintire a acelui moment.

— Nu suntem ţinta ei atâta vreme cât nu-i stăm în cale. Ai văzut ce-a păţit poliţistul care s-a ridicat.

— Ne-am mai întâlnit cu asasini. Ce zici de Sandra Fajardo?

— O ticăloasă parşivă, care ne păcălea. Cu asta ne descurcăm. Dar aici...

— E doar un om. A scăpat ca prin urechile acului.

— Coborând cu o coardă de pe acoperiş. Nu e domeniul nostru, scumpete.

Antonia îşi încrucişează braţele.

— Atunci, ce facem? Ne închidem în cameră şi ne uităm la televizor?

— Nici chiar aşa. Dar poliţia face deja munca de teren. Şi asta nu va fi o soluţie. Acum are bani, aşa că va putea să se ascundă. Te rog doar să nu alergăm ca nebunii prin toate părţile vreo două zile. Caut-o aici, spune Jon atingând iPad-ul. Şi aici, spune arătând spre fruntea ei.

Antonia îşi aţinteşte privirea asupra minibarului. Argumentele stau la coadă în spatele dinţilor ei. Până la urmă, se hotărăşte să strângă din ei şi să lase argumentele închise înăuntru.

— Bine. Lasă-mă singură. Trebuie să mă gândesc.

Înregistrarea 11

Cu opt luni în urmă

COMISARUL ROMERO: Nu aşa ne-a fost vorba.

IURI VORONIN: Ce am...

SUBINSPECTORUL BELGRANO: Taci, Voronin. Am aflat că eşti un zero barat.

COMISARUL ROMERO: E adevărat, doamnă Moreno?

LOLA MORENO: Nu ştiu despre ce vorbiţi.

COMISARUL ROMERO: Bineînţeles că nu.

SUBINSPECTORUL BELGRANO: Continuaţi să ne vindeţi gogoşi.

IURI VORONIN: Sunt informaţii bune.

COMISARUL ROMERO: Nu sunt informaţiile pe care ni le dorim.

SUBINSPECTORUL BELGRANO: V-am cerut informaţii despre Orlov. Voi îi turnaţi pe rivalii lui.

IURI VORONIN: Iar voi îi prindeţi.

SUBINSPECTORUL BELGRANO: Eliminaţi concurenţa.

IURI VORONIN: Aţi vrut cocaină, aţi vrut heroină. Poftim! Şi arme. Belaruşii vor mişca ceva luna viitoare.

COMISARUL ROMERO: Îl vrem pe Orlov.

LOLA MORENO: Ba nu, doamnă comisar. Dumneavoastră doriţi titluri în ziare. Asta ne-aţi cerut. Şi asta vă dau. Asta vă dăm.

SUBINSPECTORUL BELGRANO: Aha, subconştientul...

COMISARUL ROMERO: Nu asta...

LOLA MORENO: *(Vorbind în acelaşi timp, o întrerupe.)* Am mai trecut prin asta. În operaţiunea Oligarhul, în operaţiunea Marmura Roşie. Dacă puneţi mâna pe Orlov, o să vă ia zece ani să-l judecaţi.

(Pauză de şapte secunde.)

SUBINSPECTORUL BELGRANO: Până atunci, o să moară de bătrâneţe sau o să fie prea bătrân ca să ajungă la închisoare.

(Pauză de trei secunde.)

COMISARUL ROMERO: Ce propuneţi, doamnă Moreno?

LOLA MORENO: Propun să creşteţi presiunea. Obţineţi în continuare razii, titluri în ziare. Nu mai urmăriţi peştele cel mare şi mulţumiţi-vă cu unii mai mici.

(Pauză de douăzeci şi trei de secunde.)

COMISARUL ROMERO: Să presupunem că mă interesează propunerea dumneavoastră. Care ar fi primul dintre aceşti peşti mai mici?

IURI VORONIN: O să fie expediată o comandă în câteva zile. Sârbi. Droguri şi bani, destinaţia Barcelona. Un autocar şi o maşină de curierat.

3

O nevoie

De îndată ce pleacă Jon, Antonia deschide minibarul şi mănâncă ciocolăţelele.

Încă de dimineaţă o tot îmbie, cu vocile lor insinuante şi cu atrăgătoarele lor ambalaje colorate. Le hăpăie cu înghiţituri mari, îşi potoleşte setea cu o Cola Light, râgâie şi se simte mai bine, dar totodată ca un porc. Dihotomia mâncării ultraprocesate. Antonia ar putea scrie un tratat despre asta.

Pe măsură ce înlocuieşte nevoia de dulciuri cu vina, altă urgenţă, diferită, preia controlul.

Amână de mult discuţia asta cu ea însăşi. Un domeniu în care niciodată nu s-a remarcat pozitiv.

Antonia a funcţionat întotdeauna ca artificiile. Dacă-i aprinzi fitilul, poate merge într-o singură direcţie, arzând pulberea, până explodează într-un nor de magneziu, antimoniu şi săruri de stronţiu. Asta presupune ca în timpul procesului să nu-ţi pui întrebări despre ceea ce se va întâmpla la final.

Dar acum chiar e capabilă să sesizeze că are o problemă.

Electricitatea care o furnică în mâini, în piept şi pe faţă e prezentă aproape permanent. Să-şi controleze respiraţia e mai greu, deşi nu imposibil. Dar tremurul mâinilor s-a accentuat. Acum nici nu mai poate ţine iPad-ul cu dreapta fără ca literele să se încalece într-un dans incomprehensibil.

Îi e din ce în ce mai greu să se stăpânească în public. Ştie că pe Jon nu poate să-l păcălească. L-a văzut de mai multe ori cum evită intenţionat să se uite la mâinile ei tremurânde. Sau cum o studiază bănuitor, când crede că ea nu-şi dă seama.

Trei capsule, se gândeşte Antonia. *Trei, doar de atât am nevoie.*

Doar trei.

Par puţine în comparaţie cu cele patru pe care le-a luat ieri doar ca să-şi ţină gândurile sub control. A deschis capsulele şi a turnat praful într-un pahar cu lapte, gândindu-se că grăsimea lichidului va asigura o absorbţie mai constantă în fluxul sangvin.

A funcţionat pe jumătate.

Cele trei pe care vrea să le ia azi par puţine, doar că se presupune că ar trebui să ia una singură, în momentele în care creierul ei nu poate face faţă stimulilor externi şi nici excesului de histamină produsă de hipotalamus.

Anụ ọhịa-azụ.

În igbo, limba pe care o vorbesc optsprezece milioane de nigerieni, înseamnă bestia din spatele tău care îţi mănâncă mâncarea şi te lasă să te hrăneşti doar cu resturile.

Îşi scoate tricoul şi sutienul, îngenunchează lângă cadă şi deschide robinetul de la duş. Zece minute de apă rece ca gheaţa pe scalp o fac să tremure şi să înţepenească, dar a reuşit să atenueze nevoia. Cel puţin, până îşi usucă părul.

Anụ ọhịa-azụ.

Antonia cunoaște foarte bine chipul acelei bestii. Chipul sutelor ca ea, care îi populează capul, sărind din liană în liană și arătându-și colții.

A văzut-o o singură dată în viața reală. Într-o dimineață de duminică, la grădina zoologică din Barcelona, însoțită de mama ei. Cu păr țepos și maroniu, fața neagră. Brațe lungi și subțiri, coadă lungă și prehensilă[26]. Se mișca precum o fantomă printre corzile întinse în habitatul ei. Avea ceva supranatural în ochi. Nu periculos, dar cu siguranță nu prietenos. Părea să știe prea multe pentru propriul bine.

Când a văzut-o, Antonia a început să plângă.

— E o maimuță păianjen. Mănâncă fructe. Nu-ți face niciun rău, a spus mama ei.

Văzând că Antonia nu se oprește din plâns, Paula a încercat să o ia de lângă cușcă, dar ea n-a vrut. A rămas acolo, susținând privirea acelei fantome înțelepte, care bătea în geam cu mâinile ei fără degetele mari, ca și cum încerca să o prevină în legătură cu ceva.

A fost ultima ieșire a Paulei Garrido cu fiica ei. La o săptămână după aceea, nu a mai putut ieși din spital. După o lună, cancerul a învins.

Monstrul știa, se gândi Antonia.

Anụ ọhịa-azụ.

Antonia nu vrea să cedeze așa de repede în fața anxietății, dar are nevoie de mintea limpede. Scoate trei capsule din pungă, le pune în cutiuța metalică. Pentru orice eventualitate.

Au mai rămas doar șase.

---

26 Coadă cu care unele animale se pot agăța (n. tr.).

După aceea va trebui să apeleze la Jon. Să-i explice ce se petrece.

N-o să-i pice bine.

Pune cutiuţa metalică în buzunarul pantalonilor, iar poşeta cu cele şase pastile rămase o ascunde sub pat. Preferă să înfrunte bestia decât să-i facă rău lui Jon. Va trebui să se întâmple, mai devreme sau mai târziu. *Dar, aşa cum cântau în filmul acela, mâine va ieşi soarele.*

Ce tâmpenie!

Dintr-odată, cuvintele lui Jon îi răsună din nou clar în minte. Ce a spus despre Lupoaica Neagră.

Nu suntem ţinta ei.

Atunci, care e?

Există un singur mod de a afla.

Antonia se îmbracă, iese pe holul hotelului. Evită liftul şi foloseşte scările, unde nu există niciun pericol să dea peste inspectorul Gutiérrez. Pe stradă, ia un taxi şi indică o adresă de pe strada Salvador Rueda. Una cu faţada vopsită într-un mov obscen.

O să mă urască pentru asta. Dar e singura soluţie.

Taxiul se opreşte în faţa salonului de coafură Tere's. Antonia plăteşte, coboară şi trece pe trotuarul celălalt.

— Salut ! Mafioţilor!

Îşi agită braţele spre terasa de la etajul doi, unde se află doi domni cu înfăţişare slavă. Aşezaţi pe scaune din plastic, cu maiouri şi tatuaje pe braţe. Îşi iţesc capetele, perplecşi, când aud strigătele acelei ţicnite.

— Aş vrea să-l văd pe domnul Orlov. Spuneţi-i că ştiu unde e Lola Moreno.

4

O problemă

Lui Jon Gutiérrez nu-i place room-service-ul.

Nu e o chestiune de comoditate. Pe o tavă hipertrofiată ți se aduce o grămadă de mâncare. Aproape rece, ca să nu te frigi. Știi că va avea exact același gust ca mâncarea comandată anterior la hotelul aceluiași lanț, situat la o mie de kilometri distanță. Fiindcă nimănui nu-i plac surprizele. Le poți degusta în tihna camerei tale. Adesea contemplând în una dintre numeroasele oglinzi imaginea propriei persoane în chiloți și șosete.

Oportunitatea unui contact uman este, de asemenea, de apreciat. Să deschizi ușa unui necunoscut care îți invadează spațiul personal cu un zâmbet cât casa. Care se preface că nu vede patul vraiște, hainele împrăștiate. Să-l auzi cum recită denumirea mâncărurilor comandate. Să-l asiguri jurând pe primul tău născut că nu mai ai nevoie de nimic altceva. Că te-ai uitat zece minute în meniu înainte să suni. Să juri că o să suni ca să vină să ia tava. Știind că vei scoate capul pe hol, te vei uita în stânga și-n dreapta ca inspectorul Clouseau și vei strecura tava pe mochetă când nu e nimeni prin preajmă.

Nimic din toate astea nu-l deranjează pe Jon Gutiérrez la room service.

Sunt numai avantaje.

Ceea ce-l enervează pe Jon Gutiérrez la room service e că-l face să se simtă și mai singur. Singurătate de naufragiat, de faleză în zori, de stea în beznă. Singurătate de duminică după-amiază în toiul unei zile de joi. Pe care nu o alungă nici televizorul deschis, nici bara de pe ecran trasă mereu în jos ca să afişeze mesajele noi de pe Grindr, nici gâfâielile din camera 604. Ea, masturbându-se cu discreţie. Discreţia unei tălăngi de aramă care se rostogoleşte pe scări. De două ori.

E patru după-amiaza, doamnă.

Singurătatea lui Jon se transformă într-o siestă întreruptă în cel mai neplăcut mod. Cu un apel de la Mentor.

— Lăsaţi-mă să ghicesc. Acum trebuie să dăm piept şi cu un albinos ticălos din Opus.

Mentor îi ignoră prima frază, ca de obicei. Jon s-a hotărât ca data viitoare să-i recite echipa Athletic, ca să vadă dacă se confirmă teoria.

— Sunteţi singur?

— Sunt singur, spune Jon, turnând oţet pe rană.

— Trebuie să vorbim despre Scott. Aţi observat ceva ciudat la ea în ultimul timp?

Jon rememorează ultima săptămână.

Fără o ordine anume. Fără pretenţii exhaustive.

Urmăriri în jurul locului crimei, sticle aruncate în râul Manzanares, a rămas în stare catatonică după ce a salvat o femeie în agonie dintr-un container plin de cadavre, s-a confruntat cu o asasină în întuneric, a spus una, ba nu, două înjurături, a ordonat spargerea bazei de date a unui guvern străin, a atras intenţionat gloanţele unui lunetist, a refuzat desertul.

— Va trebui să fiţi mai exact.

Mentor scoate un mormăit exasperat. De câine căruia i se refuză marginea plină de grăsime a unui cotlet.

— Mă refer la comportamentul ei. La starea ei fizică.

Jon vizualizează mâna Antoniei tremurând. Încercând s-o ascundă sub haină.

— E posibil.

— Trebuie să ştiu sigur, domnule inspector. Vreau să-mi spuneţi mai multe.

— Acum suntem doi care vrem asta.

Jon aude de partea cealaltă pocnetul brichetei, fumul tras îndelung prima dată.

— Cum merge cu *vapatul*? Funcţionează?

— Ascultaţi-mă, domnule inspector. Situaţia e foarte gravă aici. Ştiu că încercaţi să o protejaţi, dar trebuie să aflu.

— Iar eu trebuie să ştiu de ce naiba mă întrebaţi. Aşa, voi putea decide cum să-mi protejez colega.

Mentor face o pauză preţ de trei fumuri trase şi două scuturări în scrumieră.

— Bine. Am depistat o problemă în magazia de la sediul din Madrid. În camera de securitate frigorifică.

— Ce fel de problemă?

— Lipsesc capsule. Cincizeci de capsule roşii şi zece albastre.

Aha.

— Aţi făcut o listă cu cei care au acces acolo?

— Da, e destul de scurtă. Doar eu.

— Asta chiar că e o problemă.

— Acum mă ajutaţi?

Prima regulă a unui interogatoriu. Pune întrebările sub formă de afirmaţii.

— Credeţi că a fost Scott.

— Dacă Scott ar vrea să ghicească cifrul din zece cifre, ar putea. Ar putea să facă rost şi de o dublură a cheii fizice. Chiar să treacă şi peste măsurile biometrice, inclusiv amprenta mea. Dar să facă toate astea fără să fie observată de camerele de supraveghere e complicat, domnule inspector.

Jon se scarpină în cap cu putere. Nu are nicio noimă.

— Dacă eu aş lua o pastilă roşie, ce s-ar întâmpla?

— În primul rând, efecte secundare. Gastroenterită, înroşirea pielii, aproape sigur. Ameţeli, poate. Depinde de ce aţi mâncat.

— Dar nu m-ar face mai deştept.

— Compusul chimic e fabricat pe tiparul creierului lui Scott. Tot ce face e să o ajute să regleze dopamina şi controlul stimulilor. Ea este mecanismul, domnule inspector, nu capsulele. De fapt, noi credem că nu are nevoie de ele. Problema e ce crede ea.

— La ce vă referiţi?

— O parte din compus este concepută ca să stimuleze eliberarea presinaptică de acid gamma-aminobutiric. Iar consumul continuu ar cere o prezenţă sporită a compusului în organism.

— Şi pe limba noastră?

— E dependentă de pastile.

Aha.

— De aceea nu poate lua mai mult de o capsulă la locul crimei; acela e momentul în care antrenamentul a condiţionat-o să aibă un maximum de stimuli. Mai mult ar fi foarte periculos.

A doua regulă a unui interogatoriu. Pune întrebările de mai multe ori, până obţii răspunsul.

— Şi dumneavoastră credeţi că ea a făcut asta, insistă Jon.

— Credeţi-mă, asta m-ar linişti. Oricât de grav ar fi, se poate accepta. Sunt mult mai îngrijorat că asta ar putea avea legătură cu ceea ce se întâmplă în proiect. Iar acum, spuneţi-mi: aţi observat ceva ciudat la Scott zilele astea?

În afară de faptul că nu mi-a cerut nicio capsulă, că are din când în când simptome de abstinenţă şi că e mai irascibilă decât de obicei...

— Nu, absolut nimic.

— Bine, răspunde Mentor cu o voce din care se scurge tristeţea. Să nu-i spuneţi nimic lui Scott despre asta. Aţi înţeles?

— Normal că n-o să-i spun nimic. Drept cine mă luaţi? întreabă Jon, care deja şi-a pus pantalonii şi a pornit-o spre camera Antoniei.

5

O ecuație

Călătoria a fost scurtă.

În jur de cincisprezece minute sau mai puțin. Nu au legat-o la ochi și nici nu i-au pus o pungă pe cap. Țeava unui pistol împungând-o în coaste, asta da, dar pentru scurt timp. Exact cât să-i lase un semn pe piele și să dea clar de înțeles că treaba e serioasă.

Faptul că au sărit peste procedurile obișnuite în filme nu are deloc darul de a o liniști pe Antonia. De acolo se inspiră amatorii. Profesioniștii nu dau prea mare importanță faptului că vezi unde te duc, mai ales dacă e doar o călătorie dus.

Locul e mai degrabă urât. Nu la nivelul casei lui Voronin, un monument al prostului gust. Acest loc e pur și simplu lipsit de gust. O clădire neutră, cu pereți albi și gresie roșie pe jos. Ca nenumărate altele care o înconjoară. Mobila e funcțională.

O duc în bucătărie.

Doar urme de sare pe blat, o pată de ulei ici, colo. Un jambon mâncat pe jumătate. Amprente pe cafetiera din oțel șlefuit. Un sâmbure de măslină uitat lângă piciorul unui scaun, toate îi dau de înțeles Antoniei că acolo a locuit cineva. Chiuveta plină cu apă și o farfurie în ea.

O singură persoană, care folosea foarte puține compartimente din dulap, deduce ea, remarcând praful adunat pe unele mânere, dar inexistent pe cele aflate mai jos.

— Bună ziua, doamnă. Mă tem că nu am avut plăcerea, spune o voce în spatele ei.

Antonia se întoarce. Orlov. Brunet sadea, părul alb. Cearcăne pronunțate, pe care nu le avea la înmormântare. Ceva mai adus de spate, poate. Apăsat de griji. A înlocuit costumul scump cu un trening de zece euro. Marca TEX. Cumpărat recent, cu dispozitivul antifurt încă pe reverul drept.

— Mă numesc Antonia Scott, spune ea.

Nu întinde mâna.

Nici el.

Face, în schimb, un semn către cei doi *bojevik*. Nu e nevoie de două gorile de nouăzeci de kilograme fiecare ca să o imobilizeze pe Antonia de masa de bucătărie, să o percheziționeze, să-i ia rucsacul. Ar fi fost de ajuns o jumătate.

Ea se lasă în voia lor.

Îi scot lucrurile unul câte unul. Cel puțin, pe cele pe care ea a vrut ca ei să le găsească. Cheile casei, niște căști. Un încărcător, mai multe cabluri. O baterie portabilă. IPad-ul, o pereche de ochelari de soare. Legitimația de la Europol. Un pachet de Smint. Telefonul mobil.

Ea se lasă în voia lor. Chiar și când îi scot din buzunar cutiuța metalică în care sunt capsulele.

— Ce-i asta? întreabă una din gorile.

— Pentru durerile mele de cap, spune Antonia.

Gorila ridică din umeri și varsă conținutul cutiuței în chiuvetă.

— Tu nu mai ai nevoie niciodată.

Antonia încearcă să nu țipe.

IPad-ul şi telefonul mobil primesc câteva ciocane pe blat, atât de aproape de faţa Antoniei, încât câteva cioburi o lovesc în obraz. După aceea vor ţine companie capsulelor şi farfuriei puse la înmuiat.

În cele din urmă, cele două gorile o leagă pe Antonia cu mâinile de un scaun de bucătărie, punându-i bandă adezivă pe încheieturi. Apropie scaunul de masa rotundă. Antonia strânge din buze, rugându-se să o aşeze cu faţa la ceas, dar acesta rămâne în spatele ei.

La dracu'!

Asta complică mult lucrurile.

Orlov se apropie de masă şi se aşază pe scaunul din faţa ei, într-un unghi perfect drept. O poziţie concepută pentru întâlniri serioase, pentru ca doi oameni să se privească şi să citească fiecare intenţiile celuilalt în timp ce negociază. Sau pentru un interogatoriu cu tortură.

— Îmi amintesc de dumneavoastră. Aţi fost la înmormântare, *da*?

— Cred că va fi mai simplu să comunicăm în limba dumneavoastră, domnule Orlov, spune Antonia în rusă.

— Ia te uită! Nu există adevăr în picioare, spune Orlov, plăcut surprins.

E o expresie uzuală, menită să-l ajute pe interlocutor să se simtă ca acasă.

— Mă tem că oamenii dumneavoastră m-au invitat deja să iau loc, zice Antonia făcând semn spre încheieturi.

— O măsură de precauţie necesară. După cum probabil ştiţi, sunt un om ameninţat.

— Bănuiesc că e ceva normal în domeniul dumneavoastră de afaceri.

Orlov face un gest cu mâinile osoase.

— Le-aţi spus oamenilor mei că doriţi să mă vedeţi.

— Trebuie să vorbesc cu dumneavoastră.

— Asta facem. Unde e Lola Moreno?

— O să ajungem şi acolo. Dar aş vrea să ajung mai întâi la un acord cu dumneavoastră.

Bătrânul zâmbeşte. E un zâmbet tăios.

— Nu ştiu ce vă face să credeţi că părerea dumneavoastră e importantă.

— Nu aşa sunt toate?

— Asta e cea mai mare slăbiciune a Occidentului. Într-o zi v-aţi hotărât că puteţi păcăli lumea repetând minciuna asta până la epuizare. Insistaţi de aproape un secol. Extinzând minciuna, ca să ajungă până şi la cel mai inutil membru al societăţii. Şi vedeţi ce bine v-a mers.

— E mai bine să foloseşti forţa, aşa credeţi?

— Forţa e matematică, doamnă, spune Orlov ridicând din umeri. Acum, de exemplu. Observaţi!

Face un semn, iar unul din ucigaşi se aşază lângă Antonia şi îi dă o palmă. Nu foarte tare, dar suficient cât să-i mânjească buza de jos cu sânge.

— Precis puteţi rezolva ecuaţia pe care tocmai v-am dat-o.

— E destul de clară, spune Antonia, trecându-şi limba peste buză.

— Atunci, răspundeţi-mi la întrebare. Unde e Lola Moreno?

— Nu ştiu.

Orlov îşi înclină capul cu uimire. Mijeşte ochii, care par să dispară în interiorul acelui chip cadaveric şi plin de cavităţi.

E ca o murenă, se gândeşte Antonia. *Se retrage în interiorul unei stânci.*

— Atunci, de ce aţi venit?

— Pentru că vreau să negociez cu dumneavoastră.

— Atunci, să negociem.

Mai face un semn.

O nouă palmă se abate asupra feţei Antoniei, care simte cum îi clănţăne dinţii în urma impactului. Urechea ei dreaptă scoate un ţiuit neplăcut.

— Ăsta nu mi se pare un mod de a negocia, spune Antonia.

— Doamnă, vă supraevaluaţi din nou părerea. Unde e Lola Moreno?

— Nu ştiu.

Orlov se trage de ureche, încuviinţează încet.

— Bine. Să începem cu partea cea mai uşoară. Sunteţi poliţistă?

— Cam aşa ceva.

Una din gorile îi dă lui Orlov legitimaţia Antoniei. Bătrânul o pune pe masă.

— Europol. E prima dată când văd aşa ceva.

— Nu suntem mulţi. Dar ne facem treaba.

— Şi care e treaba dumneavoastră?

— Să o găsim pe Lola Moreno.

— Atunci, se pare că avem... Cum se spune? Un conflict de interese.

— Nu trebuie. Putem să ne ajutăm reciproc.

Orlov îşi sprijină braţele de masă, se înclină puţin în faţă.

— Explicaţi-mi cum, doamnă poliţist.

— Dumneavoastră nu aveţi o problemă cu Lola Moreno. Ci cu soţul ei.

— Ah, Iuri. Când a venit, era un nimeni.

Atunci, Orlov foloseşte un termen care ajunge direct în tezaurul de cuvinte imposibile al Antoniei.

Juyem grushi okolachivat.

În rusă, înseamnă să scuturi perele din pom lovind cu penisul în trunchi.

— Înseamnă „pierde-vară", nu? întreabă Antonia.

— Da, iertați-mă. Vorbiți foarte bine limba mea, poate vă cer prea mult.

— Nu vă faceți griji. Ce nu înțeleg deduc din context, spune Antonia, întorcând capul și scuipând puțin sânge, care i se prelinge pe la colțul buzelor.

— Femeie deșteaptă. Goșa, adu-i un șervețel.

Una din gorile îi întinde o rolă de prosoape de bucătărie. Orlov smulge o bucată și se ridică să-i șteargă sângele.

Aslan Orlov e un bărbat amabil, asta s-a stabilit deja.

Antonia nu știe dacă îi displace mai mult contactul cu acele degete lungi și care par unsuroase sau faptul că a rupt hârtia fără să respecte linia punctată.

— Iuri era un pierde-vară. Brusc, s-a deșteptat. Prea mult.

— Dumneavoastră nu aveți nevoie de Lola Moreno.

— Ea trebuie să moară.

Antonia zâmbește. A sosit momentul să-și joace cartea. Pentru asta a venit.

— Lupoaica Neagră putea s-o omoare ieri. O avea în vizor. Și nu a făcut-o.

Orlov o privește cu interes. Calculat. Există greutăți, măsuri, rulete în scrutarea pe care i-o dedică.

— Pentru asta ați venit.

— Eu cred că este clar, spune Antonia, care habar n-are despre ce vorbește.

— Acum vă înţeleg jocul. Vreţi să daţi banii în schimbul Lolei Moreno. Ce valoare are femeia aia pentru dumneavoastră?

— O viaţă. Bănuiesc că pentru dumneavoastră nu înseamnă mare lucru. Am văzut rezultatele ecuaţiei dumneavoastră în portul Málaga.

— Dumneavoastră aţi fost, spune Orlov, deschizând gura şi ochii foarte încet, ca şi cum ar fi înţeles dintr-odată ceva. Şi tot dumneavoastră l-aţi vizitat şi pe Ustyan?

— Vinovată.

Fiara îşi dă capul pe spate şi scoate un hohot gutural, dezgustător. Sună ca o băşică umflată care pocneşte la căldura focului.

— Ce ironie. Ştiţi unde ne aflăm?

— Nu.

— În casa lui Ruben. Era goală, aşa că era locul potrivit ca să am o discuţie cu dumneavoastră. L-aţi omorât pentru că v-aţi amestecat în chestiunea asta, normal. Iar acum mi-aţi spus tot ce trebuia să ştiu.

Se ridică în picioare, se apropie de prizoniera lui şi se apleacă până când nasurile aproape că li se ating.

Dacă Antonia ar avea miros, ar simţi damful de alifie, de cremă hidratantă. De unguent împotriva artritei.

— Nu cred că ştiţi unde sunt banii. Dar, pentru orice eventualitate, o să vă las pe mâna oamenilor mei. O să le ia ceva timp. Dar întotdeauna reuşesc să-i facă pe oameni să vorbească, spune îndreptându-se spre uşă. Ştiţi deja. Matematică.

Antonia înghite în sec – salivă amestecată cu sânge – şi se roagă ca propriile calcule să nu fie greşite.

6

O așteptare

Inspectorul Gutiérrez parcurge distanţa până la camera Antoniei încercând să-şi ţină în frâu supărarea care îi perpeleşte ficatul la foc mic. Paşii lui par să spună „o să-mi dea ea mie socoteală".

Degetele ciocănesc cu nerăbdare.

Nimic.

În capătul holului e o chelneriţă care târăşte un cărucior. Jon îi arată legitimaţia, îi cere să descuie camera 512.

— Nu pot să vă ajut, trebuie să întrebaţi la recepţie, spune femeia.

Jon pufneşte cu neplăcere. Nimeni nu mai are respect pentru poliţie în zilele noastre.

Își împinge corpul în spate, ridică piciorul și lovește încuietoarea cu toată puterea.

— Nu puteţi să faceţi aşa ceva!

— Chemaţi poliţia.

La a doua lovitură, încuietoarea cedează, smulgând şi o bucată din tocul uşii. Jon dă năvală în cameră, începe să răscolească totul. Îi ia mai puţin de un minut să găsească punga cu marfă. Poate că alte lucruri nu îi ies la fel de bine, dar asta... face asta de decenii întregi.

În acel moment primeşte un mesaj de la Antonia.

> Jon, ăsta e un mesaj programat. Dacă îl primeşti, înseamnă că am o problemă. Aşteaptă în maşină al doilea mesaj de la mine. Te-aş ruga ca, după ce îl primeşti, să conduci ca mine.

Dedesubt, un *sticker* care înfăţişează o raţă cu ochelari de soare.

E greu de explicat în cuvinte decente sentimentele care se perindă prin mintea inspectorului. Jon venise deja cu capsa pusă, ceea ce îi accelerase pulsul şi îl predispusese la ceartă. Sau la conflict. Mesajul Antoniei vine cu boilerele încinse şi presiunea la maximum.

Înjurăturile pe care le rosteşte pe drum spre maşină nu pot fi reproduse.

Intră în Audi, parcat la cincizeci de metri de hotel, îşi scoate haina, închide portiera trântind-o, îşi pune centura, răsuceşte cheia ca să se activeze sistemul electric, fără să pornească motorul. Mai înjură puţin.

Afară s-a întunecat deja.

Din exterior, un martor care ar trece întâmplător pe lângă maşină – cu un habitaclu perfect antifonat – ar întoarce capul stupefiat. Nu ţi-e dat să vezi în fiecare zi spectacolul oferit de un bărbat ţipând în tăcere, ca un televizor fără sunet, în timp ce încearcă să smulgă volanul cu mâinile. Martorul întâmplător ar grăbi imediat pasul, pentru că bărbatul în cauză e imens. Nu că ar fi gras.

Descărcarea nu îl linişteşte pe Jon. Deloc.

Iar ceea ce urmează, cu atât mai puţin.

Să aştepţi un telefon, un SMS, un mesaj pe WhatsApp sau pe Grindr e un supliciu în zilele noastre. Obişnuiţi ca totul să se întâmple imediat, să ni se vadă mesajele, să ni se răspundă instantaneu, am devenit capricioşi. Infantili.

Iată-l pe inspectorul Gutiérrez. Cu telefonul în mână, verificând din câteva în câteva secunde dacă cele patru liniuţe care indică acoperirea sunt pline. Strângând din pumni, uitându-se în jur, în caz că Antonia s-ar hotărî să apară după colţ, ca prin minune. Locul din dreapta, dureros de gol.

Aşteptarea îl face să se simtă lipsit de apărare, îl ţintuieşte de o graniţă ciudată, între pauză şi acţiune. Şi, cum nu primeşte ceea ce aşteaptă, începe să vorbească singur. Un *haide, haide, haide* intermitent, ineficient. După fiecare îndemn, ameninţarea creşte. Ceea ce i se întâmplă Antoniei chiar acum, în timp ce aşteaptă, devine cea mai urâtă ameninţare. Acest imaterial, în care monstrul incertitudinii îşi schimbă forma, fără să se oprească în niciuna concretă suficient cât să se poată hotărî cum s-o înfrunte. Fiecare copil care a existat şi a rămas singur cunoaşte bine acest monstru. Sălăşluieşte în răstimpul scurs între momentul în care ţipăm şi o strigăm pe mama, pentru că umbrele şi-au arătat o gheară, un bot însetat de sânge, şi momentul în care ea apare. În această aşteptare, mama a murit într-o mie de feluri oribile, lăsându-ne la cheremul întunericului.

Fiecare clipă de aşteptare, fiecare secundă scursă îl apasă tot mai mult pe Jon, până îi transformă anxietatea şi teama într-un singur punct fierbinte. O gaură neagră de violenţă şi de disperare, care devorează totul.

Şi atunci, mesajul.

Vino după mine, dacă ești drăguț. Apasă aici.

P.S.: Sper să nu fiu moartă.

Dedesubt, un *sticker* ce înfăţişează un câine oribil, care îşi arată dinţii de sus.

Jon porneşte motorul şi apasă acceleraţia. Atât de mult, încât piciorul atinge asfaltul.

Sper să nu te fi omorât încă. Pentru că am de gând să te omor eu.

7

O bucătărie

Antonia a pierdut șirul palmelor.

Sunt grijulii. Știu că nu o pot lovi prea tare. Antonia are jumătate din greutatea oricăruia din ei. Dacă întrec măsura, îi rup gâtul sau capul ori mai rău.

Până acum au reușit cu o sprânceană și cu ambele buze.

Nu le merge.

Ei, nici atât.

La una dintre lovituri, Antonia își pierde cunoștința. Nu mult, doar câteva secunde. O trezește sunetul pulsatil și dezagreabil al unei suite de clopote din capul ei. Și-l scutură și descoperă că sunetul e, de fapt, tonul unui apel telefonic. Nu aude conversația, dar le vede pe gorile vorbind între ele, reflectate în cafetiera lustruită.

Îi este greu să-și țină ochiul stâng deschis. Umflătura de la sprânceană crește, pe măsură ce în capilarele sparte se acumulează sânge. Acolo nu o mai doare. De partea asta se ocupă nasul ei și, mai ales, dinții. Trebuie să-i strângă tare la fiecare lovitură, ca să nu-și muște limba sau obrajii. Nu a reușit de fiecare dată și și-a făcut răni în gură. Mușchii mandibulei resimt efortul. La fel ca și cei ai gâtului, pe care îl încordează de fiecare dată ca să poată urma direcția palmei.

La a zecea, nu mai pare uşor.

La a douăzecea, vrei doar să fii omorât.

Totuşi, nu le-a mers. Antonia nu le-a spus unde sunt banii. În primul rând, pentru că nu ştie. Şi ceva le-a transmis acel apel. Ceva *important*. Antonia e sigură că e aşa. Una dintre maimuţele ei vrea să-i atragă atenţia, să-i arate ceva, dar o nouă palmă o face să dispară.

— Unde sunt banii? aude ca prin ceaţă.

— Aş vrea să ştiu cât e ceasul, şopteşte Antonia în spaniolă.

— Ce? Ce zici?

— Ceasul. Aş vrea să ştiu cât e ceasul.

Sau, cel puţin, să mă întorci.

Sau să nu mă loviţi.

Se îndeplineşte una dintre cele trei cerinţe, când unul din cei doi bărbaţi întoarce brusc scaunul. După ce a contemplat partea opusă a bucătăriei, convinsă că o bucată de gresie va fi ultimul lucru pe care îl va vedea, să contemple o altă parte a lumii pare o binecuvântare. La asta crede până când vede că cel mai înalt a tras unul dintre sertarele din bucătărie, iar acum alege obiecte care înţeapă, taie şi zdrobesc.

Deci nu erau grijulii. Doar vorbeau cu mine, se gândeşte Antonia.

Celălalt, cel pe care Orlov l-a numit Goşa, se hotărăşte pentru un instrument din oţel. Ameţită, cu privirea înceţoşată, Antonia nu vede prea bine despre ce este vorba.

Abia vede ceasul din bucătărie, deşi se află la mai puţin de trei metri.

— Acum vorbeşti? întreabă bărbatul mai scund.

Îi arată obiectul pe care l-a luat mai devreme. E un cleşte pentru fructe de mare. Capabil să facă zob chitina exoscheletului crustaceelor decapode. De exemplu, un homar. Sau degetul mic al Antoniei, a cărui falangă distală o strânge chiar acum.

— Unde sunt banii? Știi? Știe polițistul gras? Vorbește.

Durerea intensă din deget o face pe Antonia să deschidă brusc ochii. Reușește să-și fixeze privirea asupra blatului de bucătărie. Locul unde până mai adineauri se afla bucata de jambon.

— Bine, bine. O să spun ceva, șoptește Antonia.

Cel care ține cleștele îi dă drumul, se apleacă, își apropie urechea de prizoniera lui. Și celălalt se apropie puțin.

— Ce e?

— Se apropie iadul.

Cel mai înalt probabil intuiește ceva. Ceea ce se dovedește nefast pentru el, fiindcă, atunci când își întoarce fața, oferă o țintă perfectă pentru ca partea externă a jambonului – denumită ciocan – să-l nimerească în plin în osul frontal.

Antonia face calcule involuntar. Un sistem de ecuații de forță pentru impactul unui corp de cinci kilograme care lovește un craniu.

Având în vedere că:

— Masa se deplasează cu cincizeci de kilometri pe oră.

— Suprafața de contact a fost de aproximativ 400 de milimetri pătrați.

— Grosimea unui craniu uman este de aproximativ șase milimetri, iar punctul mediu de ruptură este de 150 de newtoni pe milimetru pătrat.

Forța impactului total este de:

Opt tone.

Antonia încheie calculul în timpul care se scurge între trosnetul capului când se sparge și zgomotul pe care îl face mafiotul când se prăbușește pe jos. Mort, cel mai probabil.

— Nu sunt gras, spune Jon, dând drumul jambonului. Sunt plin de ură.

Celălalt *bojevik* se ridică în picioare, scoate din buzunar un șiș, îl deschide și se năpustește asupra lui Jon. Inspectorul face un pas în spate, apoi altul, evitând cum poate loviturile de cuțit, care taie aerul cu șuierături ascuțite.

După ce reușește să-l îndepărteze suficient de Antonia – ăsta fiind scopul lui de la bun început, de aceea n-a făcut asta înainte –, Jon scoate pistolul și îl îndreaptă spre fața mafiotului, care se oprește la jumătatea unuia dintre atacuri și lasă șișul să cadă, contrariat.

— Vreau avocat, spune el.

Ce bine a învățat lecția, se gândește Jon.

— Dă-mi voie să-ți pun o întrebare. Dacă eu ți-aș fi cerut un avocat când voiai să bagi cuțitul în mine, tu ce-ai fi făcut?

Mafiotul ridică din umeri, cu o jumătate de zâmbet pe fața înmărmurită. Nu astea sunt regulile.

— Am înțeles, spune Jon apropiindu-se, punându-i țeava în frunte. Legea te interesează doar când e de partea ta. Ar trebui să te împușc.

Celălalt își lărgește zâmbetul, transformându-l într-o grimasă batjocoritoare și dezagreabilă.

— Tu nu boașe.

— Tu nu dinți, spune Jon, afundându-și pumnul în mutra lui.

Trupul acelui *bojevik* devine o marionetă atârnând de un singur fir invizibil, care îl bălăngăne în față și-n spate, până când în cele din urmă se prăbușește inconștient.

Profitând de ocazie, Jon îi trage un picior în gură, adăugând încă trei mii de euro la factura de la dentist.

Apoi se întoarce către Antonia.

Nu pare încântat.

8

Un fornăit

— Mă bucur că te văd, spune Antonia, oferindu-i un zâmbet însângerat.

Jon scoate un fornăit de enervare la care ar râvni regina Angliei.

Nu spune nimic.

Doar se duce la chiuvetă și își ține un timp încheieturile degetelor sub apă rece. Apoi se spală cu Fairy, fiindcă mai are resturi de untură pe mâini. Remarcă dezgustat că i s-a format o dâră neagră pe manșeta cămășii din bumbac egiptean. Așa că se apucă să o frece cu apă, reușind, bineînțeles, să înrăutățească totul.

— IPad-ul tău și telefonul mobil sunt aici, făcute praf. Cum naiba mi-ai trimis semnalul de localizare?

— Uită-te în cutia de Smint.

Jon vede cutia pe blat. O deschide, iar înăuntru, printre bomboane, găsește un dispozitiv GPS ca acelea pe care și le atârnă de gât bătrânii cu Alzheimer. Cincizeci de euro la orice Media Markt.

— Ești supărat pe mine?

Jon râde disimulat o vreme, în timp ce caută în congelator.

— Ce te face să crezi asta?

— În primul rând, nu mă dezlegi.

Jon nu găseşte gheaţă în frigider, dar găseşte o pungă de mazăre congelată de la Mercadona, care e a doua ca eficienţă în caz de contuzii şi hematoame. Apropie punga de Antonia şi o aruncă pe masă.

— Poftim.

Antonia îşi agită degetele ca să atragă atenţia asupra benzii adezive care îi ţine în continuare încheieturile legate de picioarele scaunului.

— Descurcă-te, răspunde Jon, aşezându-se în locul pe care îl ocupase mai devreme Orlov.

Antonia se împinge cu picioarele, producând nişte zgomote destul de neplăcute când piciorul metalic al scaunului se freacă de pardoseală, până ajunge cu faţa la punga cu mazăre. Apoi îşi îndoaie coloana până când faţa îi ajunge la câţiva centimetri de senzaţia de rece râvnită.

— Ai vrea?

Jon întinde braţul şi împinge cu un deget mazărea, până când Antonia reuşeşte să-şi sprijine capul de ea.

— Îmi pare rău, spune ea.

— Dacă nu-mi dai mai multe date...

— Dezleagă-mă, te rog.

— Mai întâi vorbim puţin.

— Ţi-am cerut iertare.

— Ştiu că nu pricepi nimic din ceea ce fac oamenii, spune Jon, încercând să-şi înmoaie vocea în răbdare. Dar încearcă să pricepi măcar asta. Să ceri iertare nu e o baghetă magică pe care o agităm şi ne şterge ca prin minune toate greşelile.

Antonia nu răspunde. Jon nu ştie dacă se gândeşte, a adormit sau a murit din cauza loviturilor. După un timp, se agită puţin şi îşi schimbă poziţia.

— Marcos îmi spunea asta des.

— Şi tu ce răspundeai?

— Că nu văd scopul, pe vremea aia.

Scopul.

Nu vede scopul, cică.

— Să mergi mai departe. Să încerci să nu faci aceleaşi greşeli. Să spui adevărul.

— Nu te-am minţit în privinţa asta.

— Nu. În privinţa asta, nu.

Jon scoate marfa din buzunar. Deschide punga din plastic. O varsă pe masă. Apoi, cutia cu pastile. O varsă şi pe aia.

Antonia se îndreaptă şi îl priveşte fix.

Jon a mai văzut ceea ce se citeşte acum în ochii ei. La oameni cu dinţi îngălbeniţi şi cu carenţe la igiena personală. Acea înfrângere, acea supunere. Acel hău în care au sărit odată și al cărui capăt nu par să-l găsească. Nu mai ţipă şi nu mai încearcă să se agaţe.

Cu efort, îşi fereşte privirea.

— Ai luat capsulele pe ascuns.

Ea nu încearcă să se justifice şi nici să nege. Doar îi susţine privirea.

— De ce?

— Ştii de ce. Pentru că nu o găsim.

Sandra. Totul se întoarce iar şi iar la nebuna aia. Şi la fantoma ta nenorocită. Am impresia că, de când ne cunoaştem, jucăm un singur joc. Şi că niciunul din noi nu a făcut regulile.

— Tu ai furat pastilele din magazia de la Madrid.

— Nu.

Are un ochi pe jumătate închis, celălalt nu se dezlipeşte de Jon. Nu îl îndreaptă către micile tuburi roşii şi albastre împrăştiate pe blat. Nici Jon nu se amăgeşte.

Ştie că le-a numărat, că ştie câte sunt. Care e greutatea totală, ce număr poartă la pantofi tehnicianul care a umplut capsulele.

Poate că ultima parte nu. Dar nu mă minte.

Există un singur mod de a afla.

— Dar ştii cine a făcut asta.

Antonia zâmbeşte. Îndoiala e jignitoare.

— Nu-mi spui cine ţi le-a dat?

— Nu.

Spune adevărul.

Ceea ce face ca totul să fie şi mai complicat.

— Mentor e complet paranoic în momentul ăsta.

— Spune-mi că nu i-ai zis nimic.

— Tu ce crezi?

Ea scutură din cap, şi-l dă pe spate, inspiră aerul foarte încet înainte de a-l privi din nou.

— Ai dreptate. Îmi pare rău. Tu nu mă dezamăgeşti niciodată.

— Acum da, spune Jon.

Se ridică în picioare, trece peste trupul mafiotului înalt. Ia o foarfecă din sertarul de deasupra blatului şi se apleacă lângă scaunul Antoniei.

— Acum au fost nişte scuze adevărate.

— Pentru că am inspirat adânc înainte să-ţi cer iertare?

Jon începe să taie banda adezivă, prefăcându-se că nu a auzit nimic.

Îţi dă şi îţi ia imediat înapoi.

— Eşti praf.

Are faţa umflată în mai multe locuri. Cel mai rău e la ochi. Tricoul îmbibat de sânge.

— Contuzii și tăieturi superficiale. Am nevoie doar de analgezice și de puțină gheață, spune frecându-și încheieturile.

— Mă bucur. Fiindcă asta s-a terminat, spune Jon.

Folosindu-și mâna imensă, mătură toate pastilele de pe masă. Le ia cu cealaltă și le aruncă în chiuvetă.

— Ce-ai făcut? țipă Antonia, ridicându-se în picioare și alergând la chiuvetă.

Jon îi blochează calea.

— Ce trebuia. Îți pierzi busola, fetițo.

— Îmi fac treaba!

— Containerul, biroul intermediarului. Aseară. Iar acum ai venit aici.

— Dacă ai fi venit tu, Orlov n-ar fi vorbit cu mine.

— Și ai reușit să scoți ceva de la el? Au folosit la ceva bătaia încasată, minciuna? Atacul de inimă pe care mi l-ai provocat?

Ea își coboară privirea.

— Lasă-mă să trec.

Antonia se luptă cu Jon câteva secunde, încercând să ajungă la chiuveta în care capsulele se dizolvă treptat în apa murdară, până când se convinge că ar avea mult mai multe șanse de reușită încercând să dărâme un zid dintr-o suflare.

— Nu ai nevoie de ele, spune Jon.

Antonia plânge.

— Nu înțelegi. Nu știi unde trebuie să merg.

Jon privește acea minusculă particulă de praf dintr-un univers indiferent și o înconjoară cu brațele, fără să admită proteste.

— Nu știu. Dar voi fi aici când te întorci.

Ce i-au făcut atunci

— Femeia asta e cea mai uimitoare ființă umană care a existat vreodată, spune medicul, lovind hârtia pe care i-o dăduse Mentor cu o unghie lungă, tare și gălbuie. Dacă nu reușiți să o ghidați către potențialul ei deplin, înseamnă că o învățați să raționeze cu o gândire dirijată.

— Atunci, spuneți-mi ce să fac.

— Trebuie să o ajutați să-și găsească povestea, răspunde doctorul. Dacă își găsește povestea, n-o să se mai gândească la modul în care să șuteze, doar o va face.

Încăperea e neagră și luminată din plin. Pereții și tavanul sunt acoperite cu material izolant, atât de gros, încât nu lasă sunetul să treacă. Când Mentor vorbește în difuzoare, vocea lui pare să vină de peste tot în același timp.

A așteptat săptămâni întregi acest moment. Povestea. Istoria care o va face să nu mai gândească.

Asta e problema cu conștiința. Tu nu îi spui ficatului să secrete bilă, nu le spui rinichilor să producă urină.

Totuși, îți poți controla plămânii. Te poți gândi la respirație. Iar când preiei acest control, uneori se dovedește a fi aproape imposibil să faci asta. Trebuie să te gândești să respiri.

Mentor s-a gândit la toate metaforele pe care le poate folosi ca să o facă pe Antonia să nu mai gândească.

Crede că a găsit-o.

— Nu poţi să îmblânzeşti un râu, Antonia. Trebuie să te laşi în voia curentului şi să-i transformi puterea în puterea ta.

— Să controlez cedând controlul? Nu are noimă.

— Nu toate au noimă şi nici nu trebuie să aibă. Lasă-te în voia râului, Antonia, spune Mentor.

Antonia încearcă.

Antonia eşuează.

9

O clipă

Antonia încearcă din nou.

Închide ochii.

Se scufundă în ultima oră. În timpul petrecut vorbind cu Orlov. Recuperează detaliile pe care le-a obținut din interacțiunea cu el. Hainele, ceasul, pantofii. Pauzele, inflexiunile vocii. Nu găsește nimic în afară de ceea ce deja intuia. Că urmărirea Lolei Moreno are legătură cu ceva mult mai complex decât o simplă reglare de conturi, decât apărarea onoarei *Bratvá*. Orlov are nevoie de ceva, cu disperare.

Ceva ce ea i-a luat.

Niște bani despre care era convins că Antonia știe, până când ea a făcut o greșeală, până când i-a demonstrat că minte. Dar care?

Continuă să caute. Continuă să scormonească în memorie, în minutele lungi în care a încasat lovitură după lovitură, legată de acel scaun.

Frânturi de informații, aproape toate inutile. Detalii legate de îmbrăcămintea ucigașilor. Lanțul pe care unul din ei îl purta la gât, un inel gros din aur, a cărui amintire încă dăinuie în durerea de la sprânceana ei despicată. Telefonul mobil. Apelul.

Conversația pe care nu a putut să o audă.

Dar a putut să-i vadă. Să-i vadă pe amândoi, reflectaţi în metalul lustruit al cafetierei de pe masă. Gesticulând.

I-ai văzut. Dacă i-ai văzut, îţi poţi aminti.

Maimuţele îşi fac apariţia.

Se prezintă din nou în faţa ei. Ţipând, atrăgându-i atenţia. O înconjoară din toate părţile.

Acum e singură, în bucătărie. În reprezentarea făcută în propria minte, unde Jon nu mai este. Iar maimuţele sunt acolo. Cocoţate pe dulapuri, pe blat, ţopăind pe jos, ţinând toate elementele pe care le-au găsit, agitându-le sub ochii ei.

Fiecare crede că e importantă, crede că are soluţia, îşi agită mica piesă de adevăr, afirmând că aceea este cheia pentru găsirea soluţiei complete.

Antonia se întoarce spre ea însăşi, încercând să izoleze fiecare informaţie, să o înţeleagă, să afle cum o poate adăuga la rezultatul final.

Nu poţi să îmblânzeşti un râu, Antonia. Trebuie să te laşi în voia curentului şi să-i transformi puterea în puterea ta.

— Nu.

Nu poate ceda controlul.

Nu poţi sau nu vrei?

Închide ochii.

Îi deschide din nou.

Nu mai e în bucătărie.

Are din nou şapte ani.

E în braţele mamei ei, la grădina zoologică. Cere o îngheţată. Mama ei acceptă să i-o cumpere. Cât timp se află la chioşc, Antonia se opreşte şi priveşte pentru prima dată.

Semnele perfuzorului de la spital, pe dosul mâinii.

Paharul cu apă în care dizolvase plicul cu antibiotice.

Paloarea extremă a pielii. Părul, care nu mai este al ei, ci o perucă. Sclerotica galbenă. Tusea seacă, apatică, a unor plămâni care s-au dat bătuți.

— Hai să vedem maimuțele, scumpo, spune mama ei, cu înfrângerea ițindu-se pe la colțurile buzelor.

Dovezile sunt acolo, în fața ei.

Am știut. Atunci am știut.

Acum înțelege de ce a început să plângă în fața cuștii. Fiindcă dintr-odată a speriat-o acel animal care părea că păstrează un secret. Când, de fapt, ea îl ascundea de la bun început. Secretul despre ceea ce era capabilă să facă.

Întotdeauna am știut cum.

Dar îmi era prea teamă de mine însămi.

Închide ochii.

Îi deschide din nou.

Se află din nou în bucătărie.

Ucigașii se ridică de pe jos, ghidați de o forță invizibilă care face ca timpul să meargă înapoi.

Așezând-o din nou pe Antonia pe scaun, refăcând banda adezivă tăiată de la încheieturile ei, reducându-i umflăturile din jurul rănilor.

Poate vedea din nou reflexia în cafetieră.

Îi vede vorbind între ei.

Le citește pe buze. Nu a captat totul, are privirea încețoșată din cauza loviturii și a amețelii.

Dar prinde o frază.

Deschide ochii.

Jon o ține în continuare în brațe.

— Cred că știu unde e Lola Moreno, spune ea, desprinzându-se de el.

Jon se încruntă, se scarpină nerăbdător în cap. Au fost prea multe emoții în acea zi. Inteligent ar fi să se retragă când încă sunt conectați.

— Hai la mașină. Dar ne oprim mai întâi la o farmacie, anunță el, arătând spre dezastrul de pe chipul ei.

Antonia încuviințează recunoscătoare și se îndreaptă spre ușa bucătăriei. Ca să ajungă acolo, trebuie să sară peste trupurile celor doi *bojevik*. Când trece peste picioarele celui mai înalt, cel pe care Jon l-a lovit primul, e invadată de o certitudine ciudată, pe care o poate exprima doar sub forma unei întrebări.

— Tu ții la mine?

Jon îi adresează un zâmbet obosit.

— Of, scumpete. Țin atât de mult la tine, încât încă nu te-am omorât.

Kot

E cel mai mic din serie.

Fraţii şi surorile lui mănâncă primii, găsesc primii cel mai călduros loc unde să doarmă. Ciobanul intră în şură, îl vede pe cel mic şi trece mai departe. După mulţi ani şi multe serii, ştie cum funcţionează natura. Mereu moare câte unul. De data asta, căţeaua a fătat opt. Când vine primăvara, cu puţin noroc, vor mai fi trei.

Iernile în Goris, în provincia Syunik, în Armenia, sunt grele. Temperatura ajunge la minus douăsprezece grade, nu depăşeşte niciodată trei. E un sat frumos, sălbatic, din alt secol. Da, există maşini şi telefoane mobile, pentru că virusul civilizaţiei infectează până şi cele mai îndepărtate locuri. Dar mâna de case adunate la poalele munţilor Zangezur, căutând adăpost în faţa vântului, sunt locuite de oameni diferiţi. Oameni care convieţuiesc cu un fatalism ancestral, primitiv. Se nasc între un cer gol şi un mormânt deschis şi nu ridică din sprânceană când unul nu le răspunde sau alta le cere socoteală.

De aceea ciobanul priveşte căţelul cu indiferenţă. Altcineva în situaţia lui ar fi dus un castron cu lapte în şură, l-ar fi învelit cu o pătură. Ciobanul trece mai departe şi lasă natura să-şi facă treaba.

Are destule pe cap. Iarna, turma îi dă mult de furcă. Îngrămădite în staul, oile cer apă şi fân şi produc cantităţi enorme de balegă, care trebuie curăţată. Doar cu fiul lui mai mic – cel mare a murit în război acum şaptesprezece ani –, ciobanul nu e în stare decât să se prăbuşească în pat, epuizat, după ce şi-a terminat toate treburile.

Când vine primăvara și dispare zăpada, lumea devine un loc mai amabil. Oile ies la păscut, mănâncă iarba pitică de pe versanți și trebuie doar să le duci dintr-un loc în altul. Călare pe cal, cu o biciușcă lungă în mână și cu o desagă plină în spate, ciobanul își recapătă forțele și demnitatea. Soarele își trimite o parte din putere în membrele obosite, iar viața devine suportabilă.

Câinii vor fi de ajutor când va fi momentul.

Ciobănescul caucazian e o rasă străveche. Sovieticii spun că ei au creat-o, după Marele Război, combinând diverse rase de câini de pază din munții Osetiei de Nord cu rase din Armenia și Azerbaidjan. Ciobanul se strâmbă cu dezgust când aude minciuna asta, repetată până la saturație. El are șaptezeci și trei de ani și de mic a crescut cu *nagazi*, căci așa se numesc, și nu altfel. Și așa a făcut și tatăl lui, iar înainte de el, bunicul lui. Tipic pentru ruși să-și dorească să pună stăpânire pe tot ce văd.

Pământul, femeile. Copiii.

Nagazi sunt puternici, mari cât un om adult, uneori și mai mari. Dotați cu o blană deasă, maro, cu zone negre, și niște picioare masive și înalte, ajung să cântărească nouăzeci de kilograme. Ciobanul își amintește de un exemplar imens, bunicul acestei serii, care a atins aproape suta. Inteligența lor, ferocitatea și instinctul lor teritorial dezvoltat i-au făcut să devină protectorii turmelor și ai familiei. Iar în rolul ăsta se remarcă mai ales într-o privință.

Omoară lupi.

Cățelul a depășit iarna.

Într-o dimineață înghețată de început de primăvară, ciobanul l-a găsit în fața șurii. Avea un porumbel între labe. Botul îi era acoperit de zăpadă. Amestecată cu sânge de la porumbel, zăpada sclipea ca niște rubine murdare în soarele de răsărit.

S-a uitat uimit la cățel. Trebuia să aibă douăsprezece săptămâni și deja de cinci credea că a murit, devorat de maică-sa. Cățelele știau foarte bine că nu toți vor supraviețui și se mulțumeau să grăbească procesul.

— Ăsta nu-i ăla mic? a întrebat fiul lui.

Ciobanul a încuviințat.

— Nu știu ce facem cu el. Avem deja destui.

Supraviețuiseră patru cățe. Cu ăsta, cinci. O serie foarte puternică. Și să hrănești patru câini a câte nouăzeci de kilograme e destul de greu. La un loc, pot mânca treizeci de oi pe an, pe lângă pui, legume și fructe. Niciun fel de mâncare pentru *nagazi*, nu atunci când ai mâncare care crește și se reproduce cu apă și iarbă. Nu atunci când vrei ca turma să supraviețuiască. Acum șapte ani, o haită de lupi a reușit să intre în staulul vecinilor. Au omorât o sută douăzeci de oi într-o singură noapte.

Și acum tremură când își amintește.

Dar nu poate să-l păstreze.

— O să-l duc jos, în sat. O să mi-l cumpere Nikol.

Ciobanul se strâmbă nemulțumit. Un animal ca ăsta trebuie să fie liber. Nu marfă. Nu e o ființă proastă și servilă ca oile.

Își reprimă impulsul de a-l mângâia cu mâinile lui noduroase și crăpate. Nu e un bărbat sentimental. Dar știe că, dacă va face asta, nu-l va mai lăsa pe fiul lui să-l ducă.

Și Dumnezeu știe câtă nevoie au de bani.

— Bine.

— Cum îl cheamă? a întrebat Nikol uitându-se la acel ghemotoc de păr, amăgitor de liniștit.

Nikol e proprietarul unui supermarket și al unui magazin de hrană pentru animale și cunoaște foarte bine temperamentul acestor *nagazi*.

— Nu ştiu. Kot.

— *Kot*. Căţel. Bine, spune întinzând un pumn de bancnote.

Nikol a avut grijă de câine şase zile, cât a durat până când un dresor din Volgograd i-a răspuns la anunţ. Kot a zburat până în Rusia cu un cargo care a plecat a doua zi din Erevan. În Rusia a petrecut trei săptămâni la ferma dresorului, un bărbat a cărui afacere era să găsească câini de munte autentici şi să-i educe ca să le fie de folos oamenilor cu bani. Dresorul ştia ce vinde. Câinii aceia erau orgolioşi şi inteligenţi. Nu erau făcuţi să fie simple animale de companie, să asculte ordine. În închisorile ruseşti, patrulau pe lângă ziduri; dacă vreun deţinut le sărea, gardienii le dădeau drumul câinilor şi îi lăsau să-şi facă treaba. Fotografii în culori vii cu rezultatul rămâneau mereu pe holuri, sub ochii deţinuţilor.

Aşa că trebuia să le îmblânzească firea, dar fără să-i anihileze. Un asemenea *ovcharka* – dresorul folosea numele sovietic cu mândrie, căci credea că sovieticii l-au inventat – s-ar lăsa mai degrabă omorât decât să cedeze.

Când câinele a fost pregătit, dresorul a postat o fotografie cu el pe pagina lui de internet, anunţând un exemplar perfect de *ovcharka*, născut în munţii înzăpeziţi. Preţul era patru mii de dolari plus transportul, de o sută de ori mai mult decât Nikol îi dăduse fiului ciobanului.

În partea cealaltă a lumii, un Iuri Voronin tânăr şi beat îşi cheamă soţia o aşază pe genunchii lui, în faţa calculatorului.

— Uite, scumpo. Cred că ştiu de ce avem nevoie pentru noua noastră casă.

Lola

A fost odată ca niciodată o fată care s-a dus să-şi salveze câinele. A reuşit să-l scoată şi a fugit cu el într-un loc în care oamenii răi niciodată, dar niciodată n-o vor mai putea prinde.

Lola ştie că mai are puţin şi se termină coşmarul. Jack e la un pas de a fugi din casa uriaşului, coborând pe vrejul de fasole.

Ultimele ore au fost oribile. A reuşit să fugă. Poliţiştii au organizat o operaţiune ca să o localizeze, i-au transmis fotografia la ştiri, dar s-au axat pe îmbrăcămintea pe care o purta. Cu bani cât cuprinde, Lola a putut să facă multe. Mai întâi, să intre într-un magazin oriental. Bluza de trening a aruncat-o la gunoi. Îmbrăcată acum cu un pardesiu care nu o flatează şi cu o şapcă sport, cu un rucsac pe umăr, mai seamănă foarte puţin cu femeia din fotografia publicată.

A luat un taxi care a dus-o până la Estepona. Acolo i-a fost uşor să găsească un apartament în regim hotelier unde nu i s-a cerut actul de identitate, pentru că, bineînţeles, l-a uitat, iar mâine are o întâlnire importantă pentru un loc de muncă aici, vă plătesc dublu pentru două zile. Şi nu departe se afla o farmacie non-stop care i-a vândut mult râvnita insulină. Lola se întoarse, scoase o bancnotă din rucsac şi o puse cu o mână tremurândă în cutia metalică, temându-se că farmacistul o va recunoaşte dintr-o clipă într-alta. Farmacistul o privi câteva secunde mai mult decât era nevoie, dar până la urmă puse insulina şi restul în cutie şi închise ghişeul cu un pocnet.

La mai puţin de două ore după ce trăsese cu arma în aer la colţul bulevardului Ramón y Cajal, Lola plângea în duşul strâmt al camerei sale, fără să se poată opri din tremuratul cauzat de frică şi de anxietate.

Abia dacă a dormit în acea noapte, deşi a blocat uşa cu masa. Tresărea la cel mai mic zgomot, imaginându-şi că veniseră, că o găsiseră. A reuşit să adoarmă abia când soarele începea deja să se strecoare prin jaluzele. Doar de epuizare. A dormit până dimineaţă târziu.

S-a trezit, şi-a injectat insulina, a luat micul dejun într-o cafenea. S-a dus la un magazin Mango, de unde şi-a cumpărat haine comode, ochelari de soare, blugi şi pantofi. Deşi mergea cu faţa întoarsă spre perete, deşi fiecare privire i se părea suspectă, iar cât a stat în magazin s-a întors întruna spre intrare, nimeni nu s-a apropiat de ea, nimeni nu a recunoscut-o.

Viaţa mergea mai departe cu o normalitate deconcertantă după toate întâmplările din ultimele zile. Când s-a oprit să mănânce într-un restaurant de pe bulevardul España, încărcată cu pungi de cumpărături, a uitat pentru o clipă în ce situaţie se află şi a căutat în poşeta abia cumpărată (care nu conţinea decât câteva bancnote) mobilul, ca să-l sune pe Iuri, să vadă ce face.

Instantaneu, viaţa i-a amintit realitatea cu subtilitatea unei lovituri cu piatra.

A început să plângă la felul doi de mâncare.

Era în continuare fugară din calea justiţiei. Nu avea acte de identitate şi nici cum să facă rost de ele. Nici prieteni la care să apeleze, nici rude care să nu fie sub supraveghere.

Aş putea să fug, să iau un autobuz până la Madrid sau Valencia, să mă pierd pe străzile de acolo, să găsesc un loc de muncă, să dispar.

Nu.

Nu plec fără câinele meu.

Să se întoarcă la Marbella era un risc foarte mare, dar își recăpătase forțele și încrederea în ea însăși. Și nu trebuia să stea decât o oră în oraș.

Încă o oră și s-a terminat.

Ce loc oribil, se gândește Lola în timp ce înconjoară incinta pe dinafară.

Adăpostul municipal pentru câini se află la periferie, la capătul unei străzi înguste cu sens unic. Adăposturile pentru câini seamănă întru câtva cu casele funerare, cu azilurile de bătrâni și cu cimitirele. Le amplasăm acolo unde e cel mai puțin probabil să le vedem. Fiindcă nimeni nu vrea să știe ce se întâmplă de fapt în spatele acelor garduri înalte, deși intuim că ascund o realitate cu care nu vrem să dăm piept.

Timpul, măsurat în bani, este cel mai eficient și mai periculos drog dintre toate. Îl dozăm cu zgârcenie și cu egoism, ca să întoarcem spatele și celei mai mici urme de sinceritate. Timpul este justificarea noastră pentru egoismul care ne izolează de adevăr, de această distrugere pe care o provocăm, cea care îi devorează pe alții, cea care, în ultimă instanță, ne devorează pe noi înșine. *Nu avem timp*, ne spunem. Și așa rămân câinii înghesuiți în cuști și bătrânii întinzându-și gâturile ridate și cu piei atârnând către ușă de fiecare dată când se deschide.

Nu e timp pentru adevăr.

Nici pentru Kot nu e timp.

Fiind un câine potențial periculos – și puțini sunt mai periculoși decât el –, legea spune că, dacă nu este adoptat în cel mult zece zile, va fi sacrificat.

Lola a cumpărat o foarfecă pentru metal de la un magazin de feronerie din Plaza de las Delicias din

Estepona, înainte de a se întoarce în Marbella. A cumpărat şi nişte mănuşi de lucru, ca să poată îndoi plasa din sârmă a gardului.

Alege un punct de pe terenul viran din spate şi se apucă de treabă.

Îi ia mai puţin de şase minute să-şi facă loc să intre. Trebuie să taie o bucată bună din plasa de sârmă, pentru că după aceea va trebui să iasă pe acolo cu câinele şi nu ştie dacă vor fi nevoiţi să alerge. Nici nu vrea să se zgârie în sârme.

După ce face o gaură cu diametru de aproape optzeci de centimetri, aruncă resturile într-o parte şi intră în adăpostul pentru câini.

În incintă nu există noaptea nici pază, nici personal. Un rând dublu de cuşti ocupă partea exterioară a clădirii joase şi dărăpănate. E un drum al ororilor. Lola îşi fereşte privirea când vede numărul imens de animale ale căror stăpâni au hotărât într-o bună zi că nu mai au spaţiu în vieţile lor pentru acel cadou de Crăciun, pentru acel moft al unui copil. Cuştile sunt murdare, iar animalele, deprimate. Adăpostul e în administraţie privată, iar ceea ce se întâmplă e de aşteptat.

Multe animale nici nu se clintesc când se apropie Lola. Câteva mârâie fără chef. Altul scoate un lătrat plin de speranţă, care moare când Lola trece pe lângă el.

Alt prizonier doar se ridică în picioare când aude paşi pe ciment.

Lola ajunge la cuşcă şi o deschide fără să aştepte vreo secundă. Nu are nevoie de cheie, ci doar de o ţepuşă lungă din oţel.

Câinele nu se mişcă. Chiar şi în întunericul adăpostului, unde singura lumină e cea de la felinarele de pe stradă, într-o parte, şi cea de la şosea, ceva mai departe, animalul e impresionant. Înalt cât o masă de bucătărie, lat cât o măsuță de cafea. Coama maronie care îi înconjoară fața e mare și stufoasă. Ochii și botul sunt acoperiți de o mască neagră. În semiîntuneric, nu i se văd decât ochii cafenii și bălăngănitul ușor al limbii roz.

Lola îi rostește numele.

— Kot.

E ca un pupic, cu „u"-ul care te obligă să-ți țugui buzele, consoanele rostogolindu-se, limba îndoindu-se la „k" și la „t".

— *Ko mne*, ordonă, aplecându-se ca să-i poată ura bun venit. Vino încoace.

Îi place la nebunie că răspunde doar la comenzi în rusă.

Câinele se apropie imediat și o linge lacom pe față. Poate că e un morman de mușchi și oase, în stare să decapiteze un om în câteva secunde. Dar, în ceea ce-o privește pe stăpâna lui, singura emoție pe care o cunoaște e dragostea.

— Uită-te la tine, câine prostuț, spune ea lovindu-l ușor pe cap și pe gât. Ești murdar. Ți-au scos zgarda. Și ai slăbit.

Kot nu-i reproșează că a plecat. Dar începe să se agite din cauza celorlalți câini, acum, că știe că ea e aici. O lovește cu o labă de mărimea și duritatea unei tigăi mici. Vrea doar să o prevină, dar chiar și așa reușește să o lovească la picior. Așa a fost întotdeauna viața ei cu Kot. Picioare pline de vânătăi și de zgârieturi.

— Gata. *Molodeț*. Fii cuminte.

Se îndreaptă spre gaura din plasa de sârmă, cu câinele pe urmele ei.

— *Gulyat*. Afară.

Kot se strecoară afară, după ce adulmecă puțin. Lola îl urmează imediat.

La capătul terenului viran, parcat sub lumina unui felinar, vede Fordul Fiesta al Zenyei, care îi face semn cu faza lungă. O aşteaptă la volan.

Măcar atât. În sfârşit, s-a terminat, spune Lola, nevenindu-i să creadă că a fost aşa de simplu.

Şi bine face. Când pune mâna pe mânerul portierei, ceva o face să se întoarcă.

Kot s-a încordat şi s-a aplecat în faţă. Îşi umflă pieptul. Dintre fălci îi ţâşneşte un mârâit aspru şi ameninţător.

— Unde tu mergi, Lola? întreabă o voce din întuneric.

Lola simte o bilă de oţel în stomac. Recunoaşte vocea. Acea falsă veselie.

Kiril Rebo face un pas în faţă. Intră în spaţiul luminat, cu părul lui blond spălăcit şi trupul ciolănos, format din noduri acoperite de o piele palidă.

Afişându-şi zâmbetul, ochii goi de rechin şi un pistol.

Dintre cele trei lucruri, nu arma o îngrozeşte cel mai mult pe Lola.

— De ce? întreabă Lola uitându-se la Zenya.

— M-au ameninţat că o omoară pe sora mea dacă nu vă torn, doamnă. Ea e tot acolo. Iar acolo, nimănui nu-i pasă dacă dispari.

Înţelege. Zenya a făcut ce trebuia să facă. La fel ca ea. La fel ca oricine.

— Îmi pare rău.

Lola îi aruncă un zâmbet trist. Altădată, cu doar câteva zile în urmă, poate că ar fi insultat-o, ar fi ameninţat-o, ar fi înjurat-o. Acum nici nu mai ştie dacă e aceeaşi persoană, femeia care a fost. Sau dacă va mai fi vreodată. E prea obosită. De toate. De toţi.

— E în regulă.

Mârâitul lui Kot se accentuează când un al doilea ucigaş i se alătură lui Rebo. Şi el are un pistol şi îl ţine aţintit asupra câinelui. Are mâna contractată şi ochii sticloşi. A consumat cel puţin un gram.

— Mai bine tu controlezi câinele, ordonă Rebo arătând spre el.

— Trebuie doar să dau un ordin, spune Lola.

— Noi doar trage, *da*?

Lola strânge din dinţi, ţinând înăuntru silaba care l-ar face pe Kot să sară la gâturile acelor nemernici. L-ar nimici pe unul din ei, chiar dacă ar fi împuşcat. Lansat în atac ca să-şi apere stăpâna, ar fi nevoie de mult mai mult decât un pistol ca să-l oprească.

Dar, chiar dacă îl va omorî pe unul, celălalt va rămâne în picioare.

Şi nu-i va lăsa să-i omoare câinele degeaba.

— Să facem un târg. Câinele se duce cu ea, iar eu vin cu voi. *Haraşo*?

Rebo se încruntă, analizează propunerea. Să împuşte câinele nu e o idee bună. Au atras şi-aşa destul de mult atenţia asupra organizaţiei în ultimele zile.

— Bine.

Lola deschide portiera şi îi ordonă lui Kot să urce. Câinele o priveşte cu neîncredere, dar până la urmă o ascultă.

Lola se apleacă spre Zenya şi scoate disimulat un plic din haină.

— Du-l unde ţi-am spus, îi zice Zenyei, aruncându-i plicul. Acolo o să fiţi în siguranţă. O să vin şi eu după voi.

Zenya deschide plicul. Sunt mult mai mulţi bani decât cinci mii de euro. Suficienţi pentru operaţia surorii ei şi ca să dispară câteva zile.

— Nu lasă să plecaţi, spune, înăbuşindu-şi un hohot.

— O să mă descurc eu.

Zenya porneşte maşina şi iese de pe terenul viran. Ducând cu ea speranţele Lolei Moreno.

Se întoarce încet şi se postează în faţa lui Kiril Rebo.

— Gata. Aţi reuşit.

10

Nişte prieteni

— Tu uimeşti pe mine, spune Rebo. Tu nu doar fofoloancă nebună de Voronin. Nu doar ornament, *da*?

Lola tace. Recunoaşterea profesională nu face parte acum dintre priorităţile ei. Şi se camuflează de prea mult timp în văzul lumii, ca să se arate dintr-odată, când un psihopat armat îi face un compliment.

— Nimic spui tu. Bine. O să vorbeşti.

Lola se încovoaie. Avea libertatea la degetul mic şi a ratat-o dintr-o greşeală prostească. Furia o macină pe interior. Şi frica, dar nu vrea să o arate.

— De ce nu mă omori odată, ca să scăpăm de-o grijă?

Kiril Rebo zâmbeşte din nou.

Este cel mai dezagreabil zâmbet din istoria zâmbetelor.

Care îi îngheaţă pe faţă când, din partea opusă a terenului viran, apar nişte faruri.

— Cine sunt ăia? întreabă celălalt *bojevik*.

Rebo o apucă pe Lola de braţ şi o trage spre el.

— Prietenii tăi? întreabă, împungând-o cu pistolul în burtă. Ai chemat tu?

Ţeava armei îi smulge un gâfâit, presiunea oţelului transmite un val de electricitate şi spaimă de la burtă la ceafă. Simte impulsul – furnicături în mâini, în vârfurile degetelor – de a îndepărta țeava de viața care crește în ea.

Tot ce izbutește este să clatine din cap, îngrozită.

Rebo o ia la fugă spre mașina lui, dar au lăsat-o în partea cealaltă, ca să o poată urmări pe Lola din întuneric. Farurile sunt din ce în ce mai aproape și alte două le urmează la câțiva metri.

În spatele lui mai apar două.

În față, o mașină de poliție și un Audi negru. În spate, altă mașină de poliție. Cele trei vehicule îi încercuiesc. Frânează brusc, cauciucurile alunecă pe pietriș cu un sunet aspru înainte de a se opri. Din mașini ies mai mulți polițiști cu pistoale în mâini, pe care le ațintesc din spatele portierelor.

— Poliția! Aruncați armele!

Se apropie mai multe mașini, cu sirenele pornite.

Rebo se uită furios în jur. Încă o ține pe Lola de braț, cu pistolul lipit de coastele ei. Farurile mașinilor i-au împrejmuit într-un cerc de lumină. Umbrele lor se lungesc pe pământ, gigantice.

Celălalt *bojevik* e agitat. Scăldat în sudoare, cu respirația accelerată și inima în gât. Cocaina i-a accentuat agresivitatea, paranoia și încrederea în el până la niște limite periculoase. Ridică pistolul, îndreptându-l spre siluetele întunecate care se intuiesc de partea cealaltă a zidului luminos creat de faruri. Se aud țipete, e confuzie. O jumătate de duzină de gâtlejuri scot sunete în același timp.

Ucigașul agită arma, face un pas spre una dintre mașinile de poliție.

Cineva trage.

Glonțul îl nimerește în spate. Ucigașul se încovoaie, al doilea glonț îl nimerește în gât, în lateral. Smulgându-i traheea, într-un nor de sânge și cartilaje, care plutește pentru o clipă sub lumina farurilor, pentru ca apoi să se risipească și să cadă.

Bojevik e mort înainte de a atinge pământul. Totuși, corpul lui încă nu știe. Încă se agită, între spasme și convulsii, din cauza cărora fața i se freacă de pietriș timp de câteva secunde grotești.

— Vreau avocat, spune Kiril Rebo dându-i drumul Lolei și aruncând pistolul pe jos.

— Dar... Voi faceți un curs despre ceea ce trebuie să spuneți? se aude Jon din partea cealaltă a farurilor.

Aslan

Aslan e un bărbat care nu se lasă dominat de emoții, înainte de toate.

Când a descoperit trădarea lui Voronin, a cugetat timp de mai multe zile înainte de a acționa.

Când a trebuit să se prezinte în fața *Bratvá* și în fața asociaților lui la înmormântarea răposatului lui trezorier, și-a cântărit fiecare vorbă pe care urma să o spună, cumpănind inflexiunile, pauzele, chiar și mișcările mâinilor. A repetat în fața oglinzii din baie, sprijinindu-și mâinile pe chiuvetă ca și cum le-ar fi pus chiar pe Biblie, în biserica ortodoxă.

Când a trebuit să-i dea socoteală lui *pakhan* – cu scopul secret de a afla comportamentul misterios al Lupoaicei Negre – a vegheat mult timp cadavrul unor ouă prăjite cu pâine prăjită înainte de a se hotărî.

Acum totuși e diferit. Nu numai că s-a dus pe apa sâmbetei posibilitatea de a recupera banii, așa cum i se ordonase.

Dar l-au mai și săltat pe Kiril Rebo.

De decenii întregi, Aslan nu a simțit pentru nimeni o afecțiune necondiționată. De câteva ori s-a auzit spunând cu voce tare că un prieten e o persoană pe care încă nu a ucis-o. Ca să se dea mare, fără să o creadă pe de-a-ntregul, dar știind că trebuie să trăiască după principiile pe care le enunță. Îi deschideau drumul, ca un scut, dar își cereau prețul. Secretul unei bătrâneți frumoase nu este decât un pact cinstit cu singurătatea, cu atât mai mult dacă ești mafiot.

Dar dacă există un om pentru care Aslan să simtă ceva asemănător cu prietenia, cu o camaraderie sănătoasă și reală, acela este Kiril. Lui Rebo i-a iertat până și cele mai mari infracțiuni și atrocități, pe care le-a salutat ca pe niște ciudățenii. Orlov a știut întotdeauna despre el însuși că e amoral. Iar despre Kiril, că e de-a dreptul diabolic. Când era mai tânăr, Aslan râsese ironic de personajele negative sadea atât de îndrăgite de cinematografia rusă. Cei care o înhățau pe fecioara neprihănită și scoteau un hohot turbat, care pregătea intrarea eroului proletar.

Apoi l-a cunoscut pe Kiril Rebo.

Când ajungi la o anumită vârstă, pe picior de plecare, privind spre ieșire, arunci o privire în spate. Chiar dacă nu vrei. Orlov, care a făcut întotdeauna ce i-a dictat nevoia și i-a permis instinctul, a omorât o duzină de oameni cu mâinile lui. Niciodată nu s-a bucurat în mod deosebit de acest proces. Pentru el, nu conta decât rezultatul. Să danseze pe mormântul dușmanului. Să continue să danseze.

— Suntem nemiloși? l-a întrebat într-o zi pe Kiril, în fața unei sticle de votcă.

Pe jos, cadavrul fiului unui rival. Unsprezece ani.

— Avem gusturi bune, a fost enigmaticul răspuns al acestuia.

Orlov l-a înțeles mai târziu, când au ajuns în Spania. Bunul-gust nu are legătură cu hainele cu care te îmbraci sau cu mobila pe care o pui în casă. Țarii își ințesaseră palatele cu podoabe și obiecte care azi li s-ar părea înfiorătoare revistelor de decorațiuni interioare.

Bunul-gust nu ține de modă. Ține de armonie. Și cea mai bună modalitate de a o obține e prin asasinat.

De aceea Orlov simte afecțiune pentru Kiril Rebo. Fiindcă a hotărât, artist liber al propriei persoane, să iubească ceea ce face, fără nicio fisură.

Chiar și ca să fii mafiot ai nevoie de talent, se gândește Aslan. *Iar talent nu există fără pasiune.*

Orlov se luptă cu sine, neliniștit, fără să-și găsească locul pe fotoliul lui preferat. Terasa vilei sale din La Zagaleta e suspendată pe deal. În zilele senine se văd Gibraltarul și coasta Africii. Mai sus, la o jumătate de kilometru, se află casa lui Vladimir Putin din Spania. Nu s-a întâlnit niciodată cu el, nici n-ar ști ce să-i spună. Poate ar schița o mulțumire timidă.

S-a lăsat seara, așa că priveliștea se limitează la o masă de copaci prin ale căror ramuri se strecoară luna domoală și foșnetul vântului. Nimic de văzut, niciun loc în care să mergi.

Doar o decizie de luat.

Presupune calcule. Consecințe și repercusiuni. O trădare. Și poate singura șansă de a merge mai departe. De a dansa în continuare. La cei șaptezeci de ani ai lui, cu pasul șovăitor și pe picior de plecare, dar refuzând să părăsească petrecerea. Fiindcă în spatele ușii nu există decât frig, urlete, dinți ascuțiți în beznă.

Aslan e un bărbat care nu se lasă dominat de emoții și de aceea este în stare să ia telefonul mobil și să formeze un număr pe care n-a crezut că îl va mai folosi vreodată.

I se răspunde la primul apel.

Îi aștepta telefonul.

— Trebuie să ne ocupăm de problemă, spune Orlov.

— Indiferent ce s-ar întâmpla?

— Indiferent ce s-ar întâmpla.

Închide și formează alt număr. Trebuie să se pună în mișcare, în caz că primul plan eșuează. Și nu poate apela la nimeni altcineva, fiindcă nu există altcineva.

Nu aşa îşi închipuise propria bătrâneţe. Credea că, odată cu vârsta, îşi va putea transcende trupul, dorinţele şi nenorocirile. Să se instaleze într-un regat al imaterialităţii serene. În loc de asta, s-a văzut doar târât de propriul trup şi mai jos, către interiorul maşinăriei. Maşinăria sa brutală, răzbunătoare, scârţâitoare şi din ce în ce mai ruginită.

Se ridică în picioare.

11

Altă pungă cu gheață

Până la urmă, s-a petrecut totul foarte repede.

Cei doi sunt în mașină, pe drum spre Madrid, exact cum au venit. Noaptea, uitându-se la liniile de pe șosea cum se pierd sub capota Audi-ului. Cu o stranie senzație de ireal. Umerii încordați, picioarele prea relaxate. Ca un soldat care întoarce spatele noroiului și gloanțelor, alergând din nou pe un teren arid.

Ca și cum lucrurile nu ar putea fi atât de simple.

— Nu poate fi așa de simplu, îi spune Jon.

— Noi ne-am făcut treaba, zice Antonia, însă cu jumătate de gură.

E o metaforă doar pe jumătate. Cealaltă jumătate de gură îi este acoperită de o pungă cu gheață (alta).

Prima pungă cu gheață au cumpărat-o pe drumul spre adăpostul de câini. La benzinărie, în timp ce Jon plătea, Antonia o suna pe doamna comisar Romero. Tensiunea dintre cele două femei a dispărut când Antonia i-a comunicat, pe un ton foarte serios și profesionist și fără nicio urmă de revanșă oportunistă, că știa unde se va afla Lola Moreno peste câteva minute. Doamna comisar Romero, corectă și recunoscătoare pentru munca sa, i-a cerut un punct de întâlnire și i-a dat instrucțiuni concrete.

Cel puțin așa i-a povestit Antonia conversația inspectorului Gutiérrez.

— Cum a încheiat discuția, care au fost exact cuvintele ei? a întrebat Jon, care cunoaște deja rezumatele Antoniei.

— „Să n-o dați în bară."

— Înțeleg. Și unde spuneai că e punctul de întâlnire?

Punctul de întâlnire era un drum lăturalnic din apropierea adăpostului pentru câini. O înclinație a terenului le dădea un oarecare avantaj vizual, așa că, atunci când Lola a ieșit cu câinele din incintă, nu a fost nevoie decât să se apropie pe ambele flancuri. În perioada scursă până să ajungă, operațiunea a fost la un pas de a se duce pe apa sâmbetei, când suspecta era cât pe-aci să urce într-un Ford Fiesta, care până la urmă a plecat fără ea.

Surpriza a fost că, în timp ce se îndreptau spre obiectiv, au apărut mafioții. Prinderea unei suspecte înarmate, misiune dificilă în sine, s-a transformat într-un caz de luare de ostatici. Erau șapte arme îndreptate spre ruși, care erau doar doi. Când a izbucnit totul, când toată lumea a început să țipe în același timp, Antonia a știut că nu se poate evita vărsarea de sânge.

— Șaisprezece morți, a rezumat doamna comisar Romero când Kiril Rebo și Lola Moreno au fost încătușați, fiecare pe bancheta din spate a unei mașini de poliție.

— Mă rog... În privința asta... spuse Jon frecându-și ceafa și fixându-și bombeurile cu privirea.

Și așa au informat-o pe doamna comisar despre modul în care au descoperit unde se afla Lola Moreno. Și că numărul cadavrelor se ridica la șaptesprezece.

A fost o discuție foarte încordată, lungă și neplăcută.

— Va trebui să veniți și să dați declarații în fața judecătorului. O să fiți anunțați. Deocamdată, mă bucur că scap de voi, spuse Romero cu toată recunoștința.

Jon s-a dus să ia bagajele de la hotel. Antonia a rămas la locul faptei până a apărut o dubă a poliţiei judiciare, deşi Jon s-a întors înainte. Veniseră de la Málaga ca să-i transporte pe deţinuţi la Madrid.

— Aşa au solicitat cei de acolo. Se gândesc că aici nu e un loc sigur ca să li se ia declaraţii, a spus Belgrano când inspectorul Gutiérrez l-a văzut şi l-a interpelat.

Cei doi agenţi de la poliţia judiciară, amândoi în haine civile, i-au încătuşat pe deţinuţi de barele fixate în structura caroseriei Citroënului vopsit în bleumarin şi alb. Fiecare de câte o parte. Agenţii au închis uşa laterală şi au urcat în faţă.

Jon şi Antonia s-au pus şi ei în mişcare. Au depăşit duba după primul sens giratoriu şi asta a fost tot.

Jon nu se grăbeşte, nu a depăşit deloc viteza permisă. A pus *19 zile şi 500 de nopţi*[27] pe Spotify. Boxele Audi-ului le cântă poveşti despre peşti de gheaţă, despre anturaje proaste care se dovedesc a fi cele mai bune, despre blonde platinate.

Nu vorbesc mai deloc, decât ca să facă schimb de dulciuri şi alte porcării ambalate pe care le-au cumpărat de la benzinărie (cea de-a doua, pentru că aveau mai mult timp). Niciunul din ei nu este mulţumit. Cum ar putea fi? Dar asta este munca pentru care au semnat, de fapt. Ajutând de pe margine, ştiind că nu va exista nicio recompensă şi nicio satisfacţie. Şi ştiind clar, de asemenea, că, dacă n-ar fi fost ei, rezultatul ar fi fost cu totul altul.

Îl sună scurt pe Mentor ca să-l informeze.

— Bravo. Aş prefera să nu vă întoarceţi încă la casele voastre, spune acesta după ce au terminat. Nu e nicio urmă de veselie în vocea lui. O să vorbim mâine dimineaţă

27 „19 días y 500 noches" – album al cantautorului spaniol Joaquín Sabina, la care autorul face adesea referire în cărţile sale (n. tr.).

despre ceea ce se întâmplă. Duceți-vă la un hotel și odihniți-vă cât puteți.

Închide.

Antonia adoarme, epuizată.

Jon dă muzica mai încet.

Lola

A fost odată ca niciodată o fată care a fost prinsă de niște monștri care au urcat-o într-o trăsură întunecată și a fost dusă către un castel tenebros.

Lola încearcă să se întindă, caută o poziție comodă. Nu o găsește, fiindcă nu există. Are încheietura dreaptă încătușată de o bară fixată în șasiul dubei, într-un unghi foarte incomod. Cele patru locuri din spate sunt dispuse două câte două, cu spatele sprijinit de perete. Pe Kiril Rebo l-au pus pe partea opusă, dar nu pe locul din fața ei, ci pe celălalt.

Nu există geamuri, nici muzică. Nici posibilitatea de a dormi. Doar să se privească.

Kiril asta face. Își aținteşte privirea asupra ei. Fixă.

În acei ochi albaștri lipsiți de viață e ceva ce poate să ți-o răpească și pe a ta. Cu înghițituri mici.

Mușcă. Ochii ăștia mușcă, se gândește Lola.

Ea își închide ochii și încearcă să se gândească la ceea ce va face.

Nu sunt prea multe ieșiri. Poliția o va interoga, cerându-i să spună tot ce știe despre organizația lui Orlov și despre cum se ocupa Iuri de toate afacerile de spălare de bani derulate de Tambovskaia în Spania.

Eu nu știam aproape nimic, domnule polițist. Ce auzeam din bucătărie.

Frânturi de discuții, prinse din zbor în livingul casei ei, în timp ce servește tarte cu anghilă și carafe cu suc și curăță masa.

Aproape întotdeauna vorbeau în rusă. Eu nu ştiu nimic, doar câteva cuvinte. Formule de salut, să cer nota. Cam atât.

Firmele? Toate pe numele lui Iuri, din câte ştiu eu.

Casa noastră? Maşinile?

Ruben Ustyan? N-am auzit niciodată de el.

Lola întrerupe repetiţia. Poate există fotografii. De la vreo petrecere. Ah, ce n-ar da să-şi poată şterge chiar acum contul de Instagram. Nu contează, oricum ar avea deja fotografiile.

A, tipul ăla micuţ. Da, a venit de câteva ori pe la noi. Nu, nu s-a prezentat sau nu-mi amintesc eu.

Asta e cheia. 412 „nu ştiu", 82 „nu-mi amintesc", 58, „nu ştiu" şi 7 „n-am idee". Cu astea, poţi să scapi de orice.

Iar sângele ei are culoarea normală, dar are alt avantaj. Îşi aminteşte de acel film oribil în alb şi negru despre evreii din lagărele de concentrare. Când omul rău întreabă un grup de prizonieri care stau aliniaţi cine a furat un pui. Nu răspunde nimeni, iar omul rău îl împuşcă pe unul, care se prăbuşeşte şi moare. Un copil iese atunci din rând. Omul rău îl întreabă dacă el a furat puiul. Nu. Atunci, ştie cine a furat puiul? Iar copilul arată spre mortul de jos. Isteţ afurisitul de copil, n-ai ce zice.

Lola are propriul mort spre care să indice.

Nu există nicio dovadă scrisă. Numele Lolei nu apare nicăieri. Tatăl ei a învăţat-o bine. Era un ratat, dar se pricepea la contabilitate mai bine decât oricine. Iar ei îi este dor de el. Toate acele după-amiezi pe care le-au petrecut împreună în ultimii lui ani de viaţă, în timp ce el îi explica trucurile, tertipurile legale. Cum să dispari, creând paravan după paravan, până devii invizibil.

Nu e situaţia ideală. Dar ar putea fi mult, mult mai rău.

Ideea e să reziste suficient. Sau să facă un târg cu ceea ce știe, dacă iese rău. Chiar dacă e o cale nenorocită.

Și ideea e să aibă bani pentru un avocat bun pentru cele întâmplate la prăvălie, fiindcă pe asta ar putea să i-o pună în cârcă. Dar să vadă de unde face rost de ei.

La mama ei nu poate să apeleze. Asta e altă poveste. Ce se va întâmpla cu ea acum. Cu amândouă.

Ce se va întâmpla după aceea. *Poate o să ajung ca ea*, se gândește, atingându-și burta. Un parazit conformist. Cu o viață marcată de o letargie inertă, cu un ușor, dar pătrunzător iz de putreziciune. Cu o scenetă de jucat la fiecare apel telefonic. Când banalitățile de zi cu zi sunt epuizate, iar Lola simte că vine Marea Pauză Încărcată de Semnificație, înainte de Întrebarea Inevitabilă. *Nu crezi că ar trebui să găsești ceva mai bun?* Ca două actrițe condamnate să joace aceeași scenă deprimantă de fiecare dată când se văd.

Dar banii îi lua, fără îndoială.

Gândurile îi devin din ce în ce mai amare și dezlânate pe măsură ce oboseala câștigă lupta.

Adoarme. În ciuda tuturor celor întâmplate. În ciuda planurilor eșuate, în ciuda greșelilor, în ciuda faptului că se îndreaptă, încătușată, spre un viitor incert, sfredelită de privirea unui psihopat, adoarme.

Și atunci, se întâmplă.

12

Un cuvânt tamil

La un moment dat, câteva ore mai târziu, Antonia abandonează somnul adânc. Şi sforăiturile, fiindcă sforăie ca un dragon. Lumina familiară a felinarelor de pe Manzanares, cu modelul lor caracteristic, o trezeşte. Clipeşte şi se foieşte, ba aţipind, ba trezindu-se, când traversează podul Praga. La mai puţin de trei sute de metri de locul în care găsiseră în râu cadavrul neidentificat, cu câteva zile în urmă.

Când ajung la Santa María de la Cabeza, Antonia ridică şi ea capul. Îşi întinde gâtul, care trosneşte. Îndepărtează cu silă punga – înainte cu gheaţă, acum cu apă –, care a picurat pe pantalonii ei.

Efectul Voltarenului începe să dispară. Când întinde mâna ca să mai ia două pastile, îşi priveşte în oglindă faţa răvăşită.

— Ce dezastru, spune cu o voce răguşită, de om abia trezit din somn.

— Voronin arăta mai rău, spune Jon.

Antonia se opreşte.

Lumea, la fel.

Faţa lui Voronin, distrusă. Un glonţ tras cu puşca, de aproape, în linie dreaptă.

Erupa̱rarkki̱ratu.

În limba tamilă, limba dravidiană care se vorbește în India și în nord-vestul Sri Lankăi: să dai boul la o parte ca să vezi musca.

În fața Antoniei apar dintr-odată toate piesele:

— Iuri Voronin, asasinat cu pușca, în timp ce se afla acasă, în costum de baie, fără să existe semne de intrare forțată.
— Un glonț tras drept, de aproape. Arma i-a fost îndreptată spre față.
— Câinele, un Ciobănesc caucazian extrem de suspicios cu străinii, era închis în țarcul de la piscină.
— Lola Moreno primește un mesaj de la soțul ei, care o anunță că vor veni după ea.
— Cineva încearcă să o asasineze pe Lola Moreno în același timp în care este ucis soțul ei.
— Iuri Voronin e informator al poliției.

Totul revine în același loc. Totul revine la moartea lui Voronin. Antonia își amintește neliniștea pe care a simțit-o la locul crimei. Cum s-au agitat maimuțele, încercând să o facă să înțeleagă ceva ce se afla acolo de la bun început. Poziția corpului. Unghiul din care s-a tras.

Erupa̱rarkkiṟatu.

Să dai boul la o parte ca să vezi musca.

— Câinele. Câinele, Jon.

— Ce-i cu câinele?

— Oprește mașina.

Jon pornește avariile, trage pe dreapta. Sunt pe Recoletos, în plină stradă, în drum spre hotel, dar la ora asta nu e trafic aproape deloc.

— Lasă-mă să conduc.

— Dar aproape am ajuns.

— Trebuie să ne întoarcem. Cât mai repede. Iar tu nu poți să conduci în starea asta.

Nevenindu-i să creadă ce face, Jon face schimb de locuri cu Antonia. Frigul de afară – sunt minus trei grade – îl înviorează puțin.

— Îmi spui și mie ce te-a apucat?

Eruparakkiratu, se gândește Antonia, care trage scaunul în față ca să-l potrivească pe măsura ei. Nu că Jon ar fi gras. Își pune centura și pornește. Face o întoarcere cam ilegală ca să o ia în sens invers în piața España. Trece peste linia continuă, trece pe roșu la un semafor, apoi la două.

Inspectorul Gutiérrez, care deja adulmeca patul, își fixează centura și ocărăște epuizarea care l-a făcut să lase garda jos și să-i cedeze volanul unei șoferițe profund dezechilibrate. Din nou. Când își promisese că nu se va mai întâmpla niciodată.

— Mă sperii.

— Sună-l pe Mentor.

— De ce?

— Am zis să-l suni.

Jon formează numărul. Răspunde o voce adormită.

— Duba în care se află Lola Moreno, spune Antonia. Vreau să o localizezi. În mașină sunt doi agenți de la poliția judiciară. Se îndreaptă chiar acum spre Madrid. După calculele mele, trebuie să fie între Villaverde și Usera. E o chestiune de viață și de moarte. Ai înțeles?

— Imediat, spune Mentor foarte serios.

Nu cere explicații. A recunoscut tonul.

Jon închide. El cere explicații.

— Îmi spui şi mie de ce riscăm să facem un accident?

Antonia nu răspunde. E prea ocupată să conducă în jos pe Cuesta de San Vicente cu nouăzeci de kilometri la oră. Evită la mustaţă un taxi care ieşea de pe strada Ariaza şi care frânează brusc. Sunetul claxonului nu mai ajunge la ei.

— Câinele, Jon, spune când ajung pe M-30, iar drumul mai liber îi permite să meargă cu o sută optzeci la oră.

— Da, da. Câinele. L-a luat asistenta. De ce ai nevoie acum de câine?

— Nu acum. În ziua în care a fost asasinat Voronin. Nu pricepi? Unde era câinele?

— Închis în piscina lui, spune Jon, alungându-şi oboseala. Care îi trece datorită adrenalinei pe care o produce depăşirea maşinilor, chiar dacă puţine, cu şaizeci de kilometri la oră peste limită. Şi strângerea fermă a mânerului portierei.

— Voronin a închis câinele. De ce? Pentru că ştia că o să aibă musafiri.

— Îi cunoştea pe cei care l-au ucis. Asta ştim deja.

— Sigur. Dar cei care l-au ucis n-ar fi trebuit să-l ucidă. Voiau doar să-l sperie ca să vorbească. Ce rost avea să-l omoare, iar *apoi* să caute prin casă ceea ce-şi doreau?

— Nu e practic, nu. Atunci, de ce l-au omorât?

Erupaṟakkiṟatu.

— Din greşeală, Jon. L-au ameninţat cu puşca, dar probabil câinele s-a agitat în acel moment, a început să latre. Ţarcul de la piscină e lângă grătar.

— Cel care avea puşca s-a speriat.

Iar apoi, amândoi deodată:

— Poc!

— Bine, dar tot nu înțeleg de ce ne întoarcem, spune Jon ghemuindu-se când depășesc un camion care ajunge să fie periculos de aproape.

— Pe Lola Moreno au încercat să o omoare la câteva minute mai târziu. De ce?

— Pentru că planul cu soțul ei eșuase, spune Jon, începând să priceapă.

— Ne-am concentrat greșit de la bun început. Am crezut întotdeauna că a fost o reglare de conturi și că asasinii s-au dus după amândoi în același timp.

— Dar Orlov a insistat să menționeze clar trădarea lui Voronin la înmormântare. Că era un turnător.

Antonia își mușcă buza de jos, închide ochii, încearcă să se gândească. Fără să-și dea seama că, la viteza asta, nu e o idee bună. Volanul deviază un milimetru. Trec atât de aproape pe lângă o dubiță roșie, încât oglinda din stânga a Audi-ului dispare. Lăsând în urmă doar un cablu care se agită frenetic.

— Moașă-ta pe gheață, Scott!

— Scuze, spune Antonia îndreptând volanul. Orlov nu știa în acel moment de bani. Altfel, nu l-ar fi omorât pe Ustyan și nu ar fi incendiat arhivele lui Voronin. Asta a fost marea lui greșeală, fiindcă am găsit containerul.

— Și atunci?

— Gândește-te, Jon. Voronin era un nătărău. Scutura perele din pom cu penisul, după părerea lui Orlov.

— Poftim?

— Îți explic după aceea. Era un nătărău, o cunoaște pe Lola Moreno și devine un Da Vinci al spălării de bani și al contrabandei.

Jon încuviințează încet. E ca una dintre acele iluzii optice care îți arată o imagine ascunsă în alta. Odată ce-ai descoperit secretul, nu ai cum să nu-l mai vezi. Camuflată în spatele tuturor stereotipurilor sociale, a râs de toată lumea în toți acești ani. Chiar și acum, ei o consideraseră o victimă disperată.

— Ce ticăloasă!

— Ea a fost creierul de la bun început. Și-a manipulat soțul, l-a jefuit pe Orlov. Și într-o zi probabil că au făcut o greșeală, iar cineva i-a strâns cu ușa. Cum funcționează procedura informatorilor, Jon?

— Tu te uiți în altă parte, iar ei îți dau informații în schimb. Așa e mai rentabil pentru toți.

— Și uneori te pătezi, spune Antonia încet.

Jon nu răspunde. El știe prea bine că se întâmplă, chiar și cu cele mai bune intenții. Nu poți să golești un râu plin cu mizerii când ești în rochie de mireasă.

— Acum spune-mi de ce a fugit Lola Moreno și nu a apelat la poliție.

Jon le pune și el cap la cap. Cu o claritate emoționantă. Da, e doar o scânteie minusculă, iar ea a făcut aproape toată treaba, înfățișând-o pe Lola Moreno exact așa cum e. O femeie manipulatoare, cu bani, incredibil de inteligentă. Doar o scânteie minusculă. Dar, pentru o clipă, Jon întrezărește cum e să te afli în capul Antoniei Scott.

— Îl cunoștea pe atacator.

— O persoană care se implicase foarte mult alături de ea și de Voronin. O persoană care a turnat apoi dezinfectant la locul crimei, spune Antonia, vorbind din ce în ce mai precipitat. O persoană care fusese rănită ușor. O persoană adusă de umeri, care abia își mișca unul din brațe când am cunoscut-o.

Jon înghite în sec, încet.

— La dracu', scumpete! La. Dracu'. Ar fi bine să fii sigură.

Antonia își încleștează mâinile pe volan cu hotărâre. Nu, încă nu înțelege totul. Încă sunt piese care nu se potrivesc, multe. Mai ales cele care au legătură cu Lupoaica Neagră. Sunt mai multe forțe care acționează în acest tablou decât este ea în stare să vadă cu informațiile de care dispune. Dar a eliminat imposibilul, până când a ajuns doar improbabil.

— Sunt tot atât de sigură că a fost Belgrano pe cât de sigură sunt că n-o vor lăsa pe Lola să ajungă la sediul UDYCO în viață.

Înregistrarea 16

Cu două săptămâni în urmă

IURI VORONIN: Nu vreau să continui cu asta.

COMISARUL ROMERO: Cred că ți-am dat de înțeles clar de multă vreme că preferințele dumitale nu contează, Voronin.

IURI VORONIN: Nu înțelegeți. Lola nu știe că sunt aici. De-asta n-am adus-o.

SUBINSPECTORUL BELGRANO: Mă mir. De obicei, ea te aduce în lesă.

IURI VORONIN: Ea e creierul. Eu trebuie să răscolesc prin gunoi, să vorbesc cu oamenii, ca să aflu lucruri pe care să vi le spun. Din *Bratvá* și din afara ei.

SUBINSPECTORUL BELGRANO: Te descurci foarte bine la asta. Și așa ne-a fost înțelegerea. Noi îți facilităm treburile, tu ni le facilitezi pe ale noastre.

IURI VORONIN: Dar s-a terminat.

SUBINSPECTORUL BELGRANO: De unde ți-a venit ideea asta năstrușnică?

IURI VORONIN: Lola e însărcinată. Vrem să renunțăm.

COMISARUL ROMERO: Mă tem că e imposibil.

IURI VORONIN: Am făcut tot ce mi-ați cerut!

SUBINSPECTORUL BELGRANO: Și o vei face în continuare.

(Pauză de opt secunde.)

IURI VORONIN: Ba nu.

SUBINSPECTORUL BELGRANO: Poftim?

IURI VORONIN: Am spus că nu.

(Zgomotul unui scaun care e trântit la pământ.)

SUBINSPECTORUL BELGRANO: Te bat măr, piticule. O să te caci pe tine.

IURI VORONIN: N-o să vă atingeți de mine. N-o să vă atingeți de niciunul dintre noi.

SUBINSPECTORUL BELGRANO: O să-ți șterg zâmbetul ăsta cu bocancii.

COMISARUL ROMERO: Domnule subinspector. Aș vrea să știu de ce suspectul zâmbește, deși știe că îl avem la mână.

IURI VORONIN: Dumneavoastră ați spus-o. Mă pricep să aflu lucruri. Știu câți bani erau în mașina pe care ați confiscat-o de la sârbi.

SUBINSPECTORUL BELGRANO: De unde să știi?

IURI VORONIN: Șase sute de mii de euro. Voi ați declarat patruzeci de mii.

COMISARUL ROMERO: E ciudat că știți asta, domnule Voronin. Având în vedere faptul că șoferul a murit în timp ce se opunea arestării.

IURI VORONIN: Pentru că i-am pus chiar eu acolo.

SUBINSPECTORUL BELGRANO: Ai spus că era un transport al sârbilor.

IURI VORONIN: Am mințit. Era transportul lui Orlov. Plata unei datorii. Eu am organizat totul ca să pară așa. L-am ajutat pe bietul Jovovic să așeze marfa. Înainte de a pleca, l-am întrebat dacă e înarmat.

SUBINSPECTORUL BELGRANO: Probabil s-a înarmat după aceea.

IURI VORONIN: Am pierdut marfa, l-am pierdut pe şofer. Viaţa merge mai departe, Orlov nu se supără.

SUBINSPECTORUL BELGRANO: Să vezi cum o să se supere când o să afle că eşti turnător.

IURI VORONIN: N-o să-i spuneţi. Altfel, povestesc totul. Am înregistrat toate discuţiile noastre.

SUBINSPECTORUL BELGRANO: Eşti dat dracului.

IURI VORONIN: Am ascuns şi o cameră în maşină. Streaming 4K. Totul înregistrat. Inclusiv momentul în care bietul Jovovic e scos din maşină şi împuşcat de două ori, domnule subinspector.

(Zgomot metalic, lovituri, ţipete. Hărmălaie indescifrabilă timp de patruzeci şi două de secunde.)

COMISARUL ROMERO: Haideţi să ne calmăm toţi şi să discutăm despre modul în care vom rezolva totul.

IURI VORONIN: Nu e nimic de discutat. Ne lăsaţi în pace pe mine şi pe familia mea. Altfel, vor exista consecinţe.

13

O tăcere

Se întâmplă în doar trei secunde. Dar care trei secunde?

Duba parcurge ultimii kilometri ai traseului pe A-4, în dreptul staţiei de epurare La China. Instalaţia care curăţă apa pentru aproape un milion şi jumătate de madrileni.

Ea, şoferiţa, pe nume Noelia Pardeza, are patruzeci şi unu de ani şi un copil de şase ani. Nu trebuia să lucreze azi, dar colegul ei, agentul Alonso, are febră, aşa că iat-o.

Pe locul din dreapta se află Mateo Carmona, treizeci şi şase de ani, burlac, fără copii. Are trei câini şi locuieşte cu tatăl lui, care e în vârstă. E pe jumătate adormit şi şi-a scos centura, fiindcă nu se poate dormi cu porcăria asta şi, oricum, cine să ne amendeze pe noi, care suntem poliţişti? Această impresie prostească şi iraţională de invulnerabilitate îi salvează viaţa.

Duba trece peste râul Manzanares cu puţin înainte de a ajunge la staţia de epurare. Lasă în stânga bazinele de decantare şi îşi continuă traseul. Acum în paralel cu calea ferată, care se lasă în dreapta lor, la câţiva metri înălţime. Autostrada trece peste prelungirea străzii Embajadores, extensia neumblată unde se şi înfundă.

Strada pustie, noaptea ideală.

Agenta Pardeza menţine Citroënul într-un ritm constant de o sută de kilometri la oră. Pe o autostradă cu patru benzi, în zori, e o viteză foarte sigură.

Doar dacă nu eşti atacat intenţionat.

Maşina de teren (fără lumini) iese din spaţiul aflat sub calea ferată şi năvăleşte pe şosea cu şaptezeci de kilometri la oră, viteza maximă la care a reuşit să ajungă pe o distanţă atât de scurtă. Lovitura (precisă) izbeşte Citroënul în portiera din dreapta, pe lateral, şi o mare parte din motor, pe diagonală.

La viteza asta, un vehicul de o tonă şi jumătate care încasează un impact pentru care nu a fost proiectat devine un soi de EuroMillions al fizicii. Se poate întâmpla orice, doar să ne amintim principiul conservării energiei. Energia cinetică transferată e aceeaşi de care ar fi nevoie ca să opreşti brusc un elefant care cade de la etajul opt.

Unde se duce toată această energie?

În primul rând, în cabina din faţă. Care este construită ca un modul independent de habitaclul din spate. Şocul deformează structura din jurul motorului, absorbind o parte din forţa impactului. Nu suficient. Energia cinetică a trupurilor agenţilor Pardeza şi Carmona, care îşi continuă drumul cu o sută de kilometri la oră când vehiculul îşi schimbă direcţia, îi trimite în direcţii opuse. Carmona este catapultat în sus şi în faţă, astfel încât pieptul i se izbeşte de bord cu o forţă egală cu gravitaţia înmulţită cu cincizeci. O tonă şi jumătate absorbită în parte de coastele lui, în parte de airbagul frontal, care s-a desfăcut cu întârziere din cauza violenţei impactului. În cavitatea lui toracică, inima se loveşte de stern, cauzând o contuzie miocardică gravă, însă nu letală.

Restul trupului său continuă să se mişte, nefiind legat de centura de siguranţă. Asta îi salvează viaţa când portiera se deformează şi se rupe, invadând spaţiul în care până mai adineauri îi fusese capul. Doi dinţi din aluminiu şi oţel, care împroaşcă bucăţi de sticlă, dar care nu ajung să-l zgârie.

Norocul lui Carmona, temporar, nu e același și pentru agenta Pardeza. Centura îi ține trupul pe loc, limitându-se la a-i rupe două coaste și la a-i provoca o contuzie pulmonară și o ruptură de splină. Airbagul iese, dispus să o împiedice să se lovească de volan, ceea ce, la viteza asta, ar fi fost fatal. Șase luni de recuperare dureroasă, o creștere de salariu pentru vătămare în timpul serviciului și un copil care și-ar fi păstrat mama.

Dar nu.

Norocul lui Carmona l-a îndepărtat pe acesta de zona de pericol, dar i-a transformat cele optzeci de kilograme într-un proiectil. Rotația pe care energia cinetică a imprimat-o trupului său se transmite în braț, care lovește cu încheietura osul temporal al lui Pardeza, deasupra urechii.

E ca și cum ai lovi un zid din cărămidă. Încheietura lui Carmona se rupe cu un trosnet, îndoindu-i mâna în sens opus față de sensul firesc, până când unghiile îi ating antebrațul. Cubitusul fracturat se ițește prin pielea sfâșiată.

E ca și cum te-ar lovi un zid din cărămidă. Craniul lui Perdeza este azvârlit în geam, care oprește brusc deplasarea. Dar în fiecare accident de mașină sunt trei izbituri. Cea a vehiculului, până se oprește, cea a trupurilor din interior și cea a organelor din corp. Creierul agentei se mișcă în interiorul craniului, împins de lichidul cefalorahidian. Care ar trebui să joace rolul de saltea naturală, deși, într-o coliziune la viteză mare, are particularitatea de a se mișca cu o altă viteză față de cea a masei cerebrale, din cauza densității diferite. Așa că trimite creierul agentei în direcția opusă impactului. Ceea ce-l face să salte ca o jucărie în cutia aflată în mâinile unui copil curios, care nu este lăsat să deschidă cadourile până nu suflă în lumânări.

E moartă înainte de a se termina cele trei secunde.

Între timp, habitaclul deținuților a avut mult mai mult noroc. Poziția neobișnuită a scaunelor, care ar fi fost fatală la un impact dintr-un unghi diferit, se dovedește a fi în avantajul prizonierilor. Forța centrifugă a primului impact a făcut vehiculul să se rotească în jurul propriei axe, în direcția opusă sensului de mers, transferând o mare cantitate de energie în cauciucurile de pe partea stângă, care explodează din cauza frecării laterale de asfalt.

În habitaclu, Kiril și Lola țipă de groază, în timp ce inerția le lipește spinările de spătar, iar centurile de siguranță se asigură că cei doi nu se mișcă.

Asta în timp ce Citroënul se rotește, înconjurând mașina de teren, care a rămas practic în același loc în care a izbit duba. O greutate mai mare, un centru de gravitație mai înalt. O protecție și o structură mai bune: a suferit doar daune minore. O laterală distrusă, capota șifonată, ca un afiș în curtea unei școli. Farul stâng spart, motorul probabil că nu va mai porni dacă se oprește. Dar încă pompează benzină în interior, la cincizeci și șase de megajouli pe litru. Multă energie.

Când Citroënul se oprește din rotația în jurul mașinii de teren, intră în joc gravitația. Diferența de înălțime dintre roțile care încă rezistă și cauciucurile sparte face ca duba să se răstoarne pe partea șoferului, prăbușindu-se peste parapet și strivindu-l. Bucăți de fier albastru pică pe stradă, patru metri mai jos. O jumătate de caroserie este suspendată în gol, cealaltă jumătate se oferă, vulnerabilă, ca un animal căzut care își arată pântecul.

Aici se termină cele trei secunde. Dar nu se termină și drama.

Mașina de teren dă înapoi și izbește caroseria. Are mult mai puțin spațiu și viteză mai mică, așa că de data asta nu e un impact subit. E o împingere constantă, roțile mașinii de teren scoțând fum în timp ce caută aderența necesară ca să avanseze. Încetul cu încetul, împing duba în afara șoselei, până când gravitația preia din nou controlul. Citroënul cade de pe pod ca un bolovan, aterizând tot pe o parte. Șocul deformează caroseria și sparge și puținele geamuri care mai erau intacte. De asemenea, îl proiectează pe agentul Carmona - rănit, dar viu - în mormanul de fiare al portierei, de care scăpase mai devreme. O bucată de metal îi străpunge mandibula, îi perforează gâtul și traheea. Carmona scapă de mușcătură și se prăbușește – rănit, dar mort – peste colega lui.

Șoferul și însoțitoarea lui coboară din mașina de teren. Cei doi poartă căști de motocicliști. Se uită prin gaura lăsată în parapet de dubă, în cădere, și contemplă dezastrul. Mirosul de cauciuc și de asfalt ars de frâne impregnează aerul.

— Gata, spune Belgrano ridicându-și viziera.

Răsuflarea lui formează rotocoale de aburi în aerul înghețat și uscat.

— Las-o jos, îi ordonă Romero.

— Nu sunt camere aici.

— Pentru orice eventualitate.

Vin mașini. Una dintre ele se oprește, șoferul își scoate telefonul. Cheamă poliția. Femeia care este cu el își ține telefonul îndreptat spre ei. Filmează.

Nu e timp.

Așa că aleargă.

Au lăsat motocicleta pe strada Embajadores, ascunsă sub pod. Coboară pe terasament, urcă pe motocicletă și dispar. La fel ca în acea dimineață, la mall.

Doar că de data asta și-au terminat treaba.

Sau așa cred ei.

Lola

Lola nu mai are chef de povești.

Accidentul a fost un film de groază în doar câteva secunde. Mai întâi, impactul brutal. Apoi, rotirea care a ațintit-o în scaun. Momentul în care duba s-a răsturnat a fost cel mai rău. Lola a simțit cum pământul, întreaga planetă își schimbă poziția sub picioarele ei. Nouăzeci de grade complete. Se întrebă, pentru o clipă, ce se va întâmpla cu clădirile, cu oamenii, cu casele. Totul ras de pe fața Pământului.

Rămase suspendată de piept și de talie, cu un braț atârnând în jos, cu celălalt prins în cătușe și părul atârnând în față. Doar centura de siguranță o ținea.

Apoi, lovitura din spate. Lola a simțit forța impactului în fund, transmisă prin șasiu până în scaun. O lovitură, urmată de vibrația și de tensiunea unei tone și jumătate de aluminiu și oțel care refuza să se miște, în timp ce era împinsă de o forță mai mare, centimetru cu centimetru.

Duba se îndreaptă spre hău. E o secundă în care nu există gravitație, pe care Lola o simte în capul pieptului, ca atunci când tatăl ei mergea cu viteză pe dealurile din Arroyo de la Miel, când ea era mică și mergeau în vacanță la Torremolinos. Torroles, cum îi spuneau acasă.

Duba a căzut în gol ca un bolovan, iar Lola a știut că o să moară. Ultimul gând conștient a fost imaginea tatălui ei călcând pe accelerație la urcare, ridicându-și ochelarii care îi alunecau pe vârful nasului. Cu un zâmbet năzdrăvan, știind că le va face pe amândouă să râdă când mașina va ajunge în punctul cel mai înalt, iar gravitația le va gâdila în stomac.

Duba s-a făcut praf. S-a auzit un trosnet metalic când şasiul s-a deformat din cauza impactului. Zgomot de geamuri sparte. Şi asta a fost tot.

Lola nu moare.

Nici măcar nu-şi pierde cunoştinţa.

Doar rămâne acolo, atârnată.

Nu se simte uşurată că nu a murit, e doar surprinsă. Un anticlimax tulburător. Universul aranjase piesele astfel încât să se producă un rezultat, iar apoi a livrat unul total diferit. E ca o înşelătorie din care ieşi în câştig.

Cert e că habitaclul interior al Citroënului a rezistat foarte bine. Lola are doar nişte vânătăi. Puţin sânge îi alunecă pe vârfurile degetelor. În timpul impactului, marginile cătuşelor i-au rănit încheieturile. Rănile sunt superficiale.

Până aici, veşti bune.

Veştile rele: a supravieţuit şi Kiril Rebo.

Lumina slabă care intră pe una dintre uşile din spate, care a rămas deschisă, îi permite să-l vadă în faţa ei. E aşezat, cu spatele, cu picioarele ridicate. Smucind cu putere clema care îl leagă de vehicul. Probabil că şocul a slăbit şuruburile, deşi Lola nu vede din poziţia în care se află.

Cu un pocnet şi un clinchet, Rebo se eliberează. Îşi scoate centura.

Lola se cutremură de frică. Deşi în întuneric nu-i vede ochii lui Rebo, încă îşi aminteşte privirea fixă şi goală care nu s-a schimbat deloc de când au urcat în vehicul. Aşa că aşteaptă atacul. Iar Lola, legată, atârnată cu capul în jos, încătuşată.

Lipsită de apărare.

Dar Rebo nu se mişcă.

Lola se uită la el câteva secunde lungi, până când înţelege ce se întâmplă. Şi întrezăreşte şansa.

— Au încercat să te omoare, spune încet.

Kiril Rebo se agită, mârâie răguşit, dar nu răspunde.

— Lui Orlov nu i-a păsat că eşti aici. Credeai că e prietenul tău, nu? Uite dovada prieteniei lui.

Mafiotul se târăşte de pe banchetă şi merge de-a buşilea până la ea. În întuneric, ochii lui goi şi-au pierdut strălucirea albastră palidă şi au devenit şi mai ameninţători.

— Tu nu vorbeşti aşa, spune apucând-o de gât.

Lola nu se intimidează. L-a auzit de multe ori pe Iuri vorbind despre Orlov şi despre Rebo. Că au fost primii care au venit aici, când a început invazia de pe Costa del Sol. Inseparabili. Unul – mănuşa de mătase, celălalt – pumnul de fier.

— De cât timp eşti cu el? întreabă Lola cu o voce sugrumată. Câţi ani sunt suficienţi ca să fii trădat?

Rebo slăbeşte strânsoarea de pe gâtul ei.

— Dă-mi drumul. Scoate-mă de aici şi îţi promit că vei fi recompensat.

— Tu du la bani.

— Repede, până nu vine poliţia.

Mafiotul îi aruncă o privire tulburătoare.

Apoi se târăşte afară din dubă. Se întoarce după o jumătate de minut, cu o bară din fier albastru în mână. O introduce între clemă şi şasiu şi creează un efect de levier. Clema iese din suportul ei la a treia încercare.

Lola se eliberează, îşi scoate centura şi îşi dă drumul să cadă.

Rebo o aşteaptă afară. Tremură, e un frig insuportabil. Şi-a scos haina şi a aruncat-o pe jos, dintr-un motiv pe care Lola nu îl înțelege. Are atât de multe tatuaje pe antebraț, încât par tapisate.

— Mă păcălești, te omor, spune Rebo arătându-i bucata de fier albastru.

Lola încuviințează. E clar.

— Avem nevoie de o mașină.

Se aud voci de pe pod, pe unde trece autostrada. Ea și Rebo o iau la fugă pe sub pasajul de cale ferată și continuă pe strada pustie. E ceva mai mult decât un drum secundar. La dreapta se află o incintă industrială solitară, înconjurată de ziduri înalte. La stânga, o ieșire către Madrid. Altă stradă pe care nu se vede nicio mașină. Un afiș, lipit de un antreprenor optimist sub un panou „Cedează trecerea", anunță cu litere negre pe un fond galben:

SALĂ DE REPETIȚII CASTLE ROCK

LA 300 DE METRI

Lola îl urmează pe Rebo în acea direcție. După patru minute, ajung la un poligon industrial. La intrare e o parcare semigoală.

Rebo merge printre mașini, până se oprește în fața unui Renault Clio.

— Ăsta foarte ușor, spune. Mașini franceze, pac.

Se apropie de geamul din spate și introduce capătul fierului albastru în marginea lunetei, între cauciuc și punctul în care acesta se îmbină cu caroseria. Cauciucul refuză să cedeze. După mai multe sforțări, Rebo alege varianta rusească pentru a intra în mașină: făcând luneta zob. Intră prin deschizătură și se târăște până la scaunul șoferului. Trage siguranța, deschide portiera. Smulge plasticul care protejează cablurile de contact.

Se uită puţin la cabluri, atingându-le cu degetele lui scurte şi butucănoase, cu vârfuri proeminente. Trage de un capăt, unde sunt trei cabluri roşii.

Se ridică şi se apropie de Lola, care contemplă totul din picioare, înconjurându-şi trupul cu braţele ca să încerce să păstreze căldura. Poartă doar o geacă neagră. Suficientă pentru temperaturile blânde din Málaga. O glumă pentru dimineţile de februarie madrilene.

— Tu cuminte, spune. Are nevoie de asta.

Îi scotoceşte prin păr până îi smulge cele două agrafe cu care îşi ţinea părul pe spate. Şi le pusese când se pieptănase în micul hotel din Estepona, acum un milion de ani sau douăzeci şi patru de ore.

Rebo le îndoaie, rupe una din ele şi, după o oarecare strădanie, reuşeşte să introducă una dintre bucăţi, unind alimentarea de doisprezece volţi şi alimentarea auxiliară; alta, între alimentarea de doisprezece volţi şi panoul de bord şi, în cele din urmă, încă una între motorul de pornire şi celelalte două. Cu un tors încetişor, motorul porneşte.

— Unde? o întreabă pe Lola.

— Conduc eu, spune ea.

— Spune-mi unde.

— Nu e departe.

— Cât?

— O oră. O oră şi un sfert, poate. Maşina e proastă.

Rebo o priveşte cu neîncredere.

— Bine, spune după un timp.

Îi eliberează scaunul şoferului şi se instalează pe bancheta din spate.

Lola se aşază la volan, reglează oglinda retrovizoare. Ochii lui Rebo sunt acolo. La fel de ameninţători ca întotdeauna.

Bagă în prima viteză, scoate mașina din parcare și se îndreaptă spre est, pe podul Vallecas și strada La Paz, către M-30. Fără GPS îi este mult mai greu să se orienteze. Întotdeauna conducea Iuri când mergeau la casa asta.

Ce greu e totul fără el. De ce a trebuit să fie așa de prost?

De ce a trebuit să se lege de Romero și de Belgrano? Și mai ales de ce s-a apucat să gândească cu capul lui? Ce l-a făcut să creadă că e în stare?

Lola reevaluează situația. Poate că are pe bancheta din spate un psihopat asasin, înarmat cu un obiect contondent și ascuțit. Deocamdată e sub control, dar nu-și face iluzii.

Bărbații sunt ușor de manipulat. Unii mai mult decât alții. Pentru aproape toți, sexul e o motivație suficientă. Ceva ce ea a putut promite cu un semn din ochi, cu o privire galeșă, cu o bretea a tricoului care cade accidental. De când era foarte tânără a știut că deține o armă de distrugere în masă. Doar pentru că trăsăturile ei erau aliniate într-un anumit fel, niște protuberanțe de grăsime creau alte forme. Și s-a folosit de asta, cu vârf și îndesat. Iuri era ideal pentru camuflaj și a devenit o unealtă mult mai profitabilă decât și-ar fi imaginat. Dar nu toți bărbații se lasă așa de ușor.

Dacă nu răspund la sex sau la bani, dacă răspund doar la o văpaie interioară pe care ea nu o poate aprinde la comandă, sunt mult mai periculoși. Dacă e ceva ce o îngrozește la Kiril Rebo mai mult decât posibilitatea de a-i face rău, acela e faptul că pare imun la abilitățile ei.

Lola nu-și face iluzii, prin urmare. Rebo doar se preface că se lasă manipulat.

Deocamdată, cred că e de ajuns, se gândește, uitându-se în oglinda retrovizoare. Ochii reci sunt în continuare ațintiți asupra ei. *Te așteaptă o surpriză când ajungem. O să-ți placă.*

14

O urmă

Puternicul Audi ajunge la locul tragediei opt minute mai târziu.

Antonia frânează lângă mașina de teren, care a rămas de-a curmezișul drumului. Câțiva șoferi au oprit ca să vadă ce s-a întâmplat și dacă pot fi de ajutor. Alții frânează cât să scoată capul și să vadă dacă e sânge. Unul se oprește, face un *selfie* și se urcă din nou în mașină, grăbit, în căutare de Wi-Fi.

Antonia și Jon coboară pe terasament, evitând sticle goale și seringi sparte. Rămășițele Citroënului încă sunt calde, ultimele urme de fum ies din mormanul contorsionat care fusese partea din față a mașinii. Radiatorul strivit încă picură pe banda care delimitează șoseaua.

Cadavrele agenților, strânși într-o îmbrățișare obscenă, se văd prin gaura din parbriz. Nu e nevoie să verifice dacă mai respiră. În raport va scrie „leziuni incompatibile cu viața".

— Nouăsprezece, spune Jon cu vocea frântă.

Antonia nu răspunde. Se duce direct în spate. O ușă e deformată și prăbușită. Cealaltă, legată de caroserie doar printr-o balama, e pe jos.

Înăuntru, nimic.

— Au fugit sau i-au luat? întreabă Jon.

Antonia nu răspunde imediat. Înconjoară mașina, privind cu atenție. Ia lanterna lui Jon, intră în dubă, inspectează clemele de care fuseseră încătușați. Una din ele este smulsă. De cealaltă atârnă niște cătușe.

— Rebo s-a eliberat. Iar apoi a eliberat-o pe Lola Moreno, spune ea, încă ghemuită în interior.

Iese, merge până la partea inferioară a podului. Mâinile încep să-i tremure din nou, dar nu ca înainte. Nu și-a pierdut nicio fărâmă din fragilitate, din acel aer gingaș care anunță că e la un pas să se prăbușească. Și totuși...

E ceva schimbat la ea, se gândește Jon. *Ceva periculos.*

Stă o vreme aplecată sub pod.

— Au plecat cu o motocicletă, spune ea, arătându-i lui Jon buricele degetelor, pe care încă se văd urme de cauciuc.

— De unde știi că era motocicleta suspecților?

— A pornit de aici, spune Antonia, arătând cu lanterna spre asfalt. Nu e un loc obișnuit în care să parchezi, decât dacă e vehiculul cu care vrei să fugi. Iar urmele sunt curate, nu s-a așezat praful pe ele.

— Deci au venit cu motocicleta și cu mașina de teren. Au depășit Citroënul, au pregătit ambuscada și au fugit, spune Jon.

— Crezând că i-au omorât.

Cu două vehicule atât de puternice, au putut să obțină un avantaj mare față de dubă pe un traseu atât de lung. Doar apăsând puțin...

Brusc, îi pică fisa.

— Nu au depășit doar duba.

Antonia îl privește în tăcere și încuviințează.

— Erau o motocicletă și o mașină pe șosea, Jon. Nu aveai de unde să știi.

Jon îi pune o mână pe umăr.

— Nici tu.

La început, Antonia se ferește de contact, dar apoi lasă mâna enormă să rămână acolo. E foarte frig, iar căldura pe care o emană Jon e ca un balsam.

— Îți vine să crezi sau nu, spune cu un firicel de voce, încep să cred că nu pot salva pe toată lumea.

Jon își retrage mâna foarte încet.

Îl copleșește un val de tristețe. Nu poți să o cunoști pe Antonia Scott, dar poți să o înțelegi. Iar el înțelegea de unde vine energia enormă care o motivează. Fiindcă recunoștea în ea candoarea pe care o simțea el la început, aceeași dorință de dreptate, aceeași compasiune pentru cei care suferă. Dar acum poate să denumească ceva ce simte de mai multe zile. Epicentrul energiei Antoniei Scott s-a deplasat puțin. Compasiunea a făcut loc dorinței de răzbunare.

Poate că asta o va face și mai bună. Mai puternică. Compasiunea e o ceață în care te pierzi. Răzbunarea vine din ură, iar ura e ceva concret, ceva ce poate fi folosit ca armă.

Privind cadavrele colegilor săi din dubă, amintindu-și de coșmarul de la containerul din Málaga, Jon nu o poate învinui.

Trebuie făcut ce e de făcut. Sau, cel puțin, ce se poate face.

Dacă nu poți să-i salvezi, măcar vei putea să-i răzbuni.

Ceea ce nu-l face să nu mai fie foarte trist.

Sus se văd luminile celor de la Garda Civilă. Se uită de pe pod, încep să coboare pe terasament cu vestele lor galbene.

Inspectorul Gutiérrez se ocupă de explicații, care durează minute prețioase. Antonia îl așteaptă în mașină, pe locul din dreapta, cu ochii închiși.

Jon intră, frecându-și mâinile și suflând în ele ca să le încălzească. E din ce în ce mai frig.

— Ai adormit? întreabă Jon.

Ea scutură din cap, cu buzele strânse, fără să deschidă ochii.

— Ce n-aș da pentru o capsulă roșie, spune ea.

— Iar eu, pentru un soț bogat. Poți s-o faci. Ai mai făcut-o și înainte.

Antonia respiră întretăiat.

— E mult mai greu. Și mai...

Nu adaugă alte adjective. Jon, în schimb, adaugă un substantiv. Frică. Asta simte Antonia Scott. Ea, care pare să nu se teamă de nimic, în afară de ea însăși.

— O să am nevoie de telefonul tău mobil, spune după un timp.

Jon îi dă aparatul și se uită la ea cum îl închide și îl deschide din nou. Doar că, atunci când îl deschide, ține apăsat butonul prin care se mărește volumul. În loc de ecranul de întâmpinare, apare o aplicație. Antonia introduce un număr format din multe cifre, iar apoi aplicația execută o recunoaștere facială.

— Cum ai instalat asta pe telefonul meu?

— Ăsta nu e telefonul tău. Ți l-am schimbat cu multe luni în urmă. Ăsta e mai bun. Și fără ca Apple să știe ce faci.

— Dar voi știți?

— Sunt sigură că *Asier_29* o să-ți scrie până la urmă. Pare un om bun, spune Antonia, fără să înceteze să tasteze în aplicație.

Jon știe foarte bine ce pagini a vizitat, mesajele pe care le-a trimis, ce a fotografiat cu telefonul ăla. Și n-ar vrea să mai știe și altcineva. Roșeața îi urcă în obraji, sub formă de căldură uscată. Protestele stau la coadă în spatele dinților, dar apoi își amintește ceva despre cineva care se joacă cu focul și se trezește ud. Așa că se mulțumește să îmbrățișeze volanul și să privească în altă parte. Până îi trece.

— Asta e interesant, spune Antonia.

— Ce?

— Lola Moreno s-a dus să-și ia câinele. Trebuia să se urce în mașină cu asistenta ei, dar n-a mai apucat. Au apărut oamenii lui Orlov și au luat-o.

— Șoferul ăla îmi dă fiori, spune Jon amintindu-și de Kiril Rebo.

— Bănuiesc că femeia aia i-a anunțat. Zenya Kuchma, ucraineană, cu permis de ședere. Poate de frică.

— A plecat înainte de a ajunge noi.

— Femeia aia locuiește la periferia orașului Marbella. De ce telefonul ei îmi arată că acum e în mișcare, pe o șosea montană din apropierea Madridului?

Antonia îi arată pe ecran poziția telefonului Zenyei Kuchma. La o distanță de nouăzeci și nouă de kilometri.

— Ăsta e Heimdall, nu? întreabă Jon, pornind motorul.

Antonia încuviințează.

— Și i-a localizat telefonul prin satelit, nu?

Antonia încuviințează din nou.

— Vezi că are funcție de satelit fascist magic?

Lola

A fost odată ca niciodată o fată care și-a cumpărat o casă într-o pădure, nu departe de un sat ca-n basme.

Lola iubește Rascafría.

E un loc incredibil de frumos. Mănăstirea Paular are peste șase sute de ani. Călugării au ridicat-o în jurul unei vetre și al unei mori de hârtie. Le-a luat două secole să o construiască și eforturi imense ca să o conserve, în acea zonă sălbatică de la poalele munților Peñalara. În această zonă înțesată de pâraie înghețate și pietroase, cu păduri de plopi, brazi și mesteceni.

Lola nu mai fusese niciodată acolo. Dar știa că ea și Iuri aveau nevoie de un refugiu pentru ziua de mâine. Un loc pe care să nu-l știe nimeni, departe de toți și de toate. A găsit casa căutând pe un site de imobiliare. O parcelă de o mie șapte sute de metri pătrați, pe un drum forestier în mijlocul Parcului Național Sierra de Guadarrama. O construcție din 1975, care azi ar fi complet ilegală.

— Cumpăr-o, i-a spus lui Iuri.

A efectuat operațiunea cu deosebită grijă, astfel încât să nu se poată face legătura între ei și proprietate. Nici măcar nu l-au folosit pe Ustyan ca intermediar, ci au apelat la serviciile unui maltez extrem de scump.

Casa a costat trei sute de mii de euro. Să o achiziționeze sub anonimat, alte câteva mii. Dar a devenit o ascunzătoare romantică. De mai multe ori au urcat până acolo cu mașina, discret. Kot pe bancheta din spate, sforăind răbdător. Și ce se mai bucura câinele de plimbările lungi prin pădurea interminabilă! Mai ales când se duceau acolo iarna, iar zăpada ajungea uneori la aproape o jumătate de metru înălțime.

Se pare că azi va fi una dintre acele zile.

Au găsit zăpadă în dreptul barajului Pinilla. Șoseaua trecea treptat de la negru la un gri murdar. Iar apoi, la alb.

Roțile Clio-ului au început să aibă probleme cu aderența în dreptul localității Alameda del Valle. Lola scoase mașina de pe șosea și intră în sat.

— Aici e? întrebă Kiril, atent dintr-odată.

— Nu. Avem nevoie de lanțuri. Altfel, nu putem continua.

Au oprit în spatele unui Mercedes cu lanțurile puse, parcat lângă un restaurant. *Imposibil de forțat*, spuse Rebo. Cum nu puteau lua mașina, au furat lanțurile. S-au chinuit aproape o jumătate de oră ca să le scoată și să le instaleze pe roțile din spate ale Clio-ului.

— Ești rus, se presupune că ai mai făcut asta.

Kiril ridică din umeri.

— Prejudecată, *da*? Ca negrii care dansează, *da*?

Să lezez sensibilitatea politică a unui mafiot, asta-mi mai lipsea, se gândi Lola. Urcară din nou în mașina care oferea prea puțină căldură. Chiar și cu încălzirea la maximum, metoda rusească pe care o folosise Kiril ca să ajungă înăuntru transformase Clio-ul într-un frigider.

Tremurând, ajunseră la Rascafría.

Frumusețea satului o impresionează din nou pe Lola. Chiar și noaptea, cu urgia bătând în geam, satul pare o relicvă din alt secol. Acolo, oamenii sunt pașnici, liniștiți. Nu există nici discotecă, nici bordeluri. Cel mult o mie cinci sute de locuitori și doar o mașină a poliției municipale, care părăsește garajul primăriei doar în zilele de sărbătoare.

Paradisul.

Lola conduce până în capătul satului și o apucă pe drumul spre portul Cotos. Dau peste un indicator al Gărzii Civile, care anunță că șoseaua e închisă din cauza viscolului.

Lola îl dă la o parte, coboară și merge mai departe. La o sută de metri mai încolo se află drumul către Arroyo del Cuco.

Mai sunt încă doisprezece kilometri, pe un drum de pământ în mijlocul pădurii. Zăpada are deja câțiva centimetri. Lola încetinește, conduce în viteza a treia ca să nu piardă din tracțiune și atinge cât mai puțin volanul. Chiar și așa, ultima porțiune e un coșmar, cu roțile patinând periculos o dată la câteva minute.

Dintr-odată, mașina rămâne înțepenită în mijlocul șoselei.

— Trebuie să continuăm drumul pe jos, spune Lola.

Rebo privește afară, unde ninsoarea se întețește tot mai mult, și își privește puținele haine.

— Dacă rămânem aici, murim, insistă Lola.

— Departe? întreabă Rebo.

— Aproape, răspunde ea, care habar nu are unde se află.

Doar câte un stâlp din câțiva în câțiva metri îi ajută să nu se piardă. Asta și faptul că erau la doar o sută de pași de casă. Fiindcă nu ar mai fi rezistat mult, cu vântul ajungând la optzeci de kilometri la oră.

Încă o jumătate de oră și n-am fi izbutit, se gândește Lola, văzând cum crește stratul de zăpadă.

Chiar și așa, ajung la poarta casei înghețați bocnă. Cu buzele vinete și mușchii extenuați. Lola apasă cu forță pe butonul interfonului. Dacă Zenya nu a ascultat-o și nu a ajuns acasă, vor trebui să sară zidul. Și nu va fi deloc ușor.

Gardul viu care înconjoară proprietatea e înalt, gros, are trei metri înălţime.

Te rog. Te rog, spune Lola apăsând în continuare.

— Da? se aude o voce în interfon.

Lola rosteşte parola care a deschis orice poartă a Spaniei, la orice oră, dintotdeauna.

— Eu sunt.

Poarta de acces pe proprietate se deschide cu un zumzet aspru şi arogant.

O lumină se aprinde în faţa casei. Abia se vede prin pătura de zăpadă. Lola se îndreaptă spre ea. Trebuie să ridice picioarele cu putere ca să meargă prin zăpadă, care s-a făcut deja de două palme. Are blugii uzi până la genunchi şi abia dacă-şi mai simte picioarele.

Când ajung pe veranda din faţă, Lola mai are puţin şi leşină. Nici Kiril nu e într-o stare mult mai bună decât ea. Pielea înroşită, respiraţia slabă. Când intră în hol, abia mai pot merge. Fiecare pas e o tortură.

Zenya aşteaptă la uşă cu o pătură. Lola se întinde să o ia, dar Kiril o apucă din spate înainte să o prindă. Asistenta se dă în spate, speriată, când îl vede pe rus.

— Câinele, spune el, obligând-o pe Lola să se întoarcă şi punându-i la gât capătul îndoit al barei de fier.

Lola îl priveşte cu o epuizare infinită. La un moment dat, dintr-un trecut îndepărtat, planul ei prevedea să-i ordone lui Kot să-l atace pe Kiril de îndată ce intră în casă. Plan de care ea uitase, dar pe care se pare că Kiril îl avusese în vedere de la bun început.

Ridică mâna de care încă sunt ataşate cătuşele.

— Zenya. Unde e Kot?

— În bucătărie, doamnă, răspunde Zenya.

Zgârieturi în uşa alăturată.

— Du-te după el, ordonă Kiril în rusă. Şi leagă-l undeva unde să-l pot vedea.

Zenya dispare pe uşa bucătăriei şi se întoarce imediat cu câinele, legat cu un ham care îi înconjoară gâtul şi îl susţine în zona pieptului. Kot o trage atât de tare, încât Zenya abia poate să-l ţină.

— Controlează, spune Rebo, apăsând şi mai mult fierul pe gâtul Lolei.

— *Myeste*. Stai cuminte, ordonă Lola.

Kot se opreşte imediat. Dar nu-şi ia ochii de la Kiril Rebo. Un foc înfometat mocneşte în spatele ochilor cafenii.

— Leagă-l acolo, spune Rebo, arătând spre un stâlp din lemn din mijlocul livingului.

Zenya se supune, înfăşurând lesa în jurul stâlpului. Face un nod zdravăn şi întoarce capătul lesei.

De-abia atunci îi dă Rebo drumul Lolei, care se îndepărtează de el împleticit şi se lasă să cadă în fund în faţa şemineului. Zenya a pornit încălzirea centralizată a casei, dar nu a aprins şemineul. Sunt pregătiţi buşteni.

Nu folosesc pastile de aprindere. Ca să facă focul au la dispoziţie doar un teanc enorm de ziare vechi (intact) şi un exemplar din cartea *Cincizeci de umbre ale lui Grey*, căreia îi lipsesc jumătate dintre pagini. Cu degetele aproape insensibile, Lola smulge un capitol şi îl foloseşte ca să aprindă focul.

Când izbucnesc flăcările, Lola îşi scoate hainele umede. Dezbrăcată, se înfăşoară în pătura adusă de Zenya.

Rebo nu s-a clintit de la intrare, aşteptând să vadă ce face Lola. N-a scăpat-o din ochi în timp ce se dezbrăca, desfătându-se cu formele geometrice bizare pe care flăcările le desenează pe sânii dezgoliţi şi pe pântecul Lolei. Fără haine, e imposibil să-şi ascundă sarcina.

— Iuri, *da*? întreabă, apropiindu-se de şemineu.

Lola nu răspunde. Privirea îi e aţintită la foc, iar mintea, la un milion de kilometri distanţă. Sau chiar la acest loc, dar în urmă cu un milion de minute. Aşezată în faţa aceluiaşi şemineu, cu soţul ei. Trecându-i mâna prin părul negru, cu bretonul cârlionţat când şi-l lăsa să crească. Doamne, ce chipeş era. Cu buzele alea cărnoase şi nasul ăla mare şi masculin. Nu era foarte înalt, dar ştia să o facă fericită.

Am fi putut să avem totul. Idiotul.

— Nu am omorât niciodată gravidă, spune Rebo.

— N-o vei face nici acum. Avem o înţelegere. Vom împărţi banii.

Rebo se apropie de Zenya şi îi ordonă să se aşeze pe canapeaua de lângă şemineu. Scoate cătuşele din buzunar şi o leagă cu mâinile la spate. Lola îşi dă seama că trebuie să şi le fi scos pe drum.

Probabil s-a folosit de agrafele mele.

— Prefer să vorbesc în rusă. Tu îmi răspunzi în spaniolă. Bine? întreabă Kiril în limba lui.

Lola încuviinţează. Nu mai are rost să se prefacă.

— Banii sunt în casa asta?

— Sunt aici, în acest living.

— Bine, arată-mi-i.

Nu numai că nu are rost să se certe, dar nu are rost nici să se împotrivească. Nu-i va cere nimic lui Rebo, nici nu se va certa cu el.

Se ridică, înfăşurată în pătură, şi se îndreaptă spre stâlpul de care este legat Kot.

— Unde te duci? întreabă mafiotul, interpunându-se între ea şi câine.

— Mă duc după bani.

— O să-i dai drumul, târfă.

— Dacă vrei banii, va trebui să ai încredere în mine.

Rebo, care nu a avut niciodată încredere în cineva, n-o să înceapă să facă asta acum. Îi smulge pătura Lolei, îi pune fierul în spate și o obligă să meargă în fața lui.

Pe măsură ce se apropie, Kot se încordează. Se ridică puțin, însă hamul nu-l lasă să se ridice de tot. Scoate un mârâit amenințător și constant.

— *Myeste.* Stai cuminte, spune Lola cu o voce tremurândă.

Nu și-a mai injectat insulină de ore bune. Își simte din nou gâtul uscat și privirea cam încețoșată. Dar nu poate să facă greșeli acum.

Se apleacă și mângâie câinele în spatele urechilor.

— Ai grijă, o previne Rebo.

Vârful fierului îi zgârie pielea și simte un firicel de sânge prelingându-i-se pe zona lombară.

Kot se foiește neliniștit. Mirosul de sânge îl înnebunește.

— *Molodeț.* Băiat bun, spune Lola, bătându-l ușurel pe gât, până găsește, sub claia de păr imensă, ceea ce căuta.

O porțiune de piele mai tare. Acolo unde dresorul rus îi făcuse cu un bisturiu o mică incizie, de dimensiunea unei unghii, înainte de a-i introduce o învelitoare rigidă din plastic sub epidermă.

Impermeabilă, invizibilă.

Ca și cum ai avea un seif cu colți.

Șoptindu-i în continuare cuvinte liniștitoare, Lola scormonește cu unghia până reușește să extragă microcardul SD. 512 GB. Rezistent la lovituri, la apă, la câmpuri magnetice. Capabil să îndure temperaturi de până la optzeci și cinci de grade.

Lola îi arată lui Rebo cardul, fără să se întoarcă. Mafiotul i-l smulge din mână și o trage de păr, forțând-o să se îndepărteze de câine.

Lola ia pătura de pe jos, fără să se impacienteze. Se înfăşoară cu ea şi se întoarce lângă şemineu.

— Ce-i asta?

— Ceea ce caută toată lumea. Structura firmelor din Tambovskaia. Dovezi împotriva comisarului Romero şi a subinspectorului Belgrano.

— Şi banii? Sunt aici?

Lola încuviinţează.

— E un fişier. În el se află 74 568 de *bitcoins*.

— Şase sute de milioane de euro, spune Rebo, nevenindu-i să creadă că o asemenea sumă de bani poate încăpea într-o bucăţică de plastic cât unghia de la degetul lui mic.

— Când i-am luat de la Orlov, asta era suma. Acum valorează mai mult. Aproape opt sute de milioane, ultima dată când am verificat cursul, spune Lola cu un calm uimitor. Şi, înainte de a-ţi veni vreo idee ciudată, fiecare fişier e protejat cu altă parolă. Doar eu le ştiu.

— Nu-mi fac griji. O să ni le spui până la urmă, zice Rebo cu un zâmbet arogant.

Lola se întoarce alarmată când aude pluralul.

Rebo îi arată un telefon mobil.

— Punga cu obiectele noastre personale era în cabina dubei. A trebuit să scotocesc puţin pe sub poliţişti. Dar cred că pe ei nu-i mai deranjează. Drept cadou, de la unul din ei am luat asta, spune lăsând bara din fier să cadă pe podea şi scoţând un pistol din partea din spate a pantalonilor.

Zenya, care nu s-a clintit de pe canapea şi nici n-a deschis gura, începe să plângă.

Lola priveşte obiectul din metal negru şi greu şi înţelege cât de naivă a fost. Rebo nu a scos arma mai devreme ca să o facă să capete încredere. Ca să o facă să creadă că-l poate învinge cumva. A fost mai şmecher decât ea.

— Aveam o înţelegere, spune ea, disperată.

— WhatsApp are o funcţie foarte interesantă. Pronunţat în rusă, numele aplicaţiei sună comic din gura lui Rebo. *Gua-ţa*. Trimite locaţia în timp real. Aici nu mai există acoperire, dar nu cred că le va lua mult să ne găsească.

— Ticălos tâmpit, spune Lola ridicându-se în picioare, furioasă. Orlov te-ar fi omorât fără să stea pe gânduri.

— Dar am supravieţuit, zice Rebo ridicând din umeri. Războiul e război.

În acel moment se deschide uşa.

A fost foarte uşor să-i urmărească, cel puţin la început.

Duba mergea încet, aşa că a trebuit să-şi ţină în frâu Kawasaki-ul pe autostradă, făcând drumul plictisitor. Şi-a permis chiar să se oprească şi să se odihnească pentru câteva minute la o benzinărie. A mâncat ceva, s-a dus la baie, iar apoi nu i-a luat mult să-i prindă din urmă. A lăsat aproape opt sute de metri distanţă faţă de Citroën, ca să nu rişte să o vadă.

Planul ei nu era aşa de simplu. Trebuia ca ei să se oprească pentru ca ea să poată acţiona, aşa că aştepta ocazia. Cel mai bun moment ar fi după ce ajung la Madrid, profitând de faptul că cei doi agenţi ar fi epuizaţi de drum. La un semafor, la o intersecţie unde se cedează trecerea.

Ocazia nu s-a mai ivit. Fiindcă cineva i-a luat-o înainte.

Când a văzut maşina de teren năpustindu-se asupra dubei, a frânat brusc şi s-a retras pe acostament. A stins luminile şi şi-a continuat drumul foarte încet. Aşa a fost martoră la tot ce s-a întâmplat.

Când a ajuns la pod, cei doi atacatori deja plecau cu motocicleta. Altă maşină oprise deja lângă maşina de teren şi cineva suna la poliţie.

Şi-a înăbuşit o înjurătură sub cască. Toate eforturile fuseseră inutile. Furia şi frustrarea au pus stăpânire pe ea.

Atunci l-a văzut pe Rebo ieşind din spatele dubei. L-a văzut răscolind printre cadavre, luând o bară din fier. Iar apoi, ieşind din nou, împreună cu Lola Moreno.

A zâmbit. Dintr-odată, planul ei devenise mult mai simplu.

A calculat avantajele şi dezavantajele de a acţiona în acel moment. Şi, în cele din urmă, s-a hotărât că e mai bine să aştepte şi să-l lase pe Rebo să acţioneze.

A oprit motorul Kawasaki-ului, a coborât şi a ghidat motocicleta, mergând pe jos, către baza terasamentului. Apoi, la o oarecare distanţă pe stradă. A pornit motorul numai când ei s-au urcat în Clio şi şi-au continuat drumul.

Cu luminile stinse, ea şi motocicleta neagră erau doar încă o umbră în întuneric.

O jumătate de oră mai târziu, a simţit telefonul mobil vibrând. A frânat pe marginea şoselei ca să-l verifice. Orlov îi trimisese un mesaj cu locul în care se afla Lola Moreno. Se pare că Rebo reuşise să ia legătura cu el. Spunea că o echipă e pe drum într-acolo. Îi ordona (îi ordona!) să se ducă după ei, ca să o prindă o dată pentru totdeauna.

A scos un hohot de râs în faţa aroganţei bătrânului neghiob. Îl aştepta o surpriză, fără îndoială. Dar nu înainte ca ea să-şi îndeplinească misiunea.

A pornit din nou şi, nu după mult timp, a ajuns Clio-ul din urmă. Dar, puţin mai târziu, situaţia s-a complicat. Pe măsură ce urcau, vremea se înrăutăţea. Viscolul care se abătuse asupra munţilor umpluse de zăpadă murdară şoseaua, care nu mai era o autostradă perfectă şi sigură, ci un drum şerpuit şi cu două sensuri de mers.

I-a văzut oprindu-se să fure nişte lanţuri, dar ea nu-şi permitea acest lux. N-ar găsi lanţuri potrivite pentru roţile Kawasaki-ului şi nici nu are timp să caute.

Aşa că să-i urmărească devine, dintr-odată, un joc foarte periculos. Inclusiv la viteza redusă cu care circulă. Motocicleta nu a fost concepută pentru aşa ceva. Cu nişte roţi ghintuite sau chiar cu o soluţie-spray care să îmbunătăţească tracţiunea, ar putea să-şi facă treaba mai bine. Dar să se gândească la asta e ca şi cum şi-ar dori un elicopter.

Continuă, cum poate, încercând să menţină roata pe urma lăsată de Clio. Asta ajută, dar de două ori cade. Când maşina părăseşte drumul principal şi intră pe un drum de pământ, situaţia devine imposibilă.

Ei avansează atât de încet, încât trebuie să oprească motocicleta de mai multe ori, ca să nu o vadă. Iar vântul, din ce în ce mai puternic, face să-i fie din ce în ce mai greu să rămână pe motocicletă. Pielea hainelor şi tricoul termic pe care îl poartă pe dedesubt o feresc întru câtva de frig, dar, pe lângă aer, începe să simtă că pierde prea repede din căldura corporală.

Totuşi, nu cedează.

Se hotărăşte să lase motocicleta printre copaci şi să continue pe jos.

Nu după mult timp, fac şi ei la fel. Se uită cu stupoare cum pornesc prin viscol îmbrăcaţi cu haine subţiri. Nu vor rezista aşa nici zece minute, *se gândeşte.* Catâri proşti.

Spre norocul lor, casa e foarte aproape.

Îi urmează cu uşurinţă pe proprietate. Nici n-au închis poarta după ei.

Aşa, aude toată discuţia de la intrare, apărată împotriva vântului de coloanele verandei.

Când a auzit tot ce trebuie să ştie, deschide uşa.

— Războiul e război, spune Kiril Rebo.

Dintr-odată, aude uşa deschizându-se şi se întoarce spre ea, ţintind-o cu pistolul.

— Cine dracului eşti?

— Cernaia Volciţa, *răspunde ea, scoţându-şi casca şi apropiindu-se de el.*

Kiril Rebo râde cu cruzime şi se întoarce spre Lola Moreno.

— Lupoaica Neagră e aici, fredonează el pe un ton sarcastic. Acum o să afli ce înseamnă frica.

Ea zâmbeşte la rândul ei şi scoate pistolul de sub geaca din piele. Cu o mână hotărâtă, îl pune la tâmpla lui Rebo, care continuă să râdă, şi apasă pe trăgaci. Glonţul îi zboară creierii, retezând zâmbetul pe jumătate.

15

O răsturnare

— Să-mi bag picioarele în ea de zăpadă, spune Jon.

— Cred că înjuri prea mult.

— Cred că o să dăm de dracu'.

Jon conduce extrem de atent, traversând Rascafría. Nu au oprit ca să pună lanțurile, fiindcă nu vrea Antonia.

— Ne grăbim. Activează asistența electronică, îi spune apăsând un buton de pe bord.

Mașina are un calculator la bord – *la prețul ăsta, ar putea să se conducă singură*, se gândește Jon –, care corectează devierile bruște ale roților. Nu face minuni, dar a ajutat Audi-ul de două ori să nu patineze.

După ce trec de sat, se pierde semnalul.

— Nu e acoperire, spune Antonia. Locul în care ne aflăm acum este ultimul înregistrat de telefonul mobil al Zenyei.

Locul în care se află e nicăieri. În fața lor se aștern două drumuri. Unul duce înapoi către Rascafría. Celălalt duce la portul Cotos. Înălțime: 1 830 de metri. Un indicator al Gărzii Civile anunță că drumul e închis.

Cineva l-a dat la o parte.

Jon o privește pe Antonia, iar ea încuviințează.

— Sunt niște dâre de roți pe jos, spune ea, când înaintează pe drum.

Dârele sunt slabe, iar lui Jon îi este greu să le urmărească. Zăpada continuă să cadă din abundenţă şi acoperă urmele. La un moment dat, dispar.

— Nu se poate, spune Antonia coborând din maşină.

Se apleacă în conul de lumină al farurilor şi studiază solul cu atenţie.

— Pe aici nu a trecut nimeni, spune ea când se întoarce la maşină, cu dinţii clănţănind şi cu vocea tremurândă.

— Probabil am ratat cotitura, spune Jon dând în marşarier.

— Mergi cât de încet poţi, îi zice Antonia deschizând geamul.

Scoate capul şi îndreaptă lanterna spre pământ şi printre copaci. Pădurea e deasă, iar trunchiurile se ridică în faţa lor ca nişte gardieni fantasmagorici.

Puţin mai în spate e un gol între copaci. Abia se distinge în întuneric. Iar pe jos, o urmă de roţi imperceptibilă.

— Pe aici e, arată ea spre dreapta.

Jon face manevre ca să intre pe drumul forestier. Stratul alb a acoperit pământul, îngreunând mult mai mult urmărirea dârei. Vizibilitatea în faţa lor e zero.

Dintr-odată, la o curbă mai strânsă, o maşină oprită apare din neant. Jon trage puternic de volan, instinctiv. Asistenţa electronică se încăpăţânează să contracareze întoarcerea bruscă, împingând roţile în direcţie opusă. Audi-ul loveşte maşina pieziş (e un Renault Clio, observă Antonia când trec pe lângă ea), alunecă pe zăpadă, iese de pe drum, coboară trei sute de metri printre copaci, până când unul dintre ei îi opreşte brusc.

— Încă una, spune Jon, după ce airbagul s-a dezumflat suficient ca să-l lase să vorbească.

— Doi la unu, răspunde Antonia, dând din mâini ca să-şi îndepărteze nailonul alb de pe faţă.

— Aici nu se poate spune că am condus imprudent. Aveam treizeci de kilometri la oră.

— Bănuiesc că nu, admite Antonia, ieşind din maşină ca să evalueze pagubele.

Audi-ului i-a crescut un copac din capotă. Caroseria s-a bombat şi s-a deformat, îmbrăţişând jumătate din trunchiul mesteacănului. N-o să mai meargă nicăieri fără ajutorul unei platforme şi fără treizeci de ore de service la două sute de euro ora.

Jon se duce la portbagaj şi deschide valiza. O jachetă subţire e tot ce poate folosi ca să se apere de frig. Nici Antonia nu stă mult mai bine. Un pardesiu trei sferturi era tot ce pusese în bagaj.

— Să ne întoarcem la şosea.

— Aşteaptă un minut, o roagă Jon.

Dă bagajele la o parte, le pune în zăpadă şi scoate covoraşul care protejează fundul portbagajului, dezvelind roata de rezervă.

— Mă tem că avem nevoie de ceva mai mult decât să schimbăm o roată.

Jon ridică roata, o aruncă pe jos. Dedesubt e un gol, cu un suport alungit, de un metru lăţime. Jon îl împinge în faţă şi scoate ce se află înăuntru.

— Remington 870 Nighthawk, cu pat extensibil, cartuşieră cu cinci cartuşe suplimentare, centură de neopren, spune Antonia pe un ton apreciativ. Ăsta nu e echipamentul oficial.

— E periculos noaptea în pădure, răspunde Jon, atârnându-şi centura de umăr, cu ţeava îndreptată spre pământ.

În final, ia cele două veste antiglonţ, şi-o pune pe a lui şi o obligă pe Antonia să facă acelaşi lucru.

— Haide, ţine.

Se întorc cu greu la Clio-ul de pe şosea. Când ajung sus, au picioarele îngheţate şi respiraţia sacadată.

— Să mergem înainte.

Copacii dispar brusc puţin mai în faţă. Zăpada cade acum mai încet, iar vântul s-a domolit destul de mult. Asta le permite să meargă puţin mai drept, când dau peste zidul care înconjoară proprietatea.

Poarta e deschisă.

Sunt la jumătatea drumului către casă când aud împuşcătura.

— Rămâi aici, spune Jon îndreptându-se spre verandă.

Antonia, bineînţeles, nu se supune. Uşa e deschisă, iar când intră, văd un tablou la care nu se aşteptau.

Livingul e spaţios, rustic. Bârne din lemn pe tavan şi în mai multe locuri din living. Un şemineu aprins. O canapea şi două fotolii. O masă. Nimic din toată excentricitatea şi oroarea casei din Marbella.

Pe canapea, o femeie ucraineană încătuşată. În picioare, lângă şemineu, Lola Moreno înfăşurată într-o pătură. Legat de un stâlp, un Ciobănesc caucazian care mârâie ameninţător. Pe jos, sub formă de covor, cadavrul lui Kiril Rebo, căruia îi lipseşte o bucată bună din craniu. În picioare, la doi paşi de cadavru, o femeie roşcată, cu pielea atât de albă, încât refractă fiecare reflexie a şemineului, îmbrăcată în haine de motociclist negre. Într-o mână ţine casca, iar în cealaltă, pistolul.

Jon intră ţinând puşca în faţă.

— Aruncă arma! Acum!

Femeia îl priveşte, apoi se uită la Antonia.

— Vă cunosc. Poliţia.

În acel moment, Lola păşeşte în faţă şi o împinge pe femeie în piept. Atacul o ia prin surprindere, se împiedică de cadavrul lui Rebo şi cade pe spate.

— *Fas*, spune ea.

Kot se năpustește, mârâind, asupra femeii căzute. Nu reușește să ajungă la braț, dar o prinde cu dinții de pulpa stângă. Femeia scoate un țipăt înăbușit. Ridică pistolul spre fața câinelui, dar nu apucă să tragă.

— Ordonă-i să-i dea drumul, spune Antonia.

— Femeia asta e cu Orlov!

— N-o să repet, spune Antonia.

E neînarmată și cu un cap mai scundă decât ea, dar ceva din vocea ei îi spune Lolei Moreno că nu ar fi bine să riposteze.

— *Myeste*.

Câinele își descleștează imediat mandibula. Când își retrage colții, aceștia sunt roșii.

— Pistolul, spune Jon apropiindu-se de ea, ținând în continuare pușca îndreptată asupra ei.

Femeia respiră puternic, încercând să nu țipe de durere. Își ține dinții strânși și chiar și așa refuză să-i dea arma inspectorului Gutiérrez.

Antonia se apleacă și i-o ia dintre degetele încleștate.

— Lasă-mă să mă uit, o roagă.

Rana e adâncă. Dinții enormi ai Ciobănescului caucazian au sfâșiat o bună bucată din mușchi. Pierde mult sânge.

— Ocupă-te, îi spune Antonia colegului ei, arătând spre femei.

— Stai liniștită.

Antonia se întoarce după un timp cu o foarfecă, prosoape curate, o sticlă de votcă și o rolă de bandă adezivă, pe care a găsit-o într-un sertar din bucătărie. Taie pantalonii din piele și începe să remedieze dezastrul așa cum poate.

— Are nevoie de antibiotice.

— Iar eu am nevoie de insulină, spune Lola, care este aplecată peste cadavrul lui Rebo.

— Daţi-vă în spate, zice Jon.

— Nu înţelegeţi. Ceea ce căutaţi se află pe acest card, îi spune Lola arătându-i cardul. Banii. Informaţiile despre Orlov. Dovezile împotriva lui Romero.

— O să mă ocup eu de asta, zice Antonia luându-i cardul din mână.

— Aici sunt mai mulţi bani decât aţi câştiga într-o sută de vieţi. Dacă mă scăpaţi de ei, îi putem împărţi.

— Cât?

Lola îi spune.

Jon fluieră.

— Aţi spus că există dovezi împotriva lui Romero. La ce vă referiţi?

— Soţul meu era informatorul poliţiei. Aveam o înţelegere. El marca obiectivele, ei făceau raziile. Apoi s-a complicat situaţia. Iuri le-a întins o cursă. Un transport de bani şi de droguri. Ei au furat o parte din bani şi l-au omorât pe transportator. E totul acolo. Înregistrări video, audio. Totul.

Antonia şi Jon se uită unul la celălalt.

— Aveai dreptate, spune Jon.

— De asta mă tem. Belgrano a încercat să vă omoare, nu? o întreabă Antonia pe Lola.

— Iuri i-a ameninţat. Voia să renunţe la înţelegere.

— Şi a ieşit după cum era de aşteptat.

— A fost un prost. Existau multe moduri de a face treaba asta bine. Dacă mi-ar fi spus... zice Lola, care începe să se simtă din nou ameţită şi trebuie să se aşeze lângă Zenya.

— Bine. Acum s-a terminat totul. Am prins-o chiar şi pe Lupoaica Neagră, se umflă Jon în pene.

Antonia se uită la femeia trântită pe jos. Apoi se uită la pistolul pe care l-a luat de la ea. La cadavrul lui Kiril Rebo. La câine, care nu-şi ia ochii de la ei, în timp ce-şi linge sângele de pe bot.

— Ea nu e Lupoaica Neagră, spune Antonia.

Jon se întoarce spre ea, cu ochii cât cepele.

— Ce spui acolo, scumpete? Ai înnebunit?

Antonia arată spre câine, arată spre Rebo.

— Spune-mi de ce asasina noastră profesionistă îl ucide cu sânge-rece pe Kiril Rebo, dar nu omoară câinele în legitimă apărare.

Categoric, Jon nu are un răspuns la întrebarea asta.

— Eşti Lupoaica Neagră? întreabă, aplecându-se deasupra femeii rănite.

— Nu. Am urmărit-o şi am omorât-o.

Inspectorul Gutiérrez scoate un hohot de neîncredere.

— Tu ai omorât-o pe Lupoaica Neagră? Pe asasina de care se teme toată mafia?

— Ea bună. Eu mai bună, spune femeia ridicând din umeri.

Jon se scarpină în cap.

— Bun. Nu eşti Lupoaica Neagră. Atunci, cine eşti?

— Nume nu important. Important e că Orlov vine.

— Lasă-ne pe noi să hotărâm asta.

Ea îşi reprimă o grimasă de durere. Inspiră adânc. Nu a mai pronunţat cuvintele astea de ani întregi. Atât de mulţi, încât a ajuns să se îndoiască de identitatea ei reală.

— Mă numesc Irina Badia.

PARTEA A PATRA

JON

Fata nu simţi nicio durere
când cuiul îi sfâşie faţa,
sub ochiul stâng.

1

O poveste

Asta este o poveste care ar trebui spusă cu voce domoală, ritmată, cu pauze, având la dispoziție tot timpul din lume.

A fost odată ca niciodată o fată

Vocale suave, consoane dure, foneme cu accent de pe meleaguri îndepărtate.

care se agăța în joacă

Fraze scurte, multe tăceri, uneori îndelungate.

de creanga bătrânului stejar,

Până depeni aceeași poveste pe care ea și-o spune sieși neîncetat.

până când, într-o zi, au venit

Ca să-și aline durerea, ca să-și ostoiască nevoia, ca să reușească să adoarmă.

niște oameni răi.

A fost odată ca niciodată o fată care se agăța în joacă de creanga bătrânului stejar, până când, într-o zi, au venit niște oameni răi.

Fata se numea Irina Badia. Sora ei, Oksana. Trăiau la o fermă, proprietatea părinților lor, în Cikalova, Ucraina.

Toate astea sunt doar cuvinte.

De câte e nevoie ca să spui povestea unui om? O mie? O sută de mii?

Nici atâtea nu sunt suficiente.

Să descrii ororile la care a fost supusă fata când au venit bărbații după ea ar fi o încercare inutilă. Familia ei a murit, ea a scăpat, atât. A rămas în viață, oricât de greu a fost. Până când a ajuns suficient de puternică încât să parcurgă două mii de kilometri, în căutarea unui om care a făcut-o și mai puternică. Care a învățat-o să se ridice deasupra ei înseși.

— Cât trebuie să dureze o luptă?

— Cinci secunde.

— Nu ești cea mai puternică, niciodată nu vei fi. Dacă adversarul rezistă atacului tău inițial, va fi un infern. Atacă în punctele slabe, fără milă, și doboară-l înainte chiar de a afla că e o luptă.

Au trecut anii.

A călătorit mult mai departe, până în capătul celălalt al lumii, în căutarea celor care îi luaseră totul.

A întâlnit dragostea sau ceva asemănător.

A lăsat-o în urmă, fiindcă a descoperit că nu era suficient. Că singurul lucru care putea umple golul imens din inima ei era sângele.

S-a întors. Singură.

Cu cât mai singur este un om, cu atât mai singuratic devine. Singurătatea creşte în jurul lui ca mucegaiul. Un scut care inhibă tot ce ar putea să o distrugă și care își doreşte asta foarte mult. Singurătatea se autoalimentează, se extinde şi se perpetuează de la sine. Odată ce acest mucegai prinde rădăcini, îţi ia o viaţă să-l îndepărtezi.

Fata a mers mai departe. Devenind mult mai violentă, mai expeditivă. Luptele ei erau scurte, dar de fiecare dată cereau un preţ mai mare. Trupul i s-a frânt, spatele ei era un univers independent, unde sălăşluia o durere insuportabilă, care a pus stăpânire pe tot.

Îi rămân tot mai puţine lupte în suflet. Iar inima tot nu începe să fie satisfăcută.

Într-o zi, la Sankt Petersburg, a aflat unde se află ultimul dintre bărbaţii care ordonaseră incursiunea la ferma familiei Badia. Un proxenet pe nume Orlov. Care progresase de atunci. Acum avea propriul clan, acolo jos. În Spania.

Dar şefii Tambovskaia nu erau mulţumiţi de Aslan Orlov. Trimiseseră o asasină ca să-l distrugă şi să-i îndrepte greşelile.

Toate astea i le-a povestit un muribund, pe care Irina l-a torturat ore întregi. Un *şestiorka* al organizaţiei, care îşi dorea să trăiască. N-a reuşit, dar moartea lui nu a fost în zadar. A pus-o pe Irina pe urmele Lupoaicei Negre.

Au călătorit la Madrid cu acelaşi avion.

S-au cazat la acelaşi hotel.

Când a ieşit la plimbare în acea seară, pe malul râului, Irina a urmărit-o cu un cuţit şi o sârmă. A ajuns-o din urmă pe pod. Mergea liniştită, încrezătoare. Ca toţi atacatorii, care cred că noaptea le aparţine. În ultima clipă, când era deja deasupra ei, Lupoaica a presimţit pericolul. A reuşit să-i pareze doar prima lovitură.

Lupta a durat în total trei secunde.

Irina a dezbrăcat-o și s-a descotorosit de cadavru. Nu înainte de a-i folosi degetul arătător ca să-i deblocheze pentru ultima dată telefonul mobil.

Din acel moment, s-a transformat în ea. Informațiile despre obiectivul ei îi erau pe deplin la dispoziție. Dar tocmai când urma să plece la treaba ei, a descoperit că și Orlov îi solicita serviciile. Jocul a devenit și mai interesant.

Această poveste începe la fel ca basmele cu zâne întotdeauna imprevizibile pe care Lola și le spune ei înseși. Există cumva alt mod de a începe o poveste? Dar există o diferență în privința acelor minciuni menite să te mulțumească, cu care Lola încearcă să se redefinească.

Povestea Irinei Badia e reală.

Pe cât de reală poate fi o poveste, la urma urmei.

Asta ar fi trebuit să-i povestească Irina Badia Antoniei Scott. Dar lumea, în general, oferă puține ocazii de a asculta povestea completă a unei persoane înainte de a o judeca. Care îi sunt originile, aspirațiile, visurile. Ce dorințe sălășluiesc în inima infinită a unui om. Peste ce bolovani a dat pe drum, ce a făcut-o să te întâlnească pe tine. Ce zâmbete cu dinți ascuțiți o împiedică să adoarmă. Cine a plantat tufișul care îi zgârie sufletul și îi sufocă rațiunea.

Cum a apărut acea cicatrice sub ochiul stâng.

Lumea oferă puține ocazii de a asculta povestea completă a unei persoane. Când ești captiv într-o cabană de munte, care e pe punctul de a fi asaltată de asasini înarmați până-n dinți, nu reprezintă o astfel de ocazie. Iar viața nu e ca un film sau ca un roman, unde, chiar înainte de un moment decisiv, povestitorul își permite să facă un lung flashback în tonuri pastel.

Așa că discuția a decurs, mai degrabă, astfel.

2

Un rezumat

— Mă numesc Irina Badia.

— Ești foarte bună. Forțele speciale rusești? *Spetsnaz*? Grupul Alfa?

Irina clatină din cap.

— Prieten învățat pe mine.

— De ce ești aici, Irina?

— Orlov omoară familia mea. Eu omor Orlov.

Antonia își dă seama că spaniola rudimentară a Irinei nu-i va duce prea departe.

— Cum au murit? întreabă, de data asta în rusă.

Irina îi răspunde în această limbă. Vorbește mai încet. Vocea îi devine mai domoală.

— Aveam o fermă. Ne iubeau pe mine și pe sora mea. Mi-au omorât părinții, au luat-o pe sora mea pentru rețeaua de trafic de carne vie. Eu am fugit.

Antonia o privește pe femeia întinsă pe jos, lipsită de apărare. Când se mișcă puțin, vede că îi lipsește o ureche. O analizează din perspectiva noilor date. Ridică brațul până la obrazul stâng al Irinei, până aproape îi atinge cicatricea. E fină, veche, o linie care ajunge până la jumătatea obrazului. Și care bate în același ritm cu ceea ce ascunde sub haine.

— Câți ani aveai?

— Opt.

Până aici, preambulul care conţine motivaţiile.

— Şi apoi?

Gândurile îi curg prin faţa ochilor, ca nişte peşti sub gheaţa verde: de neatins. Irina trage aer în piept şi rezumă douăzeci de ani de dedicare, de violenţă şi de suferinţă în douăzeci de cuvinte.

— Apoi am crescut şi i-am omorât pe toţi. Cei care au făcut-o şi cei care au dat ordinul. Pe rând.

O idee o străbate pe Antonia ca un fulger pe un cer senin. O revelaţie subită, dezamăgitoare a faptului că, oricâte capacităţi ar avea, acestea nu vor fi niciodată suficiente ca să înţeleagă totul.

Iar dacă nu înţeleg, cum pot proceda corect?

Îşi întoarce privirea către Jon, care nu pierde niciun detaliu al scenei, deşi nu a priceput nimic.

— Trebuie să plecaţi, spune Irina apucând-o pe Antonia de mânecă pentru a-i atrage din nou atenţia. Trebuie să vină Orlov.

Antonia îi îndepărtează mâna cu delicateţe.

— De unde ştii?

— Am telefonul mobil al Lupoaicei Negre. Veneau după mine, urmărind un semnal pe care îl transmitea Rebo.

Nu sunt veşti bune.

Nu sunt veşti bune, absolut deloc.

Trebuie să ia o hotărâre în privinţa ei. Dar mai întâi trebuie să o înţeleagă.

— Ai venit după asta, spune Antonia arătând microcardul SD. De ce?

— Orlov e ultimul de pe lista mea.

Antonia se gândeşte la conţinutul cardului. La toate numele, conexiunile, conturile bancare. Nu doar cele ale mafiei ruse, ci şi ale colaboratorilor şi asociaţilor săi dintr-o duzină de țări. Persoane de care justiția oamenilor nu se va putea atinge niciodată.

— Ți s-a terminat lista. Și vrei să faci alta.

Irina apasă puternic pe rană. Suferă, fără îndoială.

— Pentru toate fetele care nu au avut norocul meu.

Rostește cuvântul cu tandrețe, cu fatalism.

Udachi.

În rusă, înseamnă noroc.

Atât.

Cuvântul o biciuiește pe Antonia. Un bici împletit cu invidie, batjocură și tristețe. Acestei femei i s-a luat totul pe când era o copilă. Cum poate să creadă că a avut noroc? Cineva a năvălit în viața ei, a distrus-o. A transformat-o într-o mașinărie de ură.

Cum poate să creadă că a avut noroc?

Cum poate asta să mă facă să mă simt atât de vinovată?

3

Un răsărit

Antonia încheie discuția cu Irina, iar apoi are o scurtă conversație cu Lola Moreno. Apoi se întoarce lângă Jon, care și-a scos haina și s-a așezat la masa din living, de unde le poate supraveghea pe cele trei femei.

— Deci?

— Situația e complicată, spune ea, vorbind mai încet.

Și îi explică.

— Să mă ia dracu'! Atunci, trebuie să o luăm la goană.

— Nu e așa de simplu, Jon.

— Avem mașina asistentei. Ne urcăm toți cinci în ea și adio.

— E un Ford Fiesta fără lanțuri, Jon. Zăpada are o jumătate de metru. Dacă nu dă rateuri țeava de eșapament, vor patina roțile. Sau ne vom întâlni cu Orlov în câmp deschis.

— Am putea merge în direcția opusă.

— Spre vârful muntelui e și mai rău. Iar drumul se termină după trei kilometri, la un foișor. Nu e nimic în direcția aia. Putem doar să ne întoarcem pe unde am venit.

Jon își trece mâinile peste față. E foarte obosit. Are ochii umflați și e lihnit de foame.

— Nu mai pot.

— Așteaptă aici, spune Antonia.

Se întoarce după puțin timp cu două cești de cafea instant încălzită la cuptorul cu microunde și un pachet de biscuiți rânceezi. Din cei care trăiesc veșnic în orice cămară, fiindcă nimeni nu e atât de înfometat încât să îndrăznească să se atingă de ei. Jon ia ceașca pe care i-o întinde colega lui. Apoi își îndeasă biscuiți în gură câte doi deodată.

— Pe jos, nu e departe. Am putea încerca să fugim prin pădure, să coborâm în sat.

Antonia face un semn către prizoniere.

— Una e rănită, mă îndoiesc că poate merge. Celelalte două nu au haine adecvate.

— Poate au niște haine în dormitor.

— Nu au, m-am uitat deja. Șifonierul e aproape gol. Sunt doar vreo două cămăși de firmă. Și o cutie plină cu jucării sexuale.

Jon își termină cafeaua, dacă putem să-i spunem așa. Se uită pe fereastră. O lumină murdară anunță ivirea zorilor, luminând grădina. E o suprafață pătrată, acoperită de un strat gros de zăpadă. Coroanele copacilor se prefigurează fantasmagorice pe cerul care devine, din negru, gri. În contrast cu vijelia puternică de azi-noapte, adierea ușoară care leagănă ramurile mai joase pare un delicat cântec de leagăn.

Ninsoarea s-a oprit complet.

— Asta nu ajută, spune Jon arătând spre exterior. Vor găsi repede casa.

Antonia îl privește foarte serioasă.

— Noi doi am putea reuși. Să le lăsăm aici, să luăm cardul. Să chemăm poliția când o să avem semnal. Și poate vor ajunge la timp.

Inspectorul Gutiérrez își scutură o firimitură de biscuit din barbă și zâmbește.

— Asta nu se va întâmpla.

— Nu, recunoaşte Antonia. Dar era ultima variantă pe care voiam s-o elimini.

— Aşa că ne rămâne un singur lucru de făcut.

Antonia încuviinţează încet.

— Doi contra nici nu se ştie câţi, spune Jon.

— Trei, îl corectează Antonia, arătând spre Irina.

— Cred că nu înţeleg.

— E de partea noastră.

— Nebuna de legat?

Antonia se strâmbă dezaprobator.

— Nu ăsta e termenul pe care l-aş folosi.

— Şi ce termen ai folosi tu?

— Dacă ar trebui să fac un profil psihologic? Stres posttraumatic, egolatrie, tulburare determinată de doliu, personalitate antisocială. Probabil trăsături schizoide, deşi nu sunt sigură.

Ce diagnostic, se gândeşte Jon. *Bună de legat.*

— Şi ce vei face cu ea?

— Îi dau pistolul înapoi.

— Glumeşti.

Antonia ia un biscuit şi îl mestecă încet, negând din cap.

— Cum poţi avea încredere într-o asemenea persoană?

— Tu cum poţi?

Cineva apasă butonul de pauză pe faţa lui Jon, care se opreşte până când pricepe la cine se referă Antonia.

— Ah. Asta era, nu?

Antonia ridică din umeri. Nu e un motiv de laudă.

— Dar tu nu te-ai apucat să omori oameni, spune Jon.

— Ştii că am încercat. Dar ţintesc cam prost.

Jon scoate un hohot, amintindu-şi ce s-a întâmplat în tunel cu Sandra Fajardo. E un hohot nervos, precum cel pe care îl scoţi într-un întuneric plin de monştri.

— Poţi să te perfecţionezi. Apropo, cafeaua a fost foarte bună. Mi-a luat oboseala cu mâna.

Antonia scoate din buzunar o punguţă cu pastile albe.

— Difenilmetilsulfinilacetamidă.

Jon recunoaşte imediat punga. Ar fi trebuit să fie în torpedou. Priveşte ceaşca goală, iar apoi se uită la Antonia cu ochii mijiţi.

— Ce ticăloşie, scumpete. Mi-ai pus droguri în Nescafé.

— O să-mi mulţumeşti.

Romero

Nu pentru asta m-am făcut polițistă, se gândește doamna comisar.

Se uită la ceas. E trecut de opt dimineața, nu mai e mult până la răsărit.

E o noapte eternă. Și foarte tristă.

Oboseala are un efect melancolic asupra stării ei de spirit. Niciodată n-a fost prea înclinată să recunoască în sinea ei emoțiile. Cu atât mai puțin, să le manifeste. Dumnezeu e martor că ultimul lucru pe care trebuie să-l dezvăluie o femeie cu profesia ei sunt sentimentele. Totul e interpretat ca un semn de slăbiciune. O gripă, ciclul menstrual, cea mai mică schimbare de dispoziție. O plângere legată de o situație, folosind orice termen apreciativ. Orice ciudățenie sau trăsătură de caracter care la un bărbat este acceptată fără să mai fie luată în seamă reprezintă o rușine pentru o polițistă. În fiecare zi, de când a început, a trebuit să se confrunte cu diverse cuvinte precum *cotă, paritate, decorație.*

Așa că elimină orice trăsătură care ar umaniza-o. Haine colorate, scoase din discuție. La fel și machiajul. Ba chiar a învățat, de-a lungul anilor, să-și modifice limbajul corporal.

O muncă imensă. Care începea să dea roade.

Până când, într-o zi, a făcut o obsesie pentru Orlov. Și pentru Voronin, ca mijloc pentru a ajunge la el. A devenit atât de obsedată, s-a implicat atât de mult, încât a ajuns aici.

Aici. O intersecţie la ieşirea dintr-un sat uitat de lume din munţii care înconjoară Madridul. Unde e un frig de crapă pietrele.

Un loc ca oricare altul pentru a te uita în urmă.

Totul a început când l-au prins pe Voronin din cauza acelei tărăşenii cu containerul. Dovezile erau inconsistente, ca să fim foarte generoşi. Dar Voronin a muşcat momeala. Soţia lui, la fel. Ce neruşinată! O făcea pe mironosiţa care n-a spart o farfurie în viaţa ei. Dar pe ea n-a păcălit-o niciodată. Voronin se uita la ea înainte de a deschide gura. Chiar dacă îl întrebai cât e ceasul. La fiecare nenorocit de pas, se întorcea şi se uita la ea.

Lola Moreno. Ce femeie infectă!

Romero îşi aprinde o ţigară. Fumează doar în privat. Altă slăbiciune pe care evită să o arate. Dar ce mai contează? În intersecţia asta e doar Belgrano. Iar el ştie totul despre ea.

Subinspectorul Belgrano. Loial până la sfârşit. Cu impulsivitatea şi arţagul lui. Se întreabă de ce nu s-a culcat niciodată cu el. Doar asta le mai lipseşte. În rest, le-au făcut pe toate. Nopţi nedormite, sânge. Scandaluri. Arestări care nu au avut succes, infractori care au fost eliberaţi. Alţii care au ajuns acolo unde le era locul. Frustrare, multă. Victorii, mai puţine. Dar sex, niciodată.

E bine aşa, se gândeşte privindu-l cu coada ochiului. Sprijinit de motocicletă, fără să spună nimic. Obosit, la fel ca ea. Dar fără să protesteze. Sunt fraţi. Împărtăşesc un cod. Iar asta uneşte mai mult decât restul. Sunt o familie.

Familia pătează. Viaţa apasă.

Ea ştia că e o cale periculoasă să-l folosească pe Voronin ca informator. Că îi va utiliza ca să scape de concurenţă. Era începător în ale turnătoriei, iar Romero are nişte ani în spate. Dar cum era să anticipeze ea cursa pe care le-a întins-o ticălosul.

Ea nu băgase mâna prea adânc. Cel puţin, nu mai mult decât se obişnuieşte. La o razie babană, întotdeauna se pierdeau câteva teancuri de bani. Toată lumea ştia şi toţi se uitau în altă parte. Şi la ce se aşteaptă, la cât de mizerabil sunt plătiţi? Ea nu ajunge la trei mii brut. Belgrano, la o treime. Un cărăuş câştigă într-o după-amiază prăpădită cât câştigă ei într-o lună. Un traficant, de zece ori pe atât, la un singur transport. Dar ei trebuie să renunţe la viaţa şi la timpul lor, să-şi rişte pielea şi gâtul în fiecare minut pentru nişte firimituri. Şi să înoate într-un râu de rahat, cu un zâmbet şi cu haine impecabile. Sigur că da.

Ea nu băgase mâna prea adânc. Nu mai mult decât se obişnuieşte. Regulile erau clare. Să nu fii prins, să nu atragi atenţia. Să nu-ţi faci un obicei din asta. Tot ce se află în spatele acestei linii te priveşte. E treaba ta şi a conştiinţei tale. Nimeni nu se va uita chiorâş.

Inspectorii care au intrat la apă acum opt ani în Marbella. Prietenii ei. Colegi de la UDYCO. Au făcut o singură greşeală. Au confundat termenii. În loc să fie poliţişti şi să ia ce cade de pe masă, ei s-au urcat pe masă şi au pus şi o farfurie.

Ea nu era aşa. Nu a fost niciodată.

Ea voia doar să-şi facă bine treaba.

Dar acea maşină de transport a sârbilor. Şase sute de mii de euro în bancnote uzate. Un singur şofer. Un derbedeu cu antecedente de violenţă. Omor, jaf, abuzuri. Belgrano s-a înfierbântat. Şi ea, bineînţeles. Cu banii ăia se acopereau multe găuri. Îşi treceau în palmares arestarea, încă una în istoricul impecabil al doamnei comisar Romero. Toate bune şi frumoase şi urmează gloria.

Când ceva pare prea frumos ca să fie adevărat, ghiceşte restul.

Împuţitul de Voronin.

Sinceră să fie, nici nu prea mai avea multe de oferit. Tipul era fript. Era timpul să nu le mai dea peştişori, ci ditamai tonul. Dar le-a luat-o înainte. Doar fiindcă nu s-a bazat pe ea. Nevastă-sa nu l-ar fi lăsat niciodată să facă o asemenea prostie. Să ameninţe un comisar de poliţie. Trebuie să fii...

A plătit. Scump. Nu asta era ideea. Câinele împuţit l-a speriat pe Belgrano, care a fost întotdeauna mai degrabă anxios. Şi totul a scăpat de sub control. A trebuit să se ducă repede după ea. Şi au dat-o în bară.

Ce dezastru!

A atras prea mult atenţia. Însuşi Orlov a sunat-o ca să-i ceară explicaţii. Era prima dată când vorbeau. Iar ea i-a spus adevărul pe jumătate. Ce trebuia, pentru ca toată lumea să scape basma curată.

Dar cineva de la Madrid a ciulit urechea. Şi au apărut ăia doi care o căutau pe Moreno.

Când au prins-o, Orlov a sunat din nou. Ar fi trebuit să moară, cu orice preţ. Orlov a trimis maşina. Al doilea fiasco. Şi doi poliţişti morţi. Alt dezastru.

Această Lola Moreno e ca un afurisit de gândac. Nu mai moare niciodată.

Orlov a sunat a treia oară. Ca să-i informeze despre eşec şi să le ordone ce să facă. Iar Romero şi-a dat seama că s-a întors roata. Că acum era doar o unealtă în mâinile lui.

Nu pentru asta m-am făcut poliţistă, se gândeşte doamna comisar din nou.

Maşinile au ajuns odată cu ivirea zorilor. Soarele nu se va arăta azi deasupra munţilor. Cerul e foarte jos, încărcat de nori gri şi de presimţiri urâte. Ceea ce vor face azi va rămâne ascuns de privirea Domnului.

E o uşurare mizerabilă pentru o misiune mizerabilă.

Prima maşină de teren opreşte în intersecţie. Romero aruncă o privire în interior. Doar doi bărbaţi, care nu fac niciun gest când îi văd.

— Asta e tot ce are Orlov mai bun?

— Tot ce are Orlov mai bun e Orlov, spune o voce din spatele lor.

Romero se întoarce şi îl vede pe bătrânul mafiot, însoţit de doi asasini, coborând din a doua maşină de teren. Fiara. Proxenet, violator, traficant de droguri. Asasin. Trebuie să se abţină, ca să nu scoată arma şi să-l lege cu cătuşele de capotă.

E invadată de un val de repulsie. Faţă de el, faţă de ea însăşi.

— Sunteţi singuri? întreabă Orlov.

— Doar noi. Mai aşteptaţi pe cineva?

Bătrânul priveşte în depărtare. La linia de unde începe pădurea care se întinde în sus, pe munte, până când dispare, devorată de nori.

— Nu contează. Aţi localizat ultima poziţie pe care v-am trimis-o?

— E aici, spune Belgrano, arătând o hartă prin satelit pe ecranul telefonului său. E o casă în pădure, la o distanţă de doisprezece kilometri pe drumul ăsta. Apoi, nimic.

— Urcaţi în maşină. Să terminăm odată cu asta.

4
Un inventar

Pun totul pe masă. Patru piese din metal şi plastic pe lemn.

Nu e mare lucru.

Arma lui Jon are trei gloanţe în încărcătorul din interior, alte trei în cel de rezervă.

Pistolul Irinei, zece gloanţe. Fără încărcător de rezervă.

Pistolul pe care îl avea Rebo. Douăsprezece gloanţe. Fără încărcător de rezervă.

Puşca lui Jon. Opt cartuşe.

— Bate până la douăzeci de metri. Mai departe, dispersia gloanţelor diminuează şansele unei împuşcături mortale, spune Antonia atingând patul armei cu degetul arătător.

Jon încuviinţează încet.

— Aşa, la ochi, cât crezi că înseamnă douăzeci de metri? întreabă arătând spre fereastră.

— Până la mesteacăn.

— Sigur. Şi doar ca să ne lămurim...

Ea îşi dă ochii peste cap.

— Copacul din dreapta Fordului Fiesta.

— Vezi că, dacă explici...

Antonia se ridică în picioare şi ia pistolul Irinei şi pe cel pe care Rebo îl furase de la poliţişti.

— Până la urmă, am rezolvat cazul asasinatului de la Manzanares.

— Pe ăsta nu poți să ți-l treci în palmares. S-a rezolvat de la sine.

— Și cine a prins-o pe asasină?

— Tehnic vorbind, a prins-o câinele, spune Jon, ridicându-se și îndreptându-se spre prizoniere.

Inspectorul Gutiérrez îi cere Zenyei să se ridice și îi scoate cătușele.

— Vreau să-ți duci mașina până la poartă și să o parchezi cu spatele, cât de aproape poți. Apoi tragi frâna de mână și te întorci cât mai repede.

Asistenta se supune. Antonia se apropie de intrare și apasă butonul care închide poarta. În caz că-i vine femeii o idee de ultim moment.

Când se întoarce, îi explică planul.

— Orlov trebuie să apară. Nu știm câți sunt și nici ce arme au. Așa că va trebui să rezistăm cum putem. Avem două avantaje. Casa e solidă, toate ferestrele au gratii. Așa că singura intrare posibilă e ușa principală.

— Care e al doilea? întreabă Lola.

— Nu se așteaptă să întâmpine rezistență. Nici să fim trei, spune ea întinzându-i Irinei pistolul pe care îl ține de țeavă.

Urmează un moment de liniște incomodă. Chiar și focul, deja aproape stins, încetează să mai mocnească.

Irina nu schițează niciun gest ca să ia arma. Ochii ei verzi nu se desprind de ochii Antoniei.

— Sigur?

— Nu. Dar nici nu am multe de pierdut, răspunde Antonia.

Irina ridică brațul. Degetele ei cuprind țeava armei. Pentru o clipă, energia transmisă de mâna ei comunică cu Antonia prin intermediul a opt sute de grame de oțel.

— Și noi? întreabă Lola.

— Dumneavoastră ați trădat-o pe ea, îi spune Antonia Zenyei, arătând spre Lola.

— Iar tu ai trădat... Jon face socoteala, dar scapă mai ieftin dacă rezumă. Mă rog, pe toată lumea. Așa că băgați-vă sub canapea și nu deranjați.

Irina se ridică puțin și se duce împreună cu Jon la fereastră. Trebuie să se sprijine de el la fiecare pas.

— Planul vostru... rău.

— A, da? De câte ori ai fost într-o casă luată cu asalt de mafioți ruși?

Irina își înclină capul, încercând să înțeleagă. Apoi ridică două degete.

— Și cum a fost experiența?

— Una rău. Una bine.

Antonia li se alătură.

— Ai o idee mai bună? întreabă în rusă.

— Cineva trebuie să stea pe acoperiș, răspunde ea în aceeași limbă. Să încerce să-i facă să nu se apropie prea mult. Nu contează că ferestrele au gratii. Dacă se apropie, o să murim toți.

— Mă duc eu, se oferă Jon, când Antonia îi traduce răspunsul în spaniolă.

— Cu pușca, de sus, vei acoperi o suprafață mult mai mare. Vor încerca să te încercuiască, așa că trebuie să fii atent în spate.

— Bine, spune Jon.

Irina o prinde pe Antonia de cot, o duce la fereastră și începe cu ea o conversație în rusă.

— Tu, aici, îi spune lovind cu încheieturile degetelor în pervaz. Sparge geamul, doar încurcă. Așteaptă până ești sigură că nimerești.

— Și tu?

— Eu mă duc afară, printre copaci.

— Cu piciorul ăsta, nici vorbă.

— Știi să-l folosești? întreabă Irina arătând spre pistolul Antoniei.

— Nu prea bine, recunoaște ea.

— Atunci, nu comenta. Repede. Trebuie să sosească.

5

Un acoperiș, o grădină și un living

Jon e primul care îi vede.

I-a fost greu. În dormitorul principal e o fereastră Velux care dă spre acoperiș, singurul loc de acces în casă care nu are gratii. A fost o odisee să iasă pe acolo. Mai întâi, s-a urcat pe un scaun ca să o poată manevra. Apoi, a deschis-o la maximum. Asta înseamnă patruzeci de centimetri. Matematica îi arată că n-o să încapă pe acolo. Nu că ar fi gras. Așa că rupe barele care îi împiedică ieșirea. Cu patul armei.

Jos, Antonia face ceva asemănător, dacă ne luăm după zgomotul de sticlă spartă.

Inspectorul Gutiérrez nu s-a mai urcat pe un acoperiș de unsprezece ani. Iar atunci a trebuit să repare o antenă parabolică pe casa unor prieteni. Așa că toată experiența lui constă în amintirea faptului că e un plan înclinat, foarte alunecos, mai ales dacă e acoperit de zăpadă.

Acoperișul e într-o apă, făcut din țiglă. În stânga ferestrei Velux e coșul de fum. E mare și oferă suficient spațiu pentru ca Jon să se ascundă în spatele lui. Se află exact deasupra ușii de la intrare.

Vestea proastă e că această poziție oferă o țintă perfectă pentru oricine s-ar apropia din spatele casei.

Nu trece niciun minut din momentul în care Jon își ocupă locul, când mașinile de teren apar de după colțul drumului. Nu departe de locul în care Audi-ul s-a bușit fără ca Jon să aibă vreo vină.

— Au ajuns, strigă Jon prin coșul de fum.

În living, Antonia sparge geamurile cu vătraiul șemineului și pune o pătură – furată dintr-un avion al companiei Iberria – pe tocul distrus, ca să se poată sprijini fără teamă. Un zid de aer înghețat îi biciuiește fața.

Vocea lui Jon se aude prin coș un minut mai târziu. În dreapta ei aude ușa livingului deschizându-se. Iese Irina.

Antonia se întoarce spre Lola Moreno, care se îmbracă acum, că hainele i s-au uscat.

— Fiți atentă la ușă, în caz că vă spun să o deschideți repede. Iar dumneavoastră, îi spune Zenyei, fiți atentă la fereastra din bucătărie, în caz că cineva încearcă să facă ceva acolo.

Irina coboară treptele verandei și intră în grădină. Zăpada îi ajunge exact sub genunchi, îngreunându-i mult mișcările. Dar, oricât de ciudat ar părea, să intre din nou în contact cu această manta albă îi transmite o energie pe care o credea de mult pierdută. Nu-i alungă durerea, dar îi amintește de ceva. De timpul petrecut în Magnitogorsk, împreună cu Afganul. Bărbatul care a transformat-o într-o armă.

E clar că discreția nu-i va fi aliată. Lasă în urma ei o dâră destul de clară. Urme de pași, de târâială, inclusiv mici pete roșii care devin roz când se diluează în zăpada răscolită.

Folosește-te de ce ai la dispoziție, îi răsună în minte vocea Afganului.

În loc să meargă direct spre intrare, Irina se abate spre peretele de care vede că atârnă un furtun. Deschide robinetul la maximum, sperând că apa nu a înghețat pe tub. Dar e nefolosit de prea mult timp, așa că începe să curgă cu putere după câteva clipe. Irina ia furtunul și îl târăște după ea până la zona de lângă gardul viu, lăsând apa să curgă către intrarea pe proprietate. La întoarcere, va avea nevoie de un drum deschis ca să se întoarcă repede. Apa o va ajuta să-l curețe.

Pe acoperiș, Jon îi vede cum se pregătesc să intre. Coboară din mașini. Patru din prima, trei din a doua. Îi recunoaște pe Orlov, pe Romero și pe Belgrano. Sila pe care o simte când vede doi colegi – doi oameni care au strigat din toți rărunchii același jurământ ca și el – alături de acea lighioană nu poate fi descrisă.

— Sunt șapte. Inclusiv Belgrano și Romero, spune prin coș, sperând că Antonia îl aude.

O vede pe Irina mergând pe partea laterală a proprietății, lipită de gardul viu. Merge foarte încet. Abia se mișcă, cu piciorul ăla rănit. Șchiopătează vizibil și lasă o dâră pe care o poate urmări oricine. O pierde din vedere din când în când, pentru că cei șase copaci din grădină îi blochează o parte din priveliște. Dintr-odată, își dă seama că acei copaci vor fi o problemă dacă vreunul dintre atacatori îi va folosi drept parapet ca să poată avansa spre casă.

Nici să punem Fordul Fiesta în fața porții nu a fost o idee bună. Le face intrarea dificilă, dar trucul i-a anunțat ce planuri avem, se gândește Jon.

Fiindcă se organizează. Cineva dă un ordin. Precis e Orlov, deși Jon nu-l vede. Primul jeep dă cu spatele pe drum, se poziționează cu botul spre poartă și începe să împingă. Poarta scoate un scârţâit metalic, maşina de teren continuă să împingă.

Şi doi bărbaţi înconjoară casa. Jon îi vede cum dau colţul, apoi îi pierde din vedere, fiind ascunşi de gardul viu.

La dracu', la dracu', la dracu'!

Irina a reuşit să ajungă până în capătul grădinii. Acolo se află o stivă de lemne, care formează o cotitură în perete. Aşteaptă acolo, cu pistolul în mână, încercând să nu se gândească la cât de greu îi este să rămână în picioare.

Jeepul, un Range Rover negru, izbeşte poarta cu lovituri înfundate, scurte. Marşarier, acceleraţia apăsată la maximum, în faţă. Roţile au reuşit să facă un şanţ la intrare. Bara de protecţie e deja pe jumătate înfundată, dar poarta nu mai rezistă mult. Încă o lovitură şi va ieşi de pe şina care o ţine dreaptă. Aerul miroase a benzină, a noroi şi a metal.

Clanc.

Sunetul, aspru, răsună mai tare decât motorul ambalat. Asta o surprinde întotdeauna pe Irina. Cum poate zăpada să amortizeze unele sunete şi să le amplifice pe altele. Zăpada e capricioasă.

Jeepul dă în spate, ca să le facă loc oamenilor. Primul se strecoară prin gaura dintre poartă şi zid. Irina vede apărând nişte pantofi albaştri, nişte blugi şi, în cele din urmă, un trup bondoc, îndesat într-o geacă din piele.

Irina îl lasă să treacă. Aşteaptă să avanseze puţin pe zăpada din grădină, să tragă de poartă ca să-l ajute pe următorul să intre. În momentul în care picioarele celui de-al doilea sunt la jumătatea drumului, Irina face un pas în faţă, renunţând la protecţia pe care i-o oferă stiva de lemne. Pune pistolul la tâmpla primului şi apasă pe trăgaci. Nici măcar nu-l priveşte pe cel de-al doilea, doar se întoarce, îl împunge cu pistolul în stomac și trage din nou. Primul e încă în cădere, în genunchi, cu capul distrus, când cel de-al doilea începe să urle de durere. Glonțul i-a străpuns măruntaiele, lăsând la ieșire o gaură cât o minge de tenis.

Irina se trântește la pământ la țanc. Gloanțele străbat spațiul din care tocmai a dispărut. Se întoarce și se refugiază după stiva de lemne.

Acum vor încerca să mă împuște de sus, înțelege ea prea târziu.

Pe acoperiș, Jon îi vede căzând pe cei doi împușcați de Irina, iar pe ea trântindu-se la pământ. Brusc, un cap răsare de deasupra stivei de lemne.

Ei încearcă să se cațăre pe acolo. Jon lasă pușca deoparte, se sprijină de piatra coșului de fum, își încordează umerii și își relaxează mâinile. De la distanța asta, e imposibil să nimerească mâinile și capul care apar, dar nu e neapărată nevoie. E suficient ce se întâmplă. Glonțul lovește zidul, smulgând o bucată de tencuială și făcând ca mâinile și capul să dispară.

Asta îi dă Irinei timp să se ridice și să se îndepărteze puțin, șchiopătând, dar, din nefericire, mai are un efect.

Jon și-a dezvăluit poziția.

Cei doi care înconjurau zidul proprietății au ajuns într-un unghi bun de tragere și l-au văzut pe Jon.

Din fericire, i se văd doar umerii și o parte din cap. Un huruit îi răsună în urechi, în timp ce o rafală de gloanțe se abate asupra coamei acoperișului, declanșând o ploaie de țigle și trimițând un nor de argilă și ciment peste Jon, care se apleacă înainte ca o a doua rafală să smulgă o piatră din coșul de fum.

Băga-mi-aș! Asta e o armă automată.

— Au arme automate, strigă Jon prin coș.

Antonia a recunoscut deja huruitul caracteristic al armei AK-74. Versiunea modernizată a vărului său celebru, de acum douăzeci și șapte de ani. Tragere selectivă, treizeci de cartușe fabricate din poliamidă semitranslucidă, închizător rotativ.

E de rău, se gândește Antonia.

Dată fiind direcția împușcăturilor, deduce unde se află atacatorii lui Jon. În spatele proprietății, gardul viu are trei metri înălțime și nu există nicio cale de acces în casă. Dar, dacă sunt capabili să-l țină pe acoperiș fără să-i permită să tragă, șansele lor se reduc mult. Irina se repliază în afara grădinii. Ceea ce o face pe Antonia să rămână singură în fața atacatorilor.

Bărbatul rănit de Irina în stomac e blocat în poartă, probabil că i s-au agățat hainele în fiare. În continuare urlă de durere. *Chiar dacă el încă nu știe, e mort,* evaluează Antonia de la distanță. Un glonț de nouă milimetri tras de foarte aproape în stomac necesită asistență urgentă în cel mult treizeci și două de minute. După asta, nu mai poți decât să-i dai morfină.

Se pare că Orlov a evaluat situația la fel ca ea. Jeepul dă în spate și izbește din nou poarta, frângând fierul de zid și strivind corpul rănitului, care scoate niște țipete sfâșietoare. Se aude o împușcătură, una singură. Țipetele încetează.

— Își execută propriii oameni. Asta e îndurarea la care ne putem aștepta, spune Lola în spatele ei.

S-a ridicat și se uită pe fereastră, cu ochii încărcați de teamă.

— Întoarceți-vă la locul dumneavoastră, îi ordonă Antonia. Și vă rog să nu încurcați.

Afară, Irina a reuşit să se retragă pe partea laterală a proprietăţii. Şchiopătând din ce în ce mai tare. Piciorul rănit abia mai are putere. Se adăposteşte în spatele unui copac, căutând un loc din care să poată trage. Dar nu există niciun unghi care să-i permită să vadă clar.

La dracu', se gândeşte Irina.

Pe acoperiş, Jon este tot blocat. Nu are cum să se întoarcă înăuntru fără să se ridice în picioare şi să devină o ţintă uşoară. Ridică mâna ca să verifice dacă mai sunt acolo, şi o coboară imediat. O nouă rafală de gloanţe îl ţintuieşte locului.

La dracu', se gândeşte Jon.

Înăuntru, Antonia priveşte cum jeepul izbeşte din nou poarta, împingând Fordul Fiesta în faţă. Roţile alunecă pe zăpadă, deplasând maşina, chiar dacă aceasta are frâna de mână trasă.

Cu o ultimă smucitură, Range Rover-ul se năpusteşte pe proprietate şi începe să înconjoare Fordul Fiesta, ultimul obstacol care se interpune între maşina de teren şi casă. În spatele parbrizului, chipul lui Orlov devine din ce în ce mai mare.

La dracu', se gândeşte Antonia.

6

O dimineață liniștită

Jeepul se năpustește pe proprietate în timp ce Antonia începe să tragă. Un glonț trece pe deasupra mașinii, altul se înfige în capotă. Ultimul nimerește în parbriz, retezând oglinda retrovizoare.

Antonia evaluează rezultatele cu o oarecare obiectivitate și concluzionează că, din partea ei, nu e chiar rău.

Dar asta nu l-a oprit pe Orlov.

— Dacă intră, suntem morți, strigă Antonia.

De pe bancheta din spate a jeepului, care are geamurile deschise, cineva începe să tragă.

Jon mai degrabă aude decât vede jeepul intrând pe proprietate. Ghemuit în spatele coșului, nu dispune de un unghi suficient de bun încât să tragă cu precizie. Dar pușca are un avantaj: nu necesită multă precizie.

Scoate țeava puștii Remington, ținând-o cu o singură mână. Pe unul mai puțin solid decât el, reculul acelei bestii l-ar face să salte ca o capră sălbatică în călduri. Dar brațul drept al inspectorului Gutiérrez nu e un braț oarecare. Când apasă pe trăgaci, pușca rămâne dreaptă, ca și cum ar fi sudată de acele cinci degete. Jon simte zguduitura reverberându-i în mușchii antebrațului și în articulația cotului.

Primul glonț sparge un far și una dintre roți. Jon îndoaie brațul, reîncarcă, îl scoate din nou. Trage, făcând să sară capota Range Roverului. Încarcă din nou, cu un dublu țăcănit.

Jeepul reușește să înconjoare Fordul Fiesta. Încă o jumătate de metru și va avea cale liberă spre casă. Adăpostiți de cele trei tone ale mașinii, atacatorii nu vor putea fi opriți.

Nu.

Jon se ridică în picioare.

A treia împușcătură trimite douăzeci și șapte de proiectile de șase milimetri lățime prin radiator, prin baterie, prin senzorul de aer. Dintre toate aceste răni, doar ultima este mortală pentru Range Rover. Privat de o informație vitală funcționării, motorul se hotărăște să se oprească.

Pe Jon îl costă foarte scump.

Când s-a ridicat, s-a transformat din nou în țintă.

O nouă rafală răsună de jos. Gloanțele, în direcție ascendentă, mușcă din piatra coșului de fum, din spatele lui Jon, îi ating brațul drept.

Jon scoate un țipăt, se prăbușește peste coș, picioarele îi alunecă. Asta îl salvează de a doua rafală, care smulge așchii din piatră.

În ultima clipă, când e gata să cadă de pe acoperiș, reușește să se agațe de coș. Își sprijină un picior de streașină, care cedează sub greutatea lui.

Antonia îi vede coborând din jeep pe Orlov și pe doi *bojevik* care au venit cu el. Orlov aleargă prin spatele mașinii către partea stângă a grădinii, ceilalți doi se adăpostesc după copacii din partea cealaltă. Merg în direcția Irinei, care e în continuare ascunsă după un copac, așteptând o ocazie.

Trei în grădina din față, doi morți. Încă doi care îl atacă pe Jon, calculează Antonia.

Atunci îi vine o idee.

— Sunt Belgrano și Romero, strigă Antonia în direcția coșului. Fă-i să vorbească.

Jon vede o constelație plutindu-i în fața ochilor. Brațul drept îi sângerează, dar abia simte durerea. Ce îl doare e lovitura din spate, de la impactul cu glonțul. Placa din ceramică, în combinație cu materialul kevlar, l-a scutit de o operație pe cord deschis, dar a lăsat în urmă un hematom în formare, o coastă ruptă și o haină bună de aruncat la gunoi.

Asta l-a costat și pușca, ce i-a alunecat din mână și a căzut pe acoperiș, până s-a afundat în zăpadă.

O aude pe Antonia ca și cum i-ar vorbi dintr-un bazin plin cu apă.

Ceva despre Belgrano și Romero. Să-i facă să vorbească.

Eu nu pot nici să respir, darămite să vorbesc, se gândește Jon.

— Romero, mă auzi? strigă cât îl țin plămânii.

După lovitura în spate, nu-l aude decât gulerul cămășii.

Jon încearcă să se întoarcă, să se lipească mai mult de coș, să se răsucească. Picioarele îi alunecă pe țigle. Câteva pică. Dar reușește să se sprijine pe coate și să se ridice puțin.

Repetă apelul, acum cu suficienți decibeli.

— Ce vrei? răspunde Belgrano.

— Dacă vă predați acum, vă promit că n-o să spunem că ați încercat să ne omorâți.

Subinspectorul scoate un hohot.

— Omule, ești tâmpit?

Cam așa ceva, se gândește Jon strângând pistolul în mână.

Atunci aude trei cuvinte prin coș.

Din living, Antonia trage spre unul dintre bărbații adăpostiți în spatele copacilor. Glonțul lovește trunchiul copacului, foarte dezamăgitor. Singurul efect e că-i face să se ascundă puțin și că-i întârzie câteva clipe.

Nu foarte lungi. Al doilea *bojevik* iese din spatele unui copac și trage. Și el are un AK-74. Împotriva acestei arme nu prea sunt multe de făcut. Antonia se îndepărtează de fereastră, în timp ce gloanțele ricoșează în pervaz și în gratii.

Atunci aude vocea lui Belgrano.

— Irina, strigă ea în rusă. Vocea din spatele gardului

viu!

Apoi strigă în coș alte trei cuvinte.

Irina încearcă să nu urle de durere. Când s-a rostogolit pe jos, ca să evite gloanțele, lângă stiva de lemne, ceva în spinarea ei a sunat ca niște zaruri rostogolite pe o masă. L4 și L5, vertebrele ei prietenoase, care insistă să se întâlnească. Cel puțin, tortura de la spate a făcut-o să uite pe moment de cea de la picior.

A reușit să parcurgă cincisprezece metri în starea aceea. Aproape a ajuns la casă, în zona în care apa din furtun a topit o parte din zăpadă, dar a trebuit să se oprească în spatele ultimului copac, ghemuită. Corpul ei refuză să mai facă vreun pas. Își sprijină fața de trunchi, simțindu-i scoarța aspră pe obraz, permițându-și să închidă ochii pentru o secundă. Doar o secundă.

Sus. Nu te opri.

Își ridică privirea la timp ca să-l vadă pe Jon cum se agață ca să nu cadă de pe acoperiș. O nouă împunsătură în spate o face să strângă din dinți, să se sprijine de trunchiul copacului, să deschidă gura larg, căutând aer.

Numele ei. Cineva o strigă pe nume.

Vocea din spatele gardului viu.

Irina înțelege.

Își pune mușchii gemeni la treabă ca să se ridice, cu spatele alunecându-i pe copac, și apasă pe trăgaci în direcția vocii.

O dată. De două ori. De trei ori. Cu un unghi de cincisprezece grade între împușcături.

Gloanțele pătrund prin gardul viu. De partea cealaltă se aude un țipăt.

— Când trage rusoaica, aude Jon prin coș.

Se aud trei împușcături. Și un țipăt.

Jon se ridică puțin, până reușește să se uite peste streașina acoperișului, și îl vede pe Belgrano ținându-se de coaste și căzând la pământ. Un glonț l-a nimerit deasupra șoldului.

N-o să mori din asta, se gândește Jon. *Dar o să te doară. Și ce-o să te mai doară...*

Romero îi ia pușca din mână, ridică țeava și golește încărcătorul în direcția gardului viu. Un evantai de foc lasă mai multe găuri neregulate în tufiș, făcând să zboare prin aer crengi de tuia și scoțând la vedere placa metalică de sub plante.

Clic, clic, clic.

— Acolo nu mai sunt gloanțe. Dar aici mai sunt, doamnă comisar, spune Jon.

Rafala de gloanţe trimise de Romero prin gardul viu nu e cea mai mare problemă a Irinei. S-a lăsat să alunece înapoi, iar baza zidului pe care e plantat gardul viu o protejează de gloanţele venite din partea cealaltă, care trec, în cea mai mare parte, la mai puţin de o jumătate de metru de capul ei.

Cea mai mare problemă a Irinei este că împuşcăturile i-au dat de gol ascunzătoarea.

Cei doi *bojevik* care se adăposteau în spatele copacilor au detectat-o, iar acum se îndreaptă spre ea, prin învăluire. Unul din ei o ţine pe loc cu o rafală de gloanţe, celălalt se mişcă astfel încât să o încolţească.

Nu există cale de scăpare.

Cu spatele clocotindu-i de durere şi piciorul refuzând să o susţină, Irina nu are cum să iasă din asta.

Aşa că face ceva ce n-a mai făcut niciodată. Ceva ce Afganul i-a interzis să facă. Ceva ce n-a crezut niciodată că ar putea face.

Cere ajutor.

Antonia l-a scăpat din ochi pe Orlov, dar îi vede pe cei doi mafioţi în grădină. Unul din ei se îndreaptă spre Irina; celălalt, mai departe, ciuruieşte copacul în spatele căreia se ascunde ea.

Strigătul ei de ajutor ajunge limpede la urechile Antoniei.

A păstrat gloanţele care i-au mai rămas pentru momentul în care vreunul dintre ei se va apropia mai mult de casă. La doi sau trei metri. Mai ales ca să aibă cea mai mică şansă să nimerească.

Cel care ține arma AK-74 e la doisprezece metri. Pe jumătate apărat de trunchiul copacului, cu un genunchi pe pământ.

Antonia trage.

Ratează.

Continuă să tragă, până rămâne fără muniție.

Irina aude împușcăturile de acoperire pe care Antonia le oferă din interiorul casei și simte cum îi renaște speranța. Acum are o șansă. Scoate capul pe partea stângă a trunchiului, chiar cu o clipă înainte ca bărbatul care aleargă să ajungă la copacul cel mai apropiat de ea. Trage instinctiv, nimerindu-l în pulpă. Țesătura pantalonilor lui de trening – albi, echipamentul oficial al echipei Real Madrid – explodează în două locuri în același timp. Pantalonii nu mai sunt albi.

Bărbatul cade cu fața în jos în zăpadă și încearcă să întoarcă împușcăturile, dar Irina e mai rapidă. Îi trage un glonț în gât, altul în mandibulă.

Mai rămâne celălalt.

Mai e un glonț.

Acel *bojevik* cu pușca de asalt se oprește ca să schimbe încărcătorul. A rămas intact, în ciuda tuturor gloanțelor trase de Antonia. Introduce noul încărcător, ridică arma.

Irina se lasă să cadă pe spate în zăpadă.

Nu rata acum.

Glonțul intră prin ochiul drept al mafiotului și se instalează în creier.

Irina rămâne pe jos, nemișcată.

Durerea a pus complet stăpânire pe ea.

Pe acoperiş, Jon o are în faţa ochilor pe doamna comisar Romero.

— Lăsaţi arma jos şi ridicaţi mâinile, ordonă Jon.

— Ascultaţi-mă, domnule inspector. Sunt sigură că putem găsi o modalitate de a rezolva problema asta.

— Sigur că da. O veţi găsi dumneavoastră şi judecătorul.

Pe Romero o trădează o viaţă întreagă dedicată strădaniei de a elimina orice trăsătură care să o umanizeze. Inclusiv limbajul corporal. Mişcarea pe care o face cu capul ar fi trecut neobservată de oricine altcineva. Este echivalentul unei reclame luminoase în mijlocul bulevardului Gran Vía.

Jon îndepărtează ţeava armei de ea şi o îndreaptă spre Belgrano, care s-a ridicat pe un cot şi a scos pistolul, profitând de paravanul oferit de doamna comisar.

Trage.

Jon, la fel.

Glonţul tras de Belgrano trece la milimetru pe lângă urechea stângă a lui Jon. Poate că şi-a spus cuvântul tremurul lui Belgrano din cauza rănii. Poate că Jon s-a mişcat puţin în ultima secundă. Cert e că el nu moare.

Dar moare Belgrano.

Glonţul îl nimereşte în frunte.

Romero îşi duce mâinile la toc ca să scoată arma. Ştie că nu are nicio şansă împotriva inspectorului, care este deja pregătit şi în poziţie de tragere, cu mâna ridicată. Dar ea şi-a ales calea. Sinucidere prin mâna unui poliţist. O cale mai scurtă, mai puţin ruşinoasă, infinit mai puţin obositoare.

Jon nici nu vrea să audă.

În loc să tragă, sare.

E aproape imposibil ca Jon să fi putut vedea clar faţa doamnei comisar Romero în timp ce aluneca spre ea. Mai mult ca sigur că imaginea pe care a înmagazinat-o, pe care şi-o aminteşte cu intensitate în următoarele zile, e rodul imaginaţiei sale. Un chip cu ochii larg deschişi şi gura schimonosită într-un rictus de spaimă, o mână ridicată ca un scut. Şi un coc, de obicei perfect, acum uşor ciufulit.

Se aude un trosnet sec sau poate două în acelaşi timp. Un braţ şi un picior rupte, rupte bine. Iar o sută zece kilograme de basc căzând de la o înălţime de cinci metri sunt multe kilograme. Indiferent ce saltea de zăpadă ai avea pentru amortizare.

7

Un rezultat

Aslan Orlov pune un picior pe verandă, pregătit să riposteze la împuşcături, în mijlocul unui calm nefiresc. Trosnetul uşor al lemnului sub tălpile pantofilor lui sport subliniază liniştea agitată.

Nu întâmpină rezistenţă.

Precaut, cu mare băgare de seamă la fiecare mişcare – e om bătrân, iar în meseria lui nu ajungi la vârsta asta dacă nu eşti atent –, se uită pe fereastră, cu pistolul în faţă.

Abia reacţionează la vederea cadavrului lui Rebo. Îl considera deja mort. Caută doar ameninţări, dar nu le găseşte.

Zâmbeşte când vede ce-l aşteaptă înăuntru. Un zâmbet alb şi perfect, ca de reclamă la un adeziv pentru proteze dentare.

Antonia e în picioare, cu mâinile ridicate, în faţa Lolei şi a Zenyei. Nu acoperă mare lucru, dar intenţia e clară.

Au lăsat uşa deschisă.

— Domnule Orlov, spune Antonia în rusă, când bătrânul apare în prag.

— Vă rog să mă iertaţi, nu-mi amintesc cum vă numiţi. Îmi amintesc că ne-am văzut în alte circumstanţe.

— Nu erau cu mult mai bune.

— Nu erau. Sper că vă amintiţi discuţia noastră.

Orlov face un pas în faţă. Pistolul lui urmăreşte livingul, dintr-un capăt în celălalt, căutând ameninţări.

În faţă sunt doar trei femei.

O treabă simplă.

— Îmi amintesc discuţia foarte bine, spune Antonia, care vrea să menţină în continuare atenţia asupra ei. Am vorbit despre matematică.

— Ecuaţia forţei, spune mafiotul, îndreptând pistolul spre Antonia.

— Ce părere aveţi despre o presiune de două mii de kilograme pe centimetru pătrat?

Privirea lui Orlov se tulbură, fără să înţeleagă.

Lola şopteşte un cuvânt.

De pe canapeaua pe care stătea întins, aşteptând ordinul, Kot sare pe podea, mârâind. Doar trei salturi îl despart de Orlov. Mafiotul trage de patru ori în dulăul imens. Nimereşte de două ori. Dar nu e suficient. Lansat în atac ca să-şi apere stăpâna, e nevoie de mult mai mult decât un pistol ca să-l oprească. Labele enorme îl doboară pe Orlov, dinţii i se închid pe gâtul lui. Mafiotul mai trage de două ori, de aproape, în greabănul şi pântecul animalului. Acesta se zgâlţâie, dar nu se dă bătut.

Nici atunci când viaţa părăseşte trupul loialului animal, mandibulele nu se descleştează. Rămân strânse în jurul lui Orlov. Ultimul lucru pe care acesta îl vede înainte ca ochii să i se întunece este faţa Antoniei, asigurându-se că rezultatul ecuaţiei este cel aşteptat.

8

O decizie

Când Antonia se uită peste marginea acoperişului – să urce i-a fost mult mai greu decât lui Jon, din cauza diferenţei de înălţime –, inspectorul Gutiérrez începe să-şi revină în simţiri. În urma impactului, doamna comisar Romero a avut mai mult de suferit. Are un picior îndoit într-o poziţie anormală, un umăr dislocat şi o durere care îi va trece greu, dacă ne luăm după gemetele pe care le scoate. Dar capetele s-au izbit, iar acum Jon îşi freacă fruntea, în timp ce încearcă să-şi aducă aminte cum îl cheamă.

— În fişa ta scrie „nesupunere faţă de superiori", spune Antonia. Subliniat de mai multe ori. Bănuiesc că la asta se refereau.

— Doar mă cunoşti. La cel mai mic semn, sar.

Până şi Antonia zâmbeşte.

— Hai, întoarce-te înăuntru. Am nevoie de tine.

Cuvintele Antoniei se dovedesc a fi profetice.

Când se întoarce în living, o găseşte pe Irina ameninţând-o pe Lola cu pistolul. Tipa din Málaga, în genunchi, cu arma Irinei la frunte, imploră printre hohote să fie lăsată în viaţă.

— Ce faci? întreabă Antonia în rusă.

— Trebuie să plătească pentru ceea ce-a făcut, spune Irina.

E terminată. Hainele îmbibate de zăpadă murdară, din picior îi picură sânge. Abia reușește să se țină pe picioare. Dar ecuația forței pe care trebuie să o rezolve ca să apese pe trăgaci cu precizie dă un rezultat insignifiant.

— Nu așa se rezolvă lucrurile.

— Am văzut imaginile din container. Nouă femei închise, spune Irina. Ca niște bucăți de carne pentru consumul unor animale fără conștiință. Câte or mai fi adus așa? Câte or mai fi murit? Câte altele ca sora mea?

— A fost un accident, protestează Lola, trăgându-și nasul.

E aprinsă la față, lacrimile i se rostogolesc pe obrajii îmbujorați.

Irina îi dă o palmă scurtă și ațintește din nou arma asupra ei.

— Tăceți, ordonă Antonia.

Un zgomot venind dinspre ușă le face pe cele patru femei – Zenya urmărește scena lipită de perete – să se întoarcă după sunet.

— Aș vrea să știu și eu ce se petrece aici, spune Jon, care a intrat cu pistolul în mână.

Ține arma îndreptată fix spre capul Irinei.

Antonia îi face un semn să lase arma. Jon o privește pe colega lui cu coada ochiului. În cele din urmă, se supune, foarte încet.

— Înțeleg ce ți s-a întâmplat, continuă ea să discute cu Irina, din nou în rusă. Și eu am pierdut pe cineva.

— Nu poți să înțelegi! protestează Irina.

Privirea ei se întoarce către Antonia, dar gura pistolului rămâne sprijinită de fruntea Lolei, împingându-i capul în spate.

— Înțeleg deznădejdea. Sentimentul de vină. Cum e să știi că lumea e stricată și că nu se mai poate repara.

— Atunci știi de ce trebuie să fac asta.

— E însărcinată.

— Nu-mi pasă.

Antonia inspiră adânc și clatină din cap.

Irina apasă și mai tare arma pe fruntea Lolei. Pare și ea gata să izbucnească în plâns.

În ochii Antoniei, pare o fetiță.

— Nu vinzi droguri, spune Irina foarte încet. Nu vinzi femei. Nu profiți de nenorocirea altor oameni. Regulile au fost scrise cu mult timp în urmă. Și nu se schimbă.

Antonia își duce mâna la buzunar și scoate microcardul SD. I-l arată Irinei, în palma întinsă.

— Pentru ăsta ai venit. Ți-l dau. Dar trebuie s-o lași în pace.

Jon pune o mână pe brațul Antoniei.

— Nu poți să-i dai banii și dovezile, spune el pe un ton foarte serios.

Colega lui îl privește. Se vede tristețea în ochii ei, dar și convingerea.

— Nu pot s-o las să o omoare.

Inspectorul Gutiérrez o privește la rândul său. Se duce o bătălie în spatele ochilor lui întunecați. O bătălie cruntă, care va face victime. Instinctul lui de polițist se luptă cu încrederea în ea. Dorința lui de dreptate înfruntă necesitatea de a proteja viața Lolei și pe a copilului ei nenăscut.

— Jon, nu se poate altfel, spune Antonia.

Cu un oftat, Jon îi eliberează brațul.

Antonia face un pas către Irina, oferindu-i cardul.

— Ia-l, spune în rusă.

— De unde ştiu că n-o să mă împuşte de îndată ce mă întorc? întreabă Irina făcând un semn spre Jon, cu ochii mijiţi.

— Ai cuvântul meu. Dacă şi eu îl am pe al tău.

Irina îi studiază pe amândoi.

Chipul lui Jon, împietrit, cu dinţii strânşi şi braţul paralel cu corpul. Arma lui e îndreptată spre podea, dar încleştarea degetelor arată ce ar vrea să facă de fapt.

Antonia, calmă. Ţinând cardul între degetul mare şi arătător.

Irina îşi face propriile socoteli. Care durează câteva secunde lungi şi neliniştitoare.

În cele din urmă, îndepărtează arma. Capul Lolei se scutură în faţă, eliberat de presiunea oţelului. Ţeava armei i-a lăsat un dreptunghi pe frunte, cu un cerc inserat în partea de sus.

Respiră adânc, de uşurare şi de furie, când vede că Irina ia cardul din mâna Antoniei şi începe să şchiopăteze spre uşă.

— Dar eu şi copilul meu ce-o să mâncăm? întreabă ea, apucând-o pe Irina de cizmă, încercând să o oprească. Spune-mi, ce-o să mâncăm?

Irina a avut nevoie de treizeci şi doi de ani – cei treizeci şi doi de ani ai ei de viaţă, minut cu minut – ca să ajungă în acel moment. Se simte pură, lămurită, invincibilă atunci când răspunde:

— Rahat.

9

O linie dreaptă

Să strângi și să faci curat după o petrecere nu e niciodată distractiv. Iar să o povestești, cu atât mai puțin. E de ajuns un rezumat.

Antonia a reușit să ajungă pe jos până la intersecție, unde a intrat din nou în zona de semnal. Zăpada era înaltă și groasă, dar a profitat de niște urme proaspete. Femeia care le-a lăsat șchiopăta și sângera. Antonia a mers încet, ca să nu riște să o prindă din urmă.

O oră mai târziu, peisajul liniștit era înțesat de polițiști. Experți criminaliști, plimbându-se printre cadavre și urmele de gloanțe, umplând totul cu triunghiuri. Un procuror și un judecător de instrucție. Și oameni de la Departamentul de Interne. Chiar și cineva de la Ministerul de Interne. Participarea unui comisar și a unui subinspector corupți în toată acea tărășenie o transformase într-o tevatură de proporții neobișnuite. Care, la fel ca toate belele scabroase, a ajuns sub preș.

Când Lola Moreno este preluată de o ambulanță – cu umerii căzuți înfășurați într-o pătură –, Jon o privește cu dispreț.

— Ce mă enervează cel mai tare e că o să scape basma curată.

— Precis, spune Antonia, împărtăşindu-i frustrarea. Dar am făcut ceea ce trebuia.

E frig. Şi ei sunt înfăşuraţi în pături, care nu prea ajută împotriva aerului îngheţat care coboară de pe munte. Probabil că va ninge foarte curând. Jon tropăie, încercând să se încălzească.

— Nu prea sunt sigur, scumpete. Ne-am abătut prea mult.

— Dacă mergi în linie dreaptă, nu poţi să ajungi prea departe, spune Antonia.

E mult mai simplu să-i ierţi pe alţii că au greşit decât că au avut dreptate, se gândeşte Jon.

— Posibil. Dar ştiu că eu mă opresc aici.

În condiţii normale, poate că Antoniei i-ar lua ceva timp să priceapă ce încearcă Jon să spună. Colegul ei. Singurul ei prieten. Chiriaşul ei, care locuieşte cu trei etaje mai jos. Dar multe luni s-a temut că va veni acest moment. Momentul în care va spune *gata*.

— Deci nu mai suntem împreună, zice ea.

— Aşa se pare.

Ceea ce s-a întâmplat în ultimele săptămâni a fost mai mult decât ar fi putut suporta oricine. I-a forţat încrederea, l-a minţit, l-a împins până la limită şi dincolo de ea.

Adevărul e că nu-l poate învinui.

Dar nici n-o să-i facă situaţia prea uşoară.

— Şi ce mă fac eu acum fără tine?

Lui Jon îi este clar.

— Lăsând la o parte minciunile şi prostia, o să faci cercetări în continuare, fără să te dai bătută. Fiindcă asta eşti. O detectivă. Poate cea mai bună.

— Poate? întreabă Antonia.

— Nu le cunosc chiar pe toate, scumpete.

EPILOG

— Cât timp înseamnă
pentru totdeauna? întrebă Alice.
— Uneori, doar o secundă,
răspunse Iepurele Alb.

LEWIS CARROLL

Un rămas-bun

Camera s-a schimbat mult. Toate lucrurile Antoniei sunt strânse, puse în cutii.

Marcos nu s-a schimbat.

E în continuare legat de viaţă prin aparate.

Trupul i s-a deteriorat şi mai mult în aceste luni. Membrele i s-au încovoiat, pielea i-a devenit opacă şi flască. Făcând diagnosticul vizibil. Medicii îl declaraseră irecuperabil cu ani în urmă. „Nicio şansă!" spuseseră. Iar Antonia nu i-a crezut. A întors spatele raţiunii, pentru că era prea orgolioasă ca să recunoască o greşeală ireparabilă.

Apoi l-a cunoscut pe Jon. Şi s-a schimbat totul.

Cineva bate la uşă. Deschide cu grijă.

E un bărbat înalt, elegant. Bărbatul de care are azi nevoie să fie lângă ea.

— Bună, tată.

Sir Peter Scott e surprins că fiica lui l-a chemat. Dar a venit, deşi nu s-au mai văzut de luni bune.

A venit şi asta contează.

— Ce face Jorge?

— Creşte. Vrea să te vadă.

— Mâine, promite Antonia.

— Îi spun să pregătească tabla de şah.

— Mi-e dor de el, spune ea.

Şi e adevărat.

Antonia şi Peter stau puţin împreună pe patul lui Marcos, privind trupul inert. Carcasa goală care adăpostise odinioară o iubire incredibilă.

— Toate lucrurile astea pe care pot să le fac. Toate abilităţile astea. Şi nu pot să-l salvez.

Tatăl ei nu spune nimic. Nici n-o ia în braţe. Ani întregi de respingeri continue l-au învăţat să nu se apropie de ea. Inclusiv în acest moment, în care Antonia are atâta nevoie de el. În care Antonia ar vrea să o facă.

Nu primeşte consolare, aşa că o caută în sufletul ei.

De când ne naştem, ne ştim soarta. Leagănul se clatină pe marginea prăpastiei dispuse să-l înghită. Viaţa noastră este doar o flacără pieritoare între două bezne infinite. Finalul care ne aşteaptă ni se pare mai ameninţător decât întunericul anterior, acea clipă în care nu ştiam cum arătam înainte de a ne naşte. Poate ne e teamă de ceea ce urmează fiindcă, în adâncul sufletului, un crâmpei din fiinţa noastră ne aminteşte de ceva teribil. Ceva de care uităm când ne umplem pentru prima dată plămânii cu aer şi plângem.

Şi, dacă nimic nu ne salvează de la moarte, măcar dragostea să ne salveze de la viaţă.

Antonia îl sărută pe Marcos pe buze pentru ultima dată. Apoi îi face semn medicului, care aşteaptă răbdător lângă aparatul respirator.

Când aparatele se opresc, Antonia începe să plângă. Recunoscătoare pentru atâta dragoste.

O plimbare

Antonia Scott își permite să se gândească la sinucidere timp de cincizeci și patru de minute lungi.

A refuzat invitația de a se întoarce acasă cu mașina tatălui ei. Preferă să meargă pe jos, să păstreze acest timp pentru ea însăși. Ca să recupereze timpul pierdut.

Cincizeci și patru de minute pot părea o perioadă lungă.

Nu și pentru Antonia Scott. Nu și atunci când, de fapt, nu e în stare să se implice pe deplin în misiune.

Nu se poate gândi decât la *acum*.

Cum să meargă mai departe fără Jon.

În al patruzeci și optulea minut, decide că nu poate.

O schimbare

La numărul şapte de pe strada Melancolía, între timp, Jon îşi face bagajul.

Nici nu are prea mare tragere de inimă, sinceri să fim.

Hainele lui sunt destul de scumpe şi necesită o minimă atenţie când sunt împachetate. Învelitori pentru costume, hârtie absorbantă, cutii din carton dublu, cu o bară pe mijloc.

N-a cumpărat nimic din toate astea, aşa că, de fapt, doar a băgat în valiză lenjeria intimă, câteva perechi de şosete – nu pe toate –, o trusă de toaletă, două prosoape şi trei borcane cu gem de smochine făcut în casă. O parte din prada cu care ceilalţi chiriaşi îi plătesc chiria Antoniei şi pe care ea a refuzat să o mănânce, sub pretextul grosolan că nu-i plac smochinele, iar gemul îngraşă.

Se uită la ceas.

La ora asta n-o să găsească nimic deschis, ca să cumpere materiale pentru ambalat. Dar e deschis restaurantul cu mâncare asiatică de pe strada Olivar. Ideal pentru o cină târzie. Poate vreo două episoade din serialul pe care l-a lăsat neterminat înainte de a începe toată tevatura. Să adoarmă în faţa televizorului.

Iar mâine, cine ştie? Poate se mai gândeşte dacă se întoarce la Bilbao.

Jon iese pe stradă. Când se pregăteşte să treacă de colţ, aude paşi în urma lui. Paşi de femeie, paşi mici. Se întoarce, zâmbind. Dar nu e Antonia. E o femeie slabă, bine îmbrăcată şi zâmbitoare. Are o faţă amabilă.

— Mă scuzaţi. Îmi puteţi spune unde e strada Atocha?

— E încolo, mergeţi drept, spune Jon, mascându-şi dezamăgirea.

Femeia îi zâmbeşte la rândul ei. Apoi, scoate o seringă din buzunar şi i-o înfige în gât.

— Dar ce dr... spune Jon, îndepărtând-o cu un dos de palmă.

Chipul amabil al femeii este ultimul lucru pe care îl vede înainte ca nişte braţe puternice să-l prindă din spate, înainte ca întunericul să se pogoare asupra lui.

Un salut

Telefonul Antoniei sună pe când ea urcă pe Lavapiés, în dreptul străzii Cabeza.

— Nu e momentul potrivit.

— Ascultă-mă, Scott, spune Mentor. Avem dovada. Fantoma ta s-a dovedit a fi foarte reală.

— Nu înţeleg.

— Nu pot să-ţi spun mai multe la telefon. Dar ştim ce s-a întâmplat în Anglia şi în Olanda.

Antonia înţelege, în sfârşit, la ce se referă Mentor. Şi se delectează cu o crudă realitate. Singurul lucru mai rău decât să strigi de unul singur când ai dreptate este să ţi se dea dreptate când e prea târziu.

— A fost White.

— M-am întors la Madrid. Ia-l pe inspector cât mai repede şi veniţi aici.

Antonia închide şi grăbeşte pasul.

Când dă colţul spre strada Olivar, aproape să ajungă acasă, îl vede.

Doi bărbaţi se luptă cu al treilea, ca să-l urce într-o dubă. Bărbatul se zbate fără putere. Un sac negru îi acoperă capul, dar Antonia nu are nevoie să-i vadă faţa ca să ştie cine e.

O femeie elegantă, îmbrăcată într-o pelerină şi cu un chip amabil, se întoarce şi o vede. E prea departe ca să i se întrezărească surpriza din privire, micul cadou pe care i-l aduce faptul că ea e martoră la ceea ce se întâmplă. Dar Antonia nu are nevoie să o vadă ca să știe.

Sandra Fajardo o salută cu mâna înainte de a se urca în dubă.

Antonia aleargă către ei, știind că e prea departe. Duba se îndepărtează, în jos, și o lasă imediat pe Antonia în urmă. Dar ea nu se dă bătută. Aleargă în continuare, până când plămânii încep să o usture, iar inima îi bate în piept ca un ciocan pneumatic.

Când se oprește, cu mâinile pe genunchi, chinuindu-se să respire, primește mesajul.

Sper că nu m-ai uitat.

Ne jucăm? W.

Nota autorului

Povestea Antoniei Scott dospeşte de zece ani şi îţi promit că, atunci când va sosi momentul, îţi voi spune cum a început totul. Până atunci, te rog să păstrezi în continuare secretul romanelor mele.

A, şi încă ceva.

Da.

Antonia şi Jon se vor întoarce.

Mulțumiri

Vreau să mulțumesc.

Antoniei Kerrigan și întregii ei echipe: Hilde Gersen, Claudia Calva, Tonya Gates și celorlalți, sunteți cei mai buni.

Lui Carmen Romero, Bertei Noy și lui Juan Díaz, care au crezut în Antonia Scott și în Jon Gutiérrez. Întregii echipe a departamentului comercial de la Penguin Random House, care își dă pielea și sufletul ca să facă cunoscute cărțile până și în cele mai îndepărtate colțuri ale lumii. Evei Armengol, Nuriei Alonso și lui Irene Pérez, care m-au ajutat să prezint povestea publicului. Raffaellei Coia, care s-a ocupat de macheta și de corectura cărții.

Lui Juanjo Ginés, poet care locuiește în Cueva de los Locos și se destinde în Jardín de los Turcos, care merită o mulțumire ce întârzie de mult, de acum șapte cărți.

Lui Javier Cansado, Dani Rovira, Mónicăi Carrillo, lui Alex O'Dogherty, Agustín Jiménez, Bertei Collado, lui Ángel Martín, Maríei Gómez, lui Manel Loureiro, Clarei Lago, lui Raquel Martos, lui Roberto Leal, lui Toni Garrido, Carme Chaparro, Ernesto Sevilla, Luis Piedrahita, Miguel Lago, Goyo Jiménez, Berto Romero și atâtor altora persecutați pe bună dreptate de Arturo González-Campos.

Inspectorului-șef Antonio Rodríguez Puertas și tuturor femeilor și bărbaților curajoși din UDYCO, care apără zi de zi cei o sută cincizeci de kilometri de coastă ai provinciei, mulțumiri deosebite. Situațiile cu care se confruntă ei ar putea umple trei romane cu fapte reale, pentru care, dacă le-aş fi descris în această carte, aş fi fost acuzat că prezint poveşti neverosimile (un cuvânt folosit de minţile înguste).

Costa del Sol este o destinaţie predilectă pentru mafiile de multe naţionalităţi şi pentru grupuri de asasini înarmaţi care îi fac să pălească pe cei din *Îngerul Negru* (şi care sunt, din păcate, foarte reali). Membrii UDYCO apar extrem de rar la jurnalele de ştiri, deşi în 2018 au făcut peste cinci sute de arestări, au confiscat patruzeci de mii de kilograme de droguri şi sute de milioane de euro în numerar. O muncă discretă şi loială, desfăşurată în toiul unor reglări de conturi mortale între bande – soldate cu zeci de morţi –, cu ameninţări şi frică. Ce-i explică Romero lui Jon se bazează pe fapte reale: doar în 2018 s-au înregistrat în Marbella reglări de conturi cu bombe, asasinate cu împuşcături, comise de pe motociclete, de pe biciclete, atacuri asupra caselor, cu răpiri, cu mutilări faciale sinistre, atacuri cu arme Kalaşnikov, în restaurante... Şi la ieşirea de la o împărtăşanie, căci şi răufăcătorii se uită la *Naşul*.

Inspectorul-şef Rodríguez Puertas, apropo, este omul care a confiscat în viaţa reală cocaină în valoare de treizeci şi patru de milioane de euro, ascunsă în borcane de Nutella. Şi pentru această parte trebuie să-i mulţumesc.

În ceea ce priveşte corupţia: deşi e adevărat că, în trecut, au existat câteva mere putrede în sânul UDYCO, lăudabilele eforturi depuse de poliţie şi de procuratură au reuşit să le îndepărteze şi să ducă la condamnarea lor, iar acestea sunt cazuri izolate într-un grup imens de oameni care fac mari sacrificii. Chiar şi aşa, ca de obicei, realitatea bate de departe ficţiunea. Un inspector-şef şi trei inspectori de la UDYCO Marbella au fost arestaţi în 2008 pentru că au trecut de partea cealaltă şi au creat o reţea pentru protejarea traficanţilor de droguri. Asta ne aminteşte de

„prietenii noştri adevăraţi", ca să-l parafrazăm pe Alfred Hitchcock.

Lui Rodrigo Cortés, o inspiraţie permanentă, un prieten loial, care m-a ajutat să revizuiesc manuscrisul.

Lui Manuel Soutiño: încă una şi se fac opt.

Lui Arturo González-Campos, desenator profesionist şi realizatorul unui podcast vocaţional. Sper ca într-o bună zi să mă inviţi într-unul dintre programele tale.

Lui Alberto Chicote, care, de asemenea, a luat la puricat manuscrisul.

Lui Gorka Rojo, consilier pe probleme basce şi în fizica teoretică a jamboanelor.

Le mulţumesc lui James Gunn, Andreei Köhler, lui Pablo Neruda, Arturo Pérez-Reverte, John Carpenter, Gabriel García Márquez.

Mulţumiri lui Joaquín Sabina şi Pancho Varona, banda mea sonoră.

Le mulţumesc, de asemenea, lui Cruz Morcillo şi Pablo Muñoz, autorii cărţii *Palabra de Vor*, o investigaţie exhaustivă (şi înfiorătoare) referitoare la mafia rusă din Spania.

Celei mai importante, Bárbara Montes. Soţia mea, iubita mea, prietena mea cea mai bună. Lumea e un loc mai bun doar fiindcă tu te afli în ea. Te iubesc şi sper să trăim suficient de mult încât să vedem împreună *Faza 24*.

Şi ţie, cititorule, pentru că ai făcut din lucrările mele un succes în patruzeci de ţări, îţi mulţumesc din inimă. O ultimă rugăminte: nu povesti nimănui finalul şi nici nu face comentarii pe reţelele de socializare despre final, cu atât mai puţin despre ceea ce ţi-am mărturisit în *Nota autorului*. Dacă scrii o recenzie pe o librărie online sau pe Goodreads (mulţumesc, apropo, asta ajută mult), nu comenta nimic, nici măcar sub eticheta *SPOILER*, fiindcă toată lumea ar putea vedea şi s-ar strica surpriza.

O îmbrăţişare imensă,

JUAN GÓMEZ-JURADO

BOOKZONE